重整山河

黄孝阳　陶林　著

北京出版集团
北京十月文艺出版社

献给为这片土地热血牺牲的人们，

每个春天，他们的队伍从土壤里复活！

目录

第一章

直罗山

1

人的激情是会干涸的，人的愤怒是会枯竭的，就连人的生命本身也会蒸发殆尽。大战过后，是零零星星的死亡。尽管数日前，在一片如林的手臂间，它们如同海啸，几乎要席卷一切。潮水退去，留下的是这块受伤的土地，坑坑洼洼，被太阳曝晒着，像一块被火烤坏了、散着焦臭味的动物后腿。

山林间满是士兵们的尸体与散落的枪支弹药。几只躲在树叶深处的雀形目鸟类，惊恐地打量着那些尚在呻吟流血的人。不管是穿土灰军装的人，还是穿深绿军装的人，他们流出的血都是鲜红的，很快氧化为一团暗红，再凝固成褐黑。一颗子弹噗的一声射进去，又绽出一团鲜红。天空明晃晃的，刺眼，灼热。没有云，一片，一层，一缕，都没有。广袤苍穹如同一个奇异金属制成的锅盖，严严实实地罩在大地上。让人胸闷，窒息，想起身奔跑——随便往哪个方向跑都是好的，只要能直起身来跑。

这是奢侈的，哪怕是屈身小跑。

黎有望扣动扳机，击毙了那个利用地形、捂着腹部试图逃回阵地的士官。这个戴着督战队臂章的年轻人，足够狡猾，若非黄开轩的猱身一撞，黎有望半个小时前恐怕得葬身于他的枪下。这是个凶残冥顽之徒，负伤后仍然射杀几名临阵溃逃的同袍，嘴里还大呼什么“退一步，死；进一步，赏大洋十块”。

蝇虫蚊蚋结群飞舞。这日头底下，与人之尊严有关的，皆已丧失殆尽。剩下一个“死”字，在诱惑着这些或僵卧或蠕动着的肉体，命令他们用颤抖的手指一次次扣动扳机。而他们所唯一能做的，就是坚决服从。硝烟弥漫。直罗山上的枪声沉寂下来。

死这个字，渐渐浮现出傲慢的身影，在这块布满石头疙瘩的丘陵地带上迈着阔步，接连踢倒几个惊惶失措的士兵。似一场街头哑剧，一个穿深绿军装的士兵抛掉手中枪支后，连滚带爬朝着黎有望的方向奔来，嘴里还在哭号。也许是在喊妈妈。

这是一张被恐惧扭曲了的稚嫩脸庞，额角眉头满是血污。他应该在课堂读书，哪怕是在田头赶牛、在街头拉黄包车、在码头做苦力……不管干什么，都好过来这里送死。黎有望拉动枪栓——就在手指要再次击发的时候，黄开轩滚身过来，一把按住他的肩膀，说："抓活的。"

士兵摔倒了，缓慢地。一颗子弹打断他的后背椎骨。血蜿蜒流出，开出一朵碗口大小的花。他在喊妈妈。声音断续、细弱。他还在爬。手指肉被粗糙的岩石剐掉了。他活不成了，痛苦搅碎了他的五官。黎有望闭起眼，朝着士兵的额头开了一枪。死让士兵的五官回到原来的位置，不再狰狞可怖。士兵估计也就十六七岁。

黄开轩嘟囔道："浪费子弹！"

"我知道。"黎有望移动手臂。这一回，枪口准确地找到对面马尾松林深处的一个闪光点。他扣下扳机，闪光点消失了。"军部那边可有消息？"

"我说团座，你也该回指挥所了，当侦察兵、当狙击手，这都不是你干的活。真想帮忙，就多搞点子弹来。还有吃的喝的。这他妈的快渴死了。"一脸倦容的黄开轩答非所问，嘴唇干裂。黄开轩斜靠在一堵石壁后，扔来一根皱巴巴的烟。黎有望接了烟，吸了。

时值正午，草木葳蕤，热气蒸腾。万物睹来皆有晕眩感。耳朵里嗡嗡作响，有蜂群。那些声嘶力竭的拼杀声似乎仍旧在茂密的阔叶林与低矮的灌木丛上飘荡。山谷底部的那片松林已陷入沉寂，炽热的阳光下，犹如一只正在重新积蓄力量的拳头。

“告诉军部那帮蠢材，直罗山的敌军起码是三个团。”黎有望闷声说道。

“没用的，蠢材们不会搭理我们。军部换我们上来，同样是拿我们当诱饵，等敌人消耗掉我们。甚至，我们还算不上一个诱饵。77师可以由我们换防。我们要完了的话，就不会有人再顶上来。”黄开轩抿紧薄唇，眉眼里尽是讥嘲。

“胡扯!”黎有望打断黄开轩的话，重重掐灭烟头。黄开轩不作声了。

黄开轩没说出来的话，黎有望懂。连诱饵都算不上，那会是什么呢？就是杀鸡给猴看的那只倒霉鸡。军长韩光义与副军长兼175师师长吕天平不睦，是全军上下皆知的事实。韩光义黄埔一期出身，总裁门生，资历深厚，为蒋介石立下过汗马功劳。吕天平是杂牌，江苏陆军学堂毕业后，仰慕孙中山先生，只身去湖北参加新军，却流落在军阀手下，从一员小卒干起，凭战功逐级擢升为要塞司令，驻防江西。后来，凭着一腔报国热情，带着所部赣军南下，辗转参加北伐军，战绩显赫，按理早该是一方诸侯，仕途上偏偏暗礁重重。传言很多，有许多个“据说”。

据说，吕天平是黎有望的姐夫。所以，当一起军校毕业的同学基本上还在担任连级干部时，二十出头的黎有望已出任175师独立团团长。在大家看来，他是靠裙带关系爬上来的。这个道理，黎有望没法开口否认。不过袭龙城，收河朔，打得匈奴远遁漠北，不世出的一代名将卫青，与他那个勇冠三军、封狼居胥的外甥霍去病，不也是靠裙带关系上的位？

黎有望心里憋着一团火。这些年打仗是无比勇猛，常为士卒先。吕天平风闻后，把副官黄开轩派来做独立团的参谋长。私下交代，我这个内弟出身贫苦，一不贪钱二不嗜赌三不渔色，若说有什么毛病的话，就是不怕死。团长去干连长排长班长的活。一个愣头小子。所以，你得好生护着他。若出了什么意外，唯你是问。

黎有望的毛病还真不只是一个不怕死，或许受了他姐夫影响，他还特见不得穷人受苦，心肠软。这个“软”字也就常把他置身险境。其他且不议，此番携兵赴直罗山换防，路过一个叫刘庄的镇子，看到数百名饥民乞食于道，中间更有卖儿鬻女悲声惨号者，就吩咐军需官发放军粮赈济。黄开轩再三劝阻。不听。

结果方圆数十里的饥民蜂拥而至。队伍不得不对空鸣枪，强行开拔，饥民仍尾随不去。十日军粮，只余三日。军需官问黄开轩怎么办。怎么办？吃大户呗。这事还不能明来。打听清楚附近有哪些还算殷实的人家，黄开轩派人私下过去，要求捐纳，捐了，你就是朋友；不捐，饿绿了眼的饥民明天就上你家。你若反抗，就是通匪。几句话一说，再把枪往桌上一拍，这才勉强把军粮凑够。可这都算啥事啊？

黄开轩拿黎有望没辙。心里也不知道骂了多少回王八蛋。王八蛋脑子不够用，带兵还是有一套，能与士兵同甘共苦。独立团到他手中不过三个月，大变样，满编满员1800人，枪械装备这块自然是全师最好，部队还真能打仗，尤其能抓训练，士兵的射击技能，阵形战术的贯彻力，肉搏技巧皆有显著提升。否则一个团的兵力，哪能正面硬抗三个团的轮番冲击？

这个不知道天高地厚的王八蛋，就是太渴望走出吕天平的荫翳，想用双拳打出一个天地来。这回主动请缨来直罗山换防，还闯军部，夸海口，立下军令状。牵一发而动全身，整个175师都要跟着他往直罗山顶。有着平原地的肉不吃，非要来啃这块山洼洼里的硬骨头。以为自己不是鸡，是凤凰；又或者说，以为打了这一仗，就能改变物种属性，从一只鸡浴火重生变成凤凰？也真不知他的大脑回路是哪种低等构造。就是苦自己了。

黎有望主动跳火坑，韩光义乐见其成。召开军事会议时，破天荒地让黎有望列席其间。还把黎有望立下的军令状拍桌上，说什么非凡勇气，堪为表率。

吕天平啥话也不能说了。散会后把黎有望叫到跟前一顿臭骂，骂完黎有望不算，又召来黄开轩，一顿臭骂。再问该不该骂。黄开轩说该，自己没有尽职，未能在黎有望闯军部前把人拦下。吕天平说你有这个觉悟就好。此事可一不可再。他再胡来，你就执我手令关他监禁。又反复叮嘱说，直罗山若不能守，往南走，撤去上罗。

有这么憨憨的小舅子，糟心。黄开轩理解吕天平的感受，敬礼，“只要我死不了，黎团座的人身安全你就不用担心。”

“这话不对！”吕天平的手指头几乎戳到黄开轩鼻尖，“就算你死了，他也必须是活蹦乱跳的。”

还能说什么呢？只能是鞠躬尽瘁，死而后已。

2

太阳在众人头顶缓慢地移动，是一团让人不敢直视的火。风吹过来，犹带有点点火星。身体里的汗像听到集结号，一层层沁出。痒。脊背上好像有蜥蜴爬过，蜥蜴的头角与喉部皱褶处还覆盖着湿漉漉的金色鳞片。黄开轩耸耸肩膀。一颗流弹击中左前方的樟树。樟树下方有一块阴影之地。

黄开轩瞟了眼对面松林，侧身滚到树影下，把军帽盖在脸上，闭目养神。

“团座，回指挥所吧，这里觉也睡不踏实。”黄开轩念念有词。念一遍不够，念出宫商角徵羽，一直念得黎有望啼笑皆非。这他妈的是在打仗，这家伙的脑神经还真是粗壮。

黎有望想了想问：“我们的弹药还剩多少？”黄开轩当没听到，继续念。黎有望匍匐过来，摘下他脸上的军帽，“来的路上，我抓了一个俘虏。说王均如的指挥部在这片松林后面的二号高地上。”

“俘虏呢？”黄开轩的眼睛亮了下。

“伤重而死。”黎有望皱眉说道，“如果我们派一支敢死队，换上敌军服装迂回突袭，一举捣毁敌军指挥部，你觉得胜算有多少？”

“王均如向来惜命。他若敢把指挥所设在这块高地上，我还真要朝他竖下大拇指。”黄开轩把军帽重新盖回脸上，漫不经心地道，“这不是王均如的用兵风格。俘虏说不准就是王均如派出的死间。为的就是让你愉快地掉入陷阱……我是《三国》看多了。死间这种计策太高级了，还用不着浪费到你我头上。这就是俘虏临死前的胡言乱语，想多拖几个垫背的。就这么简单。团座，你别用燃烧的双眼瞪我。隔着这顶军帽，我也能感受到你胸中熊熊燃烧的怒火。我要提醒你的是：俘虏就是俘虏，尤其是伤重濒死的俘虏，人家没有义务给你说实话。”

黄开轩的话不无道理，但这个味道就是不对。

黎有望恼了，沉声道：“继续死守？”

“不是你立下的守直罗山的军令状吗？”黄开轩翻了一个身，“不守，那干吗？”

“你他妈的能不能好好说话？”黎有望怒了。

“你跟我回指挥所，我与你好好说。团座，在刚过去的一个时辰里，我可是又救了你一回。你用这种态度对救命恩人，有点不大对吧。”

两个人猫腰回到指挥所。说是指挥所，其实就是一个在半山坡刨出的简陋掩体。怒气冲冲的黎有望来到平铺的地图前，大声喝道：“黄参谋长，你说这仗到底该怎么打？”

黄开轩竖起三根右手指，又再竖起一根左手指，“敌军三倍兵力于我。我部之所以能固守至今，无非仗着一点地利。弃地利，舍正而求奇，即冒着百分之九十的风险，去博取那百分之十的收益。这是蠢材干的事啊……一动不如一静。呃，团座，我不是说你是蠢材。你不怕死。我可真没见过几个像你一样不怕死的团长。”

不怕死的，就不是蠢材了？黎有望哭笑不得。

“你想擒贼要先擒王，这是对的，三十六计第一计，但王均如不是王。他显然驾驭不了他手下的三个团，否则也不是这种添油战术，让每个团平均出力，依次来攻。这是用兵大忌。王均如不可能不懂。他是没有办法。不是刀架在脖子上，谁想冲锋在前？都盼着别人出力自己摘桃呢。假如我是王均如手下的团长，我也这样打。所以我们面对着的是三个团，实际上每次也就是与一个团交手而已。我们的火力纵深配置再应付它三天三夜也没有问题。希望团座好好待在掩体，不要再乱跑就好。”

黄开轩叹口气，接着说：“《三国》里的王允，又是美人计，又是离间计，好不容易干掉董卓，认为西凉军就此完蛋。结果谋士贾诩鼓动三寸不烂之舌，董卓所部李傕、郭汜便聚众十万，陷长安，挟天子，一刀两断斩了王允。这不再是一个温酒斩华雄的冷兵器的时代，要想擒贼先擒王，更要斩其头，诛其心。这个诛其心我们目前做不到。就算我们奇袭成功，捉了王均如，还有李均如、张均如。

“仗不是按着书本上的套路打的。世道人心才是真学问。”黄开轩的手指在地图上来回比画，“要我说呢，军部参谋部还真是一群蠢材。为什么要守直罗山？没必要的。围三阙一，虚留生路，才是正理。只要师座攻破太平桥，拦腰一钳，钉死此处，敌首尾不能相顾，敌115师必往直罗山而来，据险固守以图自保。我军集中三个师的兵力，一举击溃盘踞许村的138师。再挟大胜之威，兵围直罗。围而不打。到时请一两位舌辩之士，115师唾手可得。直罗山险峻，不过死地而已。”

黄开轩一番话讲完，黎有望张口结舌，额头沁出一层黏密细汗。

“这些话你向师座汇报过吗？”

“这本来就是师座做的沙盘推演。我在一边瞅着呢。”黄开轩身体向前一倾，轻声笑道，“是不是想问为什么仗没这么打吗？太平桥不好打，敌115师号称铁军，那是实打实地从尸山血海里挣出来的名声。就算能攻下，咱们175师的精华恐怕也要损失殆尽。没有必要去干这种为他人做嫁衣裳的事。”

黎有望没话说了，半晌说道：“我总觉得哪里不对。如果那个二号高地真是王均如的指挥部。这位置也够突前了。说明直罗山，他们是势在必得。当然，这只是假设。黄参谋长，我还是想派一队人乔装突击，就算捉不到王均如，去探个虚实也是好的。”

“我不反对，只要你自己不去参加这个突击队就可。子弹是真的没长眼的。”

黄开轩话音刚落，一名士兵飞奔而至，神情惊骇。

“团座，敌人又冲上来了。不对，是敌人押着许多老百姓当人肉盾牌……我们怎么打？”

黎有望一惊，抓紧望远镜往松林那边瞧去。

数百个饥民模样的百姓正被刺刀驱赶，跌跌撞撞前行，一个个面容惊恐，哭声震天。不时有人摔倒。有人拼尽全力在喊：“不要开枪！”太阳的光在他们身后那些刺刀的刃尖跳跃，连成明晃晃的一根线。其中一个饥民分明就是黎有望在刘庄时所见到的那个要卖掉自己换两个馍给弟弟的小姑娘。那个衣衫褴褛的小姑娘。

黎有望对小姑娘记忆极为深刻。他蹲下身把馍塞在她手里时，她不是像别的饥民那样第一时间就狼吞虎咽起来，而是把馍掰开，小心塞入身边那个脏兮兮的男孩嘴里。

3

小姑娘牵着她弟弟的手，走在人群的最前面，走得踉跄，两条骨瘦如柴的腿。羸弱的身子也不知哪来的力气，当小男孩快要摔倒时，她总能及时拽住。很多年前的黎有望，就是这样被姐姐黎带娣牵着手，在那个兵连祸接、灾荒不断的故乡行走。她与小时候的姐姐真像啊，单薄、瘦小、倔强，肯舍命为弟弟付出所有。或许正是这个缘故，黎有望才在刘庄动了恻隐之心。如果说她俩有什么不同的话，那就是黎有望没见姐姐掉过一滴眼泪。小姑娘在哭，不是号啕大哭，而是眼泪顺着脸颊无声地滑落。她害怕。她没法不害怕。枪声就在这些饥民身后响着。跟在他们后边，数百个穿深绿军装的人已展开散兵攻击队形。

黎有望喉间哽咽。王均如，这他妈的是畜生。

黄开轩一把夺过望远镜，迅速扫了一眼阵地四周，咒骂道：“×他妈的王均如。传令下去，开枪。”士兵转身就要离去。

“等等。”黎有望如梦惊醒，赶紧叫道，“不要开枪！”

“你说什么？”黄开轩急了眼。

“我说不要开枪。”黎有望的脸色阴沉如水，“朝老百姓开枪，那我们成了什么东西？放这些饥民过去，再打不迟。”

“团座，你别他妈的这样幼稚了行不行。这些饥民里十有八九混有敌人细作……”

“几个细作翻不了天。我们的火力纵深配置足够应对。”

“那我们的士兵就活该被这些细作走到跟前一枪打死吗？”黄开轩还真想把望远镜砸在黎有望后脑勺上，“慈不掌兵，我的团长。”眼见黎有望身子发抖，嘴里却是一声不吭，黄开轩胸腔里一声哀鸣，迅速掏出吕天平当时写给他的手令，转身朝向士兵喝道：“师座有令，若遇紧急事务，我有便宜行事之权。传我军令，立刻开枪。迟疑者，军法从事！”黎有望劈手夺过吕天平的手令，确实是吕天平的手迹与师部大印。马上，脑子里嗡一声响，他还真没想到吕天平在暗地里留了这手，这些年在吕天平阴影下累积的各种压抑与郁闷，如同一堆火药被这“嗡一声响”点燃。手中短枪顶住黄开轩的太阳穴。

“这他妈的不是吕天平的团，是我的团。”黎有望厉喝。

掩体外簇拥了数名军官，鸦雀无声，个个面色怪异。

有风吹来，这个世界像是停滞了。

“我们为什么打仗？为的就是我们的父母兄弟姐妹。如果有一天我们的父母兄弟姐妹也被这样赶到枪口前，我们是不是也要开枪？”

“我们是军人，我们是战士。死则死耳，马革裹尸！”

黎有望脸色铁青，对空鸣枪，“放他们过来，再打不迟。这是命令。”

黎有望的命令得到坚决执行。这与他这些日子辛苦积攒的威望、不怕死的战斗作风有关。命令执行的结果就是，他马上跌入了一连串让人心碎的噩梦。黄开轩说得一点也没有错。饥民里果然混有十余名敌军细作。

黎有望为他的年轻鲁莽付出了代价。该如何评价这种出于怜悯与同情，“奋不顾身”地帮助一个人或具体几个人，结果不仅于事无补，反而导致更多人陷身险境的行为？不能简单地说愚蠢。因为它又确实唤醒了人的天性中美好的一面。或者说，仗打的不仅是军略装备，赏罚分明，更重要的是：人心向背。当然这种愚蠢的行为也为黎有望赢得了一些士兵的衷心爱戴。尽管这个“一些”的数量屈指可数。直罗山阵地的失去，黎有望要负首责。黄开轩也难辞其咎。他失算了。他不知道王均如拿下直罗山的决心。那个死去的俘虏没说假话，王均如的前线指挥部就设在二号高地，就在他们眼皮底下。

王均如只用了一个团的兵力对直罗山正面阵地进行轮番攻击。这个团下辖的三个营分别佩戴三个团的臂章番号。王均如成功地迷惑了黄开轩。在这个团以“添油送死”的稳定节奏持续消耗着黎有望所部火力与精力的同时，另外两个团分别迂回至直罗山阵地侧翼，找到了薄弱环节并予以坚决突破。驱赶百姓作为人肉盾牌这事，并非胜负之关键，只是加速了这一过程。

有些东西，只有失去后，才能真正知道它的价值。又或者说，你拥有它的时候，其价值是1，但当你的敌人拥有时，其价值就要在后面加一个0，甚至两个0。

直罗山就是这种奇怪的东西。现在敌军之势，纵横连贯，犹如昂然之蛇。击其首则尾至，击其尾则首至，击其中则首尾俱至。韩光义所部三师，一个宋敬涟的77师已经打残，吕天平的175师与刘寿良的78师，随时可能被这条凶猛的昂然之蛇分割吞噬。形势岌岌可危，要想挽回颓势，吕天平就必须豁出去打，必须打赢太平桥一战，牢牢卡在这条蛇的七寸上，不给其腾挪变换的空间。

这场战役的主动权已经失去。

自己对直罗山的判断是错的。直罗山是死地，也是决胜之地。韩光义与吕天平没看出这点吗？不可能。他俩葫芦里卖的是什么药？黄开轩心中异常懊恼，眼瞧着那个还躺在担架上晕迷不醒的黎有望，真想再砸过去一枪托。如果不是过于忧虑这个王八蛋的安危，他怎么可能被王均如的瞒天过海之策糊弄过去。事到如今也只能走一步看一步。

"弄醒他。"黄开轩下令。

等黎有望悠悠醒转，黄开轩取下佩枪扔在黎有望脚下，哂道："刚才是我把你打晕的。我以下犯上，违了军纪。你现在可一枪毙了我，再率领残存的兄弟们仰攻直罗山，以卵击石，战死殉国。不对，不是殉国，是殉你的军令状。

"你是团长，你说了算。"

停顿片刻，黄开轩继续说道：“再要么率领兄弟们退往上罗。师座在那安排了人马接应。”

树影下，数十个面庞黧黑的士兵在费劲地转动脖颈。远远近近有负伤者的低声呻吟。他们的眼睛里充满了悲哀与无奈。一个士兵在绕着路边的灌木丛一蹦一跳地走，断掉的手臂露出可怖的创口。几分钟后，士兵仆倒在地不再动弹。

一个团，撤下来的人还不到八百人。这场仗败得太惨，是从未有过的大败。眼前这个独立团就像一条被打断了脊梁骨的狗，蜷缩成一团，不住哀鸣。一脸灰尘与污血的黎有望环视四周，没再嗷嗷叫唤，心神一片恍惚，有种超脱现实的感觉，像是眼前的鲜血和牺牲都是假的。他盯着尘土里的这把德制短枪，瞳孔涣散，眼神浑浊，突然大叫一声，滚落担架，捡起枪，双膝落地，对准太阳穴扣下扳机。

“子弹在我这呢。”黄开轩摊开手掌，瞅着咻咻直喘的黎有望，脸上表情半是苦涩，半是嘲讽，“你不想活，我还不想死。”

“黄开轩，我日你老母！”黎有望虎跃，抱摔。两人滚作一团。论枪法，黄开轩号称枪神，曾用一支中正步枪创下700米的狙杀纪录，子弹击中敌人眉心。从主阵地溃退之际，若非黄开轩弹无虚发，接连打死数名敌军营连级指挥官，独立团要想撤下，起码还要多流上百人的血；但论拳脚，黄开轩远不是黎有望的对手。被按倒在地，连挨数拳，口鼻淌血。眼瞅着拳头要再次落下，黄开轩干脆放弃挣扎。

拳头没有落下。骑在黄开轩身上的黎有望身体开始剧烈颤抖。

那是羞愧，以及对自己的愤怒。两个人都在彼此的眼里看见这种复杂的情绪。

黎有望松开拳头，趔趄起身，凝望着蔚蓝天穹下的直罗山主峰，良久，哆嗦着嘴唇说道："就地驻防。等候军令。"

第二章

曲家沟

1

夜已深。一轮圆月洒下清辉。月光下的直罗山像睡着了，在打着鼾。是从山里刮出来的风，滚烫，风里犹有血的腥味与火的硝烟。

这里是距离直罗山主峰十里的曲家沟。黎有望遥望西南方向天地交界处，那块被火光映耀的天幕，是太平桥所在，想必吕天平正在死战。枪声好像瓢泼大雨。黎有望心头似打翻调味瓶，没有甜，只有酸咸与苦辣。黄开轩与他对面坐着，坐在一块废弃石盘上。

“韩光义令你即刻动身，返回连城。令我暂时以团参谋长的身份接管独立团。”黄开轩哑着嗓子说道，“我不建议你回去。军法如山，韩光义这是要拿那份军令状说事了。就算他不杀你，你也会成为他对付师座的棋子。”

“你这是让我违抗军令吗？”

“不敢。我只是觉得活着比死了好。”

“死了比被当作人质的活要好。我替你把后半句话说出来。是不是有点后悔下午不该把子弹倒出枪膛？”黎有望闷声说道，“黄参谋长，有件事我一直不理解。你文武全才，为什么还要对吕天平俯首帖耳呢，就因为他在东征时救过你一命？”

“不是。我入伍后，一直跟着他，习惯了。”

“算了，我也不想知道为什么了。我不喜欢他这种把部队当作私军的做派。这与旧日军阀有何区别。中国人民一切困苦之总原因，在帝国主义者之侵略，及其工具卖国军阀之暴虐……这是国民革命军出师北伐宣言的第一句话。这篇宣言我能倒背如流。”黎有望瓮声瓮气地说道，“我不是说他现在是军阀，我是说他有可能成为军阀。所以拼了命地想摆脱他的庇护。”

这种辩护是无力的。两人沉默下来，都小心翼翼绕开那些不该提起的问题。磨盘前的简陋民房宛若一个薄薄剪影。黄开轩缓慢地揉着肿胀的腿。半晌，黎有望起身道，“我回连城，接受军法处置。也请你替我转告他一句话，不要为我去斡旋转圜。当兵的能死，我黎某人也敢死。只是有点遗憾，生为军人，死不能成为军魂。”

黄开轩一惊。黎有望话里死志已决。他当下脱口说道，“黎团长，直罗山战败非你之责，我亦有过。”

“我知道。我们都上了王均如的当。但我是团长。立军令状的人是我。”黎有望拍了下坚硬的磨盘，“打你来部队的那天开始，老子就看你不顺眼。但你是个汉子。独立团的兄弟们拜托你了。”

黎有望转身离去，走得慢，月色如水，他走路的样子就像一个即将溺水之人。

黎有望与吕天平的两封电报同时抵达军部驻地连城。一封只有四个字，“刀下留人”；另一封五个字，“已夺太平桥”。

军指挥部设在原连城县衙，坐北朝南，是一组占地近千平方米，严格按照清代地方官署规制所建，规模较大的建筑群。衙内有数株古树，枝叶繁茂，也让门内气氛为之肃穆。大堂两侧两人合围的木柱所刻楹联，字迹斑驳，仍隐约可见：“吃百姓之饭穿百姓之衣莫道百姓可欺自己也是百姓”，“得一官不荣失一官不辱勿说一官无用地方全靠一官”。

韩光义是在大堂东议事厅见的黎有望。

戴一副珐琅眼镜的韩光义长得老成，鬓角头发略秃，露出一个布满皱纹的宽大额头，又因为嘴角两道下耷的法令纹，给人的感觉不像是执掌一军权柄的主帅，反倒像个落魄半生的私塾先生。韩光义把两封电报推至黎有望面前，眯眼说道，“一个问题：假如你是我，怎么办?”

“赏罚分明。”

“怎么赏，怎么罚?”韩光义声音平淡，又把头埋入报纸。北平的《世界日报》。头版新闻是日军在东北的血腥暴行，江北水灾和西北的旱灾，电影女明星婚恋事，租界百老汇大厦开业广告等。黎有望眉梢跳动。窗外阳光如瀑，洒在韩光义悬挂在东边墙壁上的那套将军制服上，跳出几点让人难以直视的金芒。

一名士兵门外大声叫道：“报告。许汉山团长求见。”

“让他进来。”

四方脸的许汉山是77师103团团长，广西人氏，韩光义一手带出。识字不多，嗜酒。黎有望与他不算熟悉，听闻过一些故事。十余年前，还是营长的韩光义兵败阮水，负伤落江，就是这个许汉山背起他，硬是在几十条船的围追堵截中杀出一条血路。当日，许汉山腹中一枪，肠子都流出来了。杀红了眼的许汉山一手捂肠，一手放枪，真可谓悍猛之人。后与军中同僚饮酒，也多喜掀衣露腹，指着那碗口大的疤，讲述那段历史，讲得是唾沫四溅，还自号韩门许褚。

有次醉醺醺地搂着黎有望的肩膀，他又要开讲，黎有望递过去一句话，“你觉得军座很喜欢听当年打败仗的故事吗?”这家伙总算回过神来，从此闭口不言此事。

不久，他从副团被提为团长。可能是因为这个原因，许汉山就把比他小了一轮的黎有望当朋友了，隔三岔五让勤务兵给黎有望弄来一些山珍野味。这回黎有望守直罗山，他也奉令去守雁子口。到雁子口还给黎有望打来一个电话，说他狩猎到一只足有四百斤的野猪，已着人用盐腌制，等打完这场仗要办一场野猪宴。

这个宴没有机会办了。黎有望丢了直罗山，许汉山也丢掉了雁子口。

2

许汉山一身血污进了屋，扑通一声跪下，“韩军长，我对不起你。”

“你没有对不起我。你对不起的是你手下死去的弟兄，是国民革命军，还有你自己。”韩光义搁下报纸，声音波澜不惊，“敌人攻上来的时候，你还醉着酒吧。”

“是。”许汉山根本没有顾及身边站着的黎有望，膝行向前，“我犯糊涂。请军长给我戴罪立功的机会，我愿意重领103团的兄弟，夺回雁子口。”

许汉山的鼻涕眼泪一大把，说话结结巴巴。

“戴罪立功？103团的兄弟们还剩几个？”韩光义话语虽轻，黎有望却是一凛。“戴罪立功”这四个字原本也是他想说的。

“军长，念在我跟了你十来年的分上，给一个战死沙场的机会吧。”许汉山重重磕下三个响头，磕得真用力，地面都在震动。血从额头淌落，许汉山的样子是说不出的狰狞。

韩光义起身踱到窗口。议事厅斜对面的山墙下躺着两块已被风雨侵蚀的匾额，“明镜高悬”“执法如山”。一只色泽艳丽的鸟在匾额上方来回跳动，不时啄着已腐朽的木。不知道是什么鸟，一点也不惧怕那热。

韩光义鬓发间有星星点点的白发与细汗，语气凝重：“汉山，你跟了我快十年了。我会厚恤。你老家的孩子，我会保举上陆军学堂。”韩光义回望仍磕头不止的许汉山，声调没有起伏，就像一个老学究对着做错作业的孩子那般说，“如果人人都要求一个战死沙场的机会，你说我还怎么带兵？”

许汉山的身子抖成一团。守在一边的宪兵营长丁聚元扔下腰间佩枪。几秒钟后，一直颤抖着双手的许汉山终于把枪口成功地塞入嘴里，砰一声响，如重锤砸落。

“葬。”韩光义弹出右手食指，弹死一只刚在窗棂上落下的苍蝇。等勤务兵拖走尸首，粗粗打扫完现场，韩光义好似游山玩水地闲庭信步，踱到黎有望的面前，低声道：“该怎么赏，该怎么罚？”

一步，两步，三步。

青砖地上留下三个血印。从许汉山进屋，到尸体被拖走，黎有望就一直保持着一个两眼向前平视的标准站姿。他未怕过死，此刻双股却有了微战。

韩光义抽动嘴角，似乎是在笑，“知道我为什么会答应你守直罗山吗？你与吕副军长不是一类人。你想成为一名真正的铁血军人。我想成全你。你让我失望了，但我现在不想罚你。雁子口是鸡肋，失了，也就罢了。直罗山是咽喉所在。我给你一个戴罪立功的机会，三日夺回直罗山!”

黎有望走了。当黎有望的背影消失在大门口后，韩光义缩手，舔了舔右手食指。上面还沾了一些破碎的苍蝇内脏。韩光义回到桌前重新打量了一眼吕天平发来的那两封电报，摊开地图，目光死死地盯着太平桥，手指在太平桥与直罗山之间的空白处连敲几下，嘴角抽搐。

在亲眼目睹许汉山自裁的那一刻，黎有望彻底打消所有侥幸之念，准备举枪自裁。他没想到韩光义会给他一次戴罪立功的机会。说好的杀鸡儆猴呢？韩光义是杀许汉山这只鸡给他这只猴看吧。他又有什么资格称为猴子？他不是猴子。猴子是吕天平。他只是吕天平身上的一根猴毛。这是一个让黎有望倍感沮丧的简单事实。

要想三日内夺回直罗山，一个团的兵力决无可能。黎有望已充分领教了王均如的阴险狠毒。除非吕天平主动把太平桥交给韩光义的嫡系，用一个师的兵力才可能与王均如颉颃抗手。经过太平桥一役的175师已然疲惫，急需休整，若再长途跋涉，仰而强攻，胜算顶多五五开。就算吕天平攻下直罗山，必是惨胜，实力大减。这支部队若打残了，吕天平的军中地位也就岌岌可危。

吕天平会为了小舅子干这样的蠢事吗？韩光义这是用黎有望的命，给吕天平出了一道题。行的是阳谋。若吕天平不出兵，韩光义三日后再杀黎有望也不迟。

赶回曲家沟的黎有望与黄开轩相顾无言。这道题是不简单的，不是他俩有能力回答的。

一灯如豆。马灯的玻璃罩上积了一层蚊蠓尸体。那些活着的蚊蠓，仍围绕着这点光、这点热，载歌载舞。若不是这层玻璃罩拦着，它们早已心甘情愿地投入这团跳动的火焰中。

“上下两策。”黄开轩低声道。

“下策，逃。逃有两种逃法，一种是立刻脱掉军装，有多远走多远。丁聚元此番跟来，虽负监督与执法之责，你若要走，他手上这几个人拦不住。韩光义心知肚明。你走了后，我肯定要受降级或撤职处分，掉不了脑袋。师座在，我还有翻身机会。当然，你这样走，对师座声誉是一个打击。就怕……另一种，是你把队伍拉出去，有枪就是大爷，到时占山为王，见机行事。有多少士兵愿意跟着你起事，我不知道，这得问你自己。我不会跟你走。你若起事，得把我与丁聚元他们都绑起来。不过据我对你的了解，你不会选择这个逃字的。”

“至于上策……”黄开轩沉吟。

“死。对吧。我举枪自裁谢罪，吕天平就不用为这事再烦心了。昨日，你为什么不让我死？你枪里若装着子弹，我已经死了。真怕吕天平找你算账？未必。”黎有望嘿嘿冷笑，“他顶多也就是抽你两记耳光。你是人才，难得的人才。别说我不过是他所谓的小舅子，就算我是他爹，吕天平也不会真个崩了你。若没有这点胸襟气度，吕天平就不是吕天平了。这点我懂。你也懂。我只是有点不甘心啊，这仗打得太窝囊，窝囊透顶。”

“也许还有一策……”黄开轩缓缓说道，伸手蘸水在桌上写了两字。

“杀韩。”黄开轩衣袖一擦低声道，“把队伍带走！”

黎有望脸色瞬变，“你到底是什么人？”

3

万籁俱寂，屋内死一样的静。

黎有望手中冰凉的枪口对准黄开轩的额头，低声道：“我没有你们这种人那么多根花花肠子，也知道你这是摆明了挑唆。鹬蚌相争，渔翁得利。韩光义是鹬，吕天平是蚌，你要做渔翁，是吧。信不信我现在开枪杀了你，再把你刚才所言汇报上去?”

“人心鬼蜮，不得不防。我理解。不过你这是想多了。我不希望你死罢了。”黄开轩忽展颜笑道，“凡为将者，不可不疑；但不可让人知其疑。你要记住。至于为什么不想你死，因为……因为像你这样的人世上太少了。”

黄开轩找了一个极没有说服力的理由，自己也嘿嘿一阵干笑，“当然这不是原因。等时机成熟了，会告诉你的。所以现在也请你带着这个疑问，好好活下去吧。”

黎有望转身出了屋。黄开轩没跟过来。昏暗的灯光下，他那张脸是皱巴巴的。许多话不必再说了。一阵热风跳过墙头，吹入衣领。黎有望通体燥热。月光在院墙下那块废弃的磨盘上缓慢地流动，流得慢，形若有质。大暑时节，墙外一蓬竹影婆娑。黎有望慢步踱近，解开上衣，叠好放在一侧，把汗湿的后背烙在石盘上。

热，很舒服的热，这样的舒服是会让人意志麻痹的，哪怕是一个军人。

黎有望惬意地吁出一口长气。头顶正上方的月亮仿佛一个被剪开的窟窿，大量银光得以从这窟窿里流入。也许这个广袤而又黝黑的世界之外，是另一个银子一样的世界，是仙境与佛界，是所有脆弱的肉身最后要去的地方。黎有望胡思乱想，以往所经历的种种如同电影片段，在大脑前额处渐次浮现。又过了半晌，他坐起身，掏出枪，像许汉山那样把枪口塞入嘴里，再闭上眼。

铁的味道有点腥。

黎有望皱眉。

月夜里有人唱歌。一个低沉嘶哑的男声。唱的是山歌。

“月亮出来亮堂堂，对直照进妹的房。妹的屋里样样有，少个枕头少个郎。”

歌声被风扯起断断续续的数段，谈不上悦耳动听，但让人听后就想落泪。是一个来自云南的兵。这是云南那边的小曲。黎有望喟然长叹，注视着脚下那寸步不离的影子，心头酸楚，缓缓闭眼，就想扣下扳机，一个清脆的声音蓦然耳边响起：“你是想自杀吗?”声音不大，却犹如雷霆骤然发生。黎有望一惊。一个人影倚墙凝目望来，齐耳短发，一身军服，脚上还打着绑腿。若非她开口说话，还真难辨其雄雌。

“你哭了。”

女人走近身，她有一双好看的杏眼，继续说道：“世上最不值钱的东西就是眼泪，尤其是男人的眼泪。它除了让人变得软弱，没有任何用处。”

黎有望想起这个出言不逊的女人是谁了。五天前，一名士兵把脸被太阳晒伤的她带到正在布置防线挖壕沟的黎有望面前。女人眼神桀骜，手持军部函件，自称是北平《世界日报》战场记者，手上多有荆棘拉出的血口，脖子上还挂着一个德国莱卡相机。这是稀罕货。黎有望照着她的吩咐摆拍了几张，还扔给她一包藏红花秘方，让她吃点药减轻晒伤引起的疼痛。没想到这个不怕死的女人还留在部队里，也不知有无上直罗山头。

黎有望放下枪，瞪着女人。

“黎团长，你想死。我不拦你。”女人挠了下后颈，似乎有点难为情，“夜里光线不大好。你若想自戕，能否换明天早上？太阳升起后，光线会好点，我给你拍几张好看的。”

黎有望的身体抖了起来，枪口下意识地对准女人，厉声说道：“你要干什么？”

女人竖眉，夷然不惧，“我就一个记者，你说我想干啥。啊，把你几天前叉着腰睥睨天下的照片，与你一枪打碎自个儿脑袋的照片搁一块发出去，再配上一行文字，‘内战者的下场’，想必一定会有很多掌声的。”

黎有望张口结舌。这女人还真是词锋犀利。女人叫白露，听起来不像个真名。说话又急又快，跟从枪筒里蹦出来的子弹差不多。

“你立军令状的事，我听说了。我看你这个人不错，还算有点良心。也许我可以救你一命。怎么救，你就别问了。若我真救你一命，算你欠我一个人情，到时记得偿还就是。你也别抱太大希望。三日内我若没有消息传来，你再一枪崩了自己不迟。”白露说完转身离去。

这女人的出现就像是一场梦。夜更深了。远远近近，有夏虫在鸣。漆黑夜空与遥远地平线上那黑黝黝的山林，仿佛是深渊，有一种可怕的魔力，要将人往里吸。真要再等三天重新把枪塞入嘴里吗？黎有望的手指在冰凉枪身上来回摩挲。

“姐，我也不想死啊。可我不能活着给吕某人添麻烦。”这句话在黎有望心中来回转动，像把生锈匕首，一行热泪又情不自禁地从脸庞上淌下。

第三章

连城县

1

黑夜里睁着的眼睛有很多双，但谁也没想到吕天平还真的发兵直罗山。更让人没想到的是，一夜之间，直罗山敌军守军竟然兵变，传出王均如身死的消息，他手下的三个团，一个团投了吕天平，另两个团星夜撤走。

连城县的军部指挥所里，韩光义凝视着面前端坐如钟的吕天平，沉声说道："吕师长，想必你与王均如手下那个廖什么团长早有联系吧？"

"军长法眼如炬。"吕天平语速不快，声音里有一种让人信服的力量，"托军长洪福。廖凯团长在目睹王均如驱赶百姓、麻痹我军作战意志那刻，终于下定弃暗投明之心。”

眼前这个吕天平很有那么点蒋委员长倡导的“革命军人”标准像的味道，瘦，浓眉，薄唇，不苟言笑，不嫖不赌不抽大烟，军装的风纪扣永远扣牢，就连到底是否真有个正房太太也是个谜，据说并未有过婚配，倒莫名其妙地有个双方都不否认的浑不论的小舅子，也是异数。韩光义拖长声调：“哦。吕师长，照你这样说，黎有望不仅无罪，还有功？”

“不敢。我只陈述事实。委员长一再教导，我们是革命的队伍，要打胜仗，靠的是救黎民于倒悬、救百姓于水火的信念。”吕天平面无表情。

“哦，那你说说看，我们这一仗要还能胜下去，靠的是什么？”

“靠的是对党国的无限忠诚，革命军人铁的纪律、铁的意志，以及军座的运筹帷幄。”

“天平老弟，你没去上海的戏园子里唱戏真是可惜了。”韩光义咧嘴一笑，“若去，肯定是一个开宗立派的宗师级别的人物。”

韩光义背手踱步，是《霸王别姬》里虞姬上台走的那几步。

“再问你。当年曾文正公打下天京，平定‘长毛’，总结半生的军事成败，他说他自己靠的是什么？”

“曾国藩自拟过一份众口传诵的《讨粤匪檄》，‘举中国数千年礼义人伦诗书典则，一旦扫地荡尽……’”吕天平沉吟道。

“不是这些，就俩字。运气。”韩光义打断他的话，向上推了推珐琅眼镜，“你说三十路军此番拼命向西又是为了什么？”

“军座心中自有明镜一面。”

“你吕某人心中怕是有明镜数面吧。”韩光义哈哈一笑，“天平老弟，你我同僚共谋国事，自当精诚坦率，肝胆相照。他们此番来，你心里清楚……为的是与赤匪会师。”

“这个战略意图很明显。”

“直罗山犹如铁钳，卡住他们会师的最后一步。我们被布防在这闽赣边的穷山恶水里，就是要锁死他们的喉咙，阻其合流。”

“这是委员长对军长莫大的信任！”

“我倒听到部队里有人说，委员长让王耀武那帮人赴江西剿匪，拿着武装到牙齿的德式装备与一帮拿菜刀的打；偏让我们跟以彪悍闻名天下的三十路军血拼，是早有请君牺牲成仁的打算。”韩光义似笑非笑地道，“你就不好奇这些谣言是从哪里传出来的吗？”

“乱军心者，诛。”吕天平抬眉，薄唇里吐出五字。

“这话也不能完全说错。确实，要做这把铁钳，这是个累活；

稍不注意，还是个死差。天平啊，你说校长掂量来掂量去，为什么选了我的军队?”

“军长骁勇善战，善打硬仗，是军中良才。”

“错了，是因为吕师长和你的175师。”韩光义回到桌前坐下，饶有兴趣地打量吕天平脸上的表情。

吕天平脸上没有表情。

“是我连累了军座。”

韩光义哈哈一笑，“你看你，不明白我的一片苦心啊。为啥让宋敬涟的77师先上？还不是我敬重你吕天平是辛亥、北伐的双勋元老。累活，我的人先干。我韩某，从军行伍，靠的是个义字，义薄云天的义字。”

吕天平拱手道:“军长不是担心我向三十路军临阵倒戈吧。”

“三十路军，是汉子，两年前淞沪之战打出了中国军人的风范。跟他们交手，是我们的光荣；若能击溃他们，更是我们的荣耀。”韩光义双手握拳，目光直视，似乎是想从吕天平脸上找到某个他所渴望已久的答案。

“大敌当前，同胞相残，革命军人有何荣耀可言。”吕天平冷笑一声，“我查看了那些敌军，翻翻他们的粮袋，一粒米都没有，后勤断绝了，都是可怜的兵。”

“哈哈，吕天平啊吕天平，你终于说了句实话！”韩光义大笑，“区区闽省一隅之地，穷乡僻壤，工业落后，饷项不敷，财政棘手，地丁钱粮已收至五年以后。这个经济账，三岁小儿亦能算来。更重要的是民心所向，大义所在，三十路军擅自脱离中央，公开反对校长，那已是过街之鼠辈，而非当年奋起迎战抵抗日寇的党国铁军，而且其内部派系林立，各种争权夺利，实不过一群乌合之众。此时嚣张，不过是占了一个窝里反的便宜，打了国民政府一个措手不及。”

韩光义的话音渐趋森严。

吕天平从容道：“太平桥与直罗山两战，军座还不能放心吗？”

“就是放心，才与君推心置腹。”韩光义再次起身踱到大尺幅军用地图前。昏暗油灯下，眼神精光外放。

“直罗山，九死之地，也是九生之地，单从两面攻防，就是个死劫，看谁能耗。耗到最后，多一个人活下的那边，就是赢家。要破这个死劫，吕师长，以你的经验看，得怎么打？”

“此役，韩信当齐王，助楚则楚胜，助汉则汉兴。”

“说得好。这个能决定战局的韩信究竟是谁？”

2

“是赤匪。”吕天平伸手在地图上画了一条线，道，“如果他们从西边攻过来，直罗山腹背受敌，我军必败。”

韩光义一敲地图说：“所以说，这就是运气所在了。赤匪为什么没有来，他们去哪了？”

吕天平摇头道：“不知道。这个，恐怕要去问问他们了。”

韩光义俯身凑到吕天平耳边道：“我听说王均如赶出来的那帮百姓里，有人点名要找你吕天平传个信啊。”

吕天平蹙眉说：“那是我老家人南去广州谋生，顺道捎个信的，说我添了个女娃。没想到这边有战事，被卷进来，还好捡回来一条命。怎么，就我这么个小家事，也值得惊动军座？”

韩光义说：“怎么能说小家事呢，添丁有后，这是人生大喜事。不孝有三，无后为大。蒋委员长提出建国救国的十项基本方针，第一条就是要崇道德以振人心。这个生子便是道德。人丁足，我们的民族复兴才有望嘛。要不是现在战仗紧，吕副军长可要摆几桌，大大地庆贺一番的啊。”

吕天平微笑道：“咱们不是在讨论赤匪吗？军座怎么说到我家娃娃身上了？”

韩光义手敲额头，失声笑道：“对，赤匪。你看我这记性。你这收到一个好消息，我这也有一个。向吕兄透露一个南昌行辕刚刚发来的密电：近日，湘赣境内赤匪全军崩溃，倾巢出动，向西南逃窜去了。原本，他们有一个军团的人马在东进，可就在离这儿五十里地的盘马涧，收住兵，转头西去了。”

吕天平脸露喜色道：“军座声威所致，敌皆望风披靡。”

“吕师长，你好像对这个消息不怎么意外嘛。”韩光义没理会吕天平的恭维，揉揉因为长期缺乏睡眠泛红的双眼，眯起眼道，“眼前这仗是要暂告段落。三十路军的头头被赶走，手下几个师旅长纷纷向南京秘密发电，愿意缴械投降，请求赦免。现在，就等校长点个头。这于党国，真是大喜事。剩下的事，无非是清剿几个顽固分子。”

吕天平笑道：“恭喜军座。委员长心里是给军座重重记上一笔了。”

韩光义踱到几案边，看似随意又摸起吕天平拍来的两封电报，细细看过一遍，仰头，想了想说：“黎有望的事，且慢说。不过，我的手下最近从溃兵中揪出个机要官，他给我说个事，我要来单独找你老吕问问。”

吕天平目光沉静。

韩光义突然提高嗓音，声色俱厉：“那个机要官说，你是个共产党！”

吕天平应道：“韩军长，你这是在问我，还是在审我？又或者说，如果我是共产党，为何不西出五十里至盘马涧，迎上那股溃逃的赤匪，再联合太平桥与直罗山的三十路军，反手吃掉宋敬涟的77师与刘寿良的78师？”

“你说呢？”

韩光义反问，忽展颜微笑，伸出一个巴掌摆了摆道：“此等离间，怎么会迷惑住我？那个机要官的肋骨，被我嘱人硬生生打断了五根，最后承认，他只是听说。他大概想活命，编排了这么个话来求生。天平老弟，三十路军不过癣疥之患，不足为虑。这共党，有信仰，有组织，那可是委员长心头的一根深刺。当年在广州北伐前，军校政治部的周主任跟老吕你走得很近啊。”

吕天平冷笑道：“我当年带着三千赣军子弟驻防黄埔附近。大家官兵平等，同吃同住，革命意气风发，周主任不过是去我营里考察学习罢了。在南京，我也还听说，军座投考军校时年龄偏大，是周主任特批你入学的。西征有功，他还给你颁发过特别嘉奖。算起来，还是军座与周主任走得近啊。”

韩光义不无尴尬地一笑，端茶呷了口，再次转移了话题：“宋仁宗号称是一代明君。居然发明了一个风闻奏事，不必拿出真凭实据，也不署名。谏官可以根据道听途说来参奏大臣。你说这是为什么？”

吕天平沉声道：“中山先生手创中国国民党，历尽艰辛，党内无数先烈前仆后继，终于推翻帝制，我辈也得以一睹民权民生民主之曙光。”

“吕副军长真是舌辩无碍之士。”韩光义从口袋里掏出一块手帕来，来回擦了擦手掌，“所以，我要丁聚元把那小子活埋了。风闻奏事……没了这个歪风，我看谁还敢胡说八道。天平老弟，你此次取太平桥，夺直罗山，立下大功，需要什么奖赏，尽请直言。枪支弹药，人员装备都好说。但话说到前头，黎有望那事不提。”

韩光义话音刚落，大堂后面传来一个女声，极是清澈，响遏行云：“姓韩的，有本事你一枪杀了我，把我关在这里算什么事？”

3

声音来得怪异，突兀，像是一匹马突然闯入一个拳击台。

吕天平眉毛微微跳了下，“军长，我军已夺直罗山。”

韩光义缓道：“黎有望丢了直罗山也是事实。”

“军长不是许他三日内夺回直罗山，戴罪立功吗？”

“夺回直罗山的人是你，不是他。你立下大功，该赏，重赏；他违了军法，该罚。所谓赏罚分明。”韩光义端起茶又呷了口，摆手道，“你或许会说用你的功补他的过，两相抵清。只是……”

韩光义细眼里眯出一道寒光，“听清刚才那个声音吗？北平《世界日报》的女记者。年轻人不知道死这个字是怎么写的，竟然跑到前线，还在黎有望的唆使下，跑来与我算账。说什么黎有望不仅无罪，还有功。只要写出黎有望吃了败仗的真相，让全国百姓都知道对方是残暴之师就是政治胜利。打仗为的是什么，就是政治胜利。还说什么我若不放过黎有望，她就要向全国百姓控诉……控诉我的真面目。天平，你说黎有望是不是其心可诛？”

“其心可诛”四个字，韩光义说得很慢。

以韩光义的性格，若真是区区一个《世界日报》的女记者，胆敢在他面前大放厥词，早嘱人拖下去毙了。战乱时代，什么样的理由不好找？韩光义为什么不杀她，还容忍她在军部后院大喊大叫。这女人与韩光义的关系不简单。

吕天平咳嗽了声，“干脆把这个女记者也神不知鬼不觉地活埋了，省得她在外面胡说八道。到时若有人来问，就说战场失踪。”

吕天平的反击如羚羊挂角，完全出乎韩光义意料之外。韩光义对吕天平的忌惮之心又重了一分，“天平啊，你我带兵多年，皆知功罪不可相抵。功是本分，是职责，居功自恃、邀功请赏尚不容忍，更何况是功罪相抵。这样吧，既然我给了他一个戴罪立功的机会，这个机会仍然有效，让他自曲家沟出，击天子岭，如何？”

韩光义这是退了一步。

吕天平也不好再说什么，天子岭守兵不过一营，三十路军整军溃败的消息早传了过去。军心已然不稳，这种形势下，黎有望若再夺不下天子岭，是可以去死了。吕天平心事已了，起身告辞。

两人说话时，后院里那个尖厉的女声就没停止。还真骂，骂得是花样百出，蔚为大观。吕天平对这个没谋面的女记者是真生了好奇之心，可惜此地不便久留，嘱咐副官留下打听，便直奔曲家沟方向而去。

那个女人正是白露。吕天平走了，韩光义把手中杯子摔在地上，召来两个宪兵，想想还是不妥，自己来到后院。白露犹兀自骂个不休。一个副官模样的人正绕着她团团转，嘴里低声哀求。白露只是不理，见韩光义进屋，嘲讽道："军座真是好大的威风啊。"

韩光义道："黎有望的命，我饶了。你滚吧。滚回北平去。"

说罢，对身后两个宪兵道："你俩立刻把她押送回去。一直押送到北平。"白露被拖走。副官脸上堆起谄媚，"大小姐脾气可真大。幸好吉人自有天相，囫囵回来了。她失踪这些天可真把我急坏了。"韩光义劈手一记嘴巴，"我让你看牢她，你都是怎么看的?"又补充道，"何志祥呢，抓着了吗?"

"逃了。"副官结结巴巴。

"饭桶!"韩光义又是一记耳光。

第四章

天子岭

1

白露是韩光义原配的女儿，刚在北平读完女子师范大学。父亲是天子得意门生，陆军中将军长，叙任少将衔，关系大如海，找个工作有何愁？外交部、财政部、交通银行、农民银行，一概看不上，偏偏要跑到报馆里当记者。跟时代风流里那些喜欢舞文弄墨的新潮文艺女青年一样，她给自己取了一堆的笔名，换着法子撰写报道。不是一般的报道，都是时事新闻与评论。“白露”是用得最知名的一个。韩光义捧着那些铅印的白纸黑字，看了浑身冒冷汗，比自己折损了半个师还要心惊肉跳。他曾暗中三番五次跟中统徐老板的北平站的人打招呼。

这乱世里，管不好一张嘴，能活三回书算你能耐。都是那帮教授先生给带坏的。韩光义暗骂，要不是你老子当腻了穷教书匠想出人头地、飞黄腾达、光宗耀祖，投笔从戎，你个毛丫头能到淮城老家的大地主家里做个小的，就是造化了。

十天前白露拿着报社公函来到部队，说要到前线去，请军部提供方便。一副公事公办的口吻。韩光义不允，令何志祥副官跟住，劝其返还北平。没想到白露借口上店铺买东西，趁何副官疏忽自后门遁走。韩光义的性格，何副官是茶壶里煮饺子——心里有数，畏惧潜逃。结果胆大包天的白露拿着自己用萝卜章伪造的军部公函，直接奔去直罗山。韩光义这也是把怒火撒在与这事没有半点关系的马副官头上。

等韩光义再回到议事厅时，宋敬涟和刘寿良已在厅内等候。说是等候不算准确，是恭候，两人的臀部各只坐了半边椅子。他们分别是77师和78师的师长，是韩光义的嫡系哼哈二将，宋敬涟是韩光义的老部下，刘寿良是乡党。韩光义没兜圈子：“刚才我跟吕天平说的话，里面涉及的近期机密，只能传达到师一级。你们在偏室都听清楚了吧，二位师座，怎么看？”

宋敬涟对吕天平忌恨已久，说：“吕天平是个老狐狸，八成是个赤匪，整个对话是滴水不漏。我听说，他本来不叫吕天平，叫吕爱民。广州闹共党时，不是有个‘天下平等’的口号吗？他这是从里面取了两个字。”

韩光义颇不以为然，摇头道：“改一个名字，不足为证。校长当年名叫作‘志清’，为了追求革命，改名中正介石的。”

韩光义这也是为自己辩护。他本名韩光祖，光宗耀祖的意思，进黄埔登记姓名时，周主任建议说“进此门中，不要光宗耀祖，要光民族大义”。他就马上改名。

宋敬涟没说到点子上，自讨没趣。刘寿良粗人快语，说：“管他娘的是不是赤匪，这家伙杂牌军出身，被委员长硬编到我军来，不是主不是客的，看着他就别扭。”停顿片刻，挤出一个成语，“卧榻之侧岂容他人鼾睡！吕天平会打仗，势力日益坐大，不可能拉拢，就当除之。”

韩光义仰天一叹：“校长的心胸何其阔大，是有整个中国的现在与未来。他让吕天平跟我们编成一股，就是要昭告天下的杂牌军们，他容得下大家。出征前，他召我和吕天平谈话。当面承诺，这一仗，就算吕天平打成一个光杆师长，他也会让吕天平独立出去，自成一军。吕天平走后，校长又单独留我谈了五分钟，要我先为表率啊。”

“校长深谋远虑啊。”韩光义连续说了两个“啊”，两个啊字的节奏各有不同，又拍了拍宋敬涟的肩膀，“敬涟兄，这次77师顶在前头，折损甚大，就是因为校长说的先为表率四字。你受委屈了。”

宋敬涟的眼泪都差点出来了。这还真不是演技，三十路军如狼似虎。

刘寿良皱眉道：“吕天平要当军长？他娘的。他若当军长了，军座，你往哪里摆？”

“吕天平，人才。若非在军事会议上敢对校长拍桌子，他早就是军长了！校长是惜才，只要不是赤匪、不通赤匪的，他都想拉一把，共襄党国大业。这次让吕天平参战，也算是个考验。可惜了，他没跟赤匪接上火，就差五十里。事情反而变得难办啊……”

韩光义的真正心思始终未吐露出口。

自以为觑准韩光义心思的宋敬涟猛地扬眉，眼里透出一股凶煞之气，“这尊神是菩萨？是罗刹？我看是后者的可能性更大。黎有望疥癣微末。敲山震虎，杀鸡儆猴，这都没有实际意义。得斩虎首，杀猴头。关键是一个怎么斩，怎么杀。斩得漂亮，杀得高明，谁也不好说什么。吕天平离开连城后去曲家沟，想必要与黎有望商榷取天子岭之事，待他从曲家沟返回太平桥师部之际……”

宋敬涟这番话是面对着刘寿良说的，眼角余光瞥着已转身面对墙壁的韩光义，开始话语还略有犹豫，见韩光义不动声色，渐趋流利，嘴巴慢慢凑向刘寿良的耳朵，音量却是不低。两人密议。韩光义恍若未闻，只是当他们议定细节后，手指在桌上轻敲两下。

2

这几日，黎有望的处境不比热锅里的蚂蚁好多少。几次三番都有一枪把自己崩掉的打算，可白露那几句话一直萦绕于心。蝼蚁尚且惜命，况乎于人。听到吕天平取了直罗山，紧绷的神经总算松弛半寸。但走在驻地里，又总觉得所有人看自己的眼神都是在说：“看，这个㞞货，被他姐夫救了。”心头郁闷，行为难免乖张，一个人坐在房间里把驳壳枪装了又卸，卸了又装。吕天平进屋时，他正闭眼拆枪。从拆枪到装枪不到58秒。

吕天平在他面前坐下，默不作声接过枪，也开始装卸，用时1分20秒。

吕天平笑笑，“我不如你。走吧，叫上黄开轩，咱们去外面打上几靶。”

一番比试，十颗子弹黎有望打了93环，吕天平打了90环，黄开轩满环，更难得的是黄开轩的十颗子弹在靶环上形成了一朵梅花。吕天平赞道：“开轩，你可号称神枪了。”

三人拣阴凉处坐下。

“兵者，诡道也。王均如狡诡。开轩，你说说，你为什么会被王均如这个诡字瞒去？”

吕天平盘膝趺坐。

这个问题黄开轩思忖检讨甚久，当下一一答来。

“不对。是你的心神不在指挥上，没有发现那些已然明显的迹象。”吕天平虽然未历直罗山当日之败，对当时之细节宛若亲见，此刻娓娓道来，说得黎有望与黄开轩两人汗湿衣襟，“当日之败，主因当在有望，突出太快、太急，全然不管我全师的节奏。一团之长，胸中要有三千兵甲。不仅想自己这个团，还能想一个师甚至一个军，这样才能取其势，用其兵。黎有望，你再改不掉这个喜欢在前线冲杀的坏毛病，以后若想有更大成就，也难。”

吕天平之语切中肯綮，推心置腹。又说了今日与韩光义相见之事，说到夺天子岭，让黎有望与黄开轩万不可轻敌，就算敌人是一只兔子，也务必用上以狮搏兔之力。战场上什么意外都可能发生。三人议罢，吕天平辞别。

落日熔金。吕天平跃身上马。夕阳的余晖如同金粉铺洒大地，也洒在三人身上。壮阔天幕下，逶迤群山似一群行走的巨兽，庇护着它们足下的村庄。

“大好河山啊!”

吕天平拍了拍黎有望肩膀，“你没有下令朝百姓开枪，我很高兴。知道《水浒》里五台山的长老为什么独独偏护鲁智深？他说智深有佛性如海。能不能胜敌，并不是军人的天职!”说罢，纵马远去。

黎有望望着他远去的背影，一时都痴了：“不战胜敌人并不是军人的天职，那么，军人的天职是什么？”

夺天子岭之仗十分顺利，从吹响进攻号到敌军崩盘溃散，前后不到一个小时。大量三十路军的人主动缴械，双方并没有付出多少伤亡，就把这次战役的最后一仗给打完了，算是有了一个差强人意的交代。

黎有望站上天子岭主峰，眺望蓝天白云，一吐多日郁闷。他还没来得及高兴多久，惊变到来。黄开轩手脚并用，跌跌撞撞爬上山巅，脸上有骇然欲绝的神情。这是黎有望从未见过的，心脏猛然抽紧，指尖微抖。像晴空响了一声霹雳，师部急电，吕天平在途经老虎崖密林时，遭遇伏击，摔落悬崖，生死不明。

黎有望一个趔趄，像有某种东西猛然张口咬掉他的半边身子，失去平衡，跌坐于地，嘴里一口血吐出，喃喃自语："怎么会这样?"这些年来，吕天平就是他头上亭亭如盖的树，他无数次想过逃出这片树荫的覆盖，但当树荫突然失去，他才第一次真正感受到阳光的暴虐。

"师部已派人到崖下沿溪仔细搜寻。军部听闻此事后，也派出了搜索队。"黄开轩话音未落，黎有望已纵身而起，丈许宽的沟壑也一步迈过。

"我去找。"

3

军部议事厅里，韩光义一脸铁青，手指着两位师长的鼻梁破口大骂："生死不明? 这就是你们的斩得漂亮，杀得高明? 我还不如直接搞一场请送宴。"

韩光义说的是北洋军阀时代的典故。如某大帅发觉麾下某高级军官有叛变倾向，会请其吃饭，酒足饭饱之后，让人把他带出饭厅枪决；又或某大帅手下军官哗变，夺了大帅的权，这些军官也会客客气气邀请大帅吃饭，等酒过三盏，大家都喝得客气了，再由士兵把老帅带到饭厅外立即枪决。北伐之后，最高法院逐步不准这种“军中私刑”的存在，擅行此端，是要上军事法庭被军法处置的。

刘寿良眼角肌肉突突直跳，“我本欲着人连夜沿溪密寻，考虑再三还是放弃，怕落入有心人眼里。军座，其实无论吕天平生死，此时已箭在弦上。要以快打慢，趁175师还在寻找吕天平之际，召集师以上干部紧急召开军事会议，把175师的那几个混蛋扣为人质，强行整编。如今大敌已经不是什么忧患，赤匪又西去，正是整个吃了175师的最好时机。如果再迟些日子，委员长方面剿匪的战况推进顺利，就会发布会战收尾的电令。电令一出，他吕天平就是军长了，175师个个升官发财。”

“你这是逼他们造反。”韩光义屈指轻敲桌面，眼里寒光闪动。声音虽轻，却若利刃。刘寿良哪受得了这种目光，额头汗出，脊背情不自禁屈出一个弧形。

“当务之急，不在谋，而在断。175师也不是铁打的一块。只要许以重金拉拢分化，我看未必不成。出生入死，刀口舔血，所图无非一个高官厚禄。有几个人相信那三民主义？那个姓冯的副师长也是一个有野心的人物。”宋敬涟的眼里有寒光，“又或者一动不如一静。就算吕天平活着回了175师，他也查无实据。夜黑林密，我让人远程狙击，未曾与吕天平照面，其间更不曾出过一声。”

“狙击的人呢？”韩光义沉吟道。

“已密令处决，浇以汽油焚烧，秘密掩埋。就算175师的人找到埋尸地点，也不能从中找到什么有用的线索。人员已计入直罗山一役的战损伤亡。派老手做的材料，出不了问题。”宋敬涟说。

“整编之事，不宜操之过急。”韩光义吁出一口气，“我去一趟175师，去会会吕天平手下这些骄兵悍将。看看没了吕天平后，他们的爪牙是否依然锋利。”

韩光义走到屋前，回头继续道：“敬涟，你刚才说错了一点，我相信三民主义。或许，吕天平也同样相信。不过，我们的相信有点不一样。在我看来，校长的指示，就是等同于三民主义的精髓，是在当下这个阶段对三民主义最准确的灵活运用。攘外必须安内，剿匪戡乱，就是抗日御侮的初步；而吕天平相信可与包括中共在内的叛军各弃成见，共御外敌，希望通过谈判途径消弭冲突。这可能吗？不可能的。我韩光义一样痛惜兄弟们的性命，但更相信校长作为领袖的绝对正确。我们是军人，军人的天职是忠诚与服从。忠诚不彻底，就是彻底不忠诚；服从不坚决，就是坚决不服从。”

韩光义这番话有着刀枪剑戟。两个师长连忙起立敬礼，一起把“忠诚不彻底，就是彻底不忠诚；服从不坚决，就是坚决不服从”齐声朗读。不仅是朗读，还暗自比拼了一下音量。“行了行了。这不是比嗓门，是比行动。”韩光义摆摆手，随即召入副官，问搜索队可有消息。副官连擦虚汗，只说宪兵营的丁聚元正在搜寻。

“活要见人，死要见尸。增派人手。务必第一时间找到。”

第五章

老虎崖

1

军部宪兵营，175师部特搜队，还有黎有望，差不多要把谷深峡陡的老虎崖翻一个底朝天。也不知有多少只野鸡狍子倒了血霉，只是大家的注意力全然不在这些平日里用来打牙祭的飞禽走兽上。还真在密林里堵住两群分别从太平桥与直罗山溃退的敌军散兵游勇，打死十几名，俘虏几十个。为了这些俘虏的归属，师部特搜队与宪兵营剑拔弩张，差点干架。最后还是丁聚元在请示军部后做出让步。

吕天平杳无踪迹。一百多斤的人难道是被老虎给吃了？

说这话的宪兵被黎有望砸了一枪托，又被丁聚元扇了几记耳光。气氛凝重。谁的脸色也都不好看。谁都知道吕天平遇袭一事蹊跷，可谁也不敢往这方面多说一个字。按理说，那些散兵游勇胆气早丧，又怎么敢做出伏击之事？但话又说回来，谁敢保证这些散兵游勇里就没有几个亡命之徒？

黎有望心焦，从岩上潺潺细流里掬了把水浇在脸上，想下令扩大沿溪搜索的范围。

一个175师的士兵自山路上急速奔来。

“师座找着了，在医院，师部医院。”

谁也没想到，竟然是白露救下吕天平。

白露被两名宪兵押去横峰车站。一路上收敛起大小姐脾气，嘴里喊着哥哥，把两个血气方刚的年轻士兵弄得耳红面赤，乖乖上车。等车启动后，她说是要上厕所，自厕所窗户翻出，趴在车厢顶不动，候到两个士兵踢开厕所门后慌不迭地跳车逃跑，她到下一站，搭了一辆反方向的车又回到连城。

没走大路，雇了一条木船溯流而上，打算去太平桥找连战连捷的吕天平做采访，就在晨曦微光里看见河面上一个人趴在浮木上载浮载沉。她本来认为是浮尸一具。船只与浮木交会之际，却看到人体抽搐了几下。白露赶紧让船老大打捞。待上来仔细一看，这个右胸口中枪、晕迷不醒的军人却是在报纸上见过相片的吕天平。连忙送到太平桥，上岸一说，175师的将士们炸了锅。

黎有望赶到医院。军医指指白露，说要好好谢谢这位姑娘，幸亏送来及时，命总算保住了。至于什么时候能够恢复清醒，要看脑组织的损害情况及术后恢复情况。是脑外伤引起的颅内出血导致的晕迷。需要尽快手术开颅清除淤血，军部与师部两处野战医院皆无手术条件，建议立刻送上海。至于右胸枪伤，是一个贯通伤，没伤及心脏，止血包扎后已无大碍。

黎有望见了白露，心头微怔，此时也顾不得多说什么，行过军礼，扑到吕天平病床前，双腿一软差点跌倒。被雪白绷带浑身包裹着的吕天平就跟一具木乃伊般，若非鼻尖犹有温热鼻息，还真不比一具尸体好多少。

黎有望心乱如麻。

外面一阵喧哗，却是韩光义来了。

韩光义听闻吕天平没死，还被人寻着，是为一惊；又听闻吕天平陷入深度晕迷，心中一喜，是喜出望外。吕天平若死，这网就得立刻收紧，手上难免勒出几道血痕；若不死，这网就没法收。只有晕迷才是恰到好处，可以徐徐收之，尽揽军心。到时就算吕天平他在上海醒来，也是鞭长莫及。没了吕天平，他手下这群凶兵悍将就徒有爪牙之利。

韩光义温言劝慰，立刻颁下三道军令：着师部立刻派人护送吕天平赴上海就医，找最好的医生，务必救醒，所需经费皆由军部列支；着175师原副师长冯沅暂摄师长一职；着冯沅遣人与军部宪兵营组成特别调查小组，一起调查吕天平遇袭事件。

韩光义滴水不漏。众人对他的处置皆无二话可说。韩光义告辞，步出医院，想起宪兵汇报时提到的那个把吕天平送到医院的女人，心中生疑，该不会就是自己的女儿白露吧。随口问跟过来的冯沅。冯沅说刚才还在，这回不见人影了。

“把她找来，我要重重嘉奖。”韩光义想了下，又补充道，“是请来。”

2

韩光义前脚走，白露后脚溜回病房。梳洗过的她比前两次相遇时多了不少女人味，鹅蛋脸，肤色虽黑，五官颇见清丽。她大剌剌在黎有望面前站住，双手抱胸，双目犹似一泓清水：“韩军长果然放了你啊。你该怎样谢我？”

失魂落魄的黎有望根本就没听她在说什么。

白露毫不客气地一脚踢在黎有望小腿上，“你这人是怎么回事啊。”黎有望一惊，条件反射般又给白露敬了一个军礼，“谢谢姑娘救了师座。”白露哭笑不得，“拿出行动来谢我。这里不是说话的地方，你跟我来。”把黎有望拖出帐篷，到僻静处，张口就问：“第一个问题，吕副军长遇刺，是因为他提议以谈判方式解决中央与地方派系冲突的政治主张所致吗？这是不是另一个宋教仁案？”

黎有望蒙了。

“第二个问题，吕师长既然明确提出和平统战共御外侮的主张，为什么还要血战太平桥？是以战逼和的策略运用，还是他说一套做一套？”

黎有望更蒙了。

“第三个问题，直罗山一战，我亲眼所见。王均如部驱饥民为前驱，不可不谓阴狠毒辣。你觉得吕师长提出的和平统战的范畴里，是否也包括了这种无耻之徒？”

…………

白露一口气提了六个问题。黎有望一个也回答不了。两人大眼瞪小眼，白露的杏眼快要瞪成牛眼，一拍黎有望肩膀，“你倒是给个痛快话啊。”黎有望嗫嚅着嘴唇，半晌答道：“我不知道。”

“你不知道?”白露尖叫起来，“你还是不是一个团长啊，是不是一个男人啊？据说您与吕师长为郎舅关系……”

白露的嘴像一挺马克沁机枪，黎有望就看见枪口冒出的一串串火舌，其他啥也听不见了。当下撤身退走。白露去拽，黎有望本能就是一个过肩摔，刚把人扛到肩头，猛然意识到不对，这是一个年轻姑娘，是刚救下吕天平的姑娘，还曾出言劝阻自己自杀并声称要鼎力相救……

这一摔的后半段动作马上改为往回搂，这一搂就又变成了抱。温香软玉抱满怀。黎有望的大脑嗡一声响，他还是第一次这般接触异性的身体，手脚顿时僵硬。

白露也傻了眼，劈手给了他一个嘴巴，“你干什么?!”

黎有望松手，嘴里的话就颠三倒四倒不出来，一张脸，通红。白露撩脚朝他裆部就是狠狠一记。黎有望的脸色马上从红换成了白，屈身捂裆，嘴里倒抽冷气。白露杏眼圆睁，戟指唾骂：“不要脸的家伙，是不是以为四海之内皆你妈啊。”

这姑娘百分百的人间凶器。

黎有望想死的心都有了。幸好冯沅及时出现，“你们果然在这。这位小姐……敢问尊姓大名。军座找你，你救了我们的师座，我们全军、全师都要好好谢你。”

白露狠狠地剜了黎有望一眼，“冯师长，我还正想找您呢。我是《世界日报》的记者白露，我想问问……”

两人说着话并肩远去。黎有望好不容易喘匀气，望着白露的身影，情不自禁打了个寒战。

黎有望回到病房，为吕天平掖好床单，默视着那张绷带下的脸庞，良久，小声说道：“我就不送你去上海了。我会找出凶手的。不惜一切代价。”过了一会儿，他重复道，“不惜一切代价。”也只有在被这条誓言反复催眠的一刻，黎有望才发现自己已不再焦灼，不再恐惧。

3

黎有望觉得他在侦缉追凶，随时可能突破迷雾，发现真相。

在韩光义看来，黎有望就是一头被红布激怒了的公牛。红布来回晃动，公牛徒然咆哮，满场飞奔。自己是披斗篷的斗牛士。对冯沅等175师指挥官的恩威并济，拉拢分化，即是那曲嘹亮动人的斗牛士进行曲。若非白露对直罗山之战的报道，黎有望一时被国人视为英雄，他早随手一剑刺入这头公牛的心脏了。

牛就是牛，不管有多么狂野勇猛。

韩光义颁下军令，表彰黎有望“精诚爱国，勇猛善战，爱民如子，仁义之师，堪为革命军人之楷模”，着自即日起擢升为77师的副参谋长，所部将官士卒，俱能深明大义，勠力同心，各有封赏。

真让韩光义心烦的倒是白露。《世界日报》的报道，他算是最大的获益者。军内已有传言，刚从“剿匪”前线归来的蒋委员长看完报纸后，当场说了八个字：“翊赞中枢，敉平祸乱。”司令部即将授予韩光义民国至高荣誉之中山勋章。韩光义打了一辈子的仗，所立战功不知凡几，没想到还是一篇新闻稿让他得偿所愿，心中也是感慨万千。

枪把子、钱袋子、笔杆子，这三者乃是一个政权抑或一个组织、一个人赖以生存的命根子，缺一不可。韩光义自忖对枪把子手握得还紧，对钱袋子抓得也牢，但对这个笔杆子的重视是付之阙如。当下提醒自己要好生重视。

韩光义有心与白露化解陈怨。但白露随后在《世界日报》上发出的数篇报道，却让他心中一惊，皆是直陈闽赣边地战况惨烈、底层民众士兵不堪其苦之事，呼吁停止内战，共御外侮，并把矛头直指蒋介石，说他打的无非是驱虎吞狼的主意。

这是危险的。一个弄不好，是要掉脑袋的。

韩光义来访白露。在白露寄身的旅馆内，父女俩一番长谈。

韩光义试图与她谈明白攘外必先安内的道理，一统方能御侮，未有国不能一统而能取胜于外者。白露说兄弟阋于墙，外御其侮；现在国难当头，既是兄弟，为什么这个“安内”就不可以用政治手段解决，又有什么道理谈不成？又或者说，攘外，本来就是为了安内。保护自己的国民，是一个政府最基本的责任。韩光义本末颠倒，还偷换概念，把攘外必须安内，等同于攘外必先安内，是为诡辩。

白露伶牙俐齿，一副大不了你再关我禁闭的样子。

韩光义强行咽下怒气，劝她此间事了，该早回北平。这个战地记者的活不干也罢。自己会托人替她另谋差事。就算非要干记者这行，少对时事发言，否则怎么死的都不知道，别忘了所谓民国三大记者的下场。

“蒋委员长对史量才先生说，别把我惹急了，我手下有一百万军队。你猜史先生是怎么回答的?”白露冷笑，盯着父亲阴沉的面容，一字一顿说道，“史先生说，我手下也有一百万读者。”

“你就等着看这个史先生的下场吧。我肯定，不会比邵飘萍、林白水之流好到哪里去。”韩光义没再就这个问题与白露争执下去，转过话题说男大当婚女大当嫁，一个姑娘家的，不要整日沐风栉雨，太过辛苦。他也不是那种要包办婚姻的守旧人士，不反对子女自由恋爱，若是遇到喜欢的，不妨带来。好歹他行过的桥比她走过的路多，多少有点看人的经验。

韩光义难得流露出几分儿女柔情。白露反唇相讥，说母亲当年不顾父母之命、媒妁之言，毅然与他私奔，含辛茹苦，望夫有成，如今可算有好归属否？韩光义羞恼，几欲拍案。父女俩再次不欢而散。

韩光义走了。白露到窗前目送父亲被警卫护送远去的身影，心中唏嘘不已。韩光义话语中的关心她又何尝听不出一丝半缕。从记事起，她还是第一次感受到来自父亲的温情。但国家兴亡匹夫有责，所谓铁肩担大义，那就是杀头坐牢也在所不惜。就算史量才先生以后真被宵小之徒暗杀，那还会有十个史量才、百个史量才……

数万万个史量才。我们这个国族就会有希望!

天空中堆起乌云，不过须臾，即是黑云压城城欲摧。偶有几道阳光自罅隙深处射出，把云层的边缘染作金黄。白露痴望半天，像挂了寒霜一般的脸也慢慢解冻。白露想得出神，浑然不觉危险已自身后迫近。

一个蒙面男子悄无声息蹑足靠近，不待白露回头，一手捂住她唇，一掌劈在她右颈侧。白露闷哼，身子软了下去。

第六章

太平桥

1

暴雨狂泻，闪电于厚密云层间蜿蜒游走，不时露出狰狞凶恶之貌。雷声击落，其威之烈，万物摧折，天地为之色变。在太平桥的师部驻地，黎有望向黄开轩力证吕天平的遭难，必是人为之阴谋。

黄开轩把炒熟的黄豆一颗颗扔入嘴里，“你确定?”

“我审问那日抓捕的溃兵。其中几个人说，那夜确实听闻枪声骤响，极为密集。”

黎有望说道，“第一，假如师座是遭遇溃兵伏击，火力怎么可能有这么强悍? 师长往曲家沟方向来，在老虎崖中弹，与溃兵退下来的路线正好南辕北辙。第二，师长胸口贯通枪伤前胸高、后背低，显然是高处往下打的。他的贯通伤，是6.5毫米的子弹造成的。特搜队也在现场找到几枚6.5毫米弹壳。敌我部队装备的汉阳造、中正式多是7.92毫米的，少部分盒子炮和莫辛·纳甘步枪是7.62毫米的。哪里冒出来的6.5毫米？肯定是日本人的三八大盖。哪里来的溃兵，会专门在高地埋伏，用一把日式步枪等一个骑着马的人来射杀？这不合常情。”

黎有望喘了一口粗气，“第三，假如确实有一小股全部使用这种制式子弹又胆大妄为敢于拦路劫杀军人的溃兵，为什么我们把老虎崖都兜底翻过，也不见踪迹？我们的动作不可谓不快，他们到哪里去了？疑点太多。如果再做一个假设。这些伏兵根本不是什么溃兵，是我们的人，所有疑点迎刃而解。”

“枪手是预先埋伏好的，不是溃兵？”

黄开轩把一把黄豆抛入嘴里，用力嚼着，腮边鼓起数道青筋。

“枪手必有预谋，趁着两军零星接火做掩护，偷行暗杀。第一枪把师长打下马，随后开了第二枪。师长落在路边，果断翻身落崖，头颅因为碰撞受伤。万幸山崖不高，下面又有流水湍急，师长凭借求生本能抓到浮木，才侥幸逃出生天。枪手补了不少枪，但无一再命中。你要我相信这事是一伙溃兵无意为之，我死也不信。”

黎有望说道。

黄开轩嘿嘿干笑，没接茬。

黎有望从他手里抓过几颗黄豆，狠狠咬道:“吕天平遇袭，谁是最大的受益者？韩光义与冯沅。开轩，你可还记得，我们初上直罗山侦察地形，差点吃了暗枪，是谁打的？”

“77师督战队的人。事后解释说以为咱俩是逃兵。他们有三八大盖，督战惩戒用枪，不打要害，能留个活口再回来扛枪。”黄开轩细声道，“若真是他们行此苟且，必是机密。奉令行事之人，十有八九要被灭口。你虽未入调查小组，也通过渠道查阅过77师上报的战损记录，并无异常。有望，你目前说的只是推测，不是实据啊。”

“宋敬涟是韩光义的狗，韩叫他趴着，他就绝不敢蹲着；叫他吠两声，他绝不敢少吠一声。韩光义早视师长为眼中钉肉中刺。直罗山一役后，是他火中取栗的大好时机。”黎有望道，“我承认，目前确实查无实据，但仅韩光义有这个必要杀人；有这个能力，毁灭证据。开轩，只要我有足够权限，不用一个月，当能把这件事查个水落石出。这不需要多少智商。但这个不知所谓的调查小组根本不理会我的提议，比如立刻审讯77师做战损表的文书，我就不信那个獐头鼠目之辈没做手脚。开轩，调查诸事宜，我插不进手，冯沅各种敷衍搪塞。工作根本没有实质性推进。堂堂军部特别调查小组，他妈的到今天连个具体组员名单也没有公布。为什么会这样？冯沅可是吕天平一手擢拔。为什么在吕天平出事之时态度强硬，等到暂摄师长后，就对此事打起太极拳？人之所以选择忠诚，是因为背叛的利益不够大。是不是？开轩。”

黎有望声音里有难以抑制的愤怒与疼痛。这些日子他遭遇了太多太多。包括这份他正拿在手中“明升暗降”的擢升军令。所有人皆前来恭喜他升职，可他在这些人眼里看到的，更多是同情与嘲弄。

“可想而知，最后的结果必定是不了了之。事实上，我们都知道这点。开轩，别说你没有看到这些疑点。我想韩也未必不知，只要他愿意，他有这个条件把这些线索一一斩断。我想，更大的可能是他认定，军中根本不会有人敢真正追查这事。他现在着急的，也就是对175师的整编。而这事看起来，也已经尘埃落定。”

黎有望搁下军令，抽出佩枪，把枪支零件一一拆散，又再一件件装回。动作很慢。手指在微微颤抖。

“你想干什么？”黄开轩咬碎了嘴里的黄豆。

“半月前，你说了一个杀字。你若出言，想必心中早有腹案。

愿闻其详。”黎有望沉声道。

黄开轩的眉毛跳动，半晌道：“此一时，彼一时。师座现还躺在医院晕迷不醒。若是不幸，恐怕这辈子都醒不过来了。”

“你什么意思？”

“当日举事，若侥幸得成，师座挟连胜之威，无人敢有半句闲话。现在，他醒不来，就算事成，也只是为他人做嫁衣裳。”

一记闪电穿窗入户，紧接着一声霹雳贯空直下。搁在桌上的黄豆碗顿时跃起。黄开轩出手如电，一把按住。“很好，黄团长。”黎有望直视黄开轩的脸庞，顿了一下慢慢说道，“行，那就不劳您大驾了，我自己去。”

“你一个副参谋长，要人没人，要枪没枪。能做什么呢？”

“一把枪，一颗子弹。足矣。”

2

黎有望相信自己当日能闯军部，立下生死状；今日也能闯进军部，一颗子弹要了韩光义的命。天子之怒，伏尸百万，流血千里。布衣之怒，伏尸二人，流血五步。黎有望起身要走，听见后脑勺叮的一声响。那是他熟悉的声音，是子弹上膛的声音。

黎有望回头。黄开轩举枪对着他，“你说的都是猜疑。不是证据。没有证据乱说话，是要掉脑袋的。”

“我早猜到你有问题。果然有问题。”黎有望脸色发白，被背叛的痛苦撕扯着他的眉眼，“你我搭档半年，你出手向来阔绰，远远高出每月薪金。你一不贪，二不赌，三不走私，哪来这么多钱供你拉拢那些营长连长？你拿了军部特殊津贴。你是韩光义的人。吕天平发现这点，为避免受你掣肘才把你打发到我身边。是也不是？”

“你不懂。”黄开轩皱起眉头，“鄙人位卑职微，但区区一个韩，还不值得黄某人牵马坠镫，供其驱使。”黄开轩的后半句话含糊低沉了许多。黎有望心神激荡，根本没听清他说啥，怒目直视那个对准额头的枪口，脸部肌肉扭曲，一声咆哮，拳砸在桌上，碗跳起滚翻，黄豆撒了一地。

“姓黄的，我只是不明白，我想举枪谢罪的时候，你为什么要拦着？我死了，你不是更好上位吗？”

黄开轩沉默了一会儿说道：“我当吕天平是长官，当你是兄弟。你这样的人，不该是这样一种憋屈死法。”

黎有望就想纵身扑来。黄开轩一枪打在他脚前一寸，“我保证，第二枪会打在你的膝盖上。”

“如果真当我是兄弟，那就告诉我是为什么。反正我这条命本来也是你救的。”黎有望的脚踩碎几粒黄豆。屋外有人奔来的脚步声，应该是听到枪响。有人敲门，声音紧绷：“黎副参谋长……黄团长……”黎有望猛地拉开门，对着门外的人影大吼：“黄团长擦枪走火。都滚回自己屋里去。”

“吕天平待我推衣解食，不可不谓仁厚；你我同袍同泽，共修矛戟甲兵，不可不谓深情。然此乃私情。国家元气，衰敝已极。唯有上下一体，如臂指使，我国人才能奋然而起，拒外侮于国门之外。韩光义的剿匪戡乱，奉蒋委员长之令，我也深为认同。公私不敢废。”黄开轩沉声道，“有望，你逃吧。你知道的，韩这个人向来面善心狠。杀一个副参谋长，不比杀一个小兵更困难，就是掐死一只蚱蜢。这是他的部队。”黄开轩语气里有了一些倦意，“至于我为什么救你，或只是执念、妄念。所以，还是请你赶紧逃吧。免得我改了主意。”

黎有望一怔。

“你私下调查种种，早在他人眼中，是谓触逆鳞。我猜韩光义本想候至175师整编完成，才对你动手。你当前此般鲁莽行事，丝毫不加掩饰，恐怕他会立刻动手。翻手为云覆手雨。吕天平挟连胜之威，他也敢下手，毫无顾忌，甚至连手尾是否干净也懒得多费心神。这是为什么？是立威！是告诉全军上下，尤其是175师的全体将士，只有跟着他韩光义，才有活路一条。有望，吕天平侥幸未死，但你现在有什么理由可活?”黄子轩搁下枪，神情不无嘲讽，“你得信我。有些事情我还不便与你多说。记住，人心虽有反复，可到底还有山水重逢。”

黄开轩直唤吕天平与韩光义俩人名讳，而非像以往那样尊称师座、军座。黎有望却是忽略了。“我不信。”黎有望大喝，弓身发力，抡臂砸拳。怎奈趋身向前时鞋底黄豆滚动，一个趔趄，失去重心的身体猛然歪斜，黎有望以手撑地，复又弹身站稳。也就须臾、片刻，但这点时间，足够黄开轩开枪把黎有望打成一张筛子。

没有枪响。黄开轩坐着，一动不动，眉间皱纹挤出悬针苦胆，随即被趋身再次向前的黎有望一拳打飞。黄开轩爬起身来拭去嘴角流血，语气森然:“别妄想再闯军部。你若再不走……”话音未落，门被重重搡开。四名披着德式墨绿帆布雨衣的宪兵跟在丁聚元身后鱼贯而入。丁聚元目光扫过屋内，没看黎有望，盯着黄开轩一字一顿道:“黎副参谋长，军座请你前去商谈要事。”丁聚元的手已按在枪把上。

这是要拿人的节奏啊。韩光义的动作还真是迅雷不及掩耳。

屋外雨声突然轻了，细了，丝丝缕缕，在茫茫天地间编织成一张近似透明的珠玉帘。帘上吊坠是那树下士兵呼喊口令声，是土坡边急速奔跑的脚步声，是身体摔倒在水洼里溅起的闷哼声，是一个警戒士兵取下步枪子弹的退膛声；更远处是军号吹起的声音，是紧急集合号。这个世界上所有的声音似乎在这张珠玉帘上纤毫毕现，清晰可见。

黄开轩闭上眼，再次睁开，盯着丁聚元身后那几个湿漉漉的脚印，盯着从丁聚元鬓发颈颌下滴落的水珠，盯着丁聚元那张刀刻凿雕般没有表情的脸，慢慢开口道："丁营长，若黎副参谋长出营房后，发生意外，比如枪支走火，又或者车辆失事坠落悬崖，你说怎么办?"

丁聚元的嘴角抽搐了一下。

这恐怕也是韩光义给丁聚元的密令吧。一种无力感攫住黎有望体内五脏，猛地一捏，再拽。一股难以言喻的痛楚自骨髓深处迸射而出，转眼灌满四肢。黎有望满嘴苦涩。既然是死，既然死要以这种令人倍感屈辱的方式来临，那也只能是接受。在他下定决心要去追查真凶那刻，他就应该想到这个结局。只是真不甘心啊。

黎有望道："丁营长，我跟你去。到时请给个痛快。"

"且慢。"黄开轩摇头道，"丁营长，这是陷韩军长于不义啊。毕竟黎副参谋长刚立下奇功、大功，国人皆视为英雄。若真出了什么意外，万一上峰追问起来，我们做下属的……"

"我等军人，服从为天职所在。"丁聚元断喝。

与此同时，枪跳到黄开轩手上。啪一声响，子弹擦着丁聚元头顶而过。四名宪兵中的两位唰的一下枪口指向黄开轩，另外两位的枪口仍指着黎有望。这群杀人如麻的老手，连眼皮都没眨一下，紫黑色的脸庞倒还浮现出几分阴沉笑意。驳壳枪在黄开轩手指上转过几圈。黄开轩干笑道："枪械走火，走火。"

丁聚元纵声长笑，"黄副参谋长，你这是要抗令吗？"

3

屋内光线渐趋明亮，犹如刀剑反光。一纸军令递至黄开轩跟前，是韩光义亲笔签发的擢升令。黄开轩担任175师副参谋长。自即日起生效。短短三日，黄开轩连升二级。

“恭喜黄副参谋长。冯师长也在军部等着你。”丁聚元的声调没有起伏，眼里精光涌出，浑若一头盯紧猎物的鹰隼，“还有一事。韩军长嘱我亲眼看着黄副参谋长办妥。正巧，黎有望也在此处，就不烦我再多跑一趟了。”

丁聚元取出短枪与另一纸军令，搁在桌上，朝着黄开轩推去，嘴里一字一顿道：“军长有令，黎有望违抗命令，擅自撤退，始酿直罗山大败；谋刺长官，欲行忤逆之举，实为豺狼野心之辈；暴戾跋扈，纵兵殃民，贪吞克扣饷银。此三罪，罪无可逭，着即枪决。”

黄开轩的脑子嗡的一声响，云烟四散，尽是峰壑松石。扭过头来，视线与黎有望的目光一撞。韩光义这是让他杀黎有望交投名状啊。

黎有望腔子里原来那捧沸腾的血终于冷静下来，自己这些日子的种种所为，还真是如同一只欲图摇撼大树的蚍蜉，可笑至极，就朝黄开轩点点头，说：“贪吞克扣饷银又从何说起？既然欲加之罪，那就不劳黄副参谋长脏了手，我自己来。”

如果说眼神会说话，两人刹那就已说百句。

“慢。”黄开轩陡然大喝，“白露为人所掳，生死不明。据查，黎副参谋长极可能牵涉其中，还请丁营长回禀军座，说黄某人正在一力调查。现在还不是枪决他的时候。”

丁聚元一怔，沉吟片刻，朝左右以目示意。一个马脸宪兵从怀中取出一副手铐扔在黎有望脚下。丁聚元道：“既然如此，那就请黎副参谋长，陪着我们走一趟吧。”

军部已是虎穴，走这一趟，必定有死无生。倒是黄开轩为何一而再，再而三想救自己，不惜自毁前程，甚至不惜赌上身家性命。白露多半也是他所掳，以应对今日之变。他到底是什么人？不管是什么人，他想救自己这点是千真万确的。

黎有望心念电闪，诸般念头在胸肺间冒出炽热气泡。只是多问无益，再问徒然。黎有望弯身去捡手铐，眼角余光瞥见黄开轩身形一侧，已拦在枪口之前——门咣当被踹开。

不是前门，是那扇通往里屋的后门。门口出现的赫然就是白露。披头散发的她，揉着犹残存勒痕的手腕，眼里有燃烧的火，看清屋内形势，先不多话，奔至黄开轩身前，提膝一撞。黄开轩竟然不敢避开，捂裆惨哼，脸色瞬间雪白，叫了声“妈”，后面那个“的”字尚未出口，被白露劈手一记耳光，“你妈不在这！”

回身来到黎有望身前，捡起手铐，往黎有望左手腕一搭，再往自个右手腕一扣，瞪着目瞪口呆的丁聚元叫道：“回去告诉韩光义，说我劫持了黎有望。不，是黎有望劫持了我，想拿我的命抵他一命。听见没？看清楚了没？”又极为不耐烦地从黎有望腰间拔出短枪，掉转枪柄，塞入黎有望手里，“劫持也得像个劫持的样子。对着我的太阳穴。拿稳，手指别瞎抖。若是枪支走火……我呸。我做鬼也要掐死你。”

众人面面相觑，皆成呆头鹅：这位大小姐怎么在这，这又是发啥子神经啊。

白露恼了，冲着还在呻吟的黄开轩戟指骂道：“姓黄的，我们的账以后再算。你不会真蠢到要去军部，干这个劳什子的副参谋长吧？还发什么愣啊，开车去！”

黄开轩牙缝里倒抽着凉气。白露所为还真是出乎他的意料。他把白露从旅馆绑来，本来是想作为替黎有望保命的最后手段。没想到白露挣脱绳索后，不仅不呼救脱身，居然还弄出这样一幕，也真是令人啼笑皆非。

丁聚元皱眉道："军营岂是儿戏之地。"

白露杏眼圆睁，"军营了不起啊？自己御敌无策，自家人打自家人，手段还这般歹毒，真是丢尽我们中国人的脸。有本事你打鬼子去，把阴谋诡计都拿去对付日本人，哪天你战死沙场，我白露绝对到你坟头去烧三炷高香。"

丁聚元身后的马脸士兵忍不住扑哧一笑，被丁聚元狠狠瞪了一眼。

白露根本容不得他人插嘴，眼见着丁聚元脸色不豫，声调又高了几分："姓丁的，有本事今天你一枪打死我，否则这个人我救定了。黎有望丢了直罗山，又夺回天子岭，你们的韩军长不是允他将功折罪的吗？还什么谋刺长官，纵兵殃民，我呸。真是欲加之罪何患无辞！姓丁的，我再重复一次，黎有望我救定了，如果你胆敢偷偷摸摸派人打黑枪，就像打吕天平那样子，我就敢在报纸上把你们干的这些无耻之事全抖露出来。"

丁聚元脸色阵青阵白："对不起，我奉令在身，不能让你这样带他走。"

他拦下了白露。

第七章

横峰站

1

白露坦然不惧，手指头直戳向丁聚元眉心那个川字，“知道我为什么要救他吗？就因为他是我在这场战争中唯一见到的军人，能把老百姓死活放在心上的军人。你们这些人，蛇鼠一窝，真是玷污了军人这个词。”

丁聚元还想说话。黄开轩插嘴道：“丁营长，要不这样行吗？让这几位宪兵兄弟看着他们，我这就跟你回军部，面禀军座。”

白露这个变数出来，黄开轩是又高兴又郁闷。高兴的是这姑娘三言两语就给这个死局做出一个活眼，郁闷的是自己这些日子诸般思虑，效果还不如她一句“在报纸上全抖露出来”击中要害。真是苍天有眼，居然让韩光义的女儿手握着这个笔杆子。黄开轩还真想在这个刚踹了自己裆部一脚、一脸愤怒的姑娘脸上吧唧亲上一口。这番痛斥真是大快人心。就连这个挨了一巴掌的马脸宪兵此刻也顺眼许多了。

黄开轩上前，脸上笑容绽放，好像他刚才根本没对着丁聚元的头顶开过一枪。

“丁营长，你一直想要的马牌撸子我替你搞到了。名不虚传的东西啊，摸上去的手感比十八岁姑娘的脸蛋不遑多让，这要不是……”说到十八岁姑娘时，黄开轩瞟了眼白露，声音迅速放低几度。白露一口啐道：“不要脸。”

两人前后出了门。

丁聚元突然道：“白露是你绑来的吧。吃了熊心豹子胆，不知道她是谁?”

黄开轩没接话，脸上的笑容也没了，盯着丁聚元的黑脸看了半天，掏出烟给他点了一根，像是自言自语：“知道。全军上下，只有军座当我们都不知道。聚元，军座赏个副参谋长给我，是让我去盯冯沅吧。盯人的活，我干腻了，能不能就让我干这个独立团团长？连升两级，这是要把我架在火上烤啊。”

丁聚元岔开话题："你为什么要放他走？"

"第一，吕天平经营175师多年，这样杀了他小舅子，军心不稳。吕天平已是半死之人，其部更当徐图揽之。第二，毕竟同袍一场，就算要他死，不该是这种死法。其实杀黎有望与否，实在是一件无关痛痒的微末之事。军长向来杀伐果断，但此事未必需要如此手段。杀，立威；滥杀，失其威。第三，也是最不重要的一条，只是我个人比较在意。刚才大小姐已经说了。他是鲁莽幼稚，但是真把百姓死活放在心上。也许他是对的。"

黄开轩掐灭烟头，思索了片刻道："聚元，你在军长身边，虽说是忠言逆耳，言者祸福难测，但我等本着一颗尽忠党国之心，该说的话还是得说。行霹雳手段，还得有菩萨心肠。我们是军人，是保家卫国的军人。这几个月，我从黎有望身上也学到很多东西，感慨很深啊。"

丁聚元沉默下来。

细雨中有175师的士兵列队奔过，向北进发。根据军部命令，全师整编。冯沅阴鸷，但根本不是韩光义的对手，营团级指挥层多被调动更换；当然这也应该是交易内容的一部分。没了吕天平，冯沉只能去抱紧韩光义这条大腿，175师才可能被真正视为中央军之嫡系。三十路军眼看覆亡，时局遽变，委员长当前要的是一只如臂使指的部队，175师这种血统不正的杂牌军的命运，要么是被驱羊入虎口，要么是被打散重编。能保留下番号，已是幸事。黎有望毕竟年轻，一心认定吕天平遇刺，是韩光义所为，岂不知亦可能是韩光义秉承上意所为，又或者是另有他人同时下手。

黄开轩心中诸念纷至沓来，抬手，弹出烟头。只是不知那吕天平连胜之余，又可曾想到此处？匹夫无罪，怀璧其罪。委员长该会拿正眼瞅一下175师了吧。

雨未停。更远处，不知是谁在哼唱，声音透过层层雨幕，直入耳膜。与昔日所闻少了几许慷慨悲壮，多了一寸苍凉仓皇。间有凝滞哽咽处，令人涕泪。

嗟我将士，尔肃尔听。国民痛苦，火热水深。

土匪军阀，为虎作伥。帝国主义，以枭以张。

本军兴师，救国救民……

这是北伐誓词。词，还是十余年前的词；曲，已不是当年的曲。丁聚元喟然轻叹，伸手与黄开轩重重一握。两人更不多话，踩着一地泥泞，并肩大步向前。

“风云起，山河动，黄埔建军声势雄，革命壮士矢精忠。金戈铁马，百战沙场，安内攘外作先锋。纵横沙场，复兴中华，所向无敌，立大功。”黄开轩起的头，唱过几句，丁聚元跟上，两人唱和，寥廓天地一时间竟有了金戈铁马之鸣。

2

“你为什么要救我？”

“因为你蠢，蠢得还会在子弹横飞的战场后抱着一个小女孩的尸体掉眼泪。别抵赖，我都拍了照片。要我说啊，你这人根本就不适合当兵。婆婆妈妈，没一点男人的气概。我告诉你，我救了你，你可别打以身相许的主意。我最看不下去那些旧小说的套路了，也最讨厌你这种鼻涕男。对了，车站到了，你打算去哪？”

“回上海。去看吕天平。”

“吕天平有什么好看的？就算他干掉我爹，取而代之，也就是一个新军阀。像他这样的军人，在病床上躺着，起码要少祸害几个人。要我说啊，你这人是蠢了点，脑子还管用，我在后屋里绑着时，都听到你仔细分析过案情。要不，你跟我去北平，干记者？”

“不去。”

白露颇不以为然地一挥手，说：“一支笔顶百万兵，你懂吗，粗丘八，活该一辈子舔刀口血。下次，你肯定没那好运遇上我能救你了。”

一辆沾满污泥、苏联产的嘎斯-A型军车在横峰车站前停下。

黎有望与白露前后下了车。手铐已被解开。开车的司机是那个马脸宪兵，帮白露拎下行李，掉转车头行了十余米，踩下刹车，从车窗里探出半个身子，冲着白露高高翘起右手拇指。白露报以灿烂笑容，低语一声“谢谢”，回身环视前面鳞次栉比的房屋，以及四周扶老携幼的人流，眼眶微微湿润。

晴空万里，是宜出行之日。车站里多是扶老携幼的人们。人们的眼睛里是那么多的迷茫伤悲，是对故土的不舍，也有对未来的点滴希冀。火车轰隆隆驶来。能听见远方的声音了。黎有望下意识地抬起头，头顶穹隆是那样蓝，蓝得不含一丝杂质。一股奇怪的情绪忽然充溢他的内心，酸楚、无奈，更多的是不甘。好像有什么东西憋在骨头里。

白露上了火车。是经上海去北平方向的列车。两人挥手，没说再见。这姑娘行事颇有古之女侠红拂的豪迈不羁。大恩不言谢，此番两次生还，全赖萍水相逢的她，一言劝生，一力相救。黎有望心头感慨，突然意识到一个问题：人家施恩不望报，那是人家的高风亮节，自己还真能当没事发生？起码当面说一声谢谢。眼望着那辆车头冒着阵阵白烟的北行列车，他赶紧前奔。没走几步，黎有望突感觉到一根硬物从旁伸来，顶住后腰。

不是别的物，是枪！

韩光义这是要把斩草除根进行到底了。黎有望额头汗出，停身，举起双手，打算夺枪，慢慢转过脸，却是一惊。身后拿着一把柯尔特转轮手枪的人，眉细，脸白，眼青，正是韩光义的副官何志祥。两人在军事会议上打过数次照面。在调查吕天平遇刺一事时，黎有望听说过何志祥畏罪潜逃一事。没想到此人竟然还盘桓于此处，此番现身也不知拨的是什么算盘。

“若是要杀我，早该开枪。”

“黎团长准备去哪里呢？”

“天地之大，总有寸许容身地。”

“孑然一身，游历四方？韩光义刺杀吕天平，把你家姐夫一辈子的心血175师连皮带毛一口吞了，连个饱嗝都不打。你就这样一走了之？真是屃人也。”何志祥阴笑，挥动藏在毛巾下的枪口，“都说你黎团长不怕死，原来都是假的。”

“你是要我行那以卵击石之举？”

“古有豫让刺赵襄子，不惜漆身为癞，吞炭为哑，没能得手，依旧乞其衣而刺之，使天下侠义辈皆感其行而涕泪。”

“老子听不懂！有话就说，有屁直接放。”黎有望心头烦躁，眼看那辆北行列车一声汽笛长鸣，再也没心思与这个来意叵测的何副官兜圈子说话，大踏步往列车行去。

何志祥哈哈一声大笑，“使不得啊，哥哥。”随手抛来手中枪，“你看三点钟和十点钟方向。宪兵营的人。可别说我没提醒你。”

黎有望惊回首，果然见到熙攘人流里两个鬼祟之人。一个装扮成站台的苦力，一个装扮成乘客。虽然乔装打扮，面相依稀熟悉，正是宪兵营的人。黎有望接枪就打，没真打，一枪打在“苦力”的毡帽上，另一枪击落“乘客”的高圆礼帽。横峰站的站台顿时乱作一团。有人尖叫，有人吹哨，有人抱头卧倒。黎有望身边一个提着皮箱匆忙奔走的少女被惊慌人流一冲，身形踉跄，眼看要滚落台阶跌于车轮下。黎有望拧身劈手抓住。何志祥已闪身至一根石柱后，连开数枪，把那两个枪手分别逼退，回过头冲着黎有望吹了一声口哨，“黎团长怜花惜玉。鄙人欣赏。”

少女的手冰凉，瘫坐在地，胸脯剧烈起伏，眼珠子都不会转了。

黎有皱着眉，微叹。白露邀他北行，他一口拒绝，托言等下一趟开往上海方向的列车，其实心里是打算重赴连城军部，效那豫让专诸之行，没想到反被一个没有交情的何副官一口道破。也罢，就上这辆北行列车吧。火车启动了，呜呜吼着，灰黑车轮在铁轨上辗出一串火星。

有戴着帽子的列车员从车厢里探出半个身子来狂吹哨子。车站职员对枪声倒不那么恐惧，想来见惯乱世，确认双方停止射击后，按例发出信号。浓浓的蒸汽就像是一群白狼，从列车底部钻出来，涌上站台。借助于这团雾气，黎有望弓腰冲上车厢。

雾气中隐约听到那个男人的嘶哑声：“汪先生要用人，黎兄有心，可去南京见。”

第八章

平州城

1

青山依旧在，只是人皆非。

六年光阴如风过水流，中国糟糕的时局不但没有因为纷争不休的内乱有任何的改观，反而变得更为糟糕。一个一个的事变爆发，一块一块的国土沦丧，日寇步步紧逼。中国政府的忍气吞声，忍辱退让，换来的却是法西斯气焰的日益嚣张和横行华夏。两年前，南京城被攻破，血腥屠杀，哀鸿遍野，震惊世界。匆匆收敛了南京城的肃杀和血腥气之后，日本侵略者所叫嚣的“三个月灭亡中国”论已经破产，他们急于寻求与中国投降派的媾合。重庆国民政府二号人物汪精卫出走，号称是“我不入地狱谁入地狱”。

1940年3月30日，汪精卫与日本侵略者媾合，在南京率伪府各院举行宣誓就职典礼，宣告汪伪傀儡政权成立，发表《和平建国十大政纲》，称：中日善邻友好，共建大东亚共荣圈，对共产党必当摧陷廓清，使无遗毒。

南京城内悬挂起汪伪政权的“国旗”。那片青天白日满地红图案的上端附加有“和平反共建国”六字的黄底黑字三角旗。街头巷角，偶有孩童用南京土话唱：“国旗竟有辫？例子确无前；贻羞全世界，遗臭万千年。”随即有大人惊恐呵斥道：“不要命了！”隔数分钟，见四周无人又小声道，“回家唱。”

时局崩坏，竟至于斯！

汪伪政权名义上接管了原“中华民国维新政府”等日本扶植的各傀儡政权，事实上只直接管辖江苏、淮海、安徽等数省份及南京、上海、汉口等几个特别市。仅以江苏来论，其势力范围亦不出南京百里及部分日军占领区。大江南北，除汪伪直系的和平建国军外，还分布着中央军残部、各路地方武装、民间抗日游击队以及刚刚东进抵达江南的新四军支队等各种力量。汪伪政权军事委员会成立后的首要任务，就是试图荡清“卧榻之侧”。

平州城在江北，居里下河平原之腹，周匝多水，离南京城尚有两三百里的路，是个颇为繁华的鱼米之乡，其源头可推至周孝王下令封侯筑城攘淮夷。春秋吴国设海平邑，后秦统天下，“海平郡”之名一直沿用到大唐。“春江潮水连海平，海上明月共潮生”，张若虚一诗绝千古，“海平”自然成了无数文人墨客遐想之地。五代十国之南唐，热爱诗词的皇帝李煜登基之初，颇有“涤平四海，国泰民安”之志，认为海平郡为“水陆要津，咽喉据郡”，定名“平州”，此后一直沿用。大明朝，戚继光上书，求在江北修筑五座坚城“以壁垒之策防倭寇侵运河及南京祖陵”，平州卫即为其首。

1937年南京保卫战失利后，89军退入江北。军长韩光义手令卫长河为78师师长，据守平州。1939年春，为防日军迂回包围，78师奉令从平州匆忙撤退。然而出人意料，忙着抢占交通要津的日本人，一直没有腾出手来占领此城。这里陡然成了一块孤城飞地。地方权力由原国民政府任命的县长赵松控制，军事防务则由赵松自行组织的民团支撑。但这种控制与支撑力，随着汪伪政府的獠牙渐露，日显衰退窘迫。

1940年4月5日中午，平州县县长赵松在街头快步疾行。步伐之疾，身后秘书滕勇得一路小跑才能勉强跟上。赵松年近四十，长脸，平顶头，中等身材，穿着一身旧藏青色中山装，戴着一副浑圆的玳瑁眼镜，背略驼。他是标准学而优则仕的平民子弟，凭着头悬梁锥刺股的刻苦，考入中央大学农院，民国十七年（1928）毕业后在农林部搞了几年的土豆种植推广。步伐之快，也是当年在田头地间打下的基础。农林行甚为清苦，农家出身的赵松却不以为然，胼手胝足，常披星戴月，故而深得上司赏识。后来，他通过考试院的层层考试选拔去做县长。若在太平年代，一个年纪轻轻的京畿周边县县长，算是一个非常不错的从政起点。可偏偏这是个乱世。他刚到平州主政尚未满两年，就遭受到“前所未有之绝境”，日寇步步紧逼，国军一败涂地。擅长民政的赵松，不得不扛起全县父老的安危，操办起军政，时刻准备在日军来犯时，效仿张巡、史可法，与敌拼死一战。

诡谲的是，命运拎起一柄大锤，悬在头顶上几年，却始终没砸下。但这一天不会拖得太久，汪伪已经派人送信劝降。又有一股土匪从北边而来，也送来一封信，劝他交城，语多嚣张。平州四边早已经乱成一锅粥，唯独平州算是狂飙里的风暴眼。

平州不平，赵松并不轻松。

2

过主街，至偏巷，经平州学堂，能看见一栋马头墙的徽式小楼。楼前挂着个四方漆木牌子："求知书局"。门敞开着，门口有一个木架，上面摆放着一些报纸、杂志。木架边搁着一个小鼓风箱一样的绿洋铁皮东西，那是县政府配发的防空警报器。这是一套由苏联人帮忙，为中国所设计的防空预警网络系统。在此处设立防空警报站，赵松本以为自己要颇费一番唇舌，没想到书局主人一口答应。赵松奇怪了，"你不怕这是一根系在牛鼻上的绳子？"牵牛，只需拽绳。书店主人瞅了眼学堂方向，嘟哝道："好歹摸过几年枪，耳朵尖点。牛却不是。"这是拒绝，划清边界。

这个道理赵松懂，闭门羹吃过几次后，赵松邀他出山之心不曾熄灭。平素县里若有乡贤议事，多有请帖送至。区区一间书局老板，何至于能让堂堂一县之长再三俯尊就卑？平州城里有过一些议论。去年一事让这些议论基本消失。78师撤退，赵松出城十里相送。回城途中，被数个逃兵所掳，县城人心惊惶，几个议事者皆要作鸟兽散。书局主人听闻，牵了匹马，只身出城，不过三个时辰，把赵松平安带回。众人见他一身血污，慌忙去喊郎中，这人哂笑，道："是那几个逃兵的血。"又猛地一拍脑袋，"糟糕，我煮的那锅面怕是煳了。"与众人抱拳作别。事后有人再详问此事经过，他只言那是赵松县长福大命好，他赶过去的时候，逃兵正好发生内讧。

立此功，而不骄，是谓君子也。求知书局因为此事，一下子生意好了许多。这人也真是胆大，小小书店啥书都敢卖，连国民政府明令禁止的，照样明目张胆摆在案头。赵松眼前赫然就有一摞封面白底红字的《论持久战》。想来是翻印，字迹略有模糊。赵松用力敲了敲门板，盯着屋内迎出的胡子拉碴的书局主人，指着这摞书籍，没好声气地说道："收起来吧。现在是没人来查你，账是有人替你暗暗记着。"

"这本书我读了不下七八遍，佩服得五体投地。既驳斥了亡国论，又驳斥了速胜论，对于抗日战争的形势、战争发展的几个阶段、战争形式的运用，以及战争过程中可能出现的困难和问题，分析得十分深刻，十分透彻。"书局主人哈哈一笑，"赵松，你是党国要人，但说个事，你别生气。前些日子有个须发皆白的老爷子在书店，无意中看到这本书，拿起来就没放手，一直站着看，看样子是要看到关门打烊，还是我好心，给他弄来一把椅子。你知道他搁下书后说了句什么吗?”

“啥?”

“‘后生呀，咱们中国又出圣人了，咱们不会亡国了。’”书局主人手里端着一碗面条，边吃边笑道，“老爷子那是老泪纵横。赵县长，千万别用这种眼神看我。我知道蒋委员长在你眼里是神。也千万别问我这位老爷子是谁，须发皆白的长者经不起你们惊吓。”眼见赵松面无表情，书局主人搁下手中面碗，嘿嘿笑道，“要不要来一碗？我今天发明的鱼汤鸡蛋面。小杂鱼和鸡蛋混合起来煮。哎，吊出的这口汤，加点野蘑菇、青笋子，鲜得令人喜出望外。”赵松瞪了他一眼，在店内一张旧八仙桌径自落座。穿着白衬衫的秘书滕勇撸起袖管，直接去后房端出两碗面条。三人呼噜呼噜吃着，像是比赛，一时无话。

赵松吃得快，三两口扒尽。

“啥味?”书局主人眼神里有了热切。

“不知。”

“暴殄天物……不对，是对牛弹琴。赵松兄，它不香吗？真是香。你的双眼虽然看不出，就你那个鼻子也闻不到，但劲道全在这汤下面沉着。有道是治大国如烹小鲜，煮鱼煎蛋时，如何让它们的鲜美都收敛在汤汁内，又有龙虎交融，这是有学问的。”

滕秘书忍不住了，说：“黎爷，你就不能像个正常人说话吗？”碗筷一推，“如今，日寇横行，山河破碎，正是国家危难之际……”

“值此国难当头、民族存亡之际，我等军人，为国捐躯，分所应是。”书局主人搁下筷子，有些赧颜，露出一口雪白牙齿，“我黎有望倒是有心报国，可是才浅德薄难堪大任。如今军服已脱，落魄还乡，破帽遮颜，只求苟全性命于乱世，哪里还敢说其他。”

书局主人正是当年直罗山的黎有望。自175师被整编以后，他脱离军界六年之久，谁也闹不清他是如何返乡，为何返乡，又为什么要在平州县开了这么一个小书铺子。六个寒暑，七十二个月，可以把一个人从头到脚、连皮带骨打散，再重塑一遍。赵松叹气。赵松跟黎有望是乡党，当年曾负笈平州学堂。赵松要高上几级，后考取国中和国立中央大学，搁在大清朝，算是中了举、做了翰林，乃是学堂的骄傲。黎有望毕业后，入军官学校，本来也是前途光明，怎堪造化弄人，军界一段折腾，又只得回来做学堂外的贩书馆。

“南京方面，那个汪先生，以国民政府行政院的名义发来一封公函，希望平州能够顺势而为，自觉断绝与重庆的关系，回归南京治下。他还送来了一面和平反共建国的杏黄旗。”赵松直奔主题。

“你是要问我该挂不该挂?”

“我还带来了另一面旗帜。”赵松扬眉，转身对滕秘书道,“展开，请黎爷掌眼。”

旗长九尺，宽三尺半，粗布为底，黄底红字，字有尺许，七字“平州抗日救国军”，别无其他装饰花纹。滕秘书犹自絮絮叨叨这面旗帜的来历，是赵县长手书，光扔掉的废纸就有一篓，怕走漏消息，由他焚净，再专门找了一个绣娘连夜缝制。

黎有望半晌不语。

“这孤城野郭，我一介文职，苦撑至今，按理说就算投降了，也没啥奇怪的。但——”赵松指了指胸口佩戴的青天白日徽章，一字一顿道,“它不答应。”

停顿片刻又道:“前次拜谒，黎兄唱戏，一出《徐庶进营》，极是难听。想来也是讥讽我首鼠两端，而今赵某决心已下，这旗，你接，还是不接?”

黎有望讪笑。

“平州一县二十三乡镇，地形复杂，多深港水汊，芦苇草荡。你军，我民，当可在此错综复杂处，为平州二十万百姓觅得一处生机。”赵松以筷代笔，在桌面上勾勒当前局势图，言语不多，却也剖析分明。

黎有望一叹，道：“赵松，我有一怕。怕就怕他日，你同样是一句‘为平州二十万百姓觅得一处生机’，还是降了好，要把这平州抗日救国军中的那关键两字‘抗日’去掉，改成劳什子的平州和平救国军，你说我该如何是好？”

黎有望此话诛心，赵松脸色不变，旁边滕秘书急眼，情急之下，黎爷两字也不唤了，厉声道：“你怎么可以这样说话？赵县长……”赵松摆手制止，微笑道：“有望，我之禀性，你亦深知。个人名节无所谓。若折我一人性命，能换来二十万百姓的活路，这样的买卖我是会干的。桑梓之地，岂能不肝脑涂地以报之？”

黎有望沉默。

为了这二十万百姓的活路，赵松不讳言“降”之一字。拉起这面平州抗日救国军的旗帜，怕也是讨价还价时的一种政治手段。这种手段向来为黎有望所不喜。二十万百姓后面，还有四万万苦难深重的同胞。问题也有，前者是后者的一部分，而后者就在前者里，这是一个悖论式的死结。

赵松咳嗽，痰里已见丝丝血迹，眼神里的倦意再也掩饰不住。

“真到那时，你领军去，三百里水网，尽可存身。我赵某人必给你一个交代，也不枉三番五次邀你出山，赴此死局。”

两人沉默下来。下午炽热的阳光穿堂入屋打在他们脸上，竟有斧斫锤凿之意。两人雕塑一样相对而坐，各望一隅，视线并不交叉。滕秘书心神激荡，眼眶湿润，强行忍住。

“慷慨高歌赴死易，忍辱负重苟活难。”

黎有望再叹，道：“旗，我接了。或有一日，拿你赵松的脑袋祭之。”

赵松哈哈一笑，“好。明日小校场拜将。告辞。”

赵松走了，黎有望陷入深思。老学长宁折不弯的性子，他略知一二。逃兵裹胁，欲求三五根金条，令他手书取之。他只说了一声可耻，便端坐不动，任逃兵以枪砸得血流满面。真要让他降汪逆，想必比让他去死还要难受。只是不知他说的交代两字所指，若是指自戕以全名节，唯精神论之，确属英雄；若以责任担当视之，也是懦弱逃避。到时真到了那步，只能拿这些话劝慰。不管怎么说，黎有望深信抗战最后必然取得胜利。抗战不仅仅是中日双方的军事对垒，同时更是政治、经济、文化等各方面的总体战。而《论持久战》一书对战略防御、战略相持和战略反攻三阶段的提出，尤其是对相持阶段的阐释及相应战术层面的灵活运用，比如游击战、运动战，避免抗战初期深沟高垒阵地防御对自身有生力量消耗的系统总结，对黎有望来说，不啻于眼前一盏明灯亮起。只是希望老同学还能熬到那黎明到来山河重整日。而自己答应领旗，一脚踏入赵松所言“死局”，只怕也是朝夕祸福。但，这又何惧之有？大丈夫当如是也！

黎有望起身收拾桌上碗筷，屋内平常物件似已听到他的澎湃心声，有了异样光芒。呆立片刻，想起什么，上二楼自地板隔断下取出一油纸包裹之物，慢慢打开，手指在金属机身上寸寸滑过，正是当年那只柯尔特左轮手枪。枪身冰凉，因保养得当，无丝毫锈蚀，手指上有奇异触感，能让人浑身发烫，好似有另一个黎有望藏在这枪管里。黎有望强行按捺住心头躁动，起身朝窗外比画了一下射击姿势。

国难当头，他黎有望又怎么甘心这一间铺、一碗面的平淡日子？龙蛰蠖屈，未得其时。他先前数番推脱，并非是学那卧龙自高身价，而是根源于赵松的迟疑。救国必须抗日，抗日才能救国，至于其他忠义和平什么的，都是扯淡。

“自古英雄有血性，岂能怕死与贪生……呀呀呀，呔！我乃常山赵子龙。”

黎有望嘴里所哼，正是京剧《长坂坡》唱段。

3

赵松的步伐比来时又快了几分。秘书滕勇一路小跑。赵松嘴角有喜色，喜中又有忧。所忧者众，其中之一是防疫事务。平州城附近三个乡镇上报，莫名其妙暴发了瘟疫疫情，报有三四人感染。赵松怀疑是日军投下的细菌弹。他召集这些乡镇的保甲长下午来县里，要把这事情弄明白，积极应对，防止疫病传播。另有一事。一伙溃兵仗着手头有枪，结成匪群横行平州北乡，为首的，叫作丁大巴子，为赵松手下民团设计诱捕。昨晚丁大巴子被押解到县警察局，暂时关在大牢里。赵松还没来得及与此人见上一面。此人凶名在外，但据说只掠豪户，从不掠夺平民，或可坐下一谈，若能整编入新成立的平州抗日救国军，未尝不是好事。

更重要的是黎有望拜将一事。这不是刘邦登坛拜韩信为大将，而是替平州二十万百姓拜出一条站着活的可能性。赵松太了解黎有望的才能了。韩信为大将前，并无带兵经验，刘邦拜之，史书誉为识人，其实并不稀奇——秦末群雄逐鹿，韩信不是唯一一个没有任何带兵经验便被直接提拔为大将的人，也不是第一个。率数千骊山囚徒击杀项梁的章邯是，破函谷关的周文是，号称为卿子冠军的宋义也是。只是说刘邦的运气特别好吧，他遇到了韩信，而韩信国士无双。

黎有望亦国士也。起码，在赵松眼里，他能撑得起平州一地的气运。

现在的问题是要让各方相信黎有望的能耐，军队调遣，听其所使，方能收有臂指之效。此前，赵松也与城内数位头面人物交换过意见，不曾明确抗日两字，但重整军力，统筹摄之，已脱隔阂之弊，这方面大家还是有共识的。指挥人选，有数位提名，在赵松力陈下，议事诸人对黎有望也算是殷望甚大。阻碍处在于目前的几个民团军头。不过这也不是难事，以韩信拜大将军为例，那帮子跟着刘邦从沛县起事的樊哙、卢绾、曹参等人，或有腹谤，皆未在明处异议。关键还是要把道理说透，工作做细。规划种种，布置分配，必皆有成谋预计，依次进行，方能庶足充分。

赵松心中思忖。滕秘书气喘吁吁开了口，边说话边擦额头的汗。

“县长，救国军为啥非黎爷出面不可？”

赵松驻足，正色道：“因为，他壮志未酬，因为，他有报国拳拳之心，他胸中三千铁马金戈，还因为……”赵松的话并没有机会讲完，就在这刹那，一声枪响。紧接着，又是一声。

血泊中的赵松挨了两枪，步枪弹穿透右胸，驳壳枪弹打在腹处。血流如注，染红青石地面，四处漫延。赵松挣扎着，喉咙里全是破碎呼吸和血泡爆裂声。滕秘书瘫坐一旁，哪里会想到竟有如此生死事变，脸色雪白，眼睛里都是震惊与惶恐。回头去找开枪凶手，哪里还能找得到。天寂地静，正是午后人们憩息之时。滕秘书双膝跪地，把赵松的头颅抱入怀里，终于恸哭出声。赵松的手摸入他怀里，抖抖索索摸出了那面明日拟在小校场升起的旗帜，嘴里只吐出了数个模糊不清的字眼，肢体猛地一阵抽搐，绷紧，放松，再慢慢凝固。

他死了。血流在旗帜上，滚烫。

他的双眼不曾合上，似乎还闪耀着某种不熄的期待。

一片死的寂静在滕秘书的哭声中向着四周弥漫，像是有一头可怖的凶兽要从这寂静中钻出。几分钟后，平州城内又是数记枪声。街头巷尾开始有人呼喊：“土匪劫城！”

第九章

尚义街

1

黎有望听见了枪声，提着手枪，迅速从楼梯滑下，直坠书铺一楼，拿起那个防空警报器，拼力摇动手柄。警报器发出呜呜蜂鸣尖叫。一时间，平州城内警报大作。枪响渐趋密集。

坊间传闻，去年89军退走后，有一支溃兵从西南方向而来，火并了平州城北九龙湖水荡里的匪。抢夺地盘后，他们对附近豪绅富户多有突击勒索，纪律甚是严谨。领头者名丁大巴子，心狠手辣，但也时有义行。一次抢掠，听说所掳须白老者，其子有三，皆战死抗日沙场，当前送还。

区区匪帮，也敢劫城？黎有望皱眉。这乱世从不缺乏胆大包天的亡命之徒，远的不提，近年就有一名叫王老鸡的匪首攻占皖北象城，盘踞县城达一月之久，杀死三千余人，烧毁数万间房屋。用一位新闻记者所描绘的话，那是“在号叫着流血、奸淫和罪恶的恐怖中”。黎有望仔细分辨这些枪声的位置，枪声彼此应和，像在传递着某种讯息。这是些训练有素的军人，绝非寻常土匪，而是兵匪。兵匪图谋，从来不是落草为寇，要么是发泄他们对当局的愤怒，要么是迫使招安，接管一地驻防，把张作霖、陆荣廷之事例视作榜样。

黎有望把枪插入后腰，收拾门前杂物，拟上门板关闭店铺。很奇怪，刚刚赵松来访时分，街头上没有太多的人行走。现在，警报响起，枪声乱作时，反而很多百姓往街上跑。赵松搞的这种警报体系没有得到太多演习训练，承平已久的人们乱了阵脚。黎有望心中叹惜，耳中闻得前方拐弯处有踏踏马蹄声，蹄声甚急。黎有望拿不定主意是否要掷出手中门板，一人已沿他腋下钻入书店，声音急促：“老板，叨扰！”

是个女人的声音。一身墨绿短打，头戴苏式小帽。

鹅蛋脸，短发，杏眼，眼里有百般焦急。

“土匪劫城，你可知哪里有小路通往观音庙？”

黎有望如受雷击。这声音太熟悉了，整整六年光阴，但凡静坐，它就会在一片阒寂中轻挠耳膜，与之相伴随的是那一幅幅挥之不去的铁与火的画面。

马已奔近，马背上端坐着一个挎着骑兵步枪的匪徒。见黎有望手提门板，二话不说，提枪拟射，黎有望手中门店板重重扫出。马蹶，匪徒跌落于地，闷哼。黎有望上前一掌击向其颈侧，眼见匪徒晕迷，呸了一口。在马臀上猛踹一脚，目送它嘶声远去，再拽住衣领把这个倒霉的匪徒拎进屋，扔在地上，转身上好门板。这几下动作兔起鹘落，迅雷不及掩耳，等到黎有望在白露面前站定时，白露还只来得及把第二句话重复到一半。

两人四目相望。

黎有望展颜一笑，这是想给白露一个笑容。脑子猛一抽搐，脱口道："啊，就不用你以身相报。"这话说的太不是时候了，或者说白露当年在那辆嘎斯-A型军车后座上说的那句话后遗症太大。话一出口，黎有望便知不妥，忙道："噢，我不是这个意思。白小姐，我是黎有望，直罗山被你救过两次的黎有望，可还有印象？"

白露的眼瞪大，瞪圆，这大与圆里有惊喜，有几分不可思议，还有点别的什么。看她的口形，应该是想问："你怎么在这？"说出嘴的还是那句，“去观音庙怎么走？”

“我领你去。但……”

两人的目光不约而同投向地上躺着的匪徒，是个年轻人，浓眉大眼，相貌堂堂。黎有望拔出枪。白露眼有不忍意，道：“强者为匪，弱者为乞，都是在这个乱世想求条活路的。”白小姐还是这样的菩萨心肠，也不知她是怎么活到今天的。黎有望上上下下打量白露几眼，还是一个囫囵身，没少哪个零件。黎有望打晕匪徒，本来就存着审讯查问匪情之意，只是白露一来，心神乱了。当下翻出麻绳，把匪徒绑了四马攒蹄，嘴亦堵实。正想领着白露离开，门外一阵急促敲门声，一个撕心裂肺的声音在喊：“黎爷，开门。县长他……他死了。被暗枪打死了。”声音里除了悲伤，有不加掩饰的愤怒。

黎有望的脑子嗡的一声炸了。

2

经过最初的慌乱后，街头已人迹罕见。偶有几个警察吹哨疯狂跑过，旋即也隐匿。赵松倒卧在尚义街头的一家店铺前，逝去多时，手指上还拽着那面染满血的军旗。黎有望单膝跪下，替这位不苟言笑的兄长轻轻合上眼睑，心中百感交集。

先前他在书局二楼擦枪时，眼角余光曾瞥见隔着两条街那座西式小教堂顶部塔楼有光一闪，转瞬即逝。那是一面玻璃镜片的反光，是枪支上的瞄准镜。反光这么强，质量堪忧，绝不是德国造的蔡司镜，应该是日式瞄准镜。那是一把狙击枪。吕天平遇刺后，黎有望在狙击这块是下了一番功夫的。如果他不是抱着多一事不如少一事的心态，而是第一时间拉响警报，也许赵松就不会死。

赵松死去的面容是那样惊心。黎有望眼眶湿润，起身握拳，深吸一口气，挺颈略下蹲，张唇，让这股气流从胸腔内喷涌而起。

“土匪区区数十人，我平州城内三万人，一人一口唾沫也能淹死他们!”

一人喝，半晌，无人应答。

大风骤起，尘沙迷人眼。黎有望脸上神情未变，嘱身后滕秘书迅速取来铁皮喇叭，继续呼喊上述内容，自己则去店铺前取了一根晾衣竹竿，把那军旗小心挂上，往青石板路中间一插，自己当街而立。

说时迟那时快，一匹黑马从拐角处撞出，蹄声如雷。马背上的匪徒开保险拉枪栓抬手就是一枪。子弹擦着黎有望头顶飞过。马来得凶猛，转眼到黎有望跟前。匪徒收枪，拔刀，呼啸劈下。黎有望当年号称军中搏击第一，侧身避过，没等匪徒兜马绕回，一枪打瞎马眼。马惊，长嘶一声，狂奔而去。与此同时，一股极度危险的直觉猛地袭来，这是那种打过血仗、数番打退过死神的老兵才特有的直觉，黎有望顺势前扑，一颗子弹自头顶上方掠过——开枪之人，似并无取他性命之意，原本却是瞄着他膝盖位置。

“好身手!”

那人端坐马背，咧口赞道。双脚一碰马镫，引马缓缓踱来，身后又有三骑跟上。这几人身上所穿与刚才那匪徒迥异，是正宗原国民革命军制服，帽徽与领章尽皆摘去。

“平州抗日救国军？抗日!”

来人端视着这面在大风中猎猎作响的军旗与上面的斑驳血迹，眉间蹙结，眼神有点恍惚。这恍惚之意瞬间遁去。又提声问道：“好汉，看你身手，想来也是军中同袍。不如与我等同举义旗，共襄抗日大业!”

黎有望慢慢转身。说来奇怪，他乍遇白露时，心里翻江倒海，此番再见熟人，却是异常平静，如铁，铁在胸中磨，磨出刀的形状。

“黄开轩。”

黎有望从嘴里艰难吐出三字。

来人就是当年175师独立团的参谋长黄开轩。

黄开轩身体一震，一时竟无语凝噎。思索片刻，笑容在脸上渐渐绽开，滚鞍下马，就欲上前相抱。黎有望退后两步，沉声道：“为何为匪?”

“我刚说了，举抗日之旗帜!”黄开轩一指那面迎风招展之旗，又看一眼地上僵卧的尸体，脸露苦涩之意，“看来杀错人了。平州城内匿伏的眼线半个月前密报，赵松接汪伪信函，打算在平州城头竖起和平建国军的旗子，要反水做汉奸。”

黎有望胸口如被巨石砸中，心神激荡就差吐出半口血。敢情这是误伤?但别说此等重大隐秘事，就是两军相搏的正面战场，误伤一事也在所难免。仅直罗山一役，不言团部放人，黄开轩就至少救过黎有望三次，一次是敌方督战士官的隐蔽射击，一次是战败后黎有望欲举枪自戕，还有一次就是部队换防时77师士兵的步枪走火。

两人对峙，一时沉默。黎有望心头嘘唏，不知自己是该号几声，还是该抱头痛哭一场，腹内五味杂陈，正欲弯身负起赵松遗体，耳边又闻马蹄声，奇快，当真是银瓶乍破，铁骑突出。瞬间已至跟前，马上人一勒缰绳，马颇为神骏，长嘶人立。来人控马之术当真高明，只是眼神却如猛虎出笼，有噬人之意。脸上又有刀疤，刀疤极长，左眉起右颌落，颇为狰狞，令人不敢直视。马上人伸手去拔那军旗，样极凶悍，嘴里大呼："这旗归我！"

3

黎有望劈手就把这面旗帜夺在手中，往足边一顿，也是一声舌绽春雷："丁聚元！"

黎有望眼尖，来人容貌虽较六年前已有不少改变，满身污衣、胡子拉碴，神态也非昔日那样冰冷肃杀，颇有点飞扬跋扈为谁雄的张狂，但这个有着一双鹰眼的男人早在他内心深处刻下不可磨损的印记。乱世如炉，众生为薪，这一日之间便撞着三根熟悉的柴火，不，是两根。黎有望冷笑道："丁营长有何贵干？难道是还要捕我到那韩光义面前？"

丁聚元双腿夹紧，控制住胯下马的躁动，手腕一端，一把汤普森冲锋枪的枪口对准黎有望，斜眼横睨，"嚯，居然是黎团长！老子，正是丁大巴子。”

都是聪明人，眼前场景一望即知。有意思的是丁聚元的这个自称。黎有望握旗之手却是不由自主地紧了一下。

“这个县长，我会厚恤；这旗帜，归我。”丁聚元沉声道，“他若早点扯出这面旗帜，也就不会有今天这趟杀身祸事。”停顿片刻，又道，“都是老89军的兄弟，我不杀你，你跟我干，一起杀鬼子。”

“就凭你这区区数十骑，也敢妄言夺城？”黎有望挥旗一指身后，冷笑道，“想来捕你的北乡民团里，当有你眼线。只是这里应外合之计，也得有这份实力。平州城内三万余人，就算排着队一个一个让你来杀，你能杀几个？”

黎有望说到后面声色俱厉。

此时黎有望身后已聚有数十人，有警察、民团及一些胆大民夫。这些慌乱时避在暗处的人，在听到滕秘书用铁皮喇叭呼喊的内容，又见黎有望持旗当街而立的悍勇后，胆气顿壮。更让丁聚元皱眉的是，街头巷尾越来越多的人朝此方向奔来。这若应对不当，就是一个死无葬身之地。丁聚元心中恼恨，既恼黄开轩没有早早一枪打死黎有望，又恨这个突然从石头疙瘩里蹦出来的黎有望，硬生生把一盘散沙搅拌成水泥。夺城一事，是他一力主张，黄开轩曾建议徐图之。

丁聚元说到辛亥年事，蒋委员长24岁，率领敢死队活捉浙江巡抚，杭州起义取得成功；阎锡山28岁时领数十人，直入重兵把守的省府，一屁股坐上山西都督宝座……如是事件比比皆是。

“难道我们是老了不成？”丁聚元拍黄开轩肩膀，道，“夺城一事，看似鲁莽，斩首而已。几路眼线已报平州军事，不过区区近千人数的民团武装，实不足为虑。其一，这些杂兵组织分散，军令不统，且驻地分散，消息难通；其二，是降汪逆，还是打鬼子，各有主张，七嘴八舌，彼此互为掣肘。我等入城，只消在第一时间杀了赵松，群龙无首，再拿出你我革命军的身份，及时竖起这抗日义旗，又有几人敢说一个不字？”

丁聚元欲行之事，确实大胆，但也不是说完全没有成功的机会。黄开轩仔细思忖，纸上几番作业，详细评估，也觉得未必没有成功之可能，关键处就是在这个革命军的身份。

可谁能想到会遇到一个黎有望？

谁又会想到赵松怀里藏着这样一面抗日旗帜呢？

按计划，此时拿着铁皮喇叭满街喊话说抗日的人，是他们。

丁聚元心头懊悔，时机稍纵即逝，再难复有，环顾一眼四周，提声道：“鄙人，丁大巴子，原国民革命军89军宪兵营少校营长丁聚元，奉令赴平州组建抗日救国军。有胆敢违令附逆者，杀！”

丁聚元的嗓门真若雷霆霹雳，离得近点的人耳朵里嗡嗡作响。黎有望身后人群脸色多骤变。心思活泛点的人难免去想，难道躺地上的赵松县长是附逆者？近日平州城内传言纷纷，说汪伪来人，赵松即将献城。

黎有望心念电闪，丁聚元打的是浑水摸鱼的主意啊。当下大吼：“丁大巴子，是匪！”

这是要让民众知晓眼前凶人本是土匪一名，自古官匪不二立的观念是深入民心。丁聚元自称丁大巴子，有两点原因，一是习惯一时改不了口；二是潜意识里想借这个能让小儿止啼的凶名威慑众人，但让黎有望这样一叫，感觉还真有点像被孙悟空叫进葫芦里的金角大王，刀疤脸上泛起一团青黑。

“这旗上七字，乃赵松手书。平州城内，又有几人不识赵县长的手迹？你丁大巴子杀了赵县长，是何居心？”

黎有望的声音远远传播开。

赵松敏捷，性情淳厚，但凡民有所求，无不慨然而允。平州城内悬挂赵松手书处，绝非一间学堂，数铺茶寮。认得其字之人，极多。当下众人鼓噪出声。黄开轩脸色遽变，若按此形势下去，他们这些人的头颅就得挂在城墙外头了。

第十章

竖旗帜

1

黄开轩四周拱手，指着丁聚元脸上刀疤，扬声道：“父老乡亲们，你们看清楚了。这刀疤，乃鬼子三八式步枪刺刀所伤。鬼子伤了丁营长，但丁营长在寡不敌众的情况下，仍手刃四名鬼子，堪为我辈军人之脊梁。”

黄开轩说的是实话。丁聚元脸上这伤也确实是三八式步枪刺刀所遗。黎有望认得。三八式步枪，枪身重3.73公斤，枪身长127.6厘米，刺刀重为0.37公斤，刺刀长为38.7厘米。刺刀上还有一个钩子，能极有效地提高单兵作战效率。

“我等军人，保家卫国，战场杀敌，当属本分。”丁聚元兜转马头，环视，举拳向天，嘶声叱喝，“宁为战死鬼，不作亡国奴！”

丁聚元那张原本狰狞可怖的脸容，却因了这几声呼喊顿显英武之气。目光逼处，竟无一人敢以直视。黎有望心中竖起一根大拇指。黄开轩这才递去竹竿，这家伙马上顺竿上爬，当真是好眼风。演技也好，不清楚这么些年都遇见了什么事，早前阴鸷气息荡然无存，反而多了几分彪悍血性。丁聚元若真来平州竖旗抗日，大义所在，他虽有宿怨积隙，却打心底不愿反对，只是赵松之死太过憋屈，握旗之手略有松开。秘书滕勇突挤出人群，精赤上身，指着丁聚元戟指大骂。

“你丁大巴子，脱了军装为匪，掳掠百姓，勒索地方。此刻还竟妄想大言诳世！”转过身，滕秘书一双泪眼迎向黎有望，“县长遗命，血书，黎有望为平州抗日救国军司令，总摄平州军民各项事务！”

言罢，赫然拽出一布，迎风展开。

血犹未干。此情景下，谁也未曾察觉其中蹊跷。赵松遇袭时，滕秘书乃唯一在场之人。出事前，赵松刚走出求知书局。虽说一县之长采取如此手段，将一县军政尽托于平民，不合常情常理，但在此乱世，在此极端情况下，也可理解。滕秘书说有这血书，那自然赵松是写了。黎有望心头苦笑，这块沾血之布，当是滕秘书仓促间撕下自身衬衫，想必临摹赵松笔迹已久，字迹多有歪扭，也颇见几分笔意。

人群中有了瞬间寂静，如黎明前云层的屏声静息，须臾，这云层炸开，吐出万千晨曦，一时间层林尽染。人尽皆呼黎司令。民心可用。滕秘书的苦心，黎有望懂，正要说话，黄开轩身边的一个匪兵抬手就是一枪射向滕秘书。幸好黄开轩眼疾手快，手在那土匪肘部一托，子弹射偏，擦滕秘书脸颊而过。脸颊上却是见了血，滴落。

滕秘书一抹腮边血，嘴角牙关完全变了形，狠声道："你们这些匪，还好意思说自己是兵？"

黄开轩与丁聚元交换了一下眼神，见人心汹涌，皆知今日之事不可为。黄开轩转身上马，"既然赵县长有遗命抗日，我等就先行告辞，所谓战场上见真章，大家还是各走各的阳关道与独行桥。到时还得看是谁杀的鬼子多。"声音转厉，"若你们只是打那太平拳，只咋呼，不杀敌。就别怪我等那时再马踏平州！"

黄开轩此话本是退身之策。黎有望的秉性他是再熟悉不过。虽说多年蛰伏，但今日当街一立，足见其血勇，让他不杀鬼子，怕是比让他去死还难受。黄开轩目光望向黎有望，眼神复杂，既有他乡遇故人的喜悦，又有身不由己的感叹。若再细一琢磨，还有几分高抬贵手的恳求。

黎有望心头微叹，沉声道：“杀敌不问出身。兵也罢，匪也罢，只要敢杀鬼子，就是中国人。你们且去。但……”黎有望抱起赵松尚还温热的遗体，“杀赵县长的凶手必须交出。”见丁聚元与黄开轩两人脸色遽变，补充道：“放心，我不枪毙他。只要他提了十名鬼子头回来，我就饶他一命，任其来去。到时你丁大巴子可来城外接人。”再指街头两侧，“此街，名尚义。所谓义，大义；抗日图存，即是今日大义！我黎某人的话在此，绝不会让这位小兄弟再受其他任何委屈。”

2

丁聚元眯缝双眼，陡然手中长短枪出，狞笑道：“黎有望，你一个逃兵，真当我不敢杀你？城外我八百兄弟，已掠城门。我若一声令下，平州唾手可得。”

丁聚元此话虚实参半，若他真有八百人占了那城门，那还在这里废话个屁；但确有不少匪兵从街巷中拥出蚁附，与黎有望身后人群形成对峙。这是兵匪，不敢说都是从尸山血海里爬出来的百战老兵，但其战斗经验与战术素养，却非警察、民团与普通百姓可堪比肩。说得不好听点，若不是黎有望挑头，身后这群人也就是一群被狼群分割吞噬的羔羊。至少在黎有望看来，丁聚元百骑夺城，是兵行险着，成功几率也起码是有对半开。

黎有望暗自懊恼，最后半句，却是多说了。局势之首要，是请这帮煞神早点滚出平州城，有多远滚多远；待他日重整部队后再一做较量。黄开轩的眼神原来还不止一个高抬贵手，还有提醒自己莫多生事端意。自己还是稍嫌鲁莽了。只是当前形势更不可让。

黎有望拔枪，道："好，听闻西人有决斗的往事，今天，你我不妨效之。各拿枪靠背，背身走二十步，回头开枪！也不知丁营长，敢，还是不敢?"

黄开轩一叹，拨马向前，"我们为抗日而来，却也不怕一个死字。只是兄弟阋于墙，其中一人死了，只怕鬼子会指着这尸体说，看，这就是他们内战的结果。要死，就得死在杀鬼子的战场上吧。还烦请黎司令今日让路，我黄开轩承诺，他日必携十颗鬼子头颅至平州城，专程祭奠赵松县长。"

黄开轩这话说得漂亮，滴水不漏。

黎有望摆手，熙熙攘攘的人流让出一条出口。丁聚元咧嘴一笑，纵马向前。马蹄踏踏。黎有望心神稍缓，紧接着那种极熟悉的毛骨悚然的直觉再次袭来，也再次拯救了他。枪响，黎有望侧身。子弹擦中肩膀。黎有望身形一晃，咬牙撑住，抬眼望去，却是丁聚元开了枪。枪口犹有一股青烟。这王八蛋当真是翻脸比翻书还要快。与此同时，黄开轩的枪口也举了起来。

3

黄开轩的枪口对准的是丁聚元的后脑勺。

“老丁，枪放下！”

黄开轩声音不大，却若惊雷绽响。丁聚元脸色瞬变，他还真没有想到黄开轩会这样做，腹内一阵绞痛，被背叛的耻辱与不解齐齐涌上心头。

“杀了他，平州城就是我们的。”

丁聚元咆哮道。

丁聚元的眼力不可不谓毒辣准确。黄开轩又何尝不知。他也根本没有想到丁聚元会在此时开枪，幸好黎有望反应及时，要不，真是一念酿成大错。这个错，不仅与抗日有关，也更与他个人有关。当年吕天平说，“所以，你得好生护着他。若出了什么意外，唯你是问。”这话是吕天平对他说的，更是他自己对自己说的，在深夜里说了许多次。话犹在耳，恍若隔世。黄开轩的枪口微微颤抖，道：“我们是抗日的队伍。不是打内战的队伍。老丁，你忘了吗？”

“竖子不足相谋。”丁聚元大吼，手中枪抛出，“好，黄开轩，你在南京城内救了我一命，我现在把命还你。你开枪吧。”丁聚元哗啦一声撕开衣襟，阳光下看得分明，左腹、右胸各有枪眼贯通而过。黄开轩接枪，身形端坐不动，眉心结蹙得更深，“左腹伤，是与日寇激战雨花台时所留；右胸伤，是你丁聚元单人独枪掩护数十学生横渡长江时所受。老丁，我们为抗日而来啊。国难当头，不杀兄弟！”

“没有队伍，没有根据地，我们拿个屁抗日啊。”

丁聚元的声音在平州城上空如同一声炸雷。

“他黎有望，可曾手刃一个鬼子？算个狗屁兄弟。”

这几下事变突然，谁也没来得及反应。眼见匪徒内讧，那些夹杂在人群中的警察与民团胆气更壮，一边指挥百姓退避，一边占据有利射击位置，目光却齐刷刷地望向那个持旗而立，肩膀滴血，眼神沉静的男人。阳光打在他脸上，是那样热烈，没有一丝保留。这张脸还是这样年轻，但就有了一种迷人的魅力，让人甘心付出所有，在他高高持起的旗帜下聚集，呐喊。精赤上身的滕秘书捡起一根枪，拦在黎有望身前。

街道安静下来。连鸽子从高空中经过扑着翅膀的声音都听得分明。黎有望趋身缓步向前，从黄开轩手中取了那把丁聚元用的马牌撸子，抛还，道："丁营长，我敬你是条汉子。个人恩怨，今日一笔勾销。杀鬼子，见真章。你走吧。"

袭城之匪，一分为二。大半跟着丁聚元扬长而去，穿街过巷，走得极熟稔，显然早踩点看熟了平州的地形图。另一小半守在黄开轩身边，眼神里多了一丝惶然困惑。

黄开轩指了指黎有望手中军旗，沉声道："即日起，我们就是平州抗日救国军的战士！"黄开轩率先下马，行军礼。滕秘书环顾四周拥上的警察与民团士兵，再次提高声量道："赵县长遗命，全县军政，悉数听从黎司令遣派。"

上百警察与民团士兵行礼。这礼行得不如黄开轩所部齐整，也有几分威严。

黄开轩与黎有望的眼神在空中一撞。

丁聚元不是原来的丁聚元，但黄开轩果然还是黄开轩。

黎有望自黄开轩腰间拔出一把刺刀，割开手指，在已染上赵松鲜血的抗日救国军军旗上按出一个掌印，朝四周扬声道：“我，黎有望，平州人氏，厌倦内战，故而归乡。今日寇来侵，中国军人死伤无数。我，黎有望，不是怕死，是在给自己挑个值得死的时候。精忠报国，死得其所。”

精忠报国，死得其所。

这八个字，一下子就让多少人湿润了眼眶。所有人都清楚，这种慷慨激昂不是演出来的，这是眼前这男人的肺腑之音。

多有警察与士兵上前割血按印，立下心志。黄开轩及其手下率先在军旗上留下了自己的誓言。风吹猎猎。众人齐向旗帜敬礼。一旦升起了这面旗，就代表平州城在向外界表明自己的立场，孤城危邑，民少兵单，可是绝不投降。接踵而来的，必然是日寇和汪伪暴风骤雨一般的打击。黎有望最后说的那句话，就在众人脑海里盘旋飞高，如大鸟振翼。

“诸位乡亲，我们的队伍既然立起旗来了，就发誓要血战到底，血战到最后一个人，血战到最后一滴血，不达胜利，誓不罢休！是的，我们就是这样一支队伍！为抗日而来，为抗日而死！”

第十一章

观音庙

1

县府在忠信大道上。步行不出一刻钟便至。县府里挤满人，除了民政、财政、教育、建设、军事等科的公务员，还有一些荷枪实弹的警察与民团士兵。赵松的尸首已经被人擦洗干净，穿上了一件新的中山装，放在县府大堂。一众议员、乡贤等平州城内的头面人物正纷纷赶来。黎有望端坐在大堂中央，眼望着对面墙壁上悬挂着的赵松手书“还我山河”四字，沉默不语。黄开轩陪坐一边，看着那些入座人物，也是一言不发。

赵松遗命，能否得到真正贯彻，还得看座中人的几分意思。黄开轩何等人物，与滕秘书对视一眼，即达成默契，问清警察与民团的组织架构与指挥归属，便在滕秘书的配合下三言两语划分职责，分好事务，列好队形，迎接议事之人——这叫下马威。更嘱几名心腹占据有利狙击位置，以防事变。自己则贴身保护。黄开轩不知黎有望在平州城内所积声望如何，冷眼旁观，但若事有不顺，他是不忌讳拿几个人头来祭旗的。都是在战场上险死还生之人，黎有望对黄开轩的布置自然是心中有数，未吭声，他也想看看究竟是否有人来反对赵松遗命。自己做不做司令是一回事，但有人出来反对，那又是另一回事。

县政府总务科的炊事伙计，为大家送来两蒸笼的粗粮窝窝头，每人两个，就着凉水边吃边议。滕秘书把事情前后因果说了，条理分明，切中肯綮，是一个很不错的行政人才。黎有望取出自己贴身携带的旧军官证，与滕秘书伪造的赵松血书，往案前一搁。众人在进县府前已看见那面插在门口的平州抗日救国军军旗，此时见场内气氛肃杀，皆知一言不妥，便可能是杀身之祸，在轮流看过相关材料后，交换眼神，多点头暗许，只是仍未敢有人第一个发言。

半晌，一个常来求知书局购书的脸黑男子扬眉道："黎上校大名，我还是有所耳闻的。赵县长原议救国军一事时，也曾提名。今天临危就任，亦符合国民政府战时组织法，可暂摄本县军政事务。"

此人乃法院推事陈世瑜。他这一表态，众人皆随声附和。屋内杀机渐消，人人这才暗中松气，去拭额头细密之汗。如潮媚词也立刻涌起。黎有望伸手按住，表示自己做抗日救国军司令尚可，兼领平州民政事务不可，须得在邑内另选那德高望重人物。

就有那不具眼色人物想开口推许或自荐，黄开轩打眼一扫，轻拍几案，道："军政、训政、宪政，这是总理亲自所定革命方略三阶段。值此大变之际，当军政一体。"又补充道，"蒋百里先生的《国防论》想必大家都是看过的，起码是听说过的吧。这部千钧之作，无数中国军人抗战时的枕边书，开篇即是论述军政一体化的重要性，一切制度悉隶于军政之下，以求人、物、组织三者的充分动员。"

这本书黎有望读过，1937年由上海大公报社出版，轰动一时，据说本是蒋百里在庐山军官训练团的讲稿编纂而成。蒋百里地位超然，深受蒋委员长信赖。他曾代理陆军大学校长，门下桃李无数，颇得同袍尊崇。可惜天不假年，1938年过世。此时黄开轩拿出说事，黎有望还真不好反驳。众人交换眼神，就又有个穿长袍马褂、颌下有长须者，起身嘎声道："太平时，有权当官能发财，这乱世中，是杀身成仁的责任，黎司令，你不担起这个担子，谁担？只是还恳请黎司令，以后常念保有县城万民为要。”

此人言罢，捻须微笑。黎有望认识，却是农会詹会长，算得上是平州城内坐头把交椅的德高望重之绅士。此人前半句话算是顺势推舟，后半句似乎另有深意，也没细嚼，当下以目示意，缓道：“恭敬不如从命，既然桑梓父老一力垂青，我若再行推脱，反见虚伪。且暂摄，等他日局势稍定，再行选举。”

赵松被埋在县政府的后花园空菜地里。棺材由徐记棺材铺的徐长寿老板捐赠。随赵松一起下葬的，是从他宿舍里拿出来的几本书，一些手书字幅。这些年来，赵松一直没有结婚成家，孑然一身，为忙着应对变局之中的战事，一刻不敢有懈怠。黎有望亲自将赵松手书“还我河山”条幅卷起，置于赵松头颅边，低声道：“赵兄勿怪。改日，我定要在这平州城内建起忠烈祠一座，你睡中间。”葬礼进行得很快，半个小时就结束了。

众人散去。黎有望从滕秘书手里接过青铜材质的平州县政府印，看一眼黄开轩，正想说话，民团士兵来报：负责城南防备的保安团四营赖贵生营长，听闻县府没有挂出和平建国军的旗帜，反而是挂了抗日救国军的旗帜，声言坏大事了，新来的黎有望不走阳关道，偏要闯阎王殿。自己犯蠢也就罢了，还要领着全城人送死。马上汪主席和大日本皇军就要杀来了。大家散了各自逃命吧。

又报：四营数名民团士兵本已溃散，在听闻黎有望接了平州抗日救国军司令，就把那个正在家里整理细软的赖营长绑了起来，关在城南城厢街的一间肉铺子里，现着他来县府请示等候黎司令的指令。

“按照抗战救国的法条，言降，乱我军心者该如何?”黎有望问。

黄开轩略思索，微笑道：“按法，应枪毙!”

黎有望取了一张空白县府的公函，写下他上任后签发的第一份命令。又问过士兵名字，不无嘉许地握了下士兵之手，“干得好，你叫鲁培林，我记住你了。”士兵满脸通红，敬礼退去。黄开轩皱眉问道：“为何不细察之，也许罪不该死，也许另有隐情。”

黎有望笑笑，“士兵所言，当属真实。若有隐情，立威在先。”

黎有望在黄开轩身边坐下。六年后首次相逢，黄开轩再次救他。也可能真是上辈子欠了他黎某人的。反正黎有望死活也想不明白黄开轩为什么要为他不计生死，直罗山是一而再再而三，到平州更与显然有换命交情的丁聚元割袍断义，率队来降，并一力相助。

这用民族大义四个字是解释不通的。丁聚元同样是为抗日而来。若几个时辰前，黄开轩配合丁聚元杀了黎有望，只怕此刻率领平州全体军民誓旗的人就是那个凶名在外的丁大巴子。想不通的事情就不想，但问还是要问的，哪怕明知问了也没有结果。

“为何?”

黄开轩没有回答，门外又有急促敲门声。这次敲门，很有规矩礼貌，不像鲁培林那样一边敲门，一边挺身直入。而门前警员与民团士兵已遵黎有望令，早在葬礼举行时，便赴平州各处安抚民众。黎有望一叹，道:“进来。”

2

县警察局副局长徐永财紧急情况求入。此人议事时并不在屋内，想必是在弹压丁聚元劫城余波。他是个身材矮圆的胖子，甫进大堂，就双腿一碰，敬礼说:“委任官、二等警长徐永财向救国军司令长官敬礼。城中一处，被匪徒劫持，我等不敢冒进，现向司令官请示下步动作。”

丁聚元不是出城走了吗?

黎有望与黄开轩交换了一下眼神，奇怪道："什么地方？什么匪徒？又什么要求？"

"观音庙！"徐永财说，"匪十五六人，有轻重武器，劫持数名乡绅作为人质。他们不要钱不要钞，也不要礼让出城，匪酋丁大巴子只点名要你到场！"

丁聚元这打的是什么算盘？

"观音庙，观音庙！"黎有望咀嚼着这个地名，蓦然心头一动，想起一张熟悉面孔的亦嗔亦喜，暗叫一声不好。真是不好，匆匆见了一面的白露，不就是要去观音庙的吗？当时滕秘书叩响书局门板时，黎有望只来得及用不无歉意的目光瞟了白露一眼。当下赶快抓起枪，跳起身道："去观音庙。"

观音庙在平州城的西北角，离忠信大道隔着四五条街的距离。

占据观音庙的匪徒果然是丁聚元。

观音庙后面是一条官挖的运河，叫作稻河。稻河是为运粮，运送蚕茧、棉花开挖的一条人工运河，大明洪武年间挖出的。河面宽阔平缓，并有个漂亮的弧形拐弯直奔西北流出城外，与更大的官河相连。围着城池的城墙在这一带有个水闸，是一道水门。水门上下驻守着一个班的税警，平时收税把关。居高临下处，有一挺民二四式马克沁重机枪，颇有一夫当关万夫莫开之意。庙外被包围得水泄不通。三十余名警察和民团都躲在观音庙周围的沙堆与树木后全神戒备。

一路上黎有望已听徐永财介绍，庙内仅有十六个人，两把汤普森冲锋枪，八支汉阳造，其余都是盒子炮。无论人数还是火力，毫不足为虑。光那挺居高临下的二四式重机枪，完全能压倒性清扫了。徐永财貌不出众，却是干员一位，言语如筒中数豆，颗粒分明。但也有不解，说那丁聚元所部二百余众就在观音庙东门外盘踞，既不攻城，也不退去，不知打的是何主意。尤其是这个丁大巴子，据悉本已退出城外，不知缘何又重作冯妇。徐永财言行恭敬，眼神里面的疑惑也分明不假。但这疑惑是包括了对自己的质疑。

虽有赵松遗命，虽有县里诸乡贤推举，虽有“人的名、树的影”与过往诸多事迹，但平州城内对黎有望疑惑的人不在少数，毕竟黎有望是一个在平州城内蛰伏六年之久的不起眼的书店老板。这杀伐果断，运筹帷幄，决战两军战场，这个书店老板行吗？他那个什么上校团长的身份是不是伪造？或者说，他娘的，他是赵松的小舅子？什么样的想法都有，区别只在于有的说出口了，有的藏于腹。观音庙一出事，徐永财不是自己想办法，而是马上跑来汇报，恐怕也是想看看黎有望到底何德何能。

黎有望对这些心思瞧得清楚，快马赶到观音庙前。黄开轩本欲跟随。黎有望在他肩膀上重重一拍，“你就替我坐镇中军。”丁聚元明摆着是叫仗黎有望。黄开轩去，不合适，夹在中间。两人皆心知肚明，各一握手。

天色已暮，乱云卷空。从中午到现在，黎有望这一天经历得比六年还要多，滴米未进，先前府内议事时的那两个窝头却是忘了咽下。此刻肚内雷鸣，额头沁出一层虚汗。在观音庙前站定身，取出随身的柯尔特左轮枪，搁地下，双手举起，就要朝庙前行去。

徐永财慌乱扯他衣角，“不可。”

丁聚元还会再朝他脑袋上来一枪吗？有可能。但半日间时事再变，他已是平州抗日救国军司令，名分已确，大义所在，杀之，则无异与全城军民作敌，尽失民心，他丁聚元再也不可能打得了平州主意；况且黄开轩已是救国军副司令，他若死，黄开轩也必定要杀丁聚元。虽然黎有望还搞不懂这个“必定”，但这个必定，三人心中各自清楚。

庙门吱呀一声被推开。

警察纷纷拉栓上膛。

两个匪兵自庙门出，既不是押着人质，也未拿着武器，而是抬出一张小八仙桌来。桌上一壶酒，两个杯子，三碟素斋菜。另一个匪兵托着两条板凳跟着。像戏台上搭座椅一样，三个匪兵在庙门口搭起了一张饭桌。大家还在猜着匪徒们葫芦里卖的是什么药，放好板凳的那个匪兵高声说：

“丁大当家的说，天将暮，正是晚饭点上，既然花街去不了，还有请黎司令就此饮酒叙旧!”

丁聚元到底拨的是什么算盘?

黎有望桌边坐下，斟上一杯酒，呷了一口，颇为意外地赞叹：“好酒，肯定是孙大掌柜家的头道烧酒。”又夹了口菜道，“丁大当家的宴，哪怕是鸿门宴，我黎某也必须赏大当家这个脸。”仰起身，对一个身材瘦削的匪，正色道，“兄弟，你说丁大当家的脸到底有多大啊？有花街寮子里姑娘的屁股大吗?”

这匪本是一张苦大仇深脸，听到黎有望的这最后半句，露出两根烟熏牙齿，瞥了眼正挎着一把盒子炮走出庙门的丁聚元，强自忍笑，退到旁边。

3

丁聚元从容落座。平州警队的狙击手，暗伏在对面码头的粮米堆后，校准枪身距离尺，随时准备开火爆头。其中一个手拙的，端枪的姿势太过业余，枪支啪嗒掉下地，赶紧捡起。丁聚元点了点自己额头，示意朝这里瞄准，瞅了眼一脸平静的黎有望，冷笑道："看看，赵松带的都啥子兵。黎有望，这若不是你弄出这个幺蛾子，平州今日尽归我手。"端杯，仰脖，一口而尽，抹嘴再道，"这可不是平州的烧酒，是我东北老家的高粱酒，特意托朋友帮买的。这酒喝了壮胆，不上头，还明神。"

庙内依稀有妇人哭喊声。

黎有望皱眉，"为何？"

丁聚元却不答他话，从怀里掏出一幅军用地图来，往桌上一铺，屈指敲桌："你准备怎么去抗日？"

这张图做得仔细。平州周围的局势一目了然：

西接维阳至运河，都是汪伪的天下；西北有淮城，有大股中央军韩光义部，新89军尚在大片区域内苦苦支撑周旋；北方和东北方是盐州，隔着一块浩荡的九龙湖水面，还有四周的水岸沼泽。盐州有中央军残部，现在更发现有大股八路军南下的人马，东边、南边靠长江一路都被汪伪和小股日军人马占据；江南则是日军重兵集结之地，也有一块一块的分割归属于新四军、各地忠义救国军不等。图中各部人马的属性、兵力分布、轻重武器概数、指挥官姓名，标注得条理分明，清清楚楚。

黎有望只瞄了一眼，丁聚元冷笑一声，已将地图揣入怀中。

“黎有望，你凭什么来做这个救国军司令？死你一个不要紧，平州可是有二十万百姓。”丁聚元说得平静，与先前尚义街头那个暴虐之人，仿佛是两个。

“平州有长短枪八百，轻重机枪三挺，子弹数十万发。此地本来就是鱼米之乡，赵县长是农林业的高才生，即便经中央军征调后，所余的粮草储备也足两年之需。”这些数据是赵松与黎有望反复说过的，黎有望此刻张口即来，也毫不费事。

“不到一个团的兵力。”丁聚元哂道，又朝掉枪警察那边蠕了一下嘴皮子，“还基本是这种孬货。”

“我可训练之。只要志气在，这不是事。”黎有望道。起身给丁聚元把酒斟上，两人碰杯，一饮而尽。

丁聚元用鼻孔哼出一声笑，转过话题道：“赵松，刚给你遗命血书与平州城的赵县长，未必是你认为的那种人。”

黎有望没吭声，继续饮酒夹菜。

“赵松生前多次来信，以共商抗日大业为名诱我入彀，意图剿灭我的二龙山武装。他对我一直是欲擒故纵，其实是想借我的手掳掠周边乡间大户财货，这次诱捕，也是想逼我交出财物和人马。”

“诱捕一事，不是你的里应外合之计?”黎有望眼睛一瞪，嘲讽道，“千万别对我说，你丁大巴子这是将计就计。赵松什么人，我这六年看得清楚。”

黎有望斟酒三杯，徐徐倒地，以为祭奠，“借你丁大当家三杯酒。”

他顿了下又道：“清廉犹自守，为国为民，夙夜在公，呕心沥血，君去朝中余几位；浩气更长存，彰仁彰德，劬劳于政，秉志倾情，我来此地敬斯人。过去我不懂，只觉得这种真人廉人无私人，世间难有，多有粉饰夸耀，但赵松赵县长堪为其中表率。我黎某人，受益甚多。便是这世间疾苦罪恶再多十倍，有赵松这种人，便有光明希望。”

黎有望所吟，却是康熙年间号称“清官第一，天下第一廉吏”的于成龙，死后时人为其所题楹联，只是把“晋地”一词换成“此地”。

黎有望所说于成龙典故，丁聚元自然不知，不过黎有望的意思，清清楚楚。丁聚元哈哈大笑，“这样说得也对。他经营这颇为富庶的平州，两袖清风，一贫如洗，实在堪为文官之楷模。只是民谚有曰，三年知县，万两白银。他这么好，好得这么奇怪，都不像是民国的县长了。”

“什么意思?”

“黎有望，你不觉得赵松很像共党吗?”丁聚元一挥手，两个匪兵从观音庙里拖出了一个浑身是血的人。丁聚元仰脖饮下一杯酒，“此人你当不认得。或许认得，但从不知其真正身份，也是不认得。我来替你介绍下。”

第十二章

城门北

1

躺在地上奄奄一息的男人，黎有望认得，书局常客，那本《论持久战》还是他在购书时问起，才引起黎有望注意。

“此人名叫张德文，平州县小学堂的教员。坐实了是个共党。三日前，乘船渡过九龙湖时被我们无意截获。在他身上，我搜出一封赵松写给共党南下部队的亲笔信。这些口供来之不易。开轩手重，差点把此人每根骨头都敲碎。你知道的，开轩与共党有杀父之仇，这也是我拦着，要不，开轩或许就一枪把他给毙了。”

丁聚元一边说，一边观察着黎有望的表情。

黎有望暗自一凛，他与黄开轩自然是过命交情，却从不知他与共党有如此深仇。黄开轩此人当真是心思如海，难测深浅。数时辰前，还在说“我们是抗日的队伍，不是打内战的队伍”；言犹在耳际，谁又能想到他对同样抗日的共产党人下如此狠手。黎有望接过丁聚元递来的沾有血迹的书信。是赵松写给一个叫作“洪钧启”之人的家书。信较长，数页之多。这个洪先生似乎是赵松远在盐州的大表哥，皆是日常寒暄。赵松介绍自己在平州做官的情景，不欲娶妻生子，要带领平州上下共克时艰，公务之余养了几只鸡，种了多少的菜，还邀请洪先生有机会到任所来做客，局势稍定，下半年中秋之前颇为合适云云。黎有望皱眉道:“这能说明什么?”

“我当初也觉得不能说明什么。”丁聚元冷笑,“还是开轩心细如发，推敲之下看出蹊跷。黎有望，我不欺你，这信要跳着读，先隔五字，遇‘之’返回，再从上句始，隔三字读。”黎有望定睛再看，再闭目一想，背后汗湿。这果然不是家书一封，而是机密之报，虽无明示，但隐晦之言，应该是希望成立平州抗日救国军，望组织尽快派来可靠之军事与政工人员，等等。

赵松还真是一名共党啊。

但，这样的共党，这样愿为民众死的共党，不是太多，而是太少！黎有望对党争之事向来不屑，当年白露救他，笔力着墨点，便是对“攘外必须安内”的反对。国党，共党，都是同胞，在此外侮入侵之际，又有什么不可以坐下好好谈谈的？黎有望把信往桌上一扔，“请问丁爷，他是不是共党，跟我有什么关系？更重要的是，我看这信不像是赵松本人笔迹。说不定另有其人伪造，以污赵县长清白。”

“他若是共党，遗命还能算数？滑稽。”丁聚元耸耸肩膀，把信重新揣入怀里，咧嘴笑道，“你说的是，此信也可能是伪造。如今死无对证，好像他只能是党国的忠勇之士。有黄开轩帮你，好像也只能是这样。不过，我丁某人宪兵出身，肃查行伍，曾是本职所在。现虽脱去军装，共党一事也不可不查。对了，你黎有望不会也是一名共党吧？”

黎有望脸色阴晴不定，这封信哪怕是伪造的，但只要丁聚元把这个风声在平州城里一散布，赵松遗命的合法性还真是会被动摇。当下缓缓道：“我倒希望自己是。”

丁聚元大笑，“你黎某人是不是共党，当年的宪兵营长可能在意，我丁大巴子还真不在乎。是也好，不是也好，只要打鬼子就好。实不相瞒，鄙人对共党佩服得紧。我与开轩议夺城事时，私下还推测这个赵松可能是共党叛徒，信中所云种种，不过是他想反水时献给汪逆的投名状。这种可能性，也不是说没有。老子最恨叛徒……话扯远了，言归正传。我丁某人想与你黎有望做一公平博弈，不知是否愿意？”

“什么事？”

“抗日，打鬼子！”丁聚元起身，举杯如虎饮，酒杯往地上一砸，呼了一声痛快，重新从怀中掏出那份形势图，“光在这边要嘴皮子，算个屌。不如这样，既然平州抗日救国军的旗子已经升起，平州也不用藏着掖着，有种就打。打这往南百十里地、挨近长江边上有条公路，公路节点上的莲河镇驻扎着日军，那是一个沿江要塞。你若有胆全歼那里的鬼子，我二龙湖的人马归你；我若拿下，你让出抗日救国军司令位子与平州城，且为我之部属，如何？”

2

“成交。”

黎有望没有犹豫。两人击掌为誓。这个赌，黎有望必须接受，别无退路。就算不是为了赵松遗命的有效性，也是为了平州抗日救国军这面旗帜。一面真正的抗日旗帜，必须要插在日寇的尸骸上。

也只有打出振奋人心的一仗，平州军民之心才可能得到真正凝聚。

“现在你可以放人了吧。”黎有望想起一事，突皱眉道，“丁聚元，我倒是好奇一事。你赴观音庙，就是为了要与我打这个赌。怎么还随身带了一名共党？”

丁聚元脸露狡黠色，猛然哈哈大笑，从怀里抽出那封信双手一搓，撕作粉碎，“黎有望啊黎有望，六年不见，还真长进了。不再是原来那个只晓得吃姐夫饭的脑子。好吧，你黎某人既然能声称往日恩怨一笔勾销，我丁大巴子也坦诚相告。观音庙本是我等入城匿伏之地，张德文是开轩入城后所捕。他是共党无疑，还真是嘴硬，死不招供。这也启发了黄开轩。这封信确是伪造，是黄开轩的手笔，本想在夺城过程中用之。没想到，用在你黎有望头上，也收奇效。好了，我走了，记住我们的赌注。”

丁聚元用力拍黎有望肩膀，“他日相见，改口叫丁司令。我丁大巴子很欣赏你。”低头指那血迹斑斑的张德文，“这个共党，还有庙里几位乡贤一并归还，不用打收条。”丁聚元钳唇吹哨，众土匪鱼贯而出，扛着长短枪，脸上无惧色。

黎有望深吸一口气，胸脯鼓起，右手缓缓扬起，“丁聚元，我这里可有几十杆枪，你就不怕我下令剿匪吗？”黎有望把剿匪两字说得极重。

“你黎有望刚坐上平州抗日救国军司令的宝座，怎么能干出剿杀二龙山抗日救国军，让亲者痛、仇人快的龌龊事呢？这可是屠戮友军，要被枪毙的啊。”丁聚元微笑着，打出一个手势，一个匪兵对空开枪，是信号枪。转眼东门外也是几声枪响，以为应和。紧接着，城内县府方向又有数声枪响。丁聚元盯着黎有望的眼睛，冷笑道：“老弟，今日你占先手，又有黄开轩助你，我认；但这平州城内，我敢来夺城，后手总有几下。你若不服，尽可试之。大不了玉石皆焚，也不谈什么抗日不抗日，你我先举刀枪，厮杀一场。”

黎有望的右手没有落下，思忖片刻，朝身后徐永财等摆手，示意让开出路。丁聚元从他身侧大步迈过，停住问：“赌注可算数？”

“算。”

“是个爷们。”低头瞟了眼那个在地上匍匐着艰难爬行的张德文，一叹，“也是个爷们，可惜了。”丁聚元带队离开。那血污满身的男子已爬至黎有望脚边，吐出一口血，似乎想说点什么。黎有望蹲下身，只隐约听到“内奸是”三字，男人已然气绝身亡。黎有望回头去看丁聚元。这个王八蛋走得是大摇大摆。

入庙。

一众警察已解开庙内所缚乡贤身上绳索。诸人无恙。白露也在其间。黎有望紧悬着的那颗心终于放下，来到白露跟前，掏出她嘴里塞着的烂布，刚想说话，白露尖厉的嗓音差点刺穿耳膜。“丁聚元，你个王八蛋!”

声音之高亢，尚未走远的丁聚元是一个趔趄，一把摔开伸手相扶弟兄的手臂，加快步伐，“快，去集合处上马。”话音刚落，也顾不得什么体面了，狂奔向前。

3

白露刚得自由，便去掏黎有望腰间佩枪。黎有望一把抓住她手腕，入手冰凉。没敢真拧，道：“怎么了?”

“我娘……”白露痛哭，没有细加解释，夺了枪，疯了似的往庙外冲去。黎有望哪里放得下心来，赶紧随后追出。哪里还追得上，一口气狂奔四五里，远远就看见在一片火把的烛照下，丁聚元骑马出东门的身影。白露举枪射击。柯尔特左轮射程在五十米左右。这纯属浪费子弹。黎有光眼睁睁地看着她把弹匣里的子弹尽数击发。眼见那十几个人影跃马扬鞭去远，白露一屁股坐地上了，放声号啕。

“怎么了?”

好不容易等到白露撕心裂肺的哭音暂告段落，根本不懂得男女相处之道的黎有望立刻抓紧时间问道。这不问尚可，一问，便若火上浇油。白露手中的枪口就指过来了。这也是黎有望知道枪内已无子弹，要不，多半还会趋身上前一个背摔，把这个厉害女人摔个满嘴啃泥。没法子，这是本能。黎有望不吭声了。白露的枪口颤抖得厉害，终于啪嗒落地。

“我娘，被他杀了。”

白露这句话就跟一记晴天霹雳般。

其实说杀并不准确。更接近事实的描述是：

匪兵入庙，暴起发难，绑了庙中来进香的若干乡贤。其中就有在庙中带发修行的白露母亲。白露母亲受了惊吓，心脏病发。这纯属意外。等丁聚元发现死者就是昔日军长千金的母亲，并且那位著名的战地女记者也在被绑人群里歇斯底里猛哭出声时，也真是受了不小的惊吓。这倒不是说现在的丁大巴子对韩光义的畏惧深入骨髓，而是说丁大巴子心里有愧。

四年前，丁聚元跟随韩光义部入驻南京孝陵卫，被卷入一场民间刑事凶杀案，属于无辜蒙冤，要被韩光义亲批枪决，白露曾用一支笔救过他命。丁聚元还真是没想到短短一日，在这小小平州接连遭遇两位熟人，更重要的是，那个传言中神秘的军长原配夫人，也隐居在此地，还被自己手下那帮挥枪抡棒的兄弟吓死。这事传出去，只怕韩光义不会与他善罢甘休。只是若让他开枪杀了白露，这样的事别说干，想也不敢朝此多想一点。

他丁聚元虽说杀人无数，也是一个有原则的人。

韩光义若真是想来找碴，那让他来就好。他与韩光义之间的仇恨本来也就不差这么一件。

黎有望大致弄清事情原委后，只能是轻轻一叹。造化弄人，莫过如此。鼓起勇气拍拍伤心欲绝的白露的肩，他只能不断重复说："节哀，节哀顺变！"

"我娘姓白，老家就在平州。我爸是淮城人，韩信的族人。他们在维阳城念师范时相识。毕业了，我娘随着我爸在淮城乡下小学堂教书。我爸耐不得教员的清贫，受一个姓刘的结义兄弟指点，南去黄埔投了军，以后不断立功升职，飞黄腾达当上将军了，就嫌弃我娘土，不肯要她了。我娘是受过教育的新式女子，心高，就跟我爸离了婚，回老家平州古佛青灯一卷经。谁想，救苦救难大慈大悲的观音菩萨也没能保佑她渡了此劫。”

白露双眼失神，口中絮叨，眼中落泪，断断续续地说道。她当然不指望被自己视为丘八的黎有望能说出什么贴心体己的话。她和黎有望有一面之缘，但白驹过隙，世事无常，她在接下来的光阴长河里跋涉时，几乎忘了这个人。真没想到他是平州人，六年里竟然也与生母蛰伏一城。这次，还万幸他能救下自己。真是因缘难测。

半晌，白露收住哭声，想起什么，脸色瞬变。

“为什么要放走丁聚元？他是匪。”

“丁聚元有抗日之心，城外土匪却未必尽然。杀了他，只怕土匪群龙无首，流散四乡荼毒为祸。不如放他回去，各抗各的日。”黎有望小声解释，说到后面，声音几乎低得听不清了。没办法，他黎有望不怕死，不怕枪口指着脑袋，但就没来由地怕眼前这女子，而且是怕到骨子里了。这或许是传说中的一物降一物。

“你们分明约定谁敢取莲河镇，谁得平州。真当我在庙里没听见？”白露冷笑，“你这么自信能赢？你若输，叫他丁司令，当他爪牙。以后他若叫你来捕我，你若不捕，就是抗命。我是不是要现在就一枪打死你?!”

黎有望说不出话了。姑娘这话貌似有理，却是胡搅蛮缠。但试图与女人说道理，是不对的。这话他听人说过，不是一般人，是他亲姐黎带娣。不知为何，黎有望蓦然想起这话，心口不由自主一疼，脸色白了少许。

白露浑然不觉，扬声道:“你打的大概是养匪自重的算盘，要借丁聚元之力，收罗平州城军心民心，待站稳脚跟后，再把丁聚元收为己用吧?”

白露诛心。

但可能还真是这样。也许是在自己潜意识里。黎有望细一琢磨，结巴了，支吾难言。他想为自己辩解，比如说，“平州一天之内风云跌宕，县长惨死。我方接手，千头万绪皆是麻烦，皆需挺身，随时可能丧身。哪里有什么心力去谋这种篇，布此种局。”但这种辩解话，说了也是白瞎。想了半天，憋出半句，“伯母遗体……”

话音刚落，白露又开始狂奔，也不知她哪来的力气，刚才还瘫倒在地，这会儿又跑得比奔马还快。

第十三章

慈云寺

1

黎有望把抗日救国军的指挥部设在城南的慈云寺。县政府里人多手杂，在没有进行人员甄别之前，作为军事指挥部非常不理想。慈云寺就是中央军韩光义部没有撤走之前78师的师指挥部，周围已经构筑好环形的防御阵地，有现成的机枪碉堡和沙包堆。

当晚，黎有望在慈云寺后厨里跟黄开轩相对而坐，又嘱厨师弄来几碟小菜下酒。两人坐而论道，复盘这几日形势。两人闲聊，论用兵之道，所谓王道霸道。黎有望说，何谓王道？对手不服，便从他身上碾过。何谓霸道？不管服不服，从他身上碾过。孔孟之道：碾之前，先光明正大地说一声……而今日之道，一句话：枪口一致对外打鬼子。

这是谑语，也是旁敲侧击。战场上，黎有望会毫不犹豫把后背交给黄开轩，但平州抗日军旗一竖，要的就是八方合力。黎有望接旗之前，在书铺研判形势，即有与北边共产党联络互通声息、互为犄角支援之意。此意也与赵松分析过。但若丁聚元说的是真话，黄开轩与共产党有如此仇恨，只怕将来要碍大事。黄开轩斟酒入喉，微笑道："那是自然，蒋委员长曰，地无南北，人无老幼，皆有抗日之责。"

黎有望并未再追问张德文与那封伪造的赵松书信，他已不再是直罗山的那个愣头小子。

两人说起吕天平。吕天平康复后，在法租界做了寓公，没复出的意思。他靠多年积淀的人脉，在上海滩做起医药生意，赚了不少钱。黎有望对他说起，老虎崖遭黑枪与175师被韩光义整编的往事。吕天平只喝茶看报，并不接话。闲聊间，有175师的老部下登门，言说冯沅种种不堪。吕天平也只是笑笑，等来人告辞，即着人取出一笔盘缠相赠。

黎有望摔门而出，到南京待了一阵子，心头苦闷至极，全国各地跑了一趟，还差点在河南洛阳白马寺遁入空门，石阶上坐了三天，最终还是没落发剃度，回到老家平州。在幼时念书学堂附近开了家书铺。倒不指望这间书铺谋生，主要是读书。用吕天平的话来说："你当前的任务就是好好读书。为将之道，智信仁勇严。中间三字，你有；前后两字，你得好好补。"

书铺生意出乎意料的好。多有顾客询问店内为何不雇几个人手。黎有望懒得解释。他对钱财并无兴趣，吕天平定期汇来的钱款，或者说读书费，数目不少，说句不好听的，完全够得上一个纨绔子弟隔三岔五去那"六朝金陵地、十里秦淮河"上挥霍浪荡。黎有望内心深盼吕天平能重新出山，再做猛虎出柙，但也深知吕天平的难处。只能说，"时不利兮骓不逝。骓不逝兮可奈何"！

黎有望说完，黄开轩也简单提了下数年经历。

黎有望亡命横峰站后，黄开轩降级为营长，察看使用。后往江西换防，又再奉令调守南京孝陵卫。南京沦陷，韩光义独自逃去江北。全军溃散。黄开轩与丁聚元抱着木板从燕子矶侥幸逃生。韩光义走了顾祝同的路子，将一些中央系的残兵败将、川军余将、地方武装整编成新89军。他俩没有选择回去，带着沿路收拢的一帮子散兵游勇，漂泊到平州辖境内的二龙山。

黄开轩说得平淡，声调没有起伏变化。

黎有望心头唏嘘，两人碰杯，各自一饮而尽。

78师的刘寿良战死在麒麟门，算大节不亏；宋敬涟还活着，跟着韩光义退守运河和淮城。还有更多的兄弟战死沙场，马革裹尸。

黄开轩言语甚少，没有直罗山时期那样多话。他经历过的，黎有望想象得到，但无从出言安慰。相比较黄开轩，黎有望蛰伏平州的日子算在天堂，虽有物价飞涨，时局崩坏，难民的冲击，溃兵与土匪的骚乱等坏消息，但在赵松勉力支撑下，这里不啻于桃花源一座。偶尔听到台儿庄大捷等振奋人心的事，便若在漫漫黑夜中见到一线光明。

长夜无声，冷月照人。两人一壶烧酒，数碟冷菜，几块窝窝头。慢慢饮，缓缓道。六年光阴，弹指刹那。也同样是这六年，仿佛有一个甲子那般漫长。

酒酣。两人索性在后厨火头僧房里和衣抵足而眠。

初春时节，风骤紧。半夜，黎有望起身，却见黄开轩独坐长椅，抬头望月，腮边隐有泪痕。

2

慈云寺的庭院里有几树早梅，品种跟南京中山陵里种植的梅花类似。这梅花在寒冬腊月，一片肃杀之时早早已经发过了一次。到此刻仲春，已经是梅开二度，细小精致的花瓣散发淡淡幽香，时不时有片片跌落枝头，零落到庭院中，铺出白中带粉的一层，让黎有望和黄开轩以为是落雪了。踏近一看，又不是。

这些梅花都是慈云寺前住持明海法师亲手种植下的。明海法师是维阳人，老家在运河边的大湖里。据说，他在老家有妻室家小，因为经念得特别好，嗓音清亮高亢，比唱戏好听，特被请来到慈云寺做住持。慈云寺原来叫作晓光寺，明海法师嫌这个名字有点小，不大气，驻寺后，手书“慈云佛海，普度众生”八字楹联，令人用紫檀木雕刻，镌好后悬挂寺门两边。因为明海的入驻，慈云寺香火异常好。这座号称是大唐年间就建寺的老庙，不出三年就修葺一新，还扩建了后殿及多处厢房，成为平州首刹。

淞沪会战之后，维阳因为驻有中国空军，屡遭日寇轰炸。有一日，明海法师接到家乡来信，说他老婆孩子被鬼子丢下的炸弹给炸中了。明海法师丢下法器，甩了袈裟，疯狂奔回。后来，就再也没见明海法师归来。有人说他到维阳后发现老婆孩子没事，被炸是误传，生了觉悟心，带着家人一起去大湖里的小庙里躲鬼子了。又一说，他真的死了老婆孩子，大彻大悟，云游四方，偏往那战火正盛的地方去，为战争亡魂超度去了。总之，自明海法师走后，慈云寺立即衰败，仅有两三老僧守庙看门。韩光义的新78师卫长河部短暂入驻寺中，驻防了不到半年，匆匆撤走，丢下孤城平州，犹如弃子。

军旗易竖，政务难理。土匪劫城方算平定，陷身琐碎公务的黎有望就已焦头烂额，幸好机构不算臃肿，人员也还精干，在滕秘书等人协助下，勉力支撑。民政说兵士与平民抚恤事，教育言开支及课本，卫生论防疫与药品，税务讲田粮征收，财政急告赤字，实业要复市劝工，总务谈城建修缮，等等。一桩犹可，十桩百桩一并递来，就是乱麻缠丝。郡县虽小，五脏俱全，千针万线，皆需心思细腻，体察入微。光有大刀阔斧之力，那是不够的，还得极耐得了烦，熟稔条文，待人处世合乎法度。黎有望在桌前坐了数日，腰酸背疼，自觉如居牢笼。这些也就罢了，关键是千万双眼睛都盯着他黎某人，看他如何真正竖起这面平州抗日救国军旗。不是说让滕秘书草拟一份《告平州全体士绅乡民书》，四处张贴，众人就服了他黎有望的。

上午十点，黎有望与黄开轩在慈云寺厢房内议民团整编及发饷事，滕秘书等数人一旁说明情况，补充细节。这几天黎有望把平州辖区内军警民团的干部，能找来谈话的，都找了一遍。枪把子、钱袋子、笔杆子，首先是这个枪把子，这个道理黎有望懂。

话说到一半，一个老警察叩门入。又出事了。

跟着黄开轩一起投奔救国军的数位士兵大闹宽良街徐记棺材铺。匪兵突袭警察局时，被毙一人。原本同袍，当入土为安。这些士兵便找到棺材铺，要把店内存棺拖走。也不是不付钱。但那口上好棺材已被“那个母亲在观音庙里被吓死的女人”定下——老警察说到这里，是紧咽了几口唾沫。平州城内此刻谁不知新履职的黎司令与这个女人牵绊极深？偏生这几个兵脑子里根本没这根弦，叫骂起来。徐老板说了一句公道话，凡事得有个先来后到。一个兵就赏了徐老板一个耳光，那女人挺身而出，破口大骂土匪。兵就开了枪。也不是真对着人开的，但那女人被跳弹伤了腿。徐永财局长带警员赶去，双方形成对峙。这也是徐局长一力叮嘱不可鲁莽从事，着他赶紧前来汇报，要不然，有绝对火力优势的警察们早开枪打死这帮匪——说完这帮匪后，老警察不情不愿地改了口，改称这几个兵。

在老警察的口吻里，不难听出某种情绪。这些警察是看不起这群起义新贵的，昨日还是匪，劫城杀人，今日就仗着救国军这块牌子欺行霸市，还枪伤良民。

见屋内气氛凝重，老警察瞟了眼端坐不动的黄开轩，又补充道：这些兵还嚷嚷，他们是提着脑袋跟黄开轩投奔救国军的，如果不是他们，恐怕不止赵松县长的头颅还在城门上挂着，连黎司令的脑袋……

黄开轩怒，拍桌，“放肆!”

起身要走，黎有望伸手按住，“老规矩，我去。”

黄开轩扬眉，“我随你一起去。”

3

宽良街棺材铺前，多有闲人围观，个别还在煽风点火：“打啊，兵爷，打啊，警爷!”黎有望火起，差点一个巴掌抡过去，忍住，踱到对峙双方中间。兵那边挑头的人，认得，是在求知书局前被他一门板扫下马的年轻人。丁聚元走后，黎有望放了他，任其来去自由，没想到他反而选择留在城内。

见黎有望，这年轻人额头见汗，“黎司令，他们太欺负人了!”他口齿颇伶俐，几句话一说，倒像白露出言讥讽在先，他们是可忍孰不可忍！人群中没见白露，说是送郎中那上药了。黎有望召来棺材铺的老板。此人在赵松下葬时主动捐了一口上等楠木棺材。黎有望对他印象不错。再问。徐老板所言却与先前那个老警察所述基本相仿。

几百双眼睛都盯着黎有望。

黄开轩未吭声，嘴角倒有了一丝笑意。黎有望没有上来就是一顿马鞭，这修行比起六年前的那个毛头小子是长进不少。

“你叫什么名字?”

黎有望问那士兵。士兵瞥一眼黄开轩，行军礼，“78师171团213营4排排长朱子松。”

“也是89军的兄弟。”黎有望笑笑，“刘寿良的兵。刘寿良战死在麒麟门，也算死得其所，不愧是我辈男儿。”声音转厉，“既是军人，当知军纪条例。扰民滋事，你们78师的规矩是鞭刑三记不等。你闹市开枪，罪加一等，论罪当……”

黎有望差点就把“诛”这个字说出来了。这些年读的书多且杂，他瞬间想起曹操攻袁术于寿春时，借粮官王垕人头安抚军心的典故，眼角余光瞥见黄开轩那似讽带嘲的笑容，心头一凛，改口：“鞭刑十记！”

见朱子松眉毛一挑似欲争辩，扬声道：“军人首要，在于军纪。朱子松，记住，从你跟随黄长官成为平州抗日救国军一员之际，你就不再是二龙山的匪，而是中国的军人。”环顾四周，一字一顿，“朱子松扰民有罪；鄙人黎有望，忝居平州抗日救国军司令，未能及时严明军纪，亦有失职之罪。按律当受鞭刑十记。着平州抗日救国军副司令黄开轩执鞭刑，不得有误。”说罢，解衣，精赤上身，伏于店前棺材上。

朱子松眼里生出几分困惑。他在78师时日已久。鞭刑厉害，只是这等厉害从未有居高位者愿主动领之，且与普通士卒一并在大庭广众下受刑。偷眼瞥黄开轩，见他面无表情，也老老实实脱下上衣，与黎有望并排趴下。

鞭刑其实早已废除，部队军法向来只有三种，禁闭、徒刑、枪毙。只是刘寿良喜欢，执意行之，在78师自然也无人置喙。

鞭子现成。黄开轩抄起马鞭，空中抽响。

一人十鞭，共二十记，鞭鞭声响，见血。这也是黄开轩鞭术高明，把俩人后背抽得血肉模糊，还真没有伤着根本。鞭下留情这种技术活，本来就不是外行搞得清的。眼见受刑两人一声不吭，脊背鲜血淋漓，额头豆大的汗粒滚落，人群中的怨气悄然散去大半。徐永财表情复杂，嘴角抽搐。黎有望开的求知书局，他这些年也曾路过，进去过，还买过几册图书，也与这个面容温和的年轻人有过数次攀谈，知晓其来头匪浅，且在县里长袖善舞，与赵松县长堪称莫逆，还真没有想到是这样一个狠角色。

鞭刑毕。

黎有望合上军装，颤抖着身子，环顾四周，当即顺势宣布军纪二条，即刻实行："平州抗日救国军的战士们，自黎某人往下，若有胆敢妄拿百姓一针一线者，枪决；临阵脱逃不服从指挥者，枪决。"待人群散去，上前拍了拍那一脸苍白的朱子松的肩膀，"硬汉，一声不吭，没让黄长官为难，我喜欢。没跟着丁大巴子去干土匪，我更喜欢。”

转过身，望向徐永财。

“本城委任官徐永财平叛有功，出警神速，处置得当，升任局长。所有员警，悉听令徐永财调配，以靖县内治安。”黎有望在平州这几年，徐永财一直是警察局副局长，局长由赵松本人兼着。这两天黎有望与黄开轩议过县内人事，对这个貌不惊人的胖子都有笼络之心，起码，这是对本地势力的示好。

徐永财一惊，口说岂敢，说平州历年规矩，警察局局长一向由县长代署，如今黎司令以救国军司令职统摄平州军民事务，也当依矩兼任。黎有望笑笑，道:“任命文书，滕秘书已拟就，即日下达。只望徐局长能恪尽职守，不忘报效桑梓父老之初心。”上前压低声音附耳道，“这次丁大巴子劫城，这么多的枪火，皆化整为零，藏于挑担、运柴者，堂而皇之运入城内。还有马，说是贩卖，居然也就进来了。平州城防等同虚设啊。”

这事其实怨不了警察局。城防是划归民团把守，黎有望之言也只是敲打。给了根胡萝卜，就得及时再抡起一棒。徐永财额头汗出，没分辩。不管怎么说，土匪劫城，论功他有，只有些许，多少还组织起一些抵抗；论罪更有，丁聚元以身为饵，吸引军警注意力，行那瞒天过海之策，黄开轩率人渗透，如入无人之地。警察局一点风声也不知悉，反而松懈，是谓无能失职。

徐永财还能说什么？肚子里骂过几声，赔笑道，自当肝脑涂地，鞠躬尽瘁。

人群中又见到了那张宜嗔宜喜的面容，一闪而过。

第十四章

宽良街

1

黎有望进棺材店，一是致歉；二是朱子松所索棺材一事还得着落在他身上。士兵之心不可冷落。徐老板搓着双手表示，上等棺木一时也没有办法，薄皮杉板倒有现成，但那几位兵爷不喜……徐老板形貌上有点像徐永财，讲一口生硬的平州话，夹杂着抹不去的南京口音。本省之内十里不同音，平州话与南京话真是天差地别。

黎有望去看黄开轩，这算是把球踢过去了。黄开轩皱眉，道："马革裹尸，能入土为安，即好。"朱子松等人的心情，黄开轩理解，都是老兵，都是跟着他从南京城那个死人窟里杀出来的，心头难免黯然，"徐老板，还烦费心，棺木价款我私人来付，照常价一倍给付。”那徐老板本来也是顺竿上爬的生意人，马上改口说也是抗日杀敌的好儿郎，不要钱。双方一番争议，一个要多给，一个不要钱。旁边就有人嗤笑出声，“好一个温馨感人的军民鱼水情。”

是白露。见黎有望朝她腿部望来，一瞪眼，“是不是还希望我拄起根拐杖，这才称了你的心，如了你的意？”

跳弹擦伤，这姑娘应无大碍。黎有望脸红耳赤。黄开轩咳嗽一声，走出门外。那徐老板也是知情识趣人，隐身退入店内柜台后。黎有望在白露那两道炯炯有神的目光直射下，浑身不自在，他嗫嚅嘴唇半天，想了半天道：“徐老板，白小姐所购寿棺，还烦请记在我个人名下。我等会儿嘱人送钱过来。”

“有钱人嘛。”白露讥笑道，“怎么不记在救国军的名头下？不是你与丁聚元要抢这个救国军司令当，我妈会死吗？”

这姑娘的账算得还真清楚。她被自己手下兵士所伤这笔账又该怎么算？黎有望头都大了。“军部前日商议，拟用县储国帑，在小校场动工修筑一座英烈碑，把所有为了抗日而死的英烈名字镌刻于上。赵松县长，嗯，还有你母亲……”

白露毫不客气打断他的话，“我母亲可不是什么抗日英烈。别在这里胡搅蛮缠。还军部，啧啧，这都几个人，几条枪？真是好大的威风。”这姑娘的话夹枪带棒，两三句就要把天聊死的节奏。黎有望没法往下接了，苦脸戳着。还是门口站着吸烟的黄开轩见黎有望窘迫，过来赔笑，打破冷场，说白大小姐孤身一人，令堂大人遭此不幸，我等好歹是89军的旧儿郎，理应出力料理后事。

白露在直罗山被脸黑手狠的黄开轩绑架过，哪有好声气，当下唾骂，言语刻薄，直骂得两个男人面面相觑，恨不得各觅条地缝钻入。等到白露抹着泪付完钱，扬长而去，黄开轩拍拍泥雕木塑般的黎有望，哀声叹道：“我说司令，白母停灵观音庙，我建议你备齐丧葬物，现在就带人赶去吊唁吧。”

黎有望颇为无奈，长吁短叹道：“可不可以不去？”

“你忘了，她爹是谁？”黄开轩露齿一笑，“除了重建的新89军，他还刚履职省主席。这可真是好大的威风。”这最后半句是抄袭白露刚才的话语。

黎有望苦笑。平州六年，黎有望与白母没少打过照面。老人家生前以“净凡居士”身份入庙带发修行，端的是和蔼可亲，面目慈祥。每逢礼佛日，常与庙里女尼一起到学堂门口布施粥饭。驴子拉来的木桶车，就停在书店门口，黎有望为人热情，常常给她们打帮手。没想到这个可亲人，是杀人如麻的韩光义的原配，也没有想到她养出的女儿，竟然是这样一个泼辣角色。

至观音庙，叩拜死者，上香三炷，送上挽联，烧过一沓纸和一提金元宝，黎有望又对一旁垂泪不已的白露表示，明天由他与黄开轩，以89军往昔同袍身份，戴孝抬棺，由警队开道，为白母鸣枪送葬。丁聚元劫城时，平州死难者数十，连赵松也只是匆匆礼葬。白母葬礼规格之高，原因无他，不是这个牙尖嘴利的白露，而是韩光义。这个道理说破了，大家都懂，但并没有几人能得知其中秘辛，只会觉得蹊跷古怪。

黎有望在黄开轩面前坦承忧虑。黄开轩哭笑不得，道："你在平州数年，有一个民间立场，这很好。但政治一事，向来是密室中数人筹划之。丁聚元何敢劫城，最大的倚仗不是他的枪有多快，而是他昔日国军身份；你黎有望何以能扛平州抗日军旗，与赵松遗命有关，也与你国军资历有关。重庆政府那是大义所在，韩光义精于内斗拙于外战，毕竟现在是一方诸侯。什么是政治，这就是最大的政治。他原配的葬礼，不怕高，就怕不够高。另外……"黄开轩的言外之意，是劝黎有望争取机会拿下白露，男女相悦，天经地义，你们也老大不小，再说她对你有极大好感，如是等等。听得黎有望面无人色，只想撞墙。黄开轩这才饶过他。

这会儿黎有望也捡起白母往日事说，“我当时总觉得净凡居士很像是某位故人，却真没想到竟是你母亲”，说她行诸多善事，人皆称道。白露收了眼泪，反问道：“我妈做了这么多善事。按你的说法，是积了很多福报。为什么偏遭此横祸？”想了想，又道，“我看这世道还真是杀人放火金腰带，修桥补路无尸骸。”

黎有望无语。这个问题他在洛阳白马寺前也反复想过，用上辈子恶业深重来解释，理论上说得通，但伤人。佛法或许精深，肯定不能救世。黎有望尴尬解释，说有福报的人未必长寿。佛经载，菩萨投生，十三岁夭折。若以为夭折不幸，这只是我们凡夫俗子的见地。世间本苦，早日超脱，白母是菩萨身，想必此刻已往生到西方极乐世界。

这种解释属于强词夺理，但也能安慰人心吧。

白露沉默片刻，没再在这个问题上纠缠下去，继续嘲道：“黎有望，演技不错嘛。不去良友电影公司和胡蝶搭台演戏，人才可惜啊。”冷哼了声，“诸葛亮哭周瑜。刚笼络完军心，又想来捞取民心。平州街头还有这么多百姓遭难，你真应该去每户出事的人家哭一下。”

这位白大小姐是明眼人，若让她知道黄开轩的那点心思，只怕立刻要翻脸赶人。在她面前费口舌，徒然自取其辱。黎有望闭嘴，脸上青一阵白一阵，没敢否认。鞭刑一事，是北洋军阀时期之陈习，北伐革命以来，早有明令废止。刘寿良所为，严格说，是私刑。黎有望今日行来，而不是按律给予禁闭处分，其实也就是想着这个鞭刑更有在场感，有仪式性与戏剧性，简单说，有利于平州百姓传播，有利于塑造平州抗日救国军军纪严明之形象。这点把戏，哄不了明眼人。

白露为探母来平州。母丧，心神已乱，没再与黎有望多废话。她凝神望着庭内母亲遗像，眼泪又是扑簌簌掉下。昏暗光线里，言语不再泼辣尖刻，脸容也多了几分让人怜惜之意。黎有望留下两位经验丰富的兵士，嘱其帮助协理丧事，悄然告退。

庙门外有经幡猎猎。不是风动，不是幡动，而是心动。

2

死者葬于城南坟场。是集体葬礼。此番随白母一起下葬的，还有张德文及城内各位遇难者。每位遇难者，黎有望皆着县府财政拨出抚恤，把棺材铺里的存货一扫而空，并特意安排人手帮着那个和善的徐老板连夜赶制棺木。多是薄皮杉木一口，好歹也算是入土为安。

人死如灯灭，死是大平等，也是大区分。只怕以后战事再起，这薄皮木棺也是一口难求。黎有望和黄开轩亲为白母抬棺入土。晨光初开，披麻戴孝的白露哭得如梨花带雨。观音庙里的几位女尼行罢法事，上前温言安慰。眼前情景，何其阔大，是无常意；又有几分人间凄凉，为其旋律。

山林尽默，有鸟绕树三匝，鸣叫啾啾。黎有望坟前行礼。平州县内士绅及普通百姓多有前来。城内风言传说，净凡居士就是韩主席的原配，白露即是韩主席的千金。朱子松听闻后，惊出一身汗，跑去问黄开轩。黄开轩反问一句，“你说呢？你小子倒是好大的胆。”风声倒不是黄开轩有意着人散布，但乐见其成。这事经营得法，便是救国军的一块筹码。不过来人更多是感念净凡居士之德。几个乡绅想必连夜下了一番苦功，撰就祭文，骈赋对仗，吟哦有声。

好消息也有，韩光义部、新四军先遣分队及附近几个地方武装，这些日子，或拍来电报，或派人专门赶平州恭贺抗日救国军成立，尤其是新四军方面还一口气送来三千大洋及枪支弹药若干，并附有其指挥官手书一封。

两人回慈云寺。还没到寺门口，一骑奔来，却是黄开轩差遣去各驻地民团查实枪支弹药储备的人手。情况令人忧虑，更多有贪墨亏空。比如东门二十箱步枪弹与账上数字相对短了近十箱。非说是土匪劫城时所耗。私下打听，说是拿去打鸟打各种野味改善生活了。黎有望听了简略汇报后，皱眉。黄开轩叹道，没拿去卖给土匪就好。

进屋。滕秘书高效，所有统计数据都分类造册，条理清晰。城中存粮的确尚很充裕，粗粮细粮都有，赵松未虚言。赵松是农林高才生，经营生产真是很有一手。军务这一块就令人大跌眼镜，所谓民团八百条枪，十万发弹，经核实登记，只有一半不到，三百八十七条枪。可笑的是，有的民团把红缨枪也算成枪，令人啼笑皆非。民团士兵也是大抵如此，不足四百人，编出八百多人的名册，煞有其事地按月冒支军饷。军队里那些贪污的小手段，民团一个也不差。

赵松不是没有察觉，他可不是冤大头的个性，曾草拟一个整顿计划，可惜尚未来得及推行，就不幸蒙难。黄开轩对赵松的整顿计划深为嘉许，又在其基础上提出八条更有针对性的整饬方案。每条都切中肯綮，要军政一体备战为主，要进行物资管控，整编民团立军，要招兵买马，要购置枪支弹药，要加强操练密度，要修环城工事，要增设警戒点。

黎有望全部同意，但是钱从何来？黄开轩一时语默，他在部队多年，所见手段就是增税，农田税、商业税、流通税，设抗战特别厘金，非常时期，挖地三尺不行，刮地三寸总能成。但这种手段不说也罢，增之一字，谁不会啊？

传令兵通报县农会詹会长、商会程会长、轮船局唐经理、钱业公会宋会长等乡绅求见。黎有望用力拧了拧眉心结，“请帖送去数日，这些人到今日才肯来。”黄开轩微笑道：“商人奸猾，向来敬酒不吃吃罚酒。”这话若是那个在吕天平公馆里摔门而去的黎有望听了，定是会连呼知音；但经营了几年书铺的黎有望，想法却是有了些许改变。

黎有望自不以商人身份自居，大家却拿他当个小老板，多有各种地方协会邀请他入会。有的入会费奇高，要百元大洋；有的奇低，三五角钱就可，十分有趣。换句话说，你出得起什么价码的会费，就意味着混入到哪一层的圈子，有哪一层的政商资源。别看区区一隅偷安的县城，这些穿上士绅长袍马褂、拄着文明拐杖者中，手眼通天之辈不在少数。尤其是这乱局几年，很多平州籍的老爷、少爷返乡避难蛰居，产业在四海五洋，吃住交际在县城，名义上号称是闲居田园，却还能够在战火纷飞之中长袖善舞，囤物资，倒粮食，贩军品，甚至炒卖各区的货币，赚得不亦乐乎。

黎有望无家小之累，又有吕天平定期汇钱，出手向来大方，不积余财，加入了不少协会，大到旅沪平州同乡商会、小到尚义街小商联合会，都算一分子。无心插柳，几年来倒结识了城中各路商绅。大家酒席间也猜他来历，又多见他跟赵县长熟络，待他不薄，都当自己人。坦率说，黎有望接了赵县长，远比土匪丁大巴子掌握平州让这些商人放心得多。这几日风云跌宕，大家捏了把汗握在手心里，汗尚未干透，黎司令着人送来红白帖。白帖是给劫城殇亡送葬抚恤等，这是做死人事给活人面子的事。红帖是为祝贺司令上任、邀请士绅题名军旗帖。这事当然得赶紧去。这些士绅多是从晚清和北洋时代过来的，无论过来李巡抚、张提督还是王大帅、赵镇守，哪一个过境不要集资出孝敬钱的？况且如今抗日正酣，赖得天佑平州，虽说过境的残兵败将不少，好像无论哪方势力都没吃定此地，无形中倒造就了一方宁土。他们心中最大的愿望，就是这种危如累卵的太平日子能够维持下去，多一天是一天，能熬到战争结束的时候，更是皆大欢喜。可每个捐多捐少，这事有讲究。好不容易议妥当，已是数日后。

3

黎有望出寺门，抱拳迎接。乡绅们口颂谀辞，先一一在门口画押纳上贺金。数额不菲，转眼就有五万之巨，平州膏腴，名不虚传。

端茶上座，请上座。

大家拱手谦让，好不容易才按秩序坐定。

黎有望感谢诸位开明乡贤的支持。乡绅们也交口称赞他有勇有谋，唯恐落后。很多人感叹："幸亏黎司令挺身而出，保平州平安。真要让丁大巴子夺了城，我们这些人不死也得脱层皮。"尽管丁聚元声称为抗日而来，但劫富户恶名在外，更何况土匪行事之残忍，夺财也罢了，还要杀人毁家。这些年平州虽有小股匪乱，比起新闻报纸里时常报道的其他中原各省各地，可谓癣疥之患。大家还是非常感念赵松治县之功，就有人当场提议要建英烈祠，移棺，立其像，食祀香火。这是要把赵松供上神龛。建英烈祠也是黎有望反复所思。他日战事一起，死难者众，确实需要这样一座祠堂凝聚人心，以为抗日决心之象征，但立像等事不妥，是把溘然长逝的赵松与将来的战死者割裂了。

黎有望点头称许建英烈祠事可。又有数名乡绅自告奋勇捐献。数额不大，室内一时沉默。多人拿眼偷瞥那前排入座的几位，尤其是县农会詹会长与轮船局唐经理。

“要保平州一方之安，没有一支威武之师不成。赵松县长遗志，要建抗日救国军。筚路蓝缕，诸事艰辛，首当其冲就是一个字：钱!”黎有望端茶，目光从众人脸上缓缓掠过，“我黎某人不是要来吃大户，只是救国军根底太薄，就算有意保证诸位货物不受土匪劫掠，也心有余而力不足。故出此下策，以请诸位来题写军旗之名募捐，用助饷最多者的字作为部队主旗。依此是二面副旗，十面小旗。”

黎有望目光望向首排落座的诸位乡绅，“詹会长，您老是光绪三十年进士；宋会长，您是宾夕法尼亚大学商科的高才生；唐经理，您留学英伦，跟十几个国家的人打过交道，货通天下。不知诸君以为如何？”

助饷一事，黎有望与黄开轩议过数次。救国军甫一成立，便立刻纳捐征税，委实不妥，还不如把主要精力放在这些头面人物身上，看看能否榨出一些油水，以敷急用。吃大户，总好过刮地皮。黎有望在经济方面也确实一时拿不出更多主张。

室内鸦雀无声。半晌，曾在观音庙被劫为人质的詹会长，或是感念救命之恩，一敲拐杖，拂须起身，揸开手掌，环顾左右说：“我出一万大洋助饷，非头旗莫属，诸位莫与我争。我也老了，自记事读书起，见证国事维艰，国难不止。‘九一八’、‘七七’、淞沪及至南京罹难，今日中日之战，是真正意义上亡国灭种之劫。老朽愿出绵薄之力，鼓励我抗日健儿早日还我河山。”

此言慷慨。这个数额之巨更是惊人。黎有望拿眼去看唐经理。这个面白无须的中年男人点头应道：“我出九千大洋助饷，愿得副旗之一。”

众人纷纷出价贾旗。一番拍卖，引动几人意气相争，居然又筹得十五万大洋。黎有望为之侧目。在他心中，能筹措个五万大洋已经是上上签。议罢，詹会长提笔研墨，当庭书写“平州抗日救国军”七字，用的是颜体。笔墨有大义。闲来钻研过书法的黎有望明白，詹会长是以唐朝名臣颜真卿为榜样，勉励自己为国尽忠，不禁心生凛然。

只是这个时候的黎有望并不知贾旗一事，黄开轩早有布置。事先便打听清楚平州城内这些富绅大致身家及话语权，知道这个光绪三十年进士的詹会长算是坐第一把交椅，以副司令身份，漏夜亲自谒门拜访，许诺他若愿意出列助饷，所应助饷额，事后以特别经费名目，返还一半。老狐狸还是肉疼，顾左右而言其他，黄开轩把枪一掏，随手打下屋内突然闯入的一只蝙蝠，老家伙才变了脸色，仍然一口咬定，至少返七成。又叹苦经，揣着明白装糊涂，一副惫懒无赖相。

黄开轩只好允诺。这种事，黄开轩事前没打算与黎有望说，看成果丰硕，等众人告辞后，再附耳与黎有望说来。黎有望一惊，再苦笑。黄开轩叹道:“这也是我们占了抗日大义的名分，又枪在手，你黎有望一时威名无二，否则……”黎有望好奇地问:“否则什么?”黄开轩这才细加解释，政府长官与县内豪强劣绅联手贪墨实属常态，只图钱财，不问是非，巧立名目横征暴敛后，不仅所应捐纳款得全数退还，还在总额中再舀一杯羹，若是劣绅势大，属于恶霸与地头蛇，所得甚至要占那总额七至八成，简直是匪夷所思。

黎有望沉默了。这种事是他不知道的。

平州有没有恶霸与地头蛇？有。刚才在座几人便是。

门外有敲门声，是履新数日的警察局局长徐永财，难得见他一身警容。制服偏小，套在他圆滚滚的身材上颇有滑稽之感，只是挺胸抬头间也多了几分警察该有的威仪。黎有望与黄开轩交换了一下目光。吃大户的法子多着呢，今天这种打秋风的伎俩，平心而论，还是稍嫌低端；高级一点，就得打恶除霸，财源滚滚之余，还能尽揽民心。当然，这首先要师出有名，其次是得找到一把好用的刀子。

徐永财会是这样一把刀子吗？

黎有望读懂了黄开轩的眼神，在徐永财递上的文件上签了字，望向他那张圆脸的目光也多了几分热切。

第十五章

小校场

1

一杯香茗亲自端上。

徐永财诚惶诚恐，在椅子上落下半边臀部。

这是个识时务者，恐怕丁聚元夺了这城，议事厅内也当有他的一把座椅。黎有望咳嗽一声，寒暄数句，问过其身体与家人，话锋陡转：“平州，四战之地。西是汪伪，南有日寇，北边新四军日渐坐大，西边盘踞着韩光义。其间又有丁大巴子之类的匪帮纵横劫掠。平州一地，为何能孤悬苟全至今？徐局长，还望见赐。”

“赵松县长枭雄之资，可惜天不假年。”徐永财思忖片刻，“其胸襟阔大，纵横捭阖，能在各大势力间腾挪出平州这个棋眼，让各方势力以为打劫处。”

这个回答不能说是错，但不是黎有望想要的。

“徐局长法眼如炬，确实，赵松凭一己之力做出这个棋眼，了不起。”黎有望打了一个哈哈，“一块肉，狼想吃，豹也想吃，肉是没有说话的分的。不管这块肉有多么厉害，也改变不了迟早要被吃掉的命运。这样说吧，徐局长，假如今天是你统摄平州军政，你当如何？”

徐永财腾一下起身，“鄙人无德无才之辈，岂敢?！现如今，平州街头人皆拜服黎司令……”看徐永财满脸涨红嘴唇哆嗦的样子，下一步他就得掏枪自裁，以明心迹。

黎有望赶紧安慰：“徐局长，我没别的意思。两字：问策。是刘备问策隆中。”这话不妥，黎有望可是挺讨厌那个大耳贼，隆中高卧那位更非眼前这位可以相提并论。别说相提并论，就是去舔前者鞋底的资格也没有。黄开轩一口茶喷出，失声哂笑。徐永财也是大窘，“岂敢岂敢。”

气氛倒是缓和下来了。

黎有望佯作镇定，挥手让徐永财入座。

“司令，徐某不才，指挥警队，搞搞治安，抓抓匪盗还算内行。

可就是一生没上过战场，没见过战阵，更不会带兵打仗，更别说军政一体。这个司令的位置就是让我坐，我也坐不了，不敢坐，也不想坐。”徐永财还是不忘表白忠心，几句谄媚之词说罢，脸色恢复了正常，清楚了黎有望的意思，思索片刻道，“日寇势大正炙，其急务在于纵横贯通，一时还腾不出手来盯咱平州；汪逆借势而起，野心甚大，急欲整合其腹地各方势力，平州还真是他们的眼中钉肉中刺，不可不防。前日遣员招降，无功而返，想必当有后手，我们要有万全之策以为应对。韩军长虽屡战屡败……噢，不，屡败屡战，依托水网纵横，尚可撑持，只是要说引为平州臂援，恐怕也是难事。我倒是担心……”

徐永财皱眉，看了下黎黄两人脸色，沉吟道：“只怕他心里打的也是汪逆同样的心思。”徐永财没提新四军。

徐永财还真不愧一老吏，眼光犹在。他之所言，也是黄开轩前夜与黎有望所言。不过，这也不是黎有望现在想要的答案。黎有望嘿嘿一笑，“徐局长所言极是。只是，我在想，这是块肉。”停顿片刻，加重语气，“那虎狼，又何尝不是血肉之躯。”

徐永财还真有点懵懂了，这位年轻的黎司令葫芦里卖的是啥药？脸上堆笑，起身沏茶。黎有望握拳起身，咧嘴一笑，“有本书，徐局长或可读之。《论持久战》，战略上藐视，战术上重视。我等既竖抗日旗帜，必要有此等信心。所以……我在想，平州这块肉是否可以进化成为一只野蜂，是肉，却也不惧虎狼。”

黎有望是不好意思直言。吕天平叫他读书，他还真读出这样多弯弯绕。黄开轩好气又好笑，指节敲敲茶杯，直奔主题道：“徐局长，有钱，平州才可能变成一只无惧虎狼的野蜂。只是这钱从何来，是个问题。刚才那些乡绅们，徐局长也看见了。其中是否有那种勒索无辜，鱼肉百姓之辈？”

徐永财一惊，端茶的手僵在半空，汗出来了。这个姓黄的，果然阴鸷狠辣。这个问题不好答，眼珠子转过几圈，“卑职这就去调查。”

“这还用调查？”黄开轩似笑非笑。

黎有望做和事佬，“不着急一时，徐局长不妨派人再深入民间切实了解下。司令部这边也会遣人配合警局调查。对了，我看前日在棺材铺与你对峙的那个兵，叫朱子松的，胆气可嘉，是死人堆里爬出来的，又能念同袍情谊。是个人才，你看他如何？”

能说不行吗？

当然得行。捏着鼻子也得说行。徐永财起身敬礼，再表忠心，唯黎司令马首是瞻，必鞠躬尽瘁，彻查平州。哪怕肝脑涂地，也在所不惜。

“悄悄查，隐秘查。万不可弄得鸡飞狗跳。”黄开轩哈哈一笑，拍了拍徐永财肩膀，“此事办妥，大功一件。放心，不会让你徐局长白干的。你的肝脑涂不到地上。到时黄某人自会向重庆政府请功，云麾勋章可期。我们为党国尽忠，非常时期当有非常手段。”

国军抗日勋章六种，其中云麾勋章分为九等，所授者上至将官，下至士兵。基本是面向陆、海、空军军人，但根据《勋赏条例》第11条，对于战事建有勋功者，不问出身，亦可酌情授之。这些条例徐永财不清楚，云麾勋章却是知道的，此刻听黄开轩细细一说，再行敬礼，挺胸更直。

“你们徐家源于嬴姓，向多忠勇之士。进曹营不发一言的三国徐庶，起兵伐武曌的唐朝徐敬业，明朝把蒙古兵打到漠北的大将徐达……”黄开轩起身，几缕阳光穿堂入屋打在他鬓角几根白发上，闪出几根耀眼的银，“这些远的且不论。民国原大总统徐世昌拒任华北伪职，愤然大骂日本大特务土肥原贤二，85岁病逝天津，归葬辉县，坟前仅竖一块‘水竹邨人之墓’碑，其民族气节弥老愈坚，令人高山仰止。对了，徐树铮，他就是离你们平州不算太远的徐州府人氏，西北筹边，单人独骑，一把枪拍在巴德玛多尔济案前，使外蒙全境重新被置于中央政府直接管辖之下，其功足堪彪炳史册。”转过身看着瞠目结舌的徐永财，他微微一笑道，“就是你家族叔徐长寿徐老板，一个棺材铺的老板，上次捐出一口楠木棺材不提，此次又主动捐出两千大洋，堪当表率。徐氏家族门风可嘉。”

徐永财总算知晓了这位黄长官口舌之利，嘿嘿赔笑道：“族叔是白行世家，在南京傅厚岗做了好大的店面。战仗一起，死的人多，白行的生意普遍好，几年间赚了好多钱。南京城破，他是被日本人杀得吓破了胆，侥幸留了条命，就带着家资到江北投奔我来了。以后若有需要，司令可以再让他出点血。这个老叔，待自己家里人可是抠门得很，最怕的是官。”

黎有望哈哈一笑，“咱们不是官，是抗日的战士。”

“那是，那是。”

送走徐永财。黄开轩的眉毛落下来，“此人貌忠或诈，滑不溜手，难知其真正倾向。当日丁聚元劫城，曾含糊言警局有内应，我没细问，是其也未必可知。”

“你与丁聚元到底是怎么一回事?”这个问题在黎有望心中始终盘桓许久。

“他救过我，我救过他。”黄开轩没再纠结此话题，一带而过，“你刚才说平州城乃四战之地，我再补四个字，势若危卵。要想做活这个棋眼，除了正面战场要打出几场振奋人心的战斗，隐蔽战线也得注意。两军对垒，决胜处不在沙场之上，在于帷帐之中。这平州城也算是池浅王八多，庙小妖风大。”

“你是发现了什么?”黎有望讶道。

“观音庙的张德文，你忘了?”黄开轩哂笑,“他是共党。蒋委员长在《抗战必胜的条件与要素》中对抗日必胜的理由阐释得非常充分，尤其是‘以空间换时间，以时间换空间’十二字的提出。我倒不太忧虑日寇，蕞尔小国，一鼓作气，再而衰，三而竭。共党实乃心头大患。”

黄开轩称呼蒋，从来就是四个字，蒋委员长。黎有望挠挠头，没有反驳,“开轩，南京失守后，蒋委员长发表的《告国民书》，你可曾读过?中国持久抗战，其最后决胜之中心，不但不在南京，抑或不在各大都市，而实寄于全国广大之乡村与广大强固之民心。你不会因为这个，才到平州来吧?”

“你说呢？”黄开轩端茶一饮而尽，扬眉缓道，“若我们能在平州打出中国人的精神，守出中国人的气节，哪怕最终玉石俱焚，我们的国家就不会亡。”

这么久来，黎有望还是第一次听到黄开轩话语里的铿锵之音。

2

晨曦微亮，小校场已水泄不通。

小校场是平州正中心广场，老县衙所在，前清时候，是一镇绿营兵操练的地方，名曰教场。晚清镇压太平天国，胜保扎江北大营，大股清兵驻平州，以备防“长毛”的名义，将县衙附近很多民房给强拆了，扩得空地，以青石铺满，名曰大青场，以讹传讹叫作“大清场”。日后，平州杀造反逆贼、维新附逆，枪决革命党人，都在此处。

民国肇始，革命党人攻破县衙，宣布平州光复，此处遂更名为小校场。小校场里最近一次集中杀人，是民国十六年（1927），五六个年轻人半夜里被拉到这里枪决，原因是“清党运动”，据说他们都是共党。其中有一个眉清目秀的大姐。

那时的黎有望还是少年，生活在平州学堂后的一条陋巷。眼见义庄之人用草席裹了尸体拖去乱坟岗掩埋，死活也没有想通那个眉目如画的大姐，那个常与乡亲谈天说地的整天笑得嘴角上翘的大姐，那个穿着一袭阴丹士林布蓝色旗袍的大姐，怎么就成了书上说的“青面獠牙的共党”？大姐死了后的样子就像是睡着了。等义庄人走后，黎有望用刀在木片上刻了几个字，插于坟前，又撮土为香，俯身拜了三次，还特意编了一个花环置于坟茔上。

小年轻，又遇冷雨凄风，却是没有丝毫恐惧，也是异事。倒是唬得随后觅来的母亲惊慌失措，一把拥他入怀里，失声恸哭。

此刻，站在小校场高台处的黎有望心潮澎湃，眼眶湿润。小校场布置一新，打扫干净，多有横幅拉起，军旗猎猎。抬眼四顾，军民士绅农工商学，各路代表皆肃立于晨光之中，如松柏树木，望之巍然。

四件事。

一是平州抗日救国军正式成立暨誓师大会。

二是建平州英烈碑。无字碑身。日后有与日寇汪逆作战牺牲者，镌刻其名，涂于红漆，记于县志，永载抗日史册。地址就在这小校场中央，奠基挖第一锹土前，黎有望提议全体军民为南京城内三十万遇难者默哀三分钟，又取酒三杯，上敬战死的英灵，下敬涂炭的生灵。中间一杯酒却是敬给在场全体军民，“我们誓将抗日，不战斗到最后一个人、最后一滴血，不战斗到胜利的那一刻，誓不罢休!”

第三件事是部队整编，取消原民团番号，代以团营连排等，及相应人事任命。此番组织架构调整最费黄开轩心血。原有民团各部就地解散，重新登记，打乱整编。凡老弱病残者一律清退。以原民团各部首领暂充各级指挥。重编日，黎有望特别叫徐永财带上警察局全体成员以观摩为名到场，实为防备民团哗变。又让朱子松立于操场，能搏击十合不倒；或开枪能中五十米靶心者，直接提为班排级干部。此日宣布招兵，练兵，由黄开轩兼领训练主任，讲解步兵操典、作战守则、阵中通讯等。并拟在日后举办军内大比武。突出者入选特种作战部队。不合格者淘汰。

第四件事一宣布，全体哗然，民心为之一荡，军心为之一振。普通士兵月饷二十元且分土地。二十块大洋，可真不是小数字。二块大洋即可在当地最好的平州大酒楼叫上一桌上等宴席，一般工人工资当时也就是五至十块大洋。钱财就罢了，尤其是土地，据说计入个人名下，由县公田部门统一租种，什么时候退伍了，就可带走。

人声汹涌，都说这黎司令好大手笔。

“爹亲娘亲不如银钱亲。跟着黎司令，银钱特别亲!”

也有腹谤败家子的，说赵松好不容易攒下点家当，就让这小子糟蹋了。真是不当家不知柴米贵，以后有他哭的时候。

这些人的想法，黎有望清楚。这账他划拉过几遍，不提县府多年所积银钱，仅这次打秋风所得，就足堪部队半年军饷列支。当然，这是以四百编制而论，若再有胆敢吃空饷者，黎有望不介意拿其人头到这英烈碑前祭祀。兵有精兵，枪要好枪。

相关军械采购一事，黎有望已着人与上海的吕天平联系，那边回来的消息也是痛快:“有钱，就有枪。”我他妈的这是在抗日，是把脑袋拎在裤腰带上为咱们中国人打仗，你他妈的还与我谈钱?

黎有望读罢吕天平的电报，被这个满脑袋生意经的姐夫气得嘴唇直哆嗦，把电报揉作一团，就想往自个嘴里塞咽下去。黄开轩宽慰他:“谈钱，不伤感情；不谈钱，迟早得伤感情。只要枪好，货真，好说。”又说，“韩光义部也不是不可以想点办法。前些时日不是许了你这个司令吗？光一纸敕令，也不是他韩光义的做派。会哭的孩子有糖吃，改天我来嘱滕秘书行文，保证声情并茂，睹者涕泪，定让他韩大军长觉得不拨枪赠人，都不好意思出门见人。”

这是玩笑话，韩光义这家伙除了那纸“贺黎有望任平州救国军司令”的电报外，近日就无下文。这只是贺，与“委任”那是两回事。不过这难不倒黎有望。

徐永财上台，面向众人宣读委任状。

平州的父老乡亲们，平州抗日救国军的全体战士们，经上报陆海空军最高统帅军事委员会及第三战区司令部顾长官批准：

兹委任原89军175师独立团上校团长黎有望，擢升少将军衔，为平州县苏北抗日救国军司令，以慑众心，厉行抗敌。军政合一，救国军司令代行县长一职。此状。

省主席兼89军军长　韩光义

徐永财第一眼读到这张委任状时还真是蒙了。这个黎爷当真是手眼通天，不是说他乃韩光义指定要捕杀的89军逃兵吗？宪兵营营长出身的丁大巴子不是声称要逮他回去军法惩办吗？怎么韩主席就签发了这道任命状？难道城内传言是真，这个家伙搞定了韩大军长的千金白露小姐，韩主席奈何不了女儿，只好学卓文君的爹？

黎有望哈哈大笑，在那纸公文上一拍，“假的，我用个萝卜章刻的。”

徐永财没法不竖大拇指。几十年警察干下来，各种造假的文书、地契、盐烟酒专卖执照、通行证等，他一眼就能瞧出。黎有望这纸委任状，要不是他自己说破，与真的没区别。不过，这厮也太胆大了！

徐永财宣读毕委任状，清清嗓子，又拿着铁皮喇叭喊了起来："黎司令就是我们蒋委员长派来的。他潜伏平州，为的就是践行蒋委员长提出的，中国抗战最后决胜的中心，是在全国广大之乡村，是要竖我们平州这面抗日军旗，以为四万万同胞表率。”

这话是黎有望对徐永财说的。

“我们要忠诚地拥戴英明神武的黎司令，诸事以他为楷模，为榜样，共克时艰，勉力精进，一切以抗日为圭臬，一切以御敌为准绳。汪逆若来，男女老少皆为战；鬼子敢犯，锄头扁担是刀枪……总之，只要我们惕厉奋发，勇往迈进，提起攻击精神，敢于奋战，不怕牺牲，我们的国家就有希望，此次抗战就能在蒋委员长的领导下，在英明神武的黎司令直接指挥下，得到最后胜利！”

徐永财这段话说得是不伦不类，“惕厉奋发”那几句是蒋介石1938年在开封团以上干部会议上的讲话，后以《抗战检讨与必胜要诀》印行，求知书局售过，徐永财在黎有望手上购过一册，没想到活学活用到这里。不过，“英明神武”与“直接指挥”等字眼，可就太刺耳了。黎有望皱眉头，压低嗓门对身边的黄开轩道：“英明神武这个成语，你猜他今天说了多少次？”黄开轩没理他，等徐永财话罢，率先鼓掌。一时掌声如雷。

黎有望的话非常简单，就三句。

“犯大汉者，虽远必诛。小鬼子欺负到我们家门上来了，我们能答应吗？”

黄开轩率先振臂呼喊，“不能！”

“鬼子也就七千万人，我们四万万同胞。我们一人一口唾沫，淹得死他们吗？”

“淹得死！”

其间又有杂音，老子一泡尿就够了之类的。黄开轩哭笑不得，两国军事实力之比较，连蒋委员长都承认，这不仅是一个实力相差悬殊的问题，而是一个工业国与农业国之间的差距，中间是有鸿沟的。换句话说，无论是经济形态、技术形态还是军事形态，日本都遥遥领先中国一个时代。黄开轩留意过相关材料。仅以钢产量一个指标论，1937年日本钢产量是580万吨，而中国只有4万吨。若具体到双方军事实力的直接对比，差距就更大了。海军，日本一艘军舰的排水量相当于整个中华民国海军军舰的吨位；空军，当时民国空军能够投入作战的飞机只有200余架，日本每年生产飞机1500多架；至于陆军，这个差距大得连黄开轩都羞于面对。不说别的，就说子弹。中央军装备最好，每个兵只能配发15发子弹做实弹射击。而日本日军《步兵操典》规定，新兵入伍后，每月用于实弹射击的子弹，步枪不能低于150发，机枪不得低于300发。

但在这个时候，还真得要有黎有望这样的煽动力，军心方可一握。

黎有望的第三句话就更直接了。

“今天若不举旗抗日，明天小鬼子就会来平州，抢我们的粮食，占我们的房子，喝我们的酒，睡我们的女人。这件事，你们答应吗?”

“不答应!”

黎有望抬枪，啪啪啪，枪声三响，飞鸟落。

懂得点枪支常识的，无不讶然。这位黎爷手中拿着的是把柯尔特左轮手枪吧？这枪的射程应该是五十米左右吧？这鸟，离黎司令起码有一二百米吧？

难道说是这只鸟为黎司令之英明神武所攫？

懂的人，自然一声不吭。不懂的人，那是欢呼鼓掌，声震屋瓦。黎司令，神枪啊。有此枪术，那鬼子来了，还不是一枪一个撂倒？

群情沸然，喊打喊杀之声此起彼伏。那些民众代表手里纷纷举着五色纸糊成的芦苇秆小旗，摇旗呐喊。这些小旗或三角形或长方形，上面画着青天白日徽章，写着“抗日救国”“抵御倭寇”“平州光荣”之类的口号。随着这一浪高过一浪的呼喊，都觉得平州有了黎司令，别说那汪逆狗贼，就是凶名在外的鬼子来了，那也是巴掌一翻拍死拉倒。其间也有人暗自嘀咕，倭寇势如恶虎，他们暂没腾出手来攻打平州已经万幸。咱们凑出钱建一个救国军，喊喊口号，保境安民足矣，若还要站出来主动招惹那些活阎王，真是活得不耐烦了。当然，这些心思，只能揣在心里，嚷是不敢嚷的。

白露不是这些人中的一个，她冷眼旁观。抱着胳膊听了黎有望的发言，看着他掏枪，眼角余光也瞥到小校场西南处教堂钟楼顶上有个人影放出一只鸟，并在黎有望第一声枪响之后，举起狙击枪射下那只鸟。黎有望三声枪响盖住他的射击声。两人能配合得如此默契，看来，唱戏光唱全本还不够，还得唱双簧。这个姓黎的，还真是不惮于把陈胜吴广那套装神弄鬼的手段搬来。白露不屑，挤出人群，离开了小校场，打量着一路上那些花花绿绿的征兵广告。到大元茶馆，发现谣言比她的脚步还要快，已经有人摆着龙门阵，说刚刚黎有望用手枪打落百米高空的鸟，真是军神再世。说当日土匪攻城时那子弹见着他就拐弯，就跟见着亲爹一样。

白露落座。一杯茶入肚，腹中的啼笑皆非感这才稍得减轻。正皱眉，一个细眉伙计送来了一碟果盘，果盘里还有个胭脂盒子。细眉伙计生得俊俏，嘴角堆笑。胭脂盒内有一张两指宽的纸条。白露展开一读，如被闪电劈中，丢下铜板，匆匆下楼，在路边招了一辆黄包车，坐上车，左右看了看，小声道："绿柳晴！"

第十六章

绿柳晴

1

绿柳晴是平州城内一家上等旅社，仅次于钱业公会宋会长投资的东亚大饭店和农会詹会长投资的平州大酒楼，它不在主干道忠信大道上，而在宽良街与崇礼街交叉的道口。四层仿海派小楼，米黄色巴洛克式建筑，位居城西南角，相对偏僻，也得其幽静。

从小校场拉到绿柳晴行价一角钱。白露心急，一路催着，加了车夫一角。下车，正好遇到走街串巷的谭傻子指着绿柳晴的白漆红字洋铁皮招牌，高声念道："绿柳晴，道是无情却有情。"谭傻子年纪不大，头发有点凌乱，身上一丝不苟地穿着一件黛青长褂。他读书识字，原本是沪上商务印书馆校对排版的小伙计，干技术活，每月七十块钱的高薪，也算是颇为得意。不想，淞沪会战，日本飞机轰炸了商务印书馆。谭伙计侥幸没被炸死，却被活活给吓呆了，被人送回老家，一下子成了每天穿着长褂到处乱跑的傻子，读过书的傻子，出口成章。平州很多孩童都跟在他后面学诗文。

白露给了谭傻子几角钱，嘱他找个茶馆买点吃的喝的。谭傻子双腿一并，转身踏正步远去。看他行去的方向，倒是棺材铺。白露目送，心中感慨，闪身进入绿柳晴并不算宽敞的大堂，到前台，轻声说："掌柜，我是305房的客人，我房间里打扫过了吗?"

掌柜的探出头来，露出一张长长瘦瘦的脸，戴着一副圆框眼镜。这是一个平庸无奇的中年人，让人看了一眼之后，不出三分钟就能迅速忘掉。掌柜笑着，问："305房的白小姐吗？我记得打扫了啊，稍等啊，我跟你一起去看看。"

长衫掌柜带着白露往旅社后面走。在木质绿漆雕花楼梯口，有向上向下的分岔，向上通向客房，向下则通向地下室。没上楼，白露随掌柜进入地下室。室内宽敞，略显空荡，四壁以水门汀浇筑。室内顶部似乎有透气孔与地面相连，也并不气闷、潮湿。掌柜点起煤油灯回身笑道："白露同志，你好。"

"你，你就是钱同志?"白露激动了。

掌柜点头微笑，做了一个“请”的手势。隔着一台油灯，两人坐定。还是白露先忍不住，笑起来，道：“没想到我到这里入住第一天，就在组织里了。把交通站设在这个人来人往的旅馆，你们也真是有胆啊。”

钱掌柜也笑起来说：“以韩光义女儿这么敏感的身份，也敢向上级申请孤身来到平州，白露同志你也真是有胆啊。”

两人相对一笑。待激动的心情平复下来，白露低声道：“我是奉中央新成立的南方局命令，以探母名义来平州联络赵松同志。我正想办法与他取得联络，没想到，就这么眼睁睁看着他突遭不幸。”白露的声音有些哽咽。

“这起事件真让我们始料不及，丁大巴子心狠手毒，妄言抗日，其实打的主意就是抢夺地盘，到时投鬼子降汪逆，以作晋身之阶。”钱掌柜声音冷峻，看了看脸有哀伤的白露，缓缓道，“白露同志，丁大巴子劫城，令堂因此蒙难。我谨代表组织深表慰问，前日令堂葬礼，人多眼杂，我不便现身，等人流散尽后，也去令堂坟前祭奠洒扫了一番。令堂是好人啊。”钱掌柜顿了下，补充道，“去年夏日，我街头骤然起病，高热汗出，中暑倒地，幸得净凡居士途经，蘸油刮痧，才得苏醒。说起来，令堂还是我救命恩人。”

“母亲她老人家这一辈子太不容易了。本来还想着能有机会侍奉膝前。”白露眼中又垂下泪。很快，控制住自己情绪，“让钱同志见笑了。”

“咱们共产党人也是爹生娘养的。”钱掌柜沉默半晌，道，“以后你就叫我钱掌柜。包括我们俩私下对谈时，以免遇事，情急之下脱口而出。”

白露一凛，连忙应是。果然是老地下，足够谨慎。

“平州的情况很复杂。赵松同志一死，你的任务要做相应调整。黎有望横空出世，拉起抗日救国军。这个人的情况组织上还不是非常清楚，包括那个跟着丁大巴子劫城的黄开轩，为什么会突然反水投奔黎有望，里面当有蹊跷处。据说他们两人原来都是89军出身，包括这个丁大巴子，都是你父亲的部下。”钱掌柜凝神片刻道，“你原来以战地记者的身份去过89军，应该是与其中之一，或其中数位打过照面吧。”

白露当年那篇救下黎有望的报道轰动全国。钱掌柜问得委婉，白露点头，把直罗山往事简略一说。钱掌柜喜上眉梢，“好，既然你与黎有望有救命之恩，当务之急就是设法在救国军内找一位置落脚。黎这个人，我观他有豪杰之气，抗日一言，发自肺腑，是我们急需争取的力量。但黄开轩这人阴鸷多智，丁大巴子劫城时言他与我党有杀父之仇，不知是真是假。要警惕，要尽快弄清其真实倾向。”

钱掌柜的任务下得明确，只是白露还是好奇。

2

“既然赵松是我们的同志，为什么他不把救国军交到组织上，反而交给一个姓黎的外人?”这是白露的问题。她没问出来的问题其实还有两个。救国军的底子就是民团，这些民团士兵战术之低下，纪律之松懈，此次丁聚元劫城，可见一斑。难道说这民团里面就没有我们的人？其二，新四军的先遣分队已入江北，时日不久，力量薄弱，从战略上来说是急需平州这种膏腴之地以为立足，赵松为什么不把平州交给先遣分队呢?

白露的这个问题不好回答，有些也是钱掌柜回答不了的，有些是他知道也不能说的。

“1938年10月中央决定设立中共南方局，我奉令带领一个工作小组赴平州潜伏。”钱掌柜推了推鼻梁上的眼镜，从抽屉里取出一幅军用地图，摊开，又用一支铅笔在地图上轻轻画了三条线，将平州、上海和南京连了起来，画出一个等腰钝角三角形，缓缓道：“你看，平州，宁沪，呈三角犄角。因为无险可守，离囤有重兵的上海和南京近，日寇大概觉得此地唾手可得，急着抽调兵力进攻内地，竟在大战略上，暂时将之搁置。无论他们东向攻南京，还是北上打徐州，都没经过平州。中央军韩光义部，误判形势，认为日寇要来攻打，守了一段时间的城后，撤离收缩到淮城、盐州一线。结果，日寇并没来。等韩光义再有心南下的时候，这中间又被汪伪阻隔。汪伪建立不久，忙争夺、巩固伪中央的权力，注意力暂时也没盯住平州。”

钱掌柜一边说，白露一边嗯嗯点头。这大面上的情况，她也是有所了解的。

“有趣就有趣在这地方。日、汪双方都觉得反正是唾手可得，反而不急着下手，平州偷安了几年的光景。原来二十余万人口的小县，现在连县城带周围四乡八里，一下子拥进来十来万的人口，粗略估计至少在三四十万人左右。”

钱掌柜微笑着解释。

“还真是这样。我从北平南下，经武汉过来，一路上都是烽火连天，废城残垣，到处是流民四奔，家园荒废，连南京也是这样。只有到平州，才稍稍有了点生气。”白露连连点头。

“四征之地的一口活气，所谓棋眼。大家没工夫来攻，不代表不惦记着。拥入平州的十来万人里头，什么人都有。我们来了，军统的人也来了，日寇的谍报人员来了，汪伪的76号也把手伸进来了。从军事战略上说，平州是一块鸡肋；可是在情报战略上，它是个香饽饽。在这里，我们可以相对方便收集到日伪的最新动向。这里是敌前和敌后的临界点，一些急需采购的物资可以由此交易或者转运，一些人员交通可以经此地落脚。”钱掌柜说得慢。白露似懂非懂。钱掌柜的话好像回答了她心头部分问题，又好像什么也没回答。

“我们受南方局直接领导。赵松同志应该归属于当地省委领导。”钱掌柜思忖良久，小心翼翼地吐出“应该”两字，但没在此问题上纠结，“张德文是我们派出与赵松联系的同志，行事稳重，心细如发，没想到为黄开轩无意间抓捕，壮烈牺牲。”

张德文的坟就离白母墓地不远。白露曾在他坟前致了一炷香。从这点来说，她是感念黎有望的，据说是他一言定夺，才让劫城时所有亡者得以入土为安；而像张德文这样无妻室、家人惊恐不敢认的，要么是被义庄芦席一裹草草埋葬，要么就真的是曝尸荒郊。

钱掌柜对张德文一向器重信任，在张德文牺牲后，心中也是不无隐忧，张德文对潜伏小组情况一清二楚。万一他熬不过酷刑，交代了呢？现在是无事，万一是那黄开轩引而不发，放长线钓大鱼呢？这些万一，都不可不防。另外，张德文在与赵松接触时，也知悉了赵松已在平州城内发展若干党员，这份名单目前又在何处？这些党员又是何人？日寇和汪伪占据南京后，省委处于地下斗争状态，与平州县委的联系时断时续。钱掌柜近日想方设法通过南方局与省委有关同志接上头，他们对此也是一头雾水。事实上，赵松也是近来数月才与省委重新联系上的，经组织仔细甄别，并与已奔赴延安的他当年的入党介绍人确认后，才郑重认可了他的党员身份。

赵松民间官声极好，钱掌柜知悉其同志身份后是惊喜万分，可惜他出师未捷身先死，长使英雄泪满襟。钱掌柜喟然一叹，“据我们收听破译的敌台情报来看，赵松之死，丁大巴子还是明面上的傀儡，幕后另有其人。当然，这也可能是敌潜伏人员邀功自居。”

见白露脸露疑惑，他又解释道：“据说与老K有关。刚才说了，平州城内，有一个军统行动组，负责人代号老K。抗日，他是盟友。但老K从清党时期开始，手上就沾满我们同志的血。对他们，要合作，更要警惕，决不能抱有麻痹心态。赵松和张德文两个同志的牺牲，就是警钟长鸣。我们一步都莽撞不得。”

白露耸耸肩膀。这位还未真正经历过残酷地下工作洗礼的姑娘，口吻还是有一点儿轻描淡写：“请组织放心，我不是被这些魑魅魍魉给吓大的。”

3

白露这种回答让人不放心。钱掌柜本想斥责，看看眼角犹有泪痕的她，心头一软，还是放平语调：“白露同志，原本你来的任务是协助赵松。本来组织上的意见，是不建议赵松这么快就竖起抗日义旗，而是要利用平州一地的特殊局势，对汪伪日寇那边虚与委蛇，同时尽可能争取重庆政府与韩光义那边的资源，做好这个棋眼。现在，赵松同志不幸牺牲。原定的部署被打乱。按照组织纪律，你现在有两个选择。第一，择日离开平州，还去大后方；第二，留在这里待命，观察平州的局势。这里的局势，就像是京戏里的《三岔口》。我们都心知肚明彼此的存在，也都在黑暗之中寻找彼此，一旦遭遇，就是你死我活，容不得半点犹豫，也需要足够谨慎。”

钱掌柜的意思，白露终于懂了。若再用那种轻描淡写的口吻说话，钱掌柜说不定马上会向组织汇报，请她打道回府。她咬紧嘴唇道:“我会谨慎。钱掌柜。”

“这就好。赵松生前一直请黎有望出山，担任军事指挥，说明他也比较信任黎有望。这个人你要尽快摸清他的底。这是首要任务。”钱掌柜点头，突然皱眉道,“刚才你说直罗山往事时，对他好像不怎么放在眼里。说他小人得志，装神弄鬼，大言欺世，还有是对那什么人格的东施效颦。”

“卡里斯玛人格。”白露小声说。

卡里斯玛，原英文为“Charisma”，来自希腊语，意思是“被无偿给予的恩赐”或“恩赐的礼物”。后在学界被译作超凡魅力，用来描述某种“超凡的，禀赋超自然以及超人的，或至少是特殊的力量或品质”的人格特质，一种远非普通人所具有的特殊品质。只是这个白露解释再多也是钱掌柜不懂的。

钱掌柜挥挥手，似乎要把这个困扰他的“马”赶走，道:“白露同志，黎有望蛰伏平州六年，与赵松莫逆，被赵松发展为秘密党员也未可知。”

白露吸了一口气，眼睛亮了，“这种可能性也确实存在。”

“要谨慎，不要轻易试探。万一暴露，个人牺牲事小，给组织造成危害极大。”钱掌柜加重语气，“那个黄开轩不是好相与之辈。”钱掌柜还真怕眼前这丫头不知轻重，肆意妄为。白露来平州前，组织上叮嘱他，要充分发挥好她是韩光义女儿这个身份的优势，做好平州棋眼，也再三提醒他，要把人带好，把一块顽铁打造成绕指柔。

“白露同志，老实说，我真不希望你选择留下来。武汉会战以后，中日相持。日寇和汪伪在中部地区难以取得战略推进，一定会抽身回来攫取平州。他们真的来了，或许玉石俱焚。我们百密一疏，就有性命之忧。我倒建议你向上级请示调离。”

钱掌柜脸颊上有两个瘦长的酒窝。

白露想把手指头戳进这两个酒窝里。

“钱掌柜。你的意思，我完全懂了。请你放心。战战兢兢，如临深渊，如履薄冰。我会把这十二个字作座右铭。若有什么问题，会及时向您请示。我不是小孩子了，知道自己要干什么，也知道该怎么做。既然来了，我也做好了死的准备。革命总得有人流血。”

白露最后几句话说得小声，但斩钉截铁。

“好。”钱掌柜也就不再劝说，“你的身份太特殊了，半个城的人都知道你，对于做地下工作，既是长处，也是短处，太引人注目。为安全计，明天你就退房，改住到其他旅社吧。如果我有需要，会派人单线联系你。实在有万不得已的紧急情况，一定要亲自过来，来时，务必注意旅社的招牌。我会定期取下擦拭，补漆去锈。如果某天绿柳晴的晴字出了问题，比如多了一道油漆或别的什么，你立刻离开，不要进屋，无论如何也不要管我。记住了吗？这是命令。”

第十七章

新月钩

1

徐永财办事效率没得说，几天之内便拿出了一卷平州城内为富不仁者的劣迹档案，资料翔实，内容丰富，且笔墨生动。倒是其真实性与准确性有待商榷，不知是否掺杂有个人恩怨的私货在内。黎有望读完后，交黄开轩。两人反复议过，现阶段还不是时机成熟时，且秘密侦缉核实筹备之。兵法有云：其疾如风，其徐如林；不动如山，动如雷霆击落。当务之急，是打下莲河。倒不是因为与丁聚元的赌约，而是丁聚元真的动了。至于徐永财，交纳上这份投名状后，应可以放手使用。

丁聚元退回九龙湖，竖起二龙山抗日先遣军的旗帜，自封司令，领少将衔，号称汇合九龙湖方圆三百里内所有的水匪、马匪和路匪，上千人马，要在七日之内拿下莲河镇。一张邀平州抗日救国军共击莲河的帖子也递到司令部。

黄昏时，一弯新月如钩，从云层里挣脱出来，比往日里更亮一点。风静，一树梅花动也不动，偶有零星一两瓣脱落，也是垂直落地，毫不犹豫周旋。僧人从厨房里端出素面。黎有望和黄开轩两人并肩坐在后殿门槛上，吃得是不亦乐乎。素鸡素鸭配上酸笋和嫩蒿芽，拌上独特的慈云寺面酱，鲜美无比，让人连舌头都想吞下去。远远近近，狗吠不止。黎有望扯起嗓子唱过几句戏文，问："开轩，这些狗吠声里有文章。听得出来吗?"

黄开轩侧耳听了一会儿，摇头。

"这几年平州城的狗变多了。野狗不提，数量也少。就查查哪些人家养狗看家护院。看门狗养得越多，想来钱财也越多。"

两人相视一笑。

"本县财政收支列出，有几笔款额较大的特别费记于警察局名下。我问过徐永财，他推说是赵松开支，据说是用于买通汪伪的高官，暂缓军事进攻平州。具体内情不知，但可能属实。"黄开轩搁下碗，“经办此事的县财政科长趁丁聚元劫城之乱逃走，还卷走了一笔款子。”

这能说赵松糊涂，割肉喂狼吗？喂的还是群狼，狼吃了肉还是狼，胃口反而一点点被撑大。不过，也正因为有了这种“割肉”，平州才有这几年太平光景。甚至不妨说，黎有望才有了横空出世的间隙与可能性。

“丁聚元说赵松勾结汪伪，也不能说纯属谣言。”黄开轩继续道，“赵松这人搞政治是一把好手。此事查无实据，但我问过县内多人，多言竖旗日前，赵松与汪逆那边是打得火热。当然，我能理解。我若居其位，同样。区区贿赂，即可止戈。更重要的是赢得喘息之机。”

“澶渊之盟，北宋每年送给辽岁币银十万两、绢二十万匹，都说北宋朝廷丧权辱国，可宋辽两国百年间不再有大规模的战事，百姓安居。双方又于边境设置榷场，开展互市贸易，更是极大提升经济。若一味责以贪图苟安，也是失之偏颇。”黎有望搁下手中碗，望向黑暗中那树枝花影，隐隐约约，暗香浮动。

“只是百余年无战事，兵备松弛。女真崛起，辽国西迁，苟延残喘。宋朝也失去淮河以北大量土地，被迫称臣。”黎有望又想了片刻，摇头道，“世间事，欲两全，难。我眼中腾挪躲闪的下策，或许就是你黄开轩心中的上上策。”

两人皆陷入沉默。

黎有望率先转过话题，又问起二龙山具体情形。黎有望是动了他日攻取之心。黄开轩摇头反对：“去二龙山，得先过北乡大泽，再渡九龙湖。大泽里芦苇重重，沼泽密布，极利伏击。九龙湖水匪，划着小蚱蜢艇，来如疾风，去如闪电。二龙山四周是平滩，不高，只是一二百米土山丘陵，但苇深林密，火力纵深居高临下，环形交叉防御布置，堑壕里三层外三层，极难仰攻，称得上固若金汤四字。若要硬取，只有借小鬼子十几艘巡逻炮艇，一层一层延伸轰击，把二龙山削掉一层，才有可能。”

丁聚元择二龙山为据点不是没道理的。

两人你一句，我一句，闲聊着。徐永财来了，一路小跑。黎有望起身亲自去厨房给他端来一碗素面。徐永财三两口扒完，由衷地感叹：“留下这碗面的明海师父煮面真是个人才，哪天抗战胜利了，我都想跟着他当和尚去了。”黎有望一笑，“不急当和尚，你是天生摸刀把子的命，别人带发修行，你是带刀修行。”

三人回屋内鼎足而坐，议题就一个：

莲河镇，究竟怎么打？

2

莲河镇在平州最南端。镇南不远就是长江，一条内河七拐八弯，穿镇而过，形如莲花绽放，这里是交通要点。为切断长江通道，日军抽调一个乙种师团的两个小队混编成一个名义上的中队驻防，兵力不过二百。还有和平建国军的一个团协同驻防。

莲河镇原有一个大的派出所，集治安警察、水警、税警三位一体。日军攻占莲河镇前，这帮人没开一枪就投降了。日寇不费一枪一弹占据莲河，缴械后，可能觉得他们是做汉奸的好材料，还让这帮人帮助维持秩序。不过汉奸的日子也不好过。据徐永财言，有个汉奸就因为见到日本军官没有及时敬礼，被鬼子中队长山本一刀劈在腿上，丢了半条命。因战事未起，这些伪警与平州私下也多有往来。

硬攻莲河镇，有几成希望？

别说一成，一成的十分之一也没有。

就不说那二百鬼子，和平建国军莲河保安团虽不是满员整编，人数也有六百余，实打实两个营的兵力，比起平州抗日救国军真实兵力，还要高出一筹。正面硬撼莲河，无异以卵击石。

丁聚元号称上千人马，就算属实，若真要硬打莲河，同样是一只卵。

用李宗仁将军的话来说，“鬼子训练之精和战斗力之强，可说举世罕有其匹。”单纯论军事素质和作战纪律，鬼子号称二战陆军最强。淞沪会战初期，完全按照标准德式步兵师编制组建的第87、88师，是当时中国陆军中最有战斗力的。三万德械部队激战五千日军，也没有实现迅速歼灭日军的战役目标。不过中日交战陷入相持阶段后，派驻莲河镇这种后方交通据点的日守备军，不能与日军甲种师团或野战部队相提并论，他们多半是从预备役中仓促征来的，训练不足，战斗力明显落后。但就是这种鬼子兵，拼起刺刀来，也得三四个国军才能对付。

鬼子极凶悍。二百鬼子的真实战斗力起码与八百国军相当，且后者还得纪律严整。人数再多，若是乌合之众，那也一冲击溃。平州救国军的底子是四百民团，说难听点，与乌合之众差不多。这段时间虽有黄开轩用心整训，离黎有望带过的175师独立团还是有从南京到重庆的距离。近期，招募人数有三百，这些人也只是穿上了军服罢了，还不能称之为兵。这是现实，要承认，真的勇士就要敢于面对惨淡现实。

这仗怎么打?

若只论单兵训练、武器装备、后勤补给、战术能力，说得不好听点，哪怕黎有望与丁聚元齐心协力，恐怕最乐观的估计也只能是与这支伪军部队打个旗鼓相当。

我们不怕牺牲。勇于牺牲，是我们的最大长处。但这牺牲要有价值。从长远来看，平州四十万人，兵源不成问题。有钱有枪，训练得法，再以战场作磨刀石，是能磨出一把利刃的。这个信心，黎有望有，黄开轩也有。

“丁大巴子是不是在咋呼?”

徐永财嘀咕道:“诳黎司令打莲河，他来偷袭平州城?”想了想，又说,“他在二龙山，仗地利，鬼子一时奈何不了;他若去攻莲河，这不是自暴其短……那个成语是怎么说的?自取灭亡。”

与黄开轩、黎有望在一起，徐永财也一改往日粗俗，念起四字成语。

黎有望皱眉。

黄开轩缓缓道："丁聚元认识那个汪伪的团长，王文举，西北军出身。二龙山与姓王的颇多交易。枪支弹药食品药物，等等，就没有这位神通广大的团座搞不到手的。日本的牛肉罐头、压缩饼干，还有鲸鱼罐头，我在二龙山时吃过。全托其人之福。丁聚元劫城退走当日，敢与黎司令打这个赌；前日又正式下帖邀战莲河，多半已做通了这个王文举的工作。"

"王文举我也听说过。"徐永财牙缝里嘶出一丝凉气，想来曾在王文举手中吃过暗亏，"这位爷认钱不认人。号称爹娘给了我身，银钱给了我心。他现在在鬼子那边吃香喝辣，黑市买卖做得财源滚滚，凭什么要去抱丁大巴子的大腿？莫非……"

"莫非什么？"黎有望问。

徐永财脸露诡异笑容，"中邪了？丁大巴子会妖术？"

黎有望还真想给表情便秘的徐永财一嘴巴，把他的圆脸揍扁。这是说笑话的时候吗？当然，拼死说笑话，就与拼死吃河豚一样，都值得表扬，起码气氛缓和了一点，没有刚才那般凝重。黄开轩也是哭笑不得。黎有望的眉毛挑了挑，有个朦胧的念头在脑子里一闪而过，似乎有什么东西在脑子里蓦然跃起，如那羽毛雪白的鸟，可待定睛远去，那鸟已消失在一片蓝里。

“泥上偶然留指爪，鸿飞那复计东西。”黎有望喃喃道，“我们也先找找王文举，摸摸底。这仗要打，要想打赢，就只能智取。平州这几十万双眼睛都看着咱们。”

第十八章

上莲河

1

王文举团长跟黄开轩也算老相识。两人按照事先的约定，在莲河芦荡深处一条渔船上见面。船头现烧的蒸鳜鱼、银鱼羹、鱼圆河蚌汤、清水煮虾、鱼头豆腐汤、红烧鲫鱼。黎有望吃着碗里想锅里的，边吃边问黄开轩日本鲸鱼罐头的味道。听到马蹄嗒嗒，知道人来了，打眼望去，马后还跟着一小队穿黄军装的伪军。二十来人，跑得气喘吁吁。

“有胆啊，二当家的，离鬼子岗楼几里地，约我来见。”

王文举，私下绰号混江龙，身宽体肥，从马上跃下的身手却颇为矫健，寻一棵树拴好马，一跃上了渔船。他西北口音，长得颇似名震天下的冯玉祥将军。那体量跳上船，让并不算小的渔船都打起晃来。他上了船也不客气，直接坐到黄开轩的对面，拿起筷子就夹鱼唇，边吃边问：“丁大巴子还好吗？”眼角瞥了眼旁边穿着对襟小衫的黎有望，表情似笑非笑。

“还好，托团座的福。对了，我想找你订二百条枪。”黄开轩开门见山道，“另外加二十箱牛肉罐头。再弄两听鲸鱼肉的罐头，‘勇者大和煮’的牌子。”

“二百条枪，没问题。”

看得出来，王文举很享受船上的美食，挟箸如风卷残云，又向船尾伙计招呼道：“船家，有没有胆子发点小财？明天，可以把船划到莲河镇十八集，给太君们烧一顿这么鲜的餐饭。太君们要高兴了，必定大大有赏。”

他摇头望望黄黎两人，又一叹，“烧给这两位赶着投胎的主吃，可惜了手艺啊！”

王文举手一挥，岸上伪军都举枪瞄准。不过也仅仅是瞄准而已，徒有紧张，而无那种百战老兵的腾腾杀气。黎有望露出笑容。黄开轩瞟过去一眼，连屁股都没抬，端起碗喝了一大口鱼汤，赞了声鲜美，手背抹嘴道：“王老板，啥意思呢？”

“二当家的，都什么时候了。你当我是聋还是傻？你反水丁大巴子，跟着个卖书小贩在平州城里搞什么抗日救国军的事，已经过了好几天，就算是个瘫子爬着传话，也传到我耳朵里了。你还敢以丁聚元的名义跟我做买卖。”

“王老板，请你吃个饭商量个事怎么这么费力呢。别叫船家了。船家是我的人，朱子松，你认识。身上有手雷，四颗。这桌鱼是我亲手给你烧的。没毒，放心好了。”黄开轩没好气地说，“王老板，我刚才说的是‘我想找你订二百条枪’，可没说丁聚元。怎么，赚我的钱怕烫手？”

“那倒不是。”王文举连搓几把手，脖颈肥肉滚动，掏出一枚银圆，吹了一下，银圆发出铮铮声。这个动作一出，岸上举枪的伪军都放下了枪，继续坐地休息。王文举吃吃地笑，鼻尖沁出油汗，“天底下就没有我王文举不敢赚的钱。哈哈，黄司令，咱俩老相识了。你去平州我高兴着呢，这不又通了一个财源？平州有钱哪，赵松身死日，我还真想指挥兵马去夺了这城，不远，这才几十里路嘛。”

王文举眸里有寒光闪动。这当不是虚言。

黄开轩表情丝毫没有变化，又夹起一块鳜鱼喂入嘴里慢慢咀嚼，吐出一块鱼刺反问道："为什么不呢？"

"这不你黄司令在嘛。"王文举哈哈大笑，眼睛都笑眯成一条缝了，话锋陡然一转，"黄司令，你真当我不敢吗？"

"你不敢。

"你王文举贪钱，却不蠢。"黄开轩笑了笑，伸箸指了指南京方向，"那边的意思你很清楚。对南京而言，平州唾手可取。为何这几年一直按捺不动？因为平州是一张政治牌，是你的汪主席要打给全体中国人的明牌。你王文举还没吃熊心豹子胆吧。"

王文举脸色略有阴晴。

"与黄司令打交道就是畅快。"王文举一笑，也不起身，蒲扇般大的肥手往一直沉默的黎有望眼前晃了下，"敢问这位就是单人独骑打得丁大巴子屁滚尿流的黎爷吧。"王文举的言语极是轻佻。黎有望脸无愠色，拱手道："不敢。正是在下。"

"一个卖书小贩能有此胆魄，算个人物。我敬你一杯。"

"王老板坐镇莲河，财源滚滚达三江，生意兴隆通四海，更是人物。"

两人饮罢。黎有望提出一篮子鱼，微笑道："你的规矩我听说了，情面、脸面、场面，人生三碗面。只做买卖，讲情义，不谈立场与是非。这也很好。订金。”王文举摸起一条鱼，手指在鱼腹一探，摸到条状金属，知道是金条，咧嘴笑道：“懂就好。黎大当家，幸会幸会。他娘的这鬼天气，都到了西历四月中旬，还这么冷，必须带几条鱼回去炖汤补补。”说完，掏出一只金灿灿的怀表看了看，说：“我还有一个客官要见，可否借贵地一用？”

黎有望和黄开轩交换了一下眼神。黎有望缓缓道：“不碍事，添双筷子的事情。”

王文举打的是什么主意？

黄开轩暗暗朝在船尾桨横杠上抽烟的朱子松打出手势，示意提高警惕。王文举把手指塞进嘴里，吹出一个响亮的呼哨。不一会儿，三艘小木艇从掩映在垂柳后的河汊里划出，最前首立着一个斗笠汉。小艇飞快地挨近渔船，斗笠汉跨步跳帮上船，摘笠笑道：“黎爷，又见面了。二当家的，这一手鱼烧得炉火纯青啊。我在山上是无时无刻不惦着二当家的这份手艺。”来人脸上一道长长的刀疤，正是丁聚元。丁聚元拿起筷子来夹虾子吃，腮帮子猛鼓：“你们吃得太狠了。我也只能捞些小虾米解解馋。”

丁聚元带来的其他两艘小艇，船头各一挺歪把子的“捷克造”。

看来丁聚元号称收编九龙湖水匪一事起码部分属实，这个火力还是很拿得出手的。

一张小桌，四人团坐。

“做买卖，那是天底下最要紧、最幸福的事。要是哪天这世上，只有买卖的银钱响，没有枪炮轰鸣声，那该多好啊。”王文举脸露神往之色，“你们都是熟人，我就不一一介绍了。平州与二龙山都不是省油的灯，是神仙，我王某人哪路都得罪不起。黄司令要二百条枪，丁大当家也要二百条枪。都付了订金。我手头目前只有二百条枪。下一批起码得半月之后。你们商量下，看这枪先给谁？”

2

“你王文举打的是二桃杀三士的主意嘛，还这般明目张胆。又或者说，是你这个汪伪团长给声称要攻取莲河的黎丁两人出的一道考题？”

黄开轩微笑道。他声音不大，倒把王文举唬得一跳，连黄开轩话里提的“伪”字也没在意。船身剧烈晃动。丁聚元皱眉，“王团长，攻取莲河很奇怪吗？你的耳目应该没有这样闭塞吧。我与黎爷的赌约你不知道?”王文举的神情似并非作伪，气急败坏道:“赌约？你们画押过？就算画押过，赌约这种事，也就是骗骗老实人的。你们可都曾是革命军人，还打赌？你们的蒋委员长对赌博一事那是深恶痛绝，三令五申，严加杜绝。”骂了一声脏话，他脸上露出极痛苦的表情，“我 ×，丁大巴子，你上次与我说打莲河，老子还以为你开玩笑来着。敢情，你要这枪，不是打平州，是打莲河?”

王文举这人说话还真不带拐弯抹角。

“找死，这是找死啊。”王文举捶胸顿足，倒慌得岸边那些伪军又纷纷起身。王文举示意少安毋躁，一脸悲愤地说:“三位爷，你们想死，我不拦。你们是中国人的脊梁，我文举为你们焚香。但，你们他妈的也别拽着我去死啊。我上有八十老母，下有黄口稚儿，三位爷高抬贵手，把我当个屁放了吧。”

说罢，落座，继续挟箸猛吃，吃得是愁云惨淡乱莺啼，湖面一只白鹭斜斜飞远。

黄开轩与丁聚元面色如常。黎有望有讶色，这位王老板的脾气算是领教了。看来除了银钱外，还有美食可以安慰他那颗受伤的心。黎有望笑笑，“丁营长，怎么说?”他指的是那二百支枪。丁聚元举杯，“上次观音庙前没喝痛快。三大碗？”

“好。”黎有望慨然应道。两人对饮，皆牛饮。

“老子在直罗山就看你不顺眼，很不顺眼啊。没想这六年下来，长进了，顺眼多了。是个爷们了。”丁聚元哈哈大笑，“我虚长你几岁，就不与你讲孔融让梨，做兄长的，大度点。枪，可以先给你。但你得答应我一个条件。这样吧，听说你手下人扰民滋事，你还自领了鞭刑。这要竖大拇指。我不为难你，你回去当着平州全体百姓的面，给我抽徐永财两记鞭子。”

“好酒。”丁聚元酒入喉咙，又敛眉去瞅黄开轩，一抹嘴，笑道，“昨夜雨疏风骤，浓睡不消残酒。试问卷帘人，却道海棠依旧。知否，知否，应是绿肥红瘦。”

这首小令是李清照少女时期所作，轰动朝野。据说后来其夫君赵明诚因此日夜做相思之梦。意思是这个意思，但就是怪异、诡异。座中三人都通文墨，直皱眉头，丁大巴子今天这是怎么了，平时也没见他这般抒情？这是在议那随时掉脑袋的事啊。

黎有望扬眉道：“丁营长，你若要抽我两鞭子出气，没问题。但让我去抽徐永财，我答应不了。他若犯了军法，自有相应条文惩处。这不明不白的，算怎么回事？”

丁聚元不多话，问小艇上的人要了马鞭，当空一挥。马鞭由上等皮革鞣制，把手铜澄黄，端的是上等货。黄开轩有意拦阻，黎有望示意无碍，坦然视之。马鞭在空中击出几个脆响，丁聚元突道："也罢，这两记马鞭暂且记下。王老板，你先别顾着胡吃海喝，我们先议正事。咱们就不绕圈子吧。没有你的枪，莲河，打不了。开个价吧。"

"与大当家说话就是痛快。"王文举搁筷，大笑，搓了一把满脸肥肉，"不怕各位爷见笑，我本来是个西北军文笔小吏，阴差阳错到了今天这个位置，背着个汉奸骂名，整天刀口子过活，胆战心惊。鬼子不好侍候且不论，各位爷哪天背后给我一记黑枪，我这满腹委屈苦闷都没处倾倒。"

王文举竖起一个巴掌。黎有望还以为是指五万大洋，结果这位爷眼睛一瞪，指指岸边那些或坐或卧的伪军士兵，一脸痛心疾首状，说遣散费压惊费跑路费封嘴费，等等，一连数了几十个费出来也不带喘气，最后总结陈词，叫起撞天屈：

这是泼天大的胆，干掉脑袋的事。他个人分文不取，民族觉悟他还是有的；但跟着举事的兄弟们不能亏待。这仗打完，就得跑。近距离不行，还得往远处奔，一路风餐露宿，饥饭困眠，若腰里没有一点银钱，怎么跑路？六百号人，就算一人一千大洋，不多吧。那也得六十万。现在喊五十万，还得他私下与兄弟们仔细做思想工作。

王文举说得唾沫四溅，屈指数来，俨然账房先生。没去做生意，真是屈才。士兵遣散费，通常也就是几块大洋。这家伙还真是狮子大张口，敢于要价，真有敢把莲河镇当自家私产兜售的气魄。黎有望心头感慨。丁聚元不吃这套，当场戳穿。

“六百号人真是你兄弟？十成能有一成，愿意跟着你王老板跑路，那真是党国有幸，这么多的身在曹营心在汉的兄弟。你那个副团，叫啥名字？赵汉生，我没说错吧。跟只疯狗一样盯着你，巴不得你早死，好一屁股坐上团长宝座。人家可是有政治抱负的，整日想着在南京城里坐上一把交椅，可不惮拿你的人头来祭。”

王文举这才似霜打的茄子垂下头，耷拉下鱼泡眼皮，蒲扇大的肥厚巴掌极其艰难地弯下一手指。又用近乎哀求的口吻说这是卖命的买卖。

四十万，那也是多得离谱；其中若是能有十分之一到王文举底下人手中，得烧高香。座中三人交换了下眼神，轮流唱红脸白脸黑脸，形成默契，就像刘关张三英战吕布，一番车轮战下来，那只巴掌才又极其痛苦地再弯下一根手指。“三十万，再少，买卖不在仁义在。我王文举还得继续把这身狗皮穿下去。”

三十万，就三十万。其中二十万归平州承担；十万二龙山给付。战果均分。

黎有望与丁聚元迅速达成协议，都清楚谁也单独拿不下莲河。至于具体怎么一个“均分”，打下莲河再说。《论语》有云：兄弟阋于墙，外御其侮。王文举又临时追加了一个条件：若打下莲河，必须把他那个副团长赵汉生给枪毙了。不对，枪毙还太便宜他了，得阉之，使其流血而死。这个狗日的汉奸，罄南山之竹，书罪未穷；决东海之波，流恶难尽。这倒不是纯属王文举的个人恩怨。黎有望侦讯时，也打听到这个赵汉生仗着鬼子撑腰，无恶不作，民愤极大。话已尽，王文举掏出怀表，提醒大家要及时撤退。再过一个时辰，日军小队长该开着汽艇巡逻到此。拎着鱼跳上岸，他临走前又突然想起一事，说举事后，他手下弟兄若不想跑，想继续打鬼子，不管是跟了丁聚元或黎有望，起码得一人给他付一百大洋的培训费。是他平日教育得好，他们才会有这样拨乱反正的思想觉悟。

丁聚元被这个二赖子气得想追上岸打人。这团肥肉这才连滚带爬上马鞍，口称叨扰，在一众伪军护送下奔远。

3

船上的氛围沉寂下来，也透着怪诞。尤其是丁聚元与黄开轩之间，黎有望看着都别扭，一个鼻孔冷笑，一个正襟危坐；一个把马鞭挥得噼啪响，一个仍然是正襟危坐；一个戟指骂天，大骂老天爷瞎了贼眼，一个还是正襟危坐。搞得船尾的朱子松都不断叹气。黎有望还能说什么？指着小艇上的机枪夸赞丁聚元一个关东客，在江北这一大块的河荡里拉杆子立山头，又收服匪帮，拉起抗日先遣军，结交各路豪强，混得有声有色，大有当年张作霖张大帅的气概。丁聚元反唇相讥，说这片河荡搁他老家松嫩平原水网里，就是一个小水塘，自己这是龙游浅水遭虾戏。黎有望拍马屁被驴踢，当即闭嘴。

丁聚元这才解释当年在横峰站那旮旯跟踪的，不是他丁聚元派的人，是宋敬涟派的。韩光义没打算再下黑手。其实他不稀罕跟黎有望解释，但黄开轩在此，他还是有必要把话说清楚，他丁聚元不是言而无信之人。这话说得有点绕，黎有望明白，说陈年旧事，不提也罢。大家现在都想打鬼子，若是再心存芥蒂就没法劲往一处使。

丁聚元说黎有望还真是深明大义，没再瞅黄开轩，跳上小艇要走。艇划了几米又兜回来，隔着船舷，说王文举前些日子与他谈判时，谈到过一件事。据说上海那个情报特务机构76号，启动了一个叫千手观音的计划。此人可能早潜伏于平州。南京军部令，若有来自千手观音的密令，一律无条件执行。哪怕是立刻起兵攻击平州。

这事倒不出黎有望意外，林子大了什么鸟都有。就算没有千手观音，也肯定会有狗屁十八罗汉。反而得说76号的效率太慢，也过于无能，更重要的因素是上层的争权夺利，座次排名，否则哪可能容得了赵松如此搪塞，最后还竖起抗日旗帜。当然，普通人眼里，那些尸位素餐者，其实多有自己不得已的苦衷，要不他们也难以爬至高位。这点感悟还是黎有望与吕天平近年打交道得出的。

丁聚元走了，三艘小舢板呈品字形驶向垂柳深处。天空中的蓝已略有灰暗。76号若伸出这只手，只怕重庆政府的军统中统、韩光义所部、共产党、日寇特情科等各方势力，也或早或晚会把这只手伸过来，也许手早伸过来了，比如赵松，他到底是不是共产党？

黄开轩提议回平州。黎有望问了下时间，嘱咐朱子松把船划到对面的芦苇荡子里，他想近距离观察一下巡逻汽艇，摸清火力配置。船在河汊隐蔽处停妥。还是黄开轩心细，随身带有望远镜。五点半，王文举说的时间点，巡逻艇果然准时驶来。汽艇上架着一挺97式重机枪，这种机枪子弹打在人身上，就是一个碗口大的洞。艇舱内坐着两排扛着修长的三八式步枪、插着明晃晃刺刀的日本军人。有个挎着腰刀的尉官立于船头，嘴里呜啦啦唱着歌。是《君之代》。黄开轩身体有点发抖。黎有望理解。这不是害怕，是愤怒，极端的愤怒。

汽艇开始倒退、转向，回驶。河湾是他们巡逻的边界点。水面掀起波浪。黄开轩捏枪的指节发了白。黎有望在黄开轩肩上重重一拍，“不着急。”复叹，“这个丁大巴子还是太小气了，他怀里那张平州形势图是好东西。他在观音庙前拿出来时，我匆匆浏览了一眼，关于莲河，有行铅笔备注，可惜当时没来得及细瞧。似乎有换防两字。共击莲河，我总觉得丁大巴子向我隐瞒了什么，十有八九，苦活累活是我们的，他要躲在后面摘桃子，甚至说，亡我平州之心不死。这些问题一时半刻还想不出名堂，咱们还得回去继续打秋风，先搞出那二十万大洋来。”

船尾的朱子松眉开眼笑。

第十九章

唐家院

1

回平州第二天，令黄开轩哭笑不得的是，等他从训练地回来，街巷上到处都是警察局告示。

“通告。经过警察局大力侦听，发现本城有各路特务、间谍渗透的迹象，已经知晓城内活动的谍特代号有：老Q、丹顶鹤、千手观音、魂影等。望众乡亲，擦亮眼睛，遇到这些形迹可疑者，即刻向警察局汇报。谍特人员，汝等形迹均已暴露，也望你等早日向我军警投降。我们既往不咎，一律礼送出境。”落款是平州警局，还有徐永财的签名画押。

通告写得是不伦不类，一时间全城沸腾，议论纷纷，人人都在说抓间谍，但猜不透这四个代号代表着哪伙势力。黄开轩跑去问徐永财，徐永财说是黎有望的意思，这些谍特代号他还拐着弯打听是否属实，结果黎有望说是瞎编的，让他照办即是。还叮嘱他要着警员隔三岔五在街头拿洋皮喇叭喊抓特务。

这种抓法，黄开轩算是开了眼界。跑到黎有望屋内还没喘匀气，黎有望就笑眯眯地迎上前，端来一杯茶，“我这手敲山震虎还行吧?”

震哪只虎?完全莫名其妙。这些特务后面的势力，会被这纸近似儿戏的通告吓住?抓间谍，哪能打草惊蛇，诸事暗中安排，外松内紧，慢慢顺藤摸瓜。抓谍本身也不是目的，为的是配合明面的牌局，达成政治或军事目标。黄开轩觉得自己应该去拍几下桌子。

黎有望嬉笑，表示要震的虎，另有其人。

“主要是平州城内的有钱人。这些人托庇于赵松羽翼下，承平日子久矣。咱们不是要急着搞二十万大洋嘛，还得着落在他们身上，得让他们恐惧害怕，敌人就在身边，掏钱才能爽快。或者说，咱们薅起羊毛来，那也理所当然，以后再颁布推行一些其他政策，掣肘也少。咱们先前不是议那打恶除霸嘛，县法院推事陈世瑜不知从哪里听到风声，专门跑来给我上了一课，说还是得要有法制精神，否则易激民变，富绅用脚投票，平州经济恐出问题。只是侦查、逮捕、起诉、判决……按这套司法程序搞下来，黄花菜也凉了。陈推事也不是不识变通，言及国民政府这些年也颁布实施了《惩治汉奸条例》《战区审理民刑诉讼暂行条例草案》《战区巡回审判办法》等。这倒启发了我，给这些恶霸们头上再扣上一顶汉奸帽子，不就可以事急从权了吗？当然，帽子也要扣得有理有据，所以就不妨先掀起一场轰轰烈烈的街头抓谍，事先把氛围造起来。”

这样做还有个好处，就是对平州全体百姓的动员，让他们从心理上开始紧张起来，逐步适应即将到来的战时生活。

不能说黎有望完全没道理，只是这样异想天开的一出会起到什么作用，只有天知道。

黄开轩走了，白露来了。

尽管有卫兵通报，等白露从门外盈盈探入半个身子，黎有望的身体还是僵硬了。没办法，这是生理反应。他是打心眼里不想再看到她，又想看到她。这种情绪极其矛盾，特别复杂，所以只好“僵硬”。想及她爹，“僵硬”才稍缓解，能够像个正常人说话。而白露今天前来，也是心如乱麻。她前几天与钱掌柜谈完后，就到慈云寺来找黎有望，黎司令贵人多事，整天到处乱窜，扑了几回空；等今天看到街头启事，看到个老Q心里就抖了一下。钱掌柜专门言及一个军统特务老K。这老Q与老K是什么关系？黎有望又知道多少了？白露还真不清楚，除了“千手观音”这个从丁聚元嘴里听来的名字外，其他三个，都是黎有望胡诌的。之所以有老Q，仅仅是因为他刚好在公文上画了一个圈。

“这些老Q，丹顶鹤啊，千手观音啊，魂影啊都代表什么？”

白露不耻下问。

“特务。”黎有望一脸严肃。

“哪方面的特务？”

“你说呢？”

“老Q是重庆，千手观音是日寇，魂影是汪伪，丹顶鹤是中共？”

黎有望心里咯噔一下，还真别说，有点近似，形似。眼前这位姑娘不会也是这其中的一分子吧？给白露倒茶，问她办完母亲葬礼后有什么打算，近期是否打算回北平。黎有望旁敲侧击。白露也没有了往日凶悍，脸有哀伤，说原本供职的北平世界日报社被日寇取缔，同事们各奔东西。自己已厌倦兵荒马乱的世道，本来想回乡侍奉母亲了此一生，没想母亲逝去，孤女飘零，不知该何去何从。眼下就想着先在平州为母亲守孝三年。又表示城里她也不认识几个人……说到后面，眼里溢出一层泪花。

黎有望还真受不了这个。总不能开口劝她去她爹翼下。白大小姐直罗山救自己的时候，与她爹就差当面拿枪对峙。救国军倒是急需人手，尤其像白露这种识文断字的大学生。可这部队打仗是要死人的。赵松活着的时候，把全县财政的三成都给了教育，待遇倒是不错。平州学堂的张德文死后，学堂还正需要补充老师。前后想了几次，觉得自己的考虑还比较充分，即提议白露顶缺。

白露心里那个气啊，她这次上慈云寺就是一个目的，加入救国军，最好是能在军部做个参谋，不议军事，她白大小姐的政治眼光比谁差了？那是胸有万千兵甲，林林波涛。自己今次出门，还特意化妆，淡扫蛾眉，与这个浑蛋王八说话时，还特意降低语速，放缓语气，以示温柔，没想到他提议自己去学堂。白露心里生气，脸上笑靥如花，说徐永财让警察在学堂里查共产党，吓唬那些无辜的老师。她烦这事。

徐永财在学堂查这事还真没毛病。黎有望表示自己会提醒徐永财学堂乃教书育人之地，以后少去，甚至不去。但问题是，白露不想去啊。

白露眼一闭，干脆直言，自己想在救国军谋个差事，看看能不能为抗日做点事。毕竟做过记者，多少可以做点行政内务工作，最起码可以帮助救国军做做鼓动宣传的工作。

白露这样说已经很委屈自己了。

没想到黎有望马上跳起脚来表示万万不可，说千金之子坐不垂堂。

这话的意思是指身份尊贵之人，不轻易涉险。白露很想把手指头戳到黎有望鼻梁上，破口大骂他满脑子的封建思想，这都什么年代了，还千金之子？知道本姑娘为什么讨厌你们这些国民党吗？也只有延安那边才真正做到了官兵平等、官民平等，像朱德那样大的司令，吃的穿的就与普通战士一样，也难怪抗日战争爆发后，延安会成为中国革命的圣地，成为世界关注的中心，被许多国际友人与记者视为“中国抗战胜利的希望所在”，判断“未来中国的命运属于共产党”。

白露很想把美国记者埃德加·斯诺写的《红星照耀中国》，狠狠地拍在黎有望脸上，忍住，想了想，又道：“你原来那间书铺一直关着挺可惜的，听说生意还一直不错。我手头还有点余钱，要不我把它盘下来?”不管怎么说，那里才是黎有望在平州待了六年的家。黎有望再忙，偶尔也得回趟家吧。更重要的是，至少自己可以凭此找出各种借口来找他，哪怕是跑过来问“书铺里可曾卖过《红星照耀中国》”。这也应该算是接近救国军的曲线战术。白露在心里为自己脱口而出的急智喝了一声彩。

白露的眼神像头收敛起爪牙的母老虎。

黎有望挠挠头，应了。不要钱，白送。与自己的救命恩人谈钱，伤感情。白露大获成功，起身告辞，想起一事，拿出一信封。表示刚才自己在街头时，有一个陌生人拦住，托她带回封信给救国军的黎司令。白露还纳闷这人怎么晓得自己要上慈云寺，转念一想，自己在这城内也算半个名人，这些天往慈云寺跑得也勤，也许是哪个百姓遇不平事，苦无进告之门，便同意了。那是一个厚实的牛皮信封。

白露走后，黎有望脑子里都是她的一颦一笑，随手拆开信封，一愣。

2

是莲河镇日伪军布防图，极详细、精确，作业水准起码不在丁聚元怀里那张形势图之下。还有一纸便笺，大意：

近来数月，每逢下旬某日，莲河日军两小队之一，以巡逻之名，不定期渡江到对岸碉堡换防。这日唤作幸日。两岸日军电报通讯。接幸字码的早晨，该小队即刻开拔，傍晚才回。

换句话说：幸日这天，莲河其实只有一个小队的鬼子。

这个情报太重要了。该死的王文举，居然一声不吭。

情报，没有署名。这若是想从王文举嘴里探知，起码得一万大洋。黎有望对这个具名不详的情报提供者肃然起敬。思索片刻，藏好情报。真伪还得设法核实。白露，与此事真如她说的这样简单？街头随便有人拦住，就递上一份价值万元的情报？她是否也可能是知情者？

黎有望想得脑壳疼。想得疼，怎么办，那就不想呗。让黄开轩去想。正想派人去找黄开轩，黄开轩已遣士兵来报，说是田汉乡发瘟疫，死了四个人，乡长让人送来四口棺材，供县防疫队查验。现在城南靶场那，黄副司令扣着不让进城，请司令去查验。田汉乡在平州城东南，多有沼泽、洼地，与日寇所占据的清江县相接。黎有望心一惊，连忙带着人打马出了平州往城南靶场赶去。到靶场，那些正在受训的士兵们都躲得远远的。黎有望和黄开轩两人挨近那四口棺材，薄皮木棺，连漆都没有上，沉沉地陷在泥地里。黎有望绕着棺材走了一圈，闭上眼深深地吸了一口气，是枪油的味道。当即亲自开棺验枪。引得那边的受训士兵直呼黎司令真神人，不怕子弹，连这瘟疫也不怕。等看到棺内二百条崭新的毛瑟步枪，那是群情激动，欢呼出声。

辽十三式步枪，又有韩氏七九步枪之称。枪背上东字印。旋转枪栓，双前栓榫锁定，手动，内藏式弹仓，5发。沈阳兵工厂生产。“九一八”事变之后，成为日本军部的四大兵工厂之一。算是好枪，可靠性高。最后一具棺材里藏的是子弹，一堆7.92毫米步枪弹。子弹之上，有四个马口铁罐。一个标识着“勇者大和煮”商标，画着一只鲸鱼的样子，想必就是黄开轩念念不忘的鲸鱼罐头。

王文举做生意还真是讲信誉，重合约。议定的三十万大洋，还得抓紧筹备。眼见四周人声汹涌，一时兴起，便想看看黄开轩的训练结果。这些兵，不是新兵蛋子，是特意挑选的老兵。原民团士兵，十难存一。曾国藩募兵，亲自制定《招募之规》，规定“募格须择技艺娴熟，年轻力壮，朴实而有农夫之气者为上，其油头滑面而有市井之气者、有衙门之气者概不收用”。这个标准也深合黎有望心意。兵贵精不贵多。

转过身问这些面容朴实者，为什么愿投抗日救国军。

有人嚷抗日救国，有人嚷保卫家乡，有人说没赶上武昌首义黄埔北伐赶上打鬼子更好，还有人细声说想当官想发财想娶隔壁村地主家的莲香。黎有望哈哈大笑。

“对，都对。不是说这条道理对，其他的就不对了。吃饭是硬道理，喝水也是。这些不矛盾。打鬼子，好！宁为战死鬼，不做亡国奴。这是大道理。将相王侯本无种，当官发财娶老婆，这是小道理，是人世不易的道理。都好。”

黎有望话锋一转，“道理虽好，还得有本事拿捏。天天想着光宗耀祖，天天躺在床上，那不成，七尺男儿，建功立业，那得有一身本领。”说罢，摸起一支枪，嘱人三十米外摆好靶，也不瞄准，手起枪响，三枪皆中红心。这是真本领，也是人逢喜事精神爽，状态正佳。黄开轩大赞，看着黎有望得意样，也嘱人去燃了三炷香火，也不瞄准，二十米外抬枪射去，皆灭。这也是黄开轩藏拙，三十米外也不成问题，只是给黎司令留点面子，其军神形象可是救国军根本所在。

大家表演投弹，白刃刺杀，举石锁。

黎有望脱了上衣，一声怒吼："能打倒我黎有望的，进突击队，拿好枪，饷银加倍!"

这突击队人选更是严格，至今也不过数十人。不仅是钱的问题，更关于荣誉。

当下数人应声出列，挑战。

黎有望何等身手，卖书多年，军中格斗术更进一层，得了一个"静"字。眼见拳到，并不退让，挥拳之人略有犹豫，被他一脚横踹飞出。不服气，再来。这回是如莽牛撞出。黎有望只略一侧身，钩腿，踹膝。又跌成一个狗吃屎。接连几个，就没动用双拳。一时间真要叹一声无敌的寂寞。就有一个不起眼的矮个精壮汉，拱手上前，摆出拳架。几番回合，与黎有望打了个不分高下。一问，叶桂材，自幼习武，算是南拳传人，广西兵，曾是排长。台儿庄大战后负伤掉队，身无盘缠在平州货运行当苦力扛活，见投军启事，便来报效。平州果然是卧虎藏龙地，黎有望喜出望外，当场宣布叶桂材入突击队。

最后，黎有望给大家讲日军战术。

“日寇作战，善于利用地形地物作掩护，以火力与突击相结合，向我阵地发起进攻。炮击当先，机枪压制，步枪点击，刺刀扫尾。善打渗透战，善打两翼，会用炮火清除我方火力最猛的点，之后饱和攻击。我们不能守着堑壕战术不放，淞沪会战，我们在这方面吃了大亏。得打渗透战，火力密度比不上，一定要精确到位。练出黄长官这样的射击本领，就能保证每颗子弹消灭一个鬼子兵。”黎有望说得耐心，指出日本兵最强处，一是机动的能力；二是使用武器的能力。战术并不算高明，反而时常呆板。关键是其强大的体能和吃苦精神保证了执行战术的能力。其实就战术层面来说，也就是那么一些基本套路，谁都知道迂回侧翼，可是没有强大的机动能力，谈什么迂回？

战术执行必须有执行战术的基础。基础怎么来？苦练。

知道小鬼子是怎么练的吗？

每天三十公里全副武装行军，其中每天至少五公里强行军。负重二十公斤。走完这三十公里，再开始练单兵技术。土工作业，各种掩体、壕沟、遮蔽所；战术动作，各种动作下的持枪，冲锋、跃进、匍匐前进怎么持枪，用木头枪练。要求是练到肌肉层面的条件反射。

这些不可能一蹴而就，得有过程与体系。

“鬼子凶名在外，其实一点也不可怕。丁大巴子劫城时，黄长官说他在寡不敌众的情况下，仍手刃四名鬼子。我黎有望，不吹牛，单论白刃格击，打他丁大巴子两个！”

黎有望这话说得豪气，众人哄然大笑。

训话完毕，黎有望把黄开轩扯到靶场后白杨林里，把白露带来的情报一说，黄开轩取了那图与信笺仔细端详，认为白露所说应该属实，只是这个陌生人的来历颇堪玩味。知道黎有望要打莲河不奇怪，这话是黎有望当着全城百姓面说的，但这图不简单，极专业，作图水准专业，军事眼光专业。行家伸伸手，便知有没有，两人相顾，黄开轩道：“高手。”又道，“看来你敲锣打鼓抓特务那套还真有点用，这不，特务都吓得赶紧纳投名状了。”

黎有望捶了黄开轩一拳。此人是友非敌，好事；他日若转换立场，变成敌人，大大不妥。这种无头事，一时半刻也难查清。黄开轩好奇，问黎有望，没跟小鬼子交过手，怎么熟悉他们的步兵战术？

黎有望指指胸口，示意自己蛰伏平州六年，干的可是书贩生意。仗一直在打，那么多的军情报告、文书档案、新闻报纸被当作废纸流散四方。黎有望有心收购。这一块，那一块看多了，慢慢就有了不少了解。他还搞到过一本鬼子的步兵操典，查着他们编的支日词典，也看了个大概。黎有望叹气，说他每年都会以书商的身份，尽可能到打过仗的那些战场去看看。之所以隐居平州，除了是因为这里有家母安葬地，得守着。还因为日本人尚未杀至平州，比看那些山河破碎、人民沦为亡国奴的地方，心里稍稍好受一些。

谈到山河破碎和亡国奴，两人黯然。黎有望回头看着操练中的士兵，唱起军歌，黄开轩也跟着唱，唱的是《大刀进行曲》。1933年3月，宋哲元率领的第二十九军大刀队在喜峰口与日军展开白刃格斗，鬼子横尸遍野。这歌应声而出，风格雄浑有力，节奏铿锵，如同战斗的号角，一时间传遍大江南北。

两人眼眶皆有湿润。

不远处，一骑飞驰而来，骑手骑术精湛，端坐如钟。到跟前，跃下，拱手道："黎司令，我家少爷想请您中午到府上坐坐，叙叙话。"

来人是轮船局唐经方家的老管家。尽管唐经方已经人到中年，老管家还是习惯称呼他为"少爷"。

黎有望与黄开轩相视一笑。

上次打完秋风后，救国军便放出风声，要在平州富绅内找出几个合作伙伴，颁发专购专供执照，购买各类军需物资等。等了几天，现在"钱"终于来了，虽然有点扭扭捏捏。

3

自前清末年开始，平州就和上海之间通航小火轮，客货兼运。小火轮沿着曲折的河道，串联了平州不少乡镇。最远的一班，还能向北横穿九龙湖，到盐州境内。这些小火轮，都是总部设在上海的怡平轮船局经营的，官督商办。辛亥后，轮船局早不叫轮船局了，被民资募股完全收购，改为纯商办的怡平轮船公司。怡平公司的大股东之一，就是平州人唐任道。他是唐经方经理的爷爷。其实，唐家三代只是从轮船局起家而已，轮船业务这种望天收的买卖，早不是唐家的主业。老百姓还习惯称为“轮船局唐家”，好比由清入民多年，很多人家里还以“钦点翰林”或者“三省道台”为荣。唐经理也并不是真的担任具体经理职务，只是他爷爷做过“官督经理管带”，他家三代就都继承这个老百姓心中的官帽子了。

两人上马，随着管家直奔城里去。午饭点上，两人穿过老宅的影壁和回廊。在宽大的会客厅里，穿西装打领带的唐经方早已恭候多时。厅有名，曰任道堂。看其落款，是民国书法大家于右任的手迹。黎有望认得唐经方，不熟络，在县议会这样的公务场合聊过几句话。寒暄数句后，先看茶。

唐经方端茶道：“黎司令最近练兵不辍，这是真要跟日本人动刀枪了啊！”

“是。”黎有望笑道。

两人说的都是废话。废话有个好处，起码融洽气氛。两人你一言我一语说了大半天废话，唐经方呷一口茶，感慨道：“黎爷不易。真是光明磊落的君子。前些时日题军旗，弄了十五万。我还以为起码其中一半会以种种名目进你个人腰包，没想到竟然真的全是公帑。了不起。不贪钱三字虽然简单，但有几人能做到？”

这是唐经方的肺腑之言。

黎有望拍案轻叹："钱不够啊。"

"我知道。"唐经方一笑，"所以我明知詹会长拿那头旗，明面上是助饷一万大洋，实际里，又返还了七成；我也没有去找黎司令，问问我为那副旗助饷的九千大洋，能否返还七成。"

黎有望脸色微变，心神摇曳。他还不能像黄开轩那般淡定从容。这等机密事，也会走漏消息？是要让徐永财好好协助滕秘书抓下内政管理了。唐经方再笑，"黎爷，不必急于否认，也与你手下将士无关。我是听詹府上的人说的，夸耀他们詹老爷的能耐呢。"

黄开轩拱手，"谢过唐老板。"

"没事。唐某身家不可与詹爷一较短长，平州府六分之一的良田可是在詹家名下。"唐经方的话里掺着东西，"黎爷真心要抗日，是真心渴望平州百姓过上太平日子，这点我还是看得出来的。所以就算再做捐献，唐某也心甘情愿。"

唐经方比画出两根手指头。

"二万？"

唐经方笑着摇摇头，说："二十万。"

黎有望一震。这是瞌睡碰上枕头？难道说眼前这个笑容可掬的生意人真是一位毁家纾难的慷慨义士？就算是，那些专购专供的营业执照，总不可能一股脑儿全给他唐经方，黎有望还指望着下一场的拍卖呢。另外，就算给，能值二十万吗？

“唐经理，你这是要买什么？”黄开轩插嘴问道。

“买一个和字。”

唐经方声音不大，屋内一时静寂，落针可闻。

用唐经方的话来说，其一，真心未必取得好结果。世间事不如意者十有八九。其二，“真心抗日”与“真心渴望平州百姓过上太平日子”，都是对的，是真命题，但这两个真命题之间存在不可调和的冲突，简单说，这有点像俗语里讽刺的，既想马儿东边跑，又想马儿西边到。是两个方向力的撕扯，马，会被撕成两半。

“宁做太平犬，不做乱世人。不瞒黎司令说，自‘九一八’之后，我就觉得中日局势要糟，果然是每况愈下。世道一乱，妖魔鬼怪就出来。我就知道上海不会好，幸亏早走几年回到老家。要不然，像去年的方液仙那样，被76号绑架勒索，只因为有点钱，就死得不明不白，太惨了。”唐经方脸有兔死狐悲意。

这话是什么意思呢？

“唐某在西洋读的商科，读书却不怎么用功，喜欢美人美酒骏马名车，玩遍英伦，特别佩服能读得下书的人。早听说黎司令经营书店时，终日埋头读书。所谓楚山有鸟，三年不鸣，一鸣惊人矣。黎司令果然是非凡之辈。”

这话又是什么意思呢？

“老实说，我不讨厌日本人，最讨厌的就是宁波人，比我们江北人早几年到上海滩混，自视甚高，欺行霸市。哈哈，不过他们有一个长处，就是只讲经济。”唐经方咯咯一笑，总算是言归正传，“今天，我特别想与两位司令讨论一下经济问题。就我们搞经济的人来看，和平有和平的经济，战争也有战争的经济。对于一个商人，什么损耗啊、封锁啊、紧缺啊都不是坏消息，有需求才有生意。没人焦虑货不够卖的，卖不出去才是噩梦，剩余才是。”

唐经方的眉结略起，呷茶道：“近年来国际上评价国民政府，出现一个十年建设的提法，指的是民国十六年至南京沦陷前这十年时间，国民政府所推动的诸项改革。法统创立，主要标志为《中华民国训政时期约法》和《中华民国宪法草案》的完成。政治方面的内容且不提，只说经济。中国的近代工业化初现端倪，发轫于民国初年的针织、丝织、染织、印染、毛纺织等有长足发展，又产生了一批新兴行业，如电器用具、电机、染料、酒精、酸碱，等等，工业增长率平均每年达到近两位数，这在国际上也堪称殊少。”

经济方面，黎有望是门外汉，黄开轩所知也不算多，但这十年建设的提法，倒也曾听闻。黎有望沉思片刻，和黄开轩交换了一下眼神。说一千道一万，这个姓唐的“二十万大洋买一个和字”，应该就是怕战火一起，生意不好做了。估计也不是他一个人的想法，而是平州城内有这种想法的行会共同推他出面。趁着国难大发其财，还说得这般厉害这般有学术水准的，黎有望这也是平生第一次遇到，当真是要洗耳恭听。也不能说他们错，商人逐利，所谓“商女不知亡国恨，隔江犹唱后庭花”。更重要的是，战争打的就是经济两字。当然，还有其他可能，比如这个姓唐的，后面有汪伪背景，是替南京招降来的。

唐府管家入厅，示意午饭已准备好。

唐经方笑道：“高谈阔论无济于事。来来来，贵客临门，先吃饭，边吃边谈。”

第二十章

河豚宴

1

唐家挣了钱，不怎么爱买田，全国各地多有置业。这六进六出的唐家大院，在平州城里颇有名气，建筑风格南北交融，既有“青砖小瓦马头墙，回廊挂落花格窗”的江南雅致，又有北方“跑马楼”的雄朴浑厚。南北纵向，主次分明；东西随宜安排，结构不拘定式。其间有亭榭廊槛连接，槛下多蔓草与藤萝，以增加山林野趣。又有园。园中叠山理水，架桥辟径。这一路行来，黎有望对唐家家境之殷，算是有了一个直观感受，对唐经方为什么想要这个“和”字也有了相对深切的理解。

院内有数十只鸽，咕咕鸣叫。那院落上方，又有一群振翅飞过，在蓝天下，夺人心神。黎有望赞叹：“唐老板，我说平州城上那些鸽子哪来的，全是你养的吗?”

“飞鹰走狗，我玩不来。跟西方人学学，养点信鸽，还能在京沪间传传信，新潮，interesting！”唐经方转身笑道。

“飞鸽传书?”黎有望一愣，打了个哈哈，“唐老板到平州闲居，跟沪上交通极不便，是要随时了解上海那边的生意情况。”

“生意场瞬息万变，靠几只鸽子能传多少信息? 纯是养着玩。我自己有电台。”唐经方摇头笑道。黎有望一惊，“电台?”

唐经方掀开客厅门帘，躬身施礼：“是发报的电台。民用商用，老型号的矿石机，明码，限定波段发送。在上海法租界的公董局登记过，有登记号和使用许可书。我知道黎司令在抓间谍。别担心，要是用我的电台发情报的话，就等于向全中国广播了。”

餐厅从外面看，是悬山顶的堂屋，走进去，是典型的欧式装饰，非常像一个西餐厅。黎有望在上海，黄开轩在南京，都见过这样的餐厅，但是在江北僻壤的平州见到这样的屋子，还是颇为意外。

唐经方笑道：“我这餐厅有个名字，叫作白金汉宫。卢沟桥事变之后，我决定从沪返乡长住，请了英国的建筑行来把这个堂屋重新改造了一下，材料都是小火轮从上海直接运来的。我是个新派人，喜欢满眼热闹。让两位司令见笑了。”

一同吃午饭的，还有钱业公会的宋醒吾会长。宋醒吾比唐经方稍稍年长，壮实身材，八字胡须，有点财长孔祥熙的派头。钱业公会跟轮船局唐家一样，也是老百姓因袭沿旧的叫法，准确名称是“旅沪旅京及在乡平州籍金融业同行公会”。宋醒吾自己是宾夕法尼亚大学商科毕业，本来担任南京交通银行的襄理，民国十三年辞职，在南京自办金融，旗下有平尚银行、东亚大饭店等多处产业，体量与京沪大贾相比不算大，但在平州也算得上号人物。因为生意往来，兼有留学欧美的共同经历，他跟唐经方走得很近，殊为相洽。

其余一同就餐的人，还有唐经方家里的女眷。在平州，男人吃饭喝酒，女人是不能上主桌的，要在后厨吃。唐经方新派，声称自己非常反感封建老古董做派，不过老婆他可没少娶，三房。桌边这位，是最小那个，言笑晏晏，举手投足，非常得体。看得出来，唐经方非常宠爱这位年轻貌美的如夫人，郑重介绍道：“倪子君倪小姐，我的商务秘书，也是我太太。我强烈主张男女平等，我的太太不分大小先后，三个太太都是大太太。哈哈。”还有两位女士。大小姐唐爱英，其丈夫卫长河是韩光义麾下新的78师师长，兵退淮城后，把老婆留在娘家带孩子。唐经方指指座中另外一个脸有羞意的年轻姑娘，“老二，晓蓉，在教会的沪江大学念书。快毕业了，近年上海那边的情况，乱得不行。她在那，我不放心，让她回来。想让她到学堂先教教书，看看形势再说。不知是否方便？”

黎有望当即允诺。唐晓蓉长得好看，颇有点上海滩影星胡蝶的意思，稚嫩里有种明艳，少女气息扑人。左脸也真的与胡蝶一样有个小酒窝。她比白露五官精致。可不知为何，黎有望想到白露，心神先是一紧，接着没来由地一荡。

唐经方说：“还不赶紧谢谢黎司令？”

“黎司令好。”唐晓蓉起身施礼，笑道，“爹地，这位军阀，就是小学堂边上卖书的那个先生吧。”唐晓蓉本来想说的是军官，口一开说成了“军阀”，自己还没有意识到。唐经方尴尬，训斥道：“这是新晋城防司令、军政长官黎有望黎长官。”唐晓蓉这才醒悟过来，满脸通红，赶紧赔礼，称是一时口误。黎有望笑颜，温言相慰。心头却是有了感慨，是口误，也是内心潜意识所现。自己当年担忧吕天平成为新军阀，数年后在年轻人心里，自己也有了这种嫌疑，也算是报应不爽。

2

开场闹了个小尴尬，宴会的整体氛围还算融洽。菜好，一桌美味佳肴，淮扬美味，让整日啃粗粮面、吃素饭的黎有望和黄开轩好好解了个馋。唐经方大肆吹嘘，自己从上海豫园饭店带回来的陈厨师手艺如何了得，如果不是因为躲战乱，这种大厨是不会到平州这个穷乡僻壤来的。

接下来的谈话主要以宋醒吾为主。唐经方频频颔首。

意思很明确：保境安民为要。当初就是他俩牵头帮着赵松斡旋南京，一手促成和平。当然，黎司令竖起抗日义旗，凝聚人心，无可厚非，找鬼子放两枪就成，假打真守。至于南京方面，不用黎有望出面，要员们的份子钱，他们负责筹措，一分钱不会少。这才是为平州好。救国军还有二十万大洋入账，入私人账也成。救国军要搞的专购专供执照，他们举双手赞成，到时照例捐输。詹会长要打压，他的农产这块，尤其是猪鬃生意，他们要拿到这块的垄断经营权。

猪鬃的独特韧性，对于被灰尘污染、生锈的机械零部件或炮膛清理非常有效，是机械师和维修人员必备的重要工具。简单说不管是飞机坦克还是汽车大炮，没有猪鬃刷进行清理保养，就无法保证设备正常运转。猪鬃成为一项奇特的重要战略物资，二战中各国甚至以法令形式禁止己方成员与敌对成员交易。这些是黎有望大概知道的，没想到奇货可居，利润如此惊人。唐经方一解释，黎有望才知道平州当地三万一箱的猪鬃，运到上海是八万；若是能成功运到美国，到岸价六十万。隔行如隔山，自己这个书贩离这种长袖善舞的商界大贾当真是差了不知道多少个吨位。难怪平州膏腴，难怪平州那些酒楼里是夜夜笙歌，难怪杜甫诗云：朱门酒肉臭，路有冻死骨。

三杯酒入肚，眼见黎有望多有沉默，以为其心动，宋醒吾又与黎有望说上海的证券交易所，说股票。

“乱世之中，什么最重要？队伍！有自己的一支队伍，那就是本钱。袁世凯为什么能洪宪称帝，就是小站练兵打下的本钱。抗日烽烟起，小小江北巴掌大地方，一下子冒出几十个队伍，什么救国军、别动队、忠勇军、先遣军、武工队……什么司令、指挥、特遣官，少将、师长帽子满天飞。要我看，这些队伍就是新上市的股票。大部分是垃圾股，不值一提。但黎司令这样的，完全可能有个几百倍的收益。江浙财阀们当年看好蒋委员长。今天，我与唐经理也是看好黎司令。钱，不是问题。”

宋醒吾越说越兴奋，还帮着黎黄两人规划起人生。

黎有望算是听明白了，保持笑容，啥也没说。唐经方咳嗽声道：“吃河豚，吃河豚。真正见陈厨师手艺之精髓，就这道菜。”手一挥，众人面前都搁上一盅河豚。瘦长脸的陈厨师也从后厨赶到席间，朝大家鞠躬后，端起一盅先尝了数口。这是吃河豚的习俗，河豚鲜美，堪称妙绝；但全身剧毒，尤其是内脏血液，处置不当就可致命。黎有望吃过河豚，这回揭盖再尝，与昔日记忆大不一样，皮肥肉嫩，汤汁醇浓，口味极鲜。陈厨师的手艺真好，鱼肉切得薄如蝉翼，晶莹剔透，但肉质紧致密实，其味鲜甜，不愧是上海豫园饭店出来的。

黎有望一竖大拇指，正要说话，脸上表情蓦然一变，嘴里还嗬嗬有声，作呕吐状。这下，大家都慌了，连陈厨师也为之色变。唐晓蓉吓得话都说不出来了，双箸落地。唐经方蒙了。他还没来得及动筷。宋醒吾把手伸进嗓子眼，作势要抠。唐爱英的手哆嗦得厉害，“怎么会这样？”黄开轩就欲伸手掏枪。倪子君倒是要镇定一些，“赶快取催吐剂！”黎有望哈哈一笑，坐直身，把盅中汤汁倒入喉咙，“春日河豚，鲜美无双。陈师傅，好手艺。”

大家这才恍然大悟。黄开轩哭笑不得。堂堂救国军司令，还有如此顽童一面，赶紧与面色不虞的陈厨师赔礼道歉。唐经方的眸子里多了一抹狡黠玩味。若真是河豚中毒，起码得食后半小时，发作哪有这般迅猛。不过一时之间，谁也没有细想，只以为可能是河豚品种特殊。

小小插曲，权当助兴。大家继续杯觥交错，氛围比起先前也更为轻松。

“蒌蒿满地芦芽短，正是河豚欲上时。”唐经方摇头晃脑，背诵起苏轼的《惠崇春江晚景》，言其生机蓬勃，清新自然。谁也没有发现黎有望眸子里的异样。在豚肉入嘴的一刹那，福至心灵，似曾相识的感觉袭来，他突然再次瞥见前几天那只在脑海里飞起的鸟，鸟形已见轮廓，还有伴奏音，是王文举的话，“给太君们烧一顿这么鲜的餐饭”。黎有望瞬间想通整个攻取莲河的作战计划，心头狂喜，又想及自古就有“拼死吃河豚”一说，还有刚才宋醒吾说的那番让自己很是不爽的话，恶作剧心态，干脆来了一个即兴表演。

“不食河豚焉知鱼味，食了河豚百鲜无味。”

唐经方与宋醒吾，是要把这河豚比喻成他们所渴望的和平吧。

出手就是二十万，不算少；但比起他们所谋，却是太少。另外，这唐经方会不会就是王文举提的那个千手观音？信鸽与电台，都是情报所用，各有其用处与用时，以兴趣和生意为名遮人耳目，不是没有这种可能。黎有望心头狐疑，对此次河豚宴却是赞不绝口。

主客尽欢，曲终人散。

管家和宋醒吾代为起身送客。送出了门，管家立住身。宋醒吾笑容暧昧，把黎有望扯到一边，“黎司令尚未婚配吧？”这是废话。黎有望点头。

“可有意中人？”

黎有望想起白露，只想了一下，赶紧摇头，“匈奴未灭，何以家为？”

宋醒吾大赞，又赔笑顿足道：“咱们打鬼子，是不想做那亡国亡种奴，不婚不配，种都不留，不要鬼子来打，自己先把自己给灭了，这好像也是民族罪人啊。黎司令，你说是不是这个理？”

黎有望啼笑皆非，道：“宋会长说的是。以后凡为单身不婚者，一律以汉奸论处。保种，方能保国！”黎有望说的是笑话，宋醒吾还就敢顺着这笑话往上爬：“这事，黎司令必须要带头啊。您说今个吃这顿饭怎样，主题是什么，有没有吃出点意思来？”

黎有望心念电及，终于明白过来，难怪唐家三位女士在场。自己开始还真以为这是唐经方的新潮做派。也还真敢下重注，连女儿后半辈子的幸福都押上了。唐爱英的夫婿卫长河，恐怕当时也吃过这样一顿河豚宴。只是不知以后平州若再另有主事之人，他唐经方又上哪里去找唐三小姐、唐四小姐。当然，赶紧认几个干女儿也可以。

黎有望微笑不语。

宋醒吾挤眉弄眼道：“唐家二小姐不错吧？上海沪江大学高才生，模样不说，精通英日几国语言，还善文墨。我宋某不才，只要司令首肯，愿登唐府为媒。”

“我拿唐老板当兄弟，唐老板这是要拿我当上门女婿吗？”黎有望拍了拍腰如龙虾的宋醒吾，“这种差辈分的事，黎某好像吃亏啊。”

说罢，与黄开轩扬长而去。

马背上的黄开轩乐了，夸赞唐经方还真是有气魄，手笔够大；又夸那唐晓蓉“鬓云欲度香腮雪，一枝红艳露凝香”。黄开轩没安好心，鬓云半句出自温庭筠的词，写那命运悲惨的小周后；红艳半句出自李白的诗，写那日后吊死马嵬坡的杨贵妃。可惜黄开轩是高估了黎有望古典诗词方面的造诣——黎有望根本没听懂他的言外之意，只当真是夸奖唐晓蓉容貌的，慌得直摆手，“不可不可，那我与那些仗势欺人的军阀有啥子区别?”

“宁为英雄妾，不做庸人妻。黎司令如此好汉，唐姑娘倾慕，也是自然。”黄开轩哈哈大笑，“当了女婿，以后帮唐老爷好好看家护院。”

黄开轩大笑中纵马。

黎有望羞恼难当，抓缰绳，握皮鞭，马镫一碰，胯下骏马腾空而起，长鬃飞扬。两人心照不宣，赛马。只片刻，就到慈云寺前，却是黎有望抢了半个马身之先。

3

到慈云寺，召来徐永财、朱子松、叶桂材，掏出那份莲河镇日军布防图，没解释其蹊跷来历。大家一起兵棋推演。朱子松惊叹：“军营、汽艇码头、仓库、机枪碉堡、警戒线……太他妈的清楚了。

这图厉害，哪里来的?”黎有望笑而不语，给大家介绍他设想的奇袭莲河镇方案。

打莲河，关键就是快。

莲河易守难攻。若久战不下，形成僵持，引来长江对岸日军要塞派兵渡江来攻，那可就不是一个中队的鬼子兵了。当有雷霆之击，先斩首，再拔城。

举事前，陆续派人渗透，人枪分过，注意潜伏。起事日，兵伏五里铺，等镇内信号，里应外合。进入莲河有两条检查线，一条在离镇两里地的石桥闸；另一条在镇口。主要是保安团执行日常检查任务，鬼子也在这两条防线布有兵力。尤其是第一条。通行证不算难搞，人进没有问题。

“枪怎么进?”徐永财率先发问。

黎有望没直接回答，继续解释方案的核心点，三个字：河豚宴。

鬼子贪食，向有生食河豚片之习俗，以为世间至味。上海豫园饭店大厨的牌子还是有号召力。王文举可居中牵线。听王文举介绍，日本驻莲河中队长山本铃司最近喜事上门，接军部批文，由大尉擢拔少佐。此事可为由头。黎有望也瞟了眼黄开轩，“这厨师的角色，恐怕还得黄副司令出马，一手厨艺，不至于露怯。我就当你的伙计。”

见朱子松挠头，知道他忧虑此计甚为行险，补充道：

鬼子有重机枪、掷弹筒和迫击炮，有工事与碉堡。我们只有轻武器，就算渗透进去，硬攻，也是蚍蜉撼大树。就算我们敢于牺牲，部队特训有一定成效，战场上取得一定优势，一旦他们呼叫增援，长江对岸日军要塞能够在三个时辰内渡江来攻，我们必败。换句话说，我们必须在枪响后三个时辰内解决莲河日军。斩首，先一举端掉他们的指挥中枢。分头暗杀，殊难下手；而且只要有一个能拿指挥刀的，鬼子就不会乱。河豚宴一事，看上去是孤身犯险，但胜算较大。并且，唯此，才可能成功。

首要是斩首。

黎有望没说出来的话是，王文举也不是可靠之人，贪财之辈，逐利而来，万一瞬间反水翻脸怎么办？就算他信守承诺，他对部下的控制力也有限，万一那个副团长赵汉生滋事捣乱，把他架空，莲河就是一个绞肉机。黎有望还真不觉得王文举拿了那二十万大洋后，就有这个本事把莲河拱手奉上。此人有退隐意，极可能想着临走时火中取栗，再捞上一把。真要是能一举击溃鬼子，不用这二十万大洋，他也会按兵不动；若鬼子势大，救国军有覆灭之险，这家伙就算拿了二十万，说不定也还会立刻再踩上一只脚。

不可不防。

潜进人员也要熟悉日械，尽快占据有利位置，突击队要做针对性强化训练，训练如战时。救国军分成三个队，黎有望和黄开轩带着第一个分队渗透进莲河，负责端掉他们的联队指挥中枢和通讯站。

黎有望指着地图道："这两个地方就在莲河码头旁的仓库里，他们的两艘巡逻汽艇也常停泊在码头边。朱子松带着第二分队分批潜入，清扫镇内的火力点，三人一组。第一分队得手，发信号行动通知。注意观察。"

他又指指徐永财旁边站着的叶桂材，"你带着第三分队，以演习训练的名义出城，在五里铺埋伏，看到信号就全速奔袭。我们在莲河镇会师，得手后立即撤出，防止他们江中炮艇出动和空中轰炸。注意，全部行动一定要快，迅速，绝不能拖泥带水，也不要因为一两个火力点阻滞影响全局。我们的基本战法，还是特种渗透作战加游击战术。到时候，根据实际情况，临战再调整。"

再看向徐永财，“你守平州。守好，便是厥功至伟。要谨慎丁大巴子来袭，还有城内特务汉奸的活动。”

这个方案，没谈丁聚元的合击，也没有把王文举许诺拿钱后的伪军起义算在里面，打的主意，就是：斩首！而承担风险最大的就是黎有望与黄开轩，一旦事泄，其他两个分队还可撤退，他俩就只有一个死字。

不能说这个方案不好，一旦成功，便是枭雄。但纸上谈兵与实战是两回事，与日军交过手的黄开轩没法不忧心忡忡。河豚宴，是天才构思。可越是天才的构思，细节上越是不能出一点问题——因为在执行时，多半没有犯错余地。

“城内人多眼杂，日伪间谍活动猖狂。攻取莲河的方案，只许我们在座五人知悉，若有走漏……”黎有望瞟了眼朱子松，又再深深地看了一眼徐永财，“这就不是鞭刑，是要拿某个人的人头来祭的。”

对黄开轩，黎有望是百分之百信任；对其他三人略有忐忑。尤其是对徐永财，将信将疑。黎有望解说方案，也还是有所保留，比如举事时间及其他关键几处。

转身他又叮嘱徐永财：“打莲河这事，要与抓特务一样，没事就让军警街头喊喊。”黎有望随口说了一个《狼来了》的故事。这个寓言是他特别小的时候听姐姐黎带娣说的，后来在书铺里也无意中翻阅到，在一本儿童启蒙读物上，书名《伊索寓言》。众人哄笑起来。黄开轩打趣道：“你这六年书铺生意也算没有白做。”

平州军民皆知黎有望与丁聚元赌约，打莲河一事从劫城日一直说到现在，不少人还真以为黎有望是个只会喊口号的。喊吧，多喊几次，喊出节奏，喊出花样，就能有效麻痹敌人。但可千万别把自己给麻痹了。

黎有望似笑非笑，众人凛然。尤其是朱、叶两人，本来是底层兵吏，能听闻参与此等机密事，知道是被黎有望视为心腹，是被待之以士，皆脸露战死不足惜的刚毅之色。黎有望把众人神色纳入眼底，又再多看了几眼徐永财，心头一动，莞尔笑道：“徐局长，还有一事拜托。王文举那边，烦你再走一趟。子松，你陪着。”

第二十一章

稻河湾

1

天幕深蓝，圆月如盘。黎有望与黄开轩相坐望月。身前几案上摆了几件干丝、拍黄瓜等素食点心。隐约可闻木鱼啷啷声。偶有数句梵唱，穿过暮色与院内多处藤萝野树，让人屏神静息。

黎有望在黄开轩跟前毫无保留，将作战计划中的关键几环和盘托出。两人反复推演，确定举事日为本月二十八日。二十七日起，是莲河当地鱼神节，连办三天，千船汇集，祈祷家宅平安、农渔丰收，其间也多有表演。人多声杂，借民众鞠躬祈福、敲锣吟唱之际，也利潜匿与枪支运输。鱼神节第一日，鬼子当会提高警惕；二十八日是幸日，鬼子换防。

成败之机，在此一举。

黎有望双手合十，继而右手上举至胸前，掌心向外，五指伸展。黄开轩讶道：“祈祷鱼神大人保佑？”

“结手印，佛家有释迦五印之说，即禅定印、说法印、降魔印、施无畏印和施愿印。”黎有望笑道，“我这施的是无畏印。想学吗？降魔印是左手自然下垂，掌心向内，食指直向地面，指尖触地。”

黄开轩哈哈一笑，“黎兄也信鬼神？”

“不信，但理解世人为何朝拜鬼神，尤其是那些被视为愚夫莽妇的。”黎有望指指天穹那轮皎月，“我施印，是因为这天地本有浩然气。”

这手印之法，本是黎有望在书中看见，先前并未多思，一时随手施出。黄开轩提及，这才知道自己内心是太紧张了。没法不紧张，个人生死倒是小事，一旦兵败，平州一城多年辛苦经营得来的抗日形势就要毁于一旦。黄开轩又何尝不紧张了，先前议事时，几番把黄瓜片喂到鼻子里了。

“徐永财这人可信吗？”黎有望问。

“其他事不好说，民族气节多少还是有，起码打鬼子应该没问题。”黄开轩补充道，“我查过他的底。他父母姐弟五人，皆死于南京遇难日。”顿了顿补充道，“他姐死得很惨。”黄开轩没说具体的惨状，但可想而知，鬼子对女性之暴行可谓畜生不如。

两人沉默。

天地间果然有浩然之气，随万千月华注入体内。屋内各种事物浮起在这灿烂月光中。这是一个银子一样的世界，如此寂静。

黎有望起身踱到窗前。丁聚元数时辰前遣人送信，二龙山拟于本月二十九日攻取莲河，望平州配合。另外就是催促尽快履行承诺，交付二十万大洋。丁聚元打的还是王文举那个团反水的主意。这里有蹊跷。王文举不可能不知道二十八日是鬼子换防日，为何不与丁聚元说？鱼神节第三天起事，未尝不好，但怎么可能比幸日起事佳？击敌虚弱，这是常识。王文举到底打的什么主意？

或者说，丁聚元做的是一道简单的四则运算，笃定手下千余人马加上王文举的六百余人，能吃定鬼子这二百号人马。丁聚元有这般幼稚吗？他亲眼见过鬼子的凶悍，更清楚他手下那千余人马的成分与实际战力。鬼子极善苦战支撑，若三个时辰内不能歼灭，江对岸的鬼子驾艇来援，我方就陷入两面苦战的境地。若鬼子呼叫飞机支援，麻烦更大。就为了观音庙前赌约，行险一搏？当然，若真事成，丁聚元能挟大胜之威，逼黎有望退位，平州易主。

他们议定的起事日是否可能也是二十八日。丁聚元耍了一个小花招？

二十万大洋，平州现在拿得出来。按黎有望与黄开轩先前议定，“先付五万，算定金，其他待事成后再给”。不管怎么说，当是买路钱。黎有望腹内反复推敲。门外有士兵通告，却是徐永财与朱子松。两人一头汗。徐永财气喘吁吁，说是王文举那边收到五万块钱后，笑笑，只递给朱子松一个信封，又附耳于徐永财说了一句话：“起事日前，补足尾款。否则，我这个汉奸团长就要跑到市集上敲锣大喊了。”

信上寥寥数字：二十八，换防日。

这话虽由徐永财转述，也想象得出王文举那双老鼠眼在那团肥肉里滴溜转得飞快的滑稽情形，令人想笑又笑不出来。王文举奸商本色，名不虚传，像挤牙膏一样，拿钱办事，拿多少钱办多少事。或许在他看来，五万大洋是交易“二十八，换防日”六字。账可不能这样算。黎有望写了“早知”递与徐永财，让他继续与王文举联络，声明五万是策反起义的定金。徐永财与朱子松退下后，黎有望沉吟许久。王文举写的这六个字与丁聚元的信对照，就大堪玩味。会不会是王文举与丁聚元联合设套，丁聚元打的还是取平州的算盘?

黎有望一吐心中疑虑。人心变化，最是难测。祸福常在一念之间，一念生，一念死，一念化蝶，一念瘐困。这无关人力。黄开轩默然。

“谋事在人，成事在天。我自光明磊落，自有天地浩然之气相助。兵法虽云庙算多者胜。但人心不可算，越算越是绳结。”黎有望一叹，回身笑道，“我在书里看到过一个戈耳狄俄斯之结的故事，传言能打开这个结的人能成为世界之王。千百年来无人难解。后来，马其顿的国王来了，剑起，结破。这个结也叫亚历山大的结。”

黎有望说的这个典故，黄开轩知道，皱眉道:“你的意思是?”

“快刀斩乱麻，置于死地而后生。莲河一仗，我们是非打不可。通知二龙山，二十八日鬼子换防日，共击莲河。不管丁聚元打什么主意，我黎某一律接着。嘱朱子松，找两三个枪法好的靠谱兄弟，若丁聚元真的攻取平州，狙击。还有徐永财，他若真与丁聚元有一腿，妄想里应外合，也一并杀了。关于这点，我会与徐永财明言。”

黎有望说得慢，话语间却自有坚定信心。黄开轩点头，“黎兄，要是师座能见你今日之杀伐果敢，他会高兴的。”又笑，“仗要打，你也得赶紧抓紧时间与那个唐家二小姐学几句日语啊。鬼子叽里咕噜，也好歹能听懂几句。就算我这个大厨对手下伙计提的一点要求。”

黄开轩是希望黎有望大战来临前能够稍微放松点。黎有望知其心意，笑道：“临阵磨枪，不快也光。是这个理。但你就不怕我与那个唐二小姐真勾搭成奸，误了你许我做韩光义女婿的头等要事？”

白露人不在，雌威已迫。黄开轩瞥了眼屋外，这大半夜屋外不会跳进一头母虎吧？他哈哈笑道：“这叫齐人之福，叫娥皇女英同嫁帝舜。黎爷，那唐老板一介商贾，尚可三女同侍，你这么大的英雄，不委屈那俩女士吧。”

黎有望踹去一脚，“还不赶紧多买几条河豚切你的生鱼片去。”

两人相视而笑。生死兄弟，岂曰无衣，与子同袍。

2

翌日午时，徐永财又来了，他估计是一夜未眠，眼里血丝数根，连打哈欠，嘴里直嚷着得给他请功，起码得三等云麾勋章。说是王文举手下一名副官罗耀宗，暗中托人带来一封信。

极常见的朵云轩信纸。上面几句很短的客套话。

“黎司令钧鉴，幸闻大名，丹鹤蓬飞，愿心想事成。即颂。耀宗敬上。”

黎有望有点丈二金刚摸不着头脑，把信递给俩人看过一遍，随即划着火柴，连信封一起点着烧掉。他问徐永财的看法。

王文举西北军杂牌军出身，赵汉生中央军嫡系出身。王文举早几个月下水，从贼资历早了一点，就为正团，赵汉生打心里不服气。沦陷区的伪军编制很混乱，各种番号都是暂编，他们那个团就是暂编莲河交通保安团。南京方面现在着手整编各路人马。王文举自己估摸斗不过副团长赵汉生，再加当时所降乃形势所迫，内心并不愿意跟着汪伪，想拂袖走人，临走前想做笔买卖。

徐永财简单介绍了一下他所知道的汪伪这支部队的内情。他没有参加当日莲河见面，所言与黎有望和黄开轩的判断相差无几，毕竟是数十年老吏。这与西北军的血统或有关系。中原大战结束之后，西北军退出历史舞台，四分五裂。当时的西北军五虎上将以及十三太保也各奔东西，择木而栖。但西北军这支队伍还是有不少血性男儿，比如宋哲元，重召旧部，喜峰口一战，大刀队夜袭，破锋八刀扬名全国，极壮军威，连日本报刊也不得不承认喜峰口之战是

"皇军的奇耻大辱"。罗耀宗，以前未有听闻，想必也是不甘做汉奸走狗，眼见黎有望打莲河的口号喊得妇孺皆知，便起了投效之心。

徐永财认为这支汪伪部队里，像罗耀宗这样的人，不是少数。

罗耀宗不管在王文举那边看出来什么端倪，这个时候递来一信，应该是示好。起码不是坏事。不过区区一个年轻少尉能发挥多大作用，黎有望也不敢抱有多大期待，随手抄了一页岳飞的《满江红》以为答复。又叮嘱徐永财守城之事。守城一事非独为城高、池深、卒强、粮足而已，墨子有守城十四要诀，咱们不必食古不化，但"赏明可信而罚严足畏"，此乃要害。

"你过去与丁大巴子有什么恩怨情仇，我黎某人一概不问，哪怕真有勾结，也既往不咎。但取莲河时，你若与他合谋掠城，我必嘱人弑之。"

黎有望盯着徐永财的眼睛。

徐永财眼珠凸起，脸色暂然通红，"司令是不信我吗？是怀疑丁大巴子劫城那日……"

"我若不信你，便不叫你守这城。我只是与兄推心置腹。"黎有望打断他的话，"许多时候，人之所以选择忠诚，是因为背叛的筹码不够。这是书上的道理，亦是人之常情；但在国族面临生死存亡的关键时刻，这乃民族大义所在，来不得半点含糊。我知道你恨鬼子，也想打鬼子。若徐兄不弃，我愿与兄结为金兰，以兄弟之礼相称如何?”

黎有望放缓口气。他知道自己可能多疑，但没法不疑。

用人要疑，疑人要用。

人人都为了自己的利益而殚精竭虑，机关算尽，且多是盯着眼皮底下的那一丁点。这是一个普遍的人性。这个疑，不是我个人怀疑你，而是从救国军这个整体怀疑。哪天若我黎某人反水做汉奸，救国军也是人人得而诛之。

这些话黎有望用眼神说了。

信任是有限度的。先有小信，后有大信。这个道理徐永财明白。黎有望让他守城，确实是寄予了莫大信任。他当即称不敢，再次说：唯愿以黎司令马首是瞻，鞠躬尽瘁。

徐永财说得诚恳，又问：“假如丁大巴子真来犯城，如何?”

“静默而待。他攻你守，哪怕他示以弱，也莫出城相击。”

这事黎有望反复想过，“待莲河消息。若是莲河事成，他必退去；若是事败，你那时再降他也不晚。”

徐永财慌忙，再表忠诚之心。

黎有望摇头：“我与黄开轩若事败身死，丁聚元来守平州，也不是坏事。抗日就好。我想他丁大巴子还拉不下这个脸去投日伪。”想了想，又道，“莲河一事，胜率当在七成以上。如果我们打了胜仗，鬼子一定会来报复，甚至可能从维阳派飞机来轰炸平州，要做好防空演练。要把全县懂医术、懂护理的集中起来，给予有效训练。以前赵县长在任时，这些事做得特别好。这事你与滕秘书协调好。还有，找间谍这件事怎样了？”

提起间谍，徐永财的脸色别提有多精彩，忙不迭地大倒苦水：“司令，你可不知道，你那通告一出，警察局忙疯了。一堆堆信，拆都拆不完，什么匪夷所思的揭发都有。甚至，有人说我是为76号做事。还有，司令你也是汪伪特务，要不咋喊了这么久的打鬼子，一点动静也没有。”

黎有望哈哈大笑。

“还有人说那宽良街的谭傻子，就是被那日本人炸弹吓傻了的谭家老二，说他是共产党的交通员。这事您敢信吗？不过，经过警员探查，平州学堂那个张德文的确是共党。我们还在他宿舍暗处找到了一些材料，以密文写成。现正找相关专家试图破译。”

徐永财掏出一个笔记本。

上面全是各种奇怪的符号。

黎有望略浏览了下，装入口袋，“找间谍，不是抓间谍。这一字之差，区别大着呢。共产党、重庆方面与韩光义那边，不必花精力，目前先随他们折腾。平州这点气度还是有的。主要是盯紧汪伪与日寇。平州学堂你叫手下不要去得太勤，暗中观察，心中有数即可。抓不抓间谍其实并不重要，重要的是要弄清楚，谁是我们的敌人，谁是我们的战友。比如，那个唐经方到底是哪边人。”

黎有望这是给徐永财指了一条发财的路。

唐经方既然有气魄敢设这么大的局，黎有望还真想看下，他是如何应付徐永财这种掌握着公权力的地头蛇的敲骨吸髓。打土豪嘛，方法要多。二十万大洋，黎有望哪敢不牢牢惦念？徐永财一怔，心领神会。

临走前，黎有望手指敲敲桌面，“注意分寸。”

3

抗日救国军的军营设在靠平州西北角的稻河码头。附近有很多的码头仓库，稍稍改造，就可以驻军。有瞭望塔警戒，有地窖改造而成的防空洞，有电控的防空警报装置。地方也空旷，便于部队行动。

全军分成两部，一支驻营，一支分散全县警戒守卫。两支部队三天或五天轮番换防、换训。每天早晨鸡叫第一遍，黎有望和黄开轩从慈云寺打马来到军营，吹集合号，全军雷打不动地三十公斤满负荷绕城奔跑、拉练，再出城到靶场训练。回营时间由黎有望决定，或早或晚，无定数。这是黎有望的疑兵之计，让城中眼线摸不准这支队伍的行动规律。

这天救国军回营甚早，大家在营中做体能操练。黎有望则跟着唐晓蓉沿着稻河边石头路走着，学习日语。没办法，是黄开轩把唐家二小姐请来的。黎有望可以不给黄开轩这个面子，但没法把这么一个芙蓉面的小姑娘晾在一边。再说学日语这事，平州城内，一时之间也找不到比唐晓蓉更合适的老师。零基础开始学门外语，这事还真是难为了黎有望，鹦鹉学舌一般，舌头还老打结。

这种学习智商让来自上海的唐晓蓉颇为鄙视。想她当年，七堂日语课下来就敢与日语教师对话。日语不难学，元音只有5个，即あ、い、う、え、お。与汉语不同的是，日语自然发音时，唇形变化比汉语小。发音时口形和声调的高低始终不变。唐晓蓉讲得额头冒汗，黎有望还是叽里呱啦，不知道在说啥。

唐晓蓉对于黎有望有点害怕。人不丑，长得不比沪上那些男影星差多少，令人厌恶的是喜怒不形于色，尤其是在河豚宴上弄出那样一出恶作剧，所谓是可忍孰不可忍！

一个默默无闻的书店小老板，一夜之间成了救民于水火的英雄，就了不起啊?！穿着还这样土，军服皱巴巴的，哪有那些空军飞行员好看。那个叫陈怀民的，知道不？空军第四大队少尉飞行员，敌袭南京时，击落敌机1架，击伤4架。1938年武汉“4·29空战”中，击落一架敌机后受到5架敌机围攻。他的飞机油箱着火，本可跳伞求生，但他驾机撞向敌人，与日本那个号称“红武士”的王牌飞行员同归于尽。

那才叫帅，叫英雄。

对于唐晓蓉这种自小在上海滩长大，见过大世面的女孩子来说，黎有望这种乡间人物，别说陈怀民，就算与那些偶在上海见过的青年军官相比，那也是差了十万八千里。宋醒吾对唐经方说要把她介绍给黎有望当女朋友，她内心是极为不悦，极其抗拒的。和他共同吃了一顿饭，更没留下好印象。

当天晚上，她和父亲的三姨太——那个不比她大几岁的学姐倪子君聊过这个话题。倪子君算是黎有望的同龄人。她倒是颇为欣赏黎有望，说这个人与卫长河有点不一样，有豪杰气，有书卷气。这两者往往难兼得，犹如熊掌与鱼。也帅，只要收拾下。只是嫁给军人，得多考虑考虑，毕竟唐爱英守活寡的例子就在眼前。他们可都是有今天没明天的人。嗐，不过，乱世之中，谁不是这样呢？

唐晓蓉不想来。可打救国军的黄开轩与警局的徐永财分别拜谒了一趟唐经方后，唐经方的话风就由随她心意，变成不去不行，而且声色俱厉。唐晓蓉委屈得紧，见了黎有望连一句多余的话也没有，口气也是硬邦邦的："想学啥？"

唐晓蓉穿了件翠绿色缠花纹的美式长裙，齐耳短发，发卡将刘海卡住，戴着一顶美国进口的圆形绿呢子小帽。在平州，做这种新潮打扮走在青石板铺就的街上很令人侧目。黎有望也是一句多余的话也没有，像完全看不见她的美，只说了四个字：“日常对话。”

黎有望是真的想学日语。

皇军，鱼，船，良民，威武，缴枪不杀，等等。黎有望反复问。唐晓蓉也就耐心地教，一遍一遍反复，不厌其烦。黎有望又问，“唐小姐，小心中毒，日语怎么讲？”

“中毒に注意する！”唐晓蓉哆嗦了一下，这个黎司令脑子里都在想什么呢？

黎有望点头，又问：“没有问题，可以放心吃？”

“大丈夫です。安心して食べてください。日语的意思是：没关系，放心大胆吃吧。”黎有望跟着复述。

两人走到通往尚义街的一孔石拱桥上。四月的风，略凉。河面多有船舶来往。唐晓蓉一时间看痴了。只觉得船也自由，水也自由，风也自由，就自己不自由。黎有望斜靠在这清代修葺的桥栏杆上，歉意地笑，“对不起，唐小姐，我太笨了。”唐晓蓉努力克制住心头焦躁，表示在学习日语的过程中，心态要好，根本方法还是要投入时间和精力，并且坚持。日语入门，最大的难题就是五十音图。改日她画张图表。唐晓蓉不清楚黎有望为什么要学日语。也许这个凭喊打鬼子上位的年轻司令，肚子里盘算着的还是与鬼子沆瀣一气，狼狈为奸。这样的人，真是太讨厌了。

黎有望再笨，一个异性对自己的厌恶，还是能感受到。略思忖，大致猜了个差不离，想了想，道："唐小姐，为我教授日语的事情，不必跟他人提及，包括你父亲在内。我本无意打扰，可是本城之内，一时还找不到通日语者。"

唐晓蓉没吭声。

桥下青石板路上走来一个女子，轻声笑道："我略懂几句。"

是白露，一袭旗袍，异于往常，身段极是婀娜窈窕。这一路走来，很有女知识分子特有的端庄气质。与唐晓蓉的少女美不同，更与黎有望脑子里那头母老虎的形象迥异，还真称上优雅知性四字。

黎有望赶紧去按太阳穴。日头还在天上挂着，应该不是做梦。这母老虎打理书铺的这些时日，敢情受那书香熏陶，就转了性？也不对啊，她记者出身，书读得从来不少，这不，都懂日语呢。

"只会几句口头语。不敢与满腹经纶的唐二小姐相提并论。"

十个唐晓蓉加起来，也不是牙尖嘴利的白露的对手。唐晓蓉双颊红得似给烫着，嘴里吃吃说不出话。两个女人双目对视。白露得势不饶人，真想伸手去捏她脸蛋，“真水灵的小姑娘，还在学堂念书吧。黎司令，老牛吃嫩草也就罢了，你这是在摧残春天的花朵啊。”

白露说话，荤素不忌。唐晓蓉哪里受得了，说了句“黎司令，你先忙，我走了”，匆匆奔去，身形很快没入街巷深处。见黎有望还是一脸尴尬痴傻状，白露没好气地说道：“还看！再看，眼珠子要掉下来了。”黎有望能说什么，赶紧换了一个方向站，咳嗽一声，“有什么事情？”

白露眼波流转，嗔道：“打扰你学日语了？”

“不敢。”

“别急。心急吃不了热豆腐，改天接着挑一处花前月下地，与唐二小姐好好学习。”

“姑奶奶，你饶了我吧。”

“叫姑姐姐。我有这么老吗？”

黎有望闭嘴，总算清楚这个时候最好是啥也不说。

两人倚桥而立，风仍是几分钟前的风，人已非那张芙蓉面。河中船上有人放歌，却是民谣，当是女子之声音，歌那船夫之苦寒，终日忙碌，难以糊口。声音纡徐婉转，极是哀伤。“为什么?”白露没头没脑地问道。

“什么为什么?”黎有望学乖了，现学现卖这个没头没脑。

“都说梅花香自苦寒来。为什么老百姓最苦，最是饥寒，却不能成为梅花?”

“兴，百姓苦；亡，百姓苦。”这是张养浩在《山坡羊·潼关怀古》里写的。黎有望读过。或许历朝历代，都是如此。所以，我们要推翻帝制，建立一个真正以百姓福祉为首要的国家，所谓民族，民权，民生，民有，民治，民享。这个问题，黎有望只能这样回答。白露哼道:“中山先生的三民主义？你的蒋委员长自命为三民主义信徒，好像这几十年经营下来，反倒是越发民不聊生吧。”

这话黎有望无从反驳，略显无奈嘀咕了声:“不是我的蒋委员长。”事实上，黎有望对蒋委员长从无好感。不说别的，就他为了巩固权力，在民国十六年（1927）发起的那场持续两年的清党运动，对共产党固然是一场灾难，有近三万共产党员遇害；但对国民党自身而言，更是浩劫。多达近三十万的国民党员与思想左倾的无辜群众，在白色恐怖中惨遭毒手。国民党整个组织系统因此几乎处于瘫痪状态。清党是国民党党史中一个重要转折点。而这个运动之所以发动的根本原因，说到底还只是为了满足蒋氏一人的权力野心。

“凡属忠实同志，受其诬陷摧残……被殴辱者有之，被劫掠者有之，被杀害者有之，被诬告者有之，被缉拿者有之，被系狱者有之。”这是民国十七年（1928）四月国民党《中央日报》上一封题为《在下层工作同志的伤心惨绝的呼声》的读者来信的内容。黎有望在求知书局里看到过这样一份旧报纸。

白露没再在这个问题上与黎有望纠缠，转过身微笑言道：“书店我重新收拾试营业了几天，虽然门可罗雀，但总算是重新开张了。有件事必须要办一下，就算你把书店送给我，至少也要跟我签一个契约吧。我也不能白收。”

“好。”黎有望脑子一抽道，“放心，就算我死了，也会留一纸遗嘱与你。”

白露没接话，就这样看着黎有望，看得黎有望心里直发毛，手不知道往哪里放了，脚不知放哪里站了，眼睛也不知该往哪里看了。白露身上这件旗袍有改良，复古的盘扣结合精致的小立领，七分袖结合侧边开叉，剪裁极贴身材，颇显窈窕之姿，堪称惊艳。半晌，白露说话了："是不是马上要打莲河了？算了，我也不问了。"

黎有望一惊。打莲河，街头是天天有人嚷；还真把许多人嚷蒙了，以为这个黎司令是银样镴枪头。但白露此问，应该是看破了一些行迹。难道说有人走漏消息？

第二十二章

十八集

1

黎有望色变。

白露一叹，“士兵个个都跟吃了补药似的。你又跟唐小姐学日语，等等吧。又或者说，这是我的直觉，知道你不是那种说了不做的人。别想太多，没谁向我说。”又掩嘴失声而笑，“平州城里有人说你当了个司令后，就讲究排场，到唐家吃顿饭，就念念不忘山珍海味，指名要吃河豚，顿顿得有。”

“胡扯。”黎有望更加尴尬了。

“贩鱼的说，平州春上的河豚全被你的人给买走了，天天做给你吃，还换着各种花样。红烧、黄焖、酱烧、清炖、汤汆、滑炒……”白露说着说着，脸色突变，声音也颤抖了，“你想下河豚毒?”

这姑娘太聪明了。不，是直觉太好。黎有望的心肝都抖了一下。吕太平说得好，泰山崩于前而色不变，麋鹿兴于左而目不瞬。只当自己没听见，眼珠子就怔怔的。

许久。

白露低声道:“日本人不蠢，对吃河豚讲究得不得了，奉若神物。寻常家厨不会弄的，倒是我娘生前会做几道日式河豚，我可以试着做给你看看。专诸刺杀吴王僚之前，也认认真真学了三年的烹鱼手艺。”

白露言语里的关切，黎有望是听出来了。豫园陈厨师所擅，还真不是日式料理。当下点头允可，嘴里一笑，“开春百鲜美，正是河豚欲上时。对了，战事一起，便是生死由天。平州也非太平，要不，我派人把你送至淮城?现在来得及。书铺一事，并不着急，待尘埃落定后，你再做定夺。”

韩光义在淮城。

“覆巢之下安有完卵。”白露的语气也有了难得的温婉，没再出言嘲讽。不过这种相会于心的默契并没有持续多久。黎有望眺望远方，突道：“你母亲长期青灯古佛相伴，怎么会一手日式河豚手艺?”

白露立刻反讽：“你隐身平州，不过是要一个书贩的普通日子嘛，怎么就挺身而出，揭竿而起?”

黎有望自知失言，他的问询是有把白母视作日本间谍之嫌，他本无此意。那么和善的净凡居士怎么可能与间谍有关，还是日本间谍？只能说人都有其自身的际遇。

“我不是这个意思。我是说……”黎有望结结巴巴，福至心灵，“我是说我还没有这个福气尝过伯母的手艺。饕餮之徒，听到美食，就那个言不及义。”

白露轻叹，双手抱臂，却是河风陡大。黎有望也是一叹，心头蓦然一跳，白露枪击丁聚元时，那套射击动作显然是受过一段时间的专业训练。这说明不了什么。白露是韩光义的女儿，战场记者出身，但她现在十有八九洞悉莲河作战方案中的最核心点。万一，她后面有某个势力，万一这势力后面是日伪……不可能。但谨慎为要，是否得找个理由，把她“羁绊在军营里”，她不是声称愿教自己做日式河豚吗？不妨干脆给她一个抗日救国军宣传干事身份？不对，她都要教自己做日式河豚了，不管她的底细是否干净，她肯定是一个爱国者。这毋庸置疑。自己这是怎么了？怎么如此多疑了？

诸念纷至沓来。黎有望暗自一凛，这些日子思虑过多，还真是犯起疑神疑鬼的毛病了。这不好。他转过脸去看白露，白露刚好扭身看他。

“如果我的眼里看不到你了，那我还要这对眼珠子做甚？”

一个句子跳进黎有望的脑子里，也不知道是什么时候在哪本书上看到的，啾的一声叫。黎有望大窘，为他这个极不恰当的联想，刚想转过身去，桥面一辆板车驶来，轰隆隆响着。戴着斗笠的拉车人手中皮鞭在空中啪的一下击响。桥面一个茶馆伙计下意识想闪避，跳到一边，拐了脚，身体失去重心，重重撞向黎有望后背。黎有望满脑子都是这个句子散发出的光芒，根本没多想，多年训练的本能让他身体立刻前扑，这几下动作犹如电光火石，兔起鹘落。等到黎有望清醒过来，白露已经被他狠狠地压在身下，更糟糕的是，他的嘴正贴在白露的一点朱唇上。

唇上有蜜。

等到两人尴尬地爬起身，闯祸的茶馆伙计已跑远，连人影都没了。黎有望哭笑不得，慌忙向白露致歉。白露摆摆手，拍尽身上的灰尘，示意无恙，心头鹿撞几回。她蓦然回过味来，那茶馆伙计面容好像在哪见过。白露皱眉，苦苦思索。等到黎有望说了声“要不，咱们去找茶馆喝杯平州城的花茶吧”，白露眼前一亮，不就是大元茶馆那个生得俊俏的细眉伙计吗？脸有污秽涂抹，但轮廓是的。一定是他！

2

黎有望做鱼就是一个白痴。

倒是黄开轩一教就会。做日式河豚，得用三把刀，分三十几个步骤。一只河豚从头到尾，从肉到皮，可以做出十几种料理。白露一边讲，一边亲手做。等到白露讲解毕，他做出来的就比白露做的更加地道。不说别的，就河豚鱼皮，这小子还真能拆成两层，刺身几近透明，简直是叹为观止。这手艺比起豫园陈厨师的“薄如蝉翼”不遑多让。

白露大骂没天理，说他一定是干久了刽子手。黄开轩只是笑，并不解释分辩。白露本来还想教三天，等到黄开轩把一锅精华煮的河豚泡饭端上桌，只叹了声：“你这辈子该去干厨子的。”

送走白露，黎有望与黄开轩回到部队驻地密室。一桌子的举报信件，是黎有望派朱子松从警察局取来，黄开轩亲自分类归档的。

有人揭发唐家，跟日本人做了几十年的贸易，至今他们的怡平公司还在东京设有办事处。举报人说唐经方天天在家烧三炷香供奉日本军旗，期盼日本爷爷打到平州来，说得有鼻子有眼，如亲见。有人揭发宋醒吾，他投资开办的东亚大饭店里多有怪客，十有八九是找他联络收购情报的。

有人揭发观音庙里的四个尼姑是间谍，组长就是净凡居士。净凡居士当年在师范学校读书时，曾经作为模范生，被公派到日本东京女子高等师范学校交流学习。

净凡居士，就是白露的母亲。黎有望眉心跳动，抽出此信，置于油灯上焚净。黄开轩不动声色，呷着茶，当没看见。

有一封信揭发说宽良街夜深人静之日似有电台发报的嗒嗒声。信无落款。黎有望心有所感，找出平州地图，在宽良街上画了个圈。

还有一些信，与谍务毫无关系，纯粹的举报信。有人揭发税警队上下私抽厘金，巧立名目，对过往船只胡乱增税；有人揭发县政府总务科负责军粮、军需采购的几个人串通一气，贪污受贿，中饱私囊；有人揭发大地主詹耽敏和程颂平两家趁着青黄不接、平州人多地少之际，联起手来以抗日之名私加佃租田息，逼迫那些佃户忍受沉重剥削。詹、程、唐、宋，平州四大家族倒是全了。树大招风，一目了然。这些信，包括揭发徐永财个人的，徐永财皆未扣下。这里面也有那封举报黎有望是汪伪走狗的。

黎有望把这封信扔给黄开轩。

“无聊。”黄开轩瞥了眼，随手撕碎，“武则天铸铜为匦，置于洛阳宫城之前，以受天下密奏，乃盛开告密之门。奸恶之党，快意相雠，睚眦之嫌，即称有密。一人被讼，百人满狱，使者推捕，冠盖如市。及其穷竟，百无一实。”

“听不懂。”黎有望头疼。听是听得懂，但这个样子的黄开轩就好像是一个道德圣人，只配去神龛上蹲着。

“我是说设铜匦告密，还有这种举报信，会戕害世道人心。”黄开轩似听闻黎有望心声，“我可不是道德圣人，非常时期是要有非常手段。武则天临朝称制，政敌众多，知道宗室大臣多有怨望，欲整肃。不管怎么说，投匦一事，也是鼓励进谏，这对于保证言路畅通，审理冤滞，下情上达还是起了一定作用的。我只是一时感慨罢了，世上难有两全事。你自便。”

最后半句，黎有望说过。黄开轩的话，黎有望明白。这些举报信里有另外一个平州。这与战事无关，与人心有关。

还有一封信，徐永财特地写了张红纸条贴在信封上，提请黎司令注意，唯有这封信是特别举报共产党的线索。举报人自称是平州国立小学堂“一位富有责任感的国民教员”，信中说，共产党在平州的组织不是四个代号中的任何一个，而是另有代号“夔龙”。信中说平州学堂“赤化”严重，有个秘密共产党小组，领导者是学堂的左月潮校长，还有其他五位教员也都是他发展的成员。左月潮代号“江龙”。他的小组受代号“海龙”的人指挥。这个“海龙”不是别人，正是死去的县长赵松。信中附有五位“赤化”教员的姓名，张德文的名字赫然在列，只不过被打了一个叉，代表已经死去。

张德文死前有半句话，“内奸是……”可惜后半句他没有力气再说出来。这个内奸会是这个举报者吗？

黎有望瞥了黄开轩一眼，随手烧掉信和名单，猛然一惊，想起徐永财交来的张德文的日记本，当时他是揣进军服口袋的，此刻再摸，哪有？枯坐半刻，死活也想不起丢哪了。算了，想不起来就暂时不想。不是急务要事，说不定哪天又见到了。黎有望心头疑云渐盛，不会是昨日与白露在桥上相会时，被那个撞他一跤的人给窃走了吧？暂不理会。

又想了片刻，拨通徐永财的电话。

三事。一是注意派警员深夜排查宽良街，看看那个奇怪声响到底是何方神圣；二是驻户排查全县电台数量，具体都是哪些人在使用；三是联系嘉辉电灯公司，调看各户用电量统计表。嘉辉公司由唐家募资发起，为平州全县供电，发电容量1200千瓦，能抵得上云贵两省的发电总量，由此也可见唐家在平州的经济实力。

黎有望要这份用电量统计表，主要还是想研究下平州这些豪强的真正家底。平时藏着掖着，但用电量不会说谎。除了工业生产这块，平州用得起电的人家没那么多。

夜深，待黄开轩起身歇去后，黎有望披衣起，纵马直奔求知书局。

不知为何，他特别想再看白露一眼。战事将起，也许这一眼就是最后一眼。脑子这么想着，身子已坐上马鞍。打马不过一刻，便到了那栋马头墙徽式小楼前。楼内灯火犹亮，窗前依稀有那女子捧书夜读的剪影。

黎有望在暗处足足看了十余分钟，一叹，拨转马头。

“誓扫匈奴不顾身，五千貂锦丧胡尘。可怜无定河边骨，犹是春闺梦里人!”

这种况味，黎有望略知了些许。过宽良街，从西首的绿柳晴旅社入，整个街道上只有三盏路灯亮着。当他打马走过徐记棺材铺的时候，一只黑猫从瓦楞上沿着路灯杆滑下，“喵呜”一声，转入巷子里隐匿不见。路灯随之熄灭，黎有望眼前一片黑，宽良街瞬间安静得出奇。他看了下手表，正好是午夜十二点整。按照县府与嘉辉公司的协议，全城的路灯在夜半时分熄灭，故民间俗称“夜半灯”。

黎有望单人独骑，茕茕孑立，仰首望空。

月明如霜，彩云琉璃。黎有望的眼泪也就莫名下来了，只流了那么一滴。

3

1940年4月27日，民国二十九年农历三月二十，平州莲河镇逢大集，又名鱼神节。附近四乡八里的渔民会到这里交易各种鱼虾水鲜。春江水暖，各路江鲜、河鲜、湖鲜带着囤积了一冬的脂肪洄游直上。三者荟萃，是极难得的一场饕餮盛宴。从农历三月十八开集，一连五天，食客麇集，樯帆如云。交易尚是其次。其间又有各种活动，祭祀、替鱼神娶妻，各种高手云集莲河望江楼比拼厨艺，等等。很多人由此干脆把莲河镇叫“十八集”。

今年鱼神节又非比往常。自民国二十七年（1938）日军入侵以来，鬼子以军事管制为由取缔莲河鱼集。新近汪伪政权建立，被日军陆军部视为“以华制华”政策的成功，一向谨慎的日军也有所松懈，经莲河本地士绅与驻地日军磋商，三年来头一次同意重新开放莲河鱼集。

渔船想要到莲河镇中心的鱼市口，先要集中到镇北过一道石桥闸口，保安团和一个分队的日军驻扎在这里盘查过往的船只和行人。沿着石桥闸两岸，堆满沙包，也有两个重机枪碉堡，在后面各有两门41式山炮。山炮后不远，还有两辆94式的小坦克，车顶上各站立着一名日军士兵，负责警戒。

今年十八集来的船格外多，一艘接着一艘。在石桥闸负责登船检查的伪军保安团的人忙得浑身臭汗，嘴里骂骂咧咧，不过手指捏捏衣兜里各路船家塞的钞票，心情还是颇为愉悦的。可恨日本人封了这鱼神节三年，要不，酒起码能多喝几壶。伪军对检查一事并不上心，谁敢在皇军眼皮底下惹事？敷衍几句，着重点，就是敲竹杠。但有一点，对平州口音者，多有盘查。想来得到了命令。

等一只来自九龙湖送湖神的船队过去，一艘乌篷船进闸受检。连船老大加撑船的伙计，一共四个人。船头老大面目黑瘦，说话正是平州口音。身边立着一个长衫者，自称是平州大酒楼的首席厨师，一是应王文举团长邀请，二是要来莲河会会各路做鱼高手。伪军士兵上岸通报。不多时，附近院子里出来一个面容狡诈的伪军军官，佩少校衔，高而瘦，跳上船，目光从船老大身上一掠而过，盯住长衫人。

“平州来的？”

长衫者，黄开轩也。

黄开轩拱手笑着，不卑不亢道：“鄙人鲁在深，原供职上海豫园饭店，现为平州大酒楼大厨。前些时日有人带信，说莲河的王团长想尝下豫园的日式河豚，许出高价。鲁某心动，又听闻莲河鱼神节，多有高手齐聚望江楼，以鱼为主题，八仙过海，各显神通。鲁某倒还真心想讨教一番。”

“詹耽敏的平州大酒楼?”

“是。”

“我怎么没听他提起过这事?”

“半月前，詹会长亲笔致函，又许以丰厚束脩。”

军官是在诈，黄开轩也就随便扯。看来这个军官来历匪浅，黄开轩已报出王文举的名头，仍不管用。也许他就是那个与王文举不对付的赵汉生?黄开轩手一探，掌心里多出数块洋钱，脸上堆笑，“一介庖人，长官见笑。”

“一个厨子，说话如此风雅，难怪是大地方出来的人。”少校掂掂钱，揣入腰包道，“既然是团座邀请的客人，自然好说。希望有机会一尝鲁师傅的精湛手艺。不过望江楼今年的厨师会怕是开不成了。至少到目前为止，来莲河的厨师也就你一人。”说罢转身要走，脚在船板上一顿，目光往水面涟漪处一落，眉头一跳，拧身折回。这回是盯着船老大，“船里装了多少斤鱼?”船老大瓮声答道:“百把斤。河豚、鲟鱼、鲈鱼、鳜鱼、花鲢等，各有几十斤。”

这是实话。船老大是平州本地渔夫出身的救国军战士所扮。

撑船是门技术，可不是能现学现卖的。黎有望本说自己小时候多少还是摸过几回桨橹的，被黄开轩叫住，让他摊开双手。“你这双手像是一个在河上讨生活的人的吗？还有你这张在书铺里避了六年风雨的脸。”叫出一个渔夫出身的战士对比，后者的每根指头都粗得好像弯不过来了，面容黝黑，皱纹如同刀刻。“你这脸，这手，说是渔人，真得寄希望于路口盘查的伪军是个睁眼瞎。你也就安心当我的作料伙计吧。”黄开轩谨慎。

“百把斤，吃水怎么这么重？”少校冷笑，朝身后伪军挥手，“仔细检查下，看看隔舱里还装了什么。”

这少校当真警觉。隔舱内原本藏有用油纸包裹妥当的数十条枪。临近检查关口时，黄开轩嘱船老大把枪移至船底用铁钩挂牢。隔舱是空的，倒不怕检查，但船吃水甚深这事怎么解释？黄开轩急中生智，趋身上前，声音放缓：“这位长官，是团座的……”见这位少校没有半点避让的意思，黄开轩心口一跳，不得不做了一个吸食鸦片膏的手势，示意隔舱内是王文举走私的烟土。随手又递过去一封更沉的银圆。

王文举这个王八蛋难道真要扮猪吃老虎，明修栈道，暗度陈仓，打的是剿灭平州的算盘？应该不是，若真是这样一个算盘，就该放自己进去，以图一网打尽。但这样一个重要的关隘，为什么也不安插好铁杆心腹？若真让少校查出船底枪支，攻击莲河的计划算是泡了汤，但他王文举又凭何身免？黄开轩脑子里是电光火石。

少校没接钱，拔枪，枪口对准了黄开轩的脑袋，冷笑。

“一个上海来的厨子，也胆敢干这走私的勾当？”

少校这么一来，沿河两岸的日伪军都警觉了起来，叽里呱啦地一阵嚷，步枪和重机枪的子弹纷纷上膛，枪口对准这艘船，全神警戒。

第二十三章

望江楼

1

船老大握橹的指节发了白。船内另两人，一个是扮伙计的黎有望，另一个是朱子松。两人低眉敛眼。朱子松手腕一翻，指缝里多出一把切鱼小刀。黎有望一扯衣袖，示意少安毋躁，这可不是论武之时。黎有望心急如焚，这也不是他说话的时刻。谁想到会出这样的变数？黄开轩低声道："我不过是个押货之人。这场买卖你得问王团长与詹会长。"

"我会问的。放心，到时少不了你这个证人。"少校手一挥，就待扣人封船。

岸上出现一个青年少尉军官，快步流星，边走还边嚷："大水冲了龙王庙，大水冲了龙王庙。赵团座，这是山本队长请的客人。”

少校果然是赵汉生。青年军官跳上船，朝赵汉生行军礼，又朝黄开轩伸出一只手，“这位就是平州过来的烹饪大师吧。久闻先生大名，如雷贯耳。刚才团座还在与山本队长说起先生的手艺，堪称殊胜。山本队长食指大动，叫我到检查站来迎接，也正是巧，刚巧赶上。”

王文举总算派人来了，还打着山本队长的名义。尉官生得英俊，当真是评书上说的剑眉朗目。赵汉生眉毛一跳，眸里阴鸷之色愈重，毫无避让之意。

“罗副官，”赵汉生打量了几眼船上人，冷哼道，“这几个人行迹颇为可疑，我先审下，等会我会向山本队长单独汇报。”

黄开轩心中懊恼，明知这人与王文举不对付，提后者做甚，可惜覆水难收，话已出口。黄开轩朝军官拱手行礼，道：“虚名谬赞，愧不敢当。烦长官给团座带个信，我稍后就来。”黄开轩还真盼着赵汉生能带他去审讯，就怕他执意亲自搜船，再起疑惑。他身后的两个伪军，想来这个青年军官能对付过去。黄开轩双手前递，对赵汉生微笑道：“赵团座，要不要戴铐子？”

赵汉生脸色阴晴不定。罗副官趋身上前，附耳悄声说了一句话。赵汉生一惊，退半步，脸色更为精彩。罗副官一笑，指指身后站着的两名伪军，道："检查还是要仔细的，让他们入舱查验，你我在岸上恭候，你看如何？"赵汉生略犹豫，被罗副官劈手拽住手腕，"改日，你亲自去探下山本队长的口风？"

两人说话间，岸上又有了动静。一个日军军曹开着辆军用挎斗摩托，带着一个翻译官和一个伪军胖军官向闸口飞驰而来。等摩托车停下来，胖军官从旁边挎斗里费力拔出身体，正是保安团团长王文举。众士兵向他敬礼。日军军曹也下了车，随他前后走来。赵汉生赶紧上了岸，分别向王文举与日军军曹行礼。

"汉生尽忠职守，堪为我辈楷模。"王文举笑眯眯的，拍了拍赵汉生肩膀，又看了看已从船上下来的黄开轩，眼睛缩成一条线，"汉生啊，你是没有尝过这位大师的手艺，那是真好。手艺不在伊尹、易牙之下。"

见赵汉生不吭声，这肩膀拍得更加用力。

"伊尹、易牙是不是没听过？中国历史上的名厨。伊尹，商朝辅国宰相，有烹调之圣美称。知道为什么不少地方赴宴开席第一道菜要先上汤菜吗？原因即在于此。至于易牙嘛，春秋时期著名厨师，精于煎、熬、燔、炙。我说汉生，没文化不要紧，关键是肯低头读书。读书这事好，首先你得学会低头。”

他话锋一转，“尤其是今天中日友好，和平运动轰轰烈烈深入人心的时候，我们要多读点书，才能更好地讲述大东亚共荣圈的主旨与精神，让更多人沐浴在皇军的慈恩下，打造出一块和平乐土。”

王文举一边讲，翻译一边译，军曹脸上笑出几朵菊花，嘴里也是叽里咕噜的一大通，再被翻译过来，是夸赞王文举的，说毕竟同是徐福的子孙，懂得皇军的心思，又批评赵汉生，“枪杆子要拿得住，笔杆子也得要得起”。估计这个翻译还自己发挥了不少，狠踩赵汉生，力捧王文举。

赵汉生脸色半红半白，打着躬，表示小渊太君说得好，说得对，说得呱呱叫；另一头也心头纳闷，王文举怎么来得这么及时，又恨这个罗副官来得太不是时候，要不人赃并获，王文举起码得认个㞞。但转念一想，若罗副官所言真实，那还好没有人赃并获，此事得从长计议。他拧过身朝船上两个伪军打出手势，嘱他们随便检查一下。两个伪兵是老兵油子，识得这手势意思。早先在船上时已听出端倪，这会儿王文举亲临现场，知道是做表面敷衍文章，进舱后，不去看隔舱，刺刀乱戳几下，也不退走。黎有望机灵，几包银洋塞入他们腰兜。两个伪军这才退到舱外，大声嚷嚷没问题，挥手示意船只通行。待船只开动，还在互相嘀咕，也是在表扬王文举，说跟着他的兄弟们天天吃肉喝汤。团座的生意真是通贾四海，这不连上海的厨师都请得动。场面大，情面大，脸面大。但没敢批评赵汉生。

赵汉生回院内。王文举还在与日本军曹絮叨，是抓住时机狠上赵汉生的眼药水。又挥手让船老大把船撑到前线指挥部，他中午要好好招待一番小渊太君。

罗副官与黄开轩前后上了船。船过河汊，向西。

罗副官朝黄开轩一拱手，轻声道："黎司令！"

声音不大，众人色变。朱子松那把小刀眼看要递出，阳光下跳出一抹银光。黎有望劈手拽住。罗副官哈哈一笑，道："黎司令虎胆雄心，鄙人罗耀宗。"

黄开轩一怔，再笑，指指船舱，"你的黎司令在那边蹲着呢。我，黄开轩。"黎有望赶紧起身，双手握紧罗耀宗的手，笑道："耀宗老弟，实是惭愧。若无兄至，只怕事已不可收拾。"这是实话，真让赵汉生发现隔舱是空的，必起疑船底。黎有望也确实好奇，这罗耀宗附耳说了什么话，竟然能让那狡诈之人也生起犹豫之意。当下问出。

“我只是说了一句：山本队长有份，占五成。”

罗耀宗答。

这就奇了怪了。罗耀宗怎么知道黄开轩说隔舱里有王文举的土货？罗耀宗笑着解释，王文举走私卖货在伪军内部是人尽皆知，包括日本鬼子也心知肚明。王文举这人不吃独食，上下都多有打点，且用心。比如这次邀请烹饪河豚的高手赴莲河一事，就很得山本欢心。他这次也被临时抽调派驻检查站，行前得了王文举密令，令其仔细观察平州方向来船。他在岸上一直拿望远镜观察进闸船舶。岂料还是让赵汉生得了先手。幸好搪塞过去了，否则误大事也。

罗耀宗微笑，脚轻顿了顿船板，“船底还有东西吧。”见黎黄两人吃惊，指着河面笑道：“船吃水甚深，当载有重物。我猜赵汉生上船搜检时，两位当推称是替团座带的货。但刚才船舶掉头转弯时，我看水底依稀有黑影，水面亦有旋涡激荡。这东西不像鱼。河里没有这样大的鱼。其实我上船时也不知是什么货，但含糊其词总是不错。”又笑了笑，露出一口洁白的牙齿，“团座的生意，山本不插手。我说他占五成，也就是一时情急，拉虎皮作大旗。赵汉生本是降卒，投的是南京那条线，不太合山本眼缘。况且这种事，谅他也不敢真跑到山本处问个究竟。真等到他们有机会对质的时候，恐怕此间已然事了。”又补充道，“我等会儿找机会把这五成一事与王团说下，免得对不上榫卯。”

罗耀宗娓娓述来。至于王文举能及时赶来，那是他上船前，给王文举打了一个紧急电话。黎有望与黄开轩暗自心惊，本以为天衣无缝的计划，到有心人眼中还是纰漏百出。谁也没想到船吃水一事。脊背上都是一层冷汗。只能说天佑平州，冷不丁冒出一个胆大心细的罗耀宗。草莽大泽，多有才俊之辈，信哉此言。

见两人目光炯炯，罗耀宗脸上现出一丝腼腆。

“让两位司令见笑。罗某也只是胡猜，真是捏着一把汗。这不，还把两位司令的真身搞错了。还望勿怪。”

黎有望喜出望外。他对王文举甚狐疑，没想到他手底下竟有这等胆色的才俊，握着罗耀宗双手，嘿嘿直笑。罗耀宗略窘，抽回手正色道：“团座的性子，两位司令也该有所耳闻，不能指望十分尽心。这两天他专门派人与码头汽艇的鬼子多有吃喝，恐怕打的是到时见势不对，拔腿走人的主意。还有船底枪支，过于冒险。我本去函，就是想与两位司令择机当面议定这些细节。我可以帮着想点办法。后来，团座通知说平州来大厨，我还以为你们是派人来侦查，还真没想到你们连家伙都带上了。”

黎有望与黄开轩相视苦笑。枪支一事，他们也想在王文举那想办法。王文举滑溜，死活不接招。攻击莲河这种大事，怎么敢把宝押在一个陌生军官的来信上？黎有望不再隐瞒，把攻取莲河的作战计划和盘托出。

罗耀宗闭眼思索，良久睁开，“五成把握。”

一笑，“再加上我，七成。”

2

在罗耀宗的带领下，渔船很快拐进另一个两岸开阔的河汊。河汊上也是砖石砌起来的船码头。靠着船码头不远，有个仓库大院，这里就是暂编保安团的团部。团部食堂也在大院里。罗耀宗陪着黄开轩前头进屋，黎有望与朱子松扛着盛满各种鱼的木桶随后跟进。朱子松手里还拎着一笼鸽子。用鲁大厨的话来说，这是要煲一锅游龙戏凤，用鸽子跟长鳝鱼细火慢煨。

黄开轩还真是有大厨派头，进屋打眼四下一瞧，眉头就蹙起，刀要磨利，锅要擦净，灶台要无油污，地面也得清洁。还着人搬来把太师椅，中间一坐，各种发号施令，把黎有望与厨房里的几个原班人马累了个半死，这才慢条斯理取下嘴里叼着的烟卷，肥皂净手，神态肃静走至案板前，随手摸起一个马铃薯，手起刀落，竟是疾如闪电。嘴里还哼哼唧唧："三分勺工，七分刀工。马铃薯谁没切过？但要切至大小、薄厚、粗细、长短一致，又有几人能够？首先是握刀，牢而不死；其次是运刀，稳、准、狠。眼到，手到，心到。起码二十年的苦功啊。"

如果黎有望不是太清楚黄开轩的履历，还真会以为眼前这位是上海豫园来的大厨。手艺不说，嘴里还时不时跳出上海本地话几个特有的单词，更重要的是那副专注与骂人的神态，太有范了。这小子枪打得准也就罢了，什么时候还会这一手？黎有望心服口服。真是大开眼界。连小渊军曹听闻后，也亲自跑来厨房一趟，被黄开轩不耐烦地轰走，声称厨之道，在于一个静字。闲杂人等，非请莫入。

一桌鱼宴，吃得王文举眉开眼笑；吃得小渊突然眼中落泪。

王文举惊问。翻译问过后，解释道："这是北海道的味道。太君是想起了故乡。"后半句是翻译自行添加的。这鱼做得真是太好吃了，鲜美之气蔓延迂回，萦绕鼻端。连门口站岗的士兵也无一不露出垂涎欲滴的表情。

还想吃？没了。大厨要休息，等会儿还要出外散步，散步后要洗手焚香打坐。要为明天中午的河豚宴准备。山本队长赴席。

小渊临行前还专门到厨房以示谢意，说明天中午一定会来参加河豚宴。趁着微醺、摇摇晃晃地开挎斗摩托车回莲河镇上军营里去了。王文举送客后，脸上谄媚之色尽敛，详细询问罗耀宗检查站一事。罗耀宗言简意赅，择要答了，没提船底枪支，只说“赵汉生听闻是你的货，便欲扣之”。

王文举沉吟片刻道：“杀了？”

罗耀宗一笑，“可。”

“赵汉生此人貌似精明，实则愚蠢。好歹也是一个副团长，搜检船只，本是执役之事，他这是把班排长的活干了。让底下人怎么想？部队最重纪律，各各有属。也不是说长官不可指挥至班排，但得是非常时期。”王文举笑道，“这些也就罢了。黎有望在平州拉起队伍，他也就蹲在这里威风凛凛，也不派人渗透侦讯；黎有望这都摸到眼皮底下，还打了个照面，他也是有眼不识泰山，还整天叫嚣要杀到平州。杀他易。但杀了他之后，南京方面若是再派一个像你这样的狠角色来，我的日子就不好过了。哦，不是我的，是你的。”

王文举看着罗耀宗似笑非笑："跟了我几年了？"

"两年。"罗耀宗双脚一并，再行敬礼，"蒙团座不弃，救我于危难，擢我于危时。耀宗必誓死追随，以效犬马之劳。"

王文举嘿嘿一声冷笑，"官话套话就免了吧。当日救你，随手之举。不过你我相遇，也是缘分。我这个人，还是相信缘分的。有缘千里来相会啊。耀宗，你之心意，我大致明白，不拦你。我看那黎有望也算一个人杰，希望他不至于辜负你这番情意。"

王文举从怀中取出一只金质怀表，递给罗耀宗，笑道："留着，做个纪念。天下无不散的宴席。"

天色渐暮。黎有望捶着酸痛不已的腰背蹲坐在门口。离他不远处，俩便衣蹲在一棵大榆树下面，努力地咬着煎饼。他们是赵汉生派来的，可能是傻，连鬼鬼祟祟都不会；也可能不是傻，是敷衍差事，就差没在额头刻几个字，"我是赵汉生派来盯你们的"。黎有望想了想，起身回屋端出鱼汤泡饭，往俩人面前一递。这俩便衣互相瞅了一眼，马上端起碗，大口扒拉起来。其中一个瘦脸的，边扒还边说："能否给大师傅说说，到咱队上也露一手？"应该是听到大厨神技的传言了。

罗耀宗出门，看到这俩便衣，想起王文举对赵汉生的评语，哑然失笑，掏出几张钞票，塞过去，道:“听说特务连的兄弟查渔船查得是盆满钵满啊。两位兄弟啃干饼，真是辛苦。要不到镇上先找点酒喝喝。等会儿再来。赵团座那边，我来说道下？皇帝还不差饿兵呢。”两个侦缉苦笑，一迭声地道谢，走了。黎有望与罗耀宗对视一眼，都笑了。这个姓赵的都什么人啊，这是要做狗皮膏药黏人身上吗？

“赵汉生什么来路？”黎有望问。船底下那批枪支已由罗耀宗处理妥当，分散置于镇内各隐蔽点。黎有望悬在空中半天的心终于落地。罗耀宗递过去一支烟，“据说与任援道有点关系。”任援道是汪伪绥靖军的总司令，最近还搞了一个绥靖军军官学校，亲任校长，培植亲信。这人极善投机钻营，南京沦陷后，靠收编散兵游勇投身汪精卫起家。

罗耀宗把王文举的点评择要说了。黎有望深以为然。

“将熊熊一窝，杀他无痛痒，反而打草惊蛇。”

罗耀宗给了黎有望一张特别通行证。黎有望还要脚踏实地把莲河走上一趟，尤其是地图上标注的若干重点防御点，大战在即，此事不可马虎。两人分别，各忙要事。

镇子边上的鱼市口水街，夜市时间被日军破例开放到晚上十点。这晚四艘大船在搞“四神会”，纸糊的明灯江神、河神、湖神加上一个鱼神，四面而立，香烟缭绕，特别热闹。有人在跳傩，敲锣打鼓为四神庆祝相会，庆祝江河湖富饶丰收。

鱼市口西南是日军警戒区，整个镇子最好的一片建筑都被圈了进去，水泥和钢丝网浇筑的防线，有水门汀和钢筋筑成的汽艇码头、碉堡、探照灯和望楼，后面是日军军营。按照两方面提供的防御布局情报图来看，军营里也有碉堡，有车库、油料仓库、弹药库、发电机房。虽然只是两个小队编成的中队驻防莲河，但整个军营是按照一个联队进驻的规模构筑的。

黎有望走到离日军要塞军营最近的地方，隔着宽阔的莲河远远向西眺望军营。再往南去十里路，莲河流过芦苇丛生的江畔沼泽地，汇入长江，有人在莲河东岸建了一座四层楼高的望江楼酒店。今晚，望江楼格外热闹，各路鱼市交易者如过江之鲫。当然，对于有些人来说，鱼市只是幌子，其实是要在此地交易各种战时紧缺物品：粮食、药品、日用品、电器、五金、电料、建筑物料，以及利润更大的伪钞、电讯器材、猪鬃、人口，乃至军火和鸦片。能够在日本人眼皮子下撑起这么大生意场面的，唯有江湖人送外号混江龙的王文举团长。

就在黎有望默立的时候，有人不声不响挨到他身后，拍了他肩膀一下，轻声喊："黎司令！"这声喊，如一道惊雷，黎有望差点魂飞魄散。

3

月光下，站着一个身材佝偻，戴着日军军旗袖套的伪警察，目光幽冷，表情复杂，嘴角还偶有抽搐。黎有望慌忙道："长官好。"

伪警察笑了笑，"黎司令好。"

"我就是一个杀鱼伙计。长官怕是认错人了。"黎有望鞠躬，指指身上服饰。

"就是烧成灰，我也认得你，黎有望。求知书局，我买过书，在你手上付过钱。黎司令不认得我正常；我不认得最近威风赫赫的黎司令，那就是我失职。"伪警咧嘴一笑，"是不是想暴起发难，把我杀了？黎司令，你说的，中国人不杀中国人。"

伪警察手里来回抛着一把刀子，手法纯熟，看得出来是一名玩刀高手。

黎有望心神趋定，既然此人没有开枪示警，说明有的谈。他笑笑，伸出一只手臂，“兄弟想玩刀？还是要钱？”

“改日向黎司令讨教。”伪警察嘴角上提，突然低眉施礼道，“八十功名尘与土。”

黎有望脱口道：“三千里路云和月。”

黎有望的神情放松下来。此人是徐永财说的莲河镇警队的赖贵明警长。接头时间也掐得正好。赖警长不知为什么没有一开口说事先预定好的暗号。徐永财说此人可靠，与鬼子有血仇，父母皆死于两年多前日寇一手制造的莲河惨案。本来是安排朱子松与他接头，黎有望思忖后还是改了主意。

“黎司令好胆略，赖某佩服得紧。”赖贵明取出两张纸递来，“一份是鬼子军营地图，一份是去鬼子军营的秘密线路图。明日一早，鬼子换防。战斗一起，我这边的兄弟袖套上会缝红布，给你们指路。若有必要，水警也会炸沉几艘船拦在莲河上，不让鬼子汽艇炮艇进出。”

黎有望点点头，“赖警长，有劳。”

赖贵明转身走了，走几步停下身，“暗号谁拟的？”

“徐永财。”

“操蛋。”赖贵明嘟囔道，“老徐还真把自己当读书人了哈。”

暗号有点不伦不类，这是打仗，不是吟诗，可徐永财声称罗耀宗看到岳飞这首词后，眼里都有了泪花闪动。岳武穆王精忠报国，死后被祀为神。那是咱们中国人心中的一炷香火。用他的诗作接头暗号，他老人家必有感应，给予保佑。但故意把“三”与“八”对调，以作密钥。

赖贵明骂骂咧咧走了。

按罗耀宗所述，晚上十点之前，莲河镇内所有船只都要离开，到镇外夜泊。所有来镇的人都得夜宿船舶，不得登岸，日军和保安团设岗巡逻，看管得极为严格。到晚上九点钟，便开始驱赶游人、闲杂人等离开。托黄开轩大厨的福，王文举还专门电话请示了一趟山本队长，给平州四人在镇上找了两间屋子，黄开轩一间，另外三人一间。

人流熙熙攘攘。黎有望与人流相逆而行。

月光下的树影，张牙舞爪，颇有几分凶意，是纸老虎，踩上去，就老实了。黎有望边走边打量莲河两岸。成百上千艘大小船只靠岸停泊。船头人影晃动。纸糊的江、河、湖三神被点燃了，投入到水中，算是将神给送走了。唯有鱼神留着，明天还要给鱼神娶媳妇，还会有船来莲河镇送媳妇。路靠河的这边是百姓民俗，千年不易；而路的另一侧，几个喝得酩酊大醉的鬼子站在一堵高墙上往人群中撒尿。人流赶紧避开，无人抬头，更无人胆敢斥责。几个维持秩序的伪军脸上有厌恶之色。厌恶之色一闪而过，被小心隐藏。

镇口还有一座检查哨所。赵汉生叉腰站在一旁，吆五喝六。黎有望皱眉，他身上还有两份赖贵明提供的地图。现在撤身回走也是不妥。赵汉生的目光已望过来。

这厮记性倒是不错，一眼认出黎有望是船上蹲着的那位伙计。

“你，不在镇外的渔船上待着，跑镇上来，想干什么？”

黎有望掏出通行证，赔笑道：“明日河豚宴。我们带来的货怕是不够，鲁大厨吩咐让我去船上问下。这不回来晚了，赶上宵禁。”赵汉生上下左右打量黎有望，挥手示意搜身。搜身的是那个刚吃了黎有望一碗鱼汁泡饭的瘦脸侦缉。见黎有望神色不豫，也是一脸尴尬，“没法，兄弟，走个过场。”手就往黎有望身上摸来。

怎么办？

黎有望张开双臂，还真有点懊恼没同意罗耀宗杀了赵汉生的提议。脑子里出现几套徒手夺枪挟持赵汉生的方案，又立刻被否决。嘴唇动了下，低语：“褡裢中有块表。”

瘦脸侦缉的手已快按至胸口装地图处，闻声下摸，摸出表，嘴角浮出心领神会的笑意，手指一滑，表入衣兜。又接着上摸。黎有望咯咯笑，身体晃动，“我怕痒，长官。”侦缉一笑，没再摸下去，向赵汉生挥手示意无碍。赵汉生缓步踱近，忽劈手给了那侦缉一耳光，阴沉声道：“拿出来。”侦缉战兢，满脸仓皇神色，取出表，退往一旁，不敢作声。

赵汉生把表握在手里，上下掂量，“区区一个伙计，也有一块上等瑞士货。鲁大厨每月给你开多少工钱?”

“表是我母亲遗物，还望长官明鉴。”

黎有望真想一拳击碎赵汉生满嘴牙齿。

“真以为攀上了王文举，就能做得了这趟买卖?”赵汉生把表抛还给黎有望，压低声音道，“给你的鲁大厨带个口信。我赵某成事不足，败事有余。明日准备好一千大洋，否则，他有本事进得了莲河，未必就一定能出得去。”

黎有望哭笑不得，本以为这个赵汉生是个在政治上有想法，一心想往上爬的追逐权力之徒，没想到也是一个贪财之辈。也不奇怪，权力与钱财向来不分家。

黎有望点头若捣蒜。赵汉生挥手放行。

走没几步，看到一脸笑容的罗耀宗。黎有望瞪去一眼，心有余悸。刚才若非情急智生，赵汉生又心有所贪，还真是不好应付，也不见他过来说句话撑开场面。两人快步流星，不多时便把哨卡甩在身后。罗耀宗几步赶上，拍拍衣兜口袋，咧嘴笑道："我本来还想给赵副团长发一笔这几天夙夜匪懈的辛苦费。现在省下来了。对了，你刚才那番……"罗耀宗学黎有望刚才声称怕痒时的拧腰顿足的动作，窃笑道，"还真有点梅兰芳表演《贵妃醉酒》时那让人心旌摇曳的妍态啊。"

黎有望想一头撞死，没搭理这个损嘴。两人前后入屋，召集黄开轩等人，摊开赖警长绘出的两幅地图，细加察看。

"我到鬼子军营里转过，赖老六画得准确，一些暗堡都标识出来了。有些连我都不知道。关键在这里。"罗耀宗指着一条从军营后方水道进入军营的秘密道路，赞许道，"这里，纸上看，水道明显，实际上是一片两人高的芦苇荡，要用砍刀开出路。如果不是赖老六提醒，我还没有想到这茬。智者千虑……”罗耀宗顿了一下。这家伙还真是不惮于自我表扬，脸上又有了那种让人想揍一拳的腼腆。罗耀宗咳嗽道：“真没想到你们把赖老六也争取过来了。这两张图太重要了。我们通过密道潜入军营里破袭，把握现在有九成。以前，这一带都是镇子的商轮码头区，鬼子来了，直接接手改造，把这一带的居民区都圈进来。愿走的，不愿走的，统统用机枪杀绝了。投降的青壮年，被送到北海道去做奴工了，挖煤。”

罗耀宗说得平静，闻者无不露出哀恸之色。两年多以前的莲河惨案，震惊大江南北，无辜被屠杀者的惨叫，至今犹在莲河镇上空飘荡。

第二十四章

战莲河

1

“为什么会有这条密道，这么久，鬼子为什么没发觉?”

这条不起眼的小道是潜入军营关键所系，如果有什么问题，全局皆危。黄开轩提问。

罗耀宗道:“这事我隐约听人说过。当年第一批被征发修筑要塞兵营的壮丁，知道修成之日就是他们被集体枪杀之时。于是，他们在工程即将完工的时候，探出一条小道，密谋策划逃亡。没想到计划还没实施，他们就在宿舍里被集体枪杀。但我也一直以为是传闻，更没想到赖警长手里有这东西。”

黎有望点点头，手指在地图上移动。

“我看过一本旧书，大正时代的日本海军经理学校要塞建筑手册。赖老六的图可信度高。明日午时动手。我们攻进去，第一件事，不要急于清理火力点，而是拿下发电机房，把电给断了。”

见朱子松面有疑惑，他解释道：“这种交通点上的防御要塞，是法国人堡垒战思路，为防堵成建制大军进攻设立的。他们并不力图单靠要塞兵力打败敌军，而是要保持好与邻近节点的联络，呼叫支援退敌。

“莲河日军兵力大家心里应该有数。两个小队编成一个中队，不过二百人；幸日换防，去掉一百人。一个小队四个分队，固定有一个分队驻扎在闸口与保安团一起巡检，一个小队分散在莲河镇四周巡逻。军营里面，也就是两个分队五十多个鬼子。目前我们潜入莲河镇的兄弟人数近一百，子松带五十个兄弟走秘道，杀入要塞。首要任务是：断电。再去电讯室扫清敌人。这样，他们就没法向外呼叫支援了。一时僵持也没关系。据耀宗兄弟说，通常每隔两个小时，鬼子会向总指挥部发送报安讯号。不要破坏掉电讯室的器材，到时候，我和黄开轩之间有一个能腾出身来，就立刻带队过去。恢复电力，报送讯号。

“外围日军交给叶桂材带的那三百多个兄弟。”

黎有望扭头指了指身后的鸽子笼，说：“叶桂材已带人到五里铺，野营夜宿。明早日军分队开拔，就把它们放了。信鸽，这也是‘一战’时的传统手段。”又对罗耀宗笑了笑，“怕哪个不开眼的想吃鸽子肉，所以带了一笼。既然有罗兄相助，鸽子照放，同时电台联络。对了，检查站那两辆薄铁皮铆出来的小坦克，还没有棺材大，但还得耀宗兄弟帮忙想法拔掉。”

攻击莲河的原作战方案没有考虑王文举，相反还分出部分兵力监视。现在王文举态度渐趋明朗，也不能掉以轻心。明日望江楼，这是关键所在。若下毒成功，日军群龙无首，以众击寡，旦夕可灭；万一不成功，谁也不敢担保王文举是否会反戈一击。平州精华尽在莲河，若王文举打的是“螳螂捕蝉，黄雀在后”的算盘，再趁势直破平州，或许还真能在汪逆那边连升三级。黎有望没有说出这点顾虑，排兵布阵时还是留出一定余地。待罗耀宗告辞后，又再与黄开轩商议了半个时辰。

夜已深。屋外偶有负责夜间巡逻的日军摩托车的突突声。声音沉闷，被风一吹，乱絮一样散去。

2

28日，天还麻麻亮，大块晨曦尚在云层后面涌动，鱼神节的重头大戏鱼神娶妻就已开始了。莲河中心水面，百舸争流，千舟竞发。人们敲锣打鼓，在用铁链绑定的船只上搭起戏台，轮番进行各种傩戏表演，算是暖场。还有人热热闹闹地放起烟花爆竹。爆竹声响起，随即引起日军的大恐慌。

以为遭遇突袭的指挥官山本铃司，带着大股日军从营房里荷枪实弹地冲出来，支起机枪和迫击炮，吓得王文举慌忙出面，请翻译官出面解释。说这本来是本地风俗，几百年一直如此，有点类似于京都的祇园祭、三船节和秋田的杆灯节，本来，战时都被禁止了，如今不是两国议和了嘛，也就特批照旧。山本铃司是京都畿人，指挥刀退回鞘中，没有大开杀戒，让王文举把这些人统统赶走，已经破例开禁，不要得寸进尺。

没办法。在两艘鬼子汽艇的驱逐下，船只们只好载着晨曦返回镇外。这一路上怨声载道，都说鱼神大人要发怒了，哪有刚进洞房，裤子脱了一半，就被勒令赶出的事？

至七点，天色大亮，日出东方。日军营地上空传来尖锐的哨子声。码头上，两队士兵迅速集合，在一个军曹分队长带领下，登上一艘汽艇和一艘大驳船，向长江对岸换防而去。借助于罗耀宗塞来的望远镜，黎有望看得清楚，军曹就是前些时日站在炮艇上唱《君之代》的日本少尉。今天果然是幸日，也的确是一个小队日军换防。待日军走远，一大早借口到江边买新鲜河豚的黎有望离开潜伏地，回到镇上住所，打开鸽笼。

临近午时，三辆摩托带着一队日本军人来到望江楼。王文举早早迎接在酒店门口。中队长山本铃司大尉带着小队长小渊、翻译官以及三位军曹来到酒店里。三辆摩托，六个人，另还有两位士兵守在酒店门口。

一行人来到望江楼的最高层吃饭，这里平时是驻地日军的专用包厢，内部装潢是日式风格，还有一台日产留声机，播放着J-Pop音乐。这些军人把军刀留在衣帽间内，但随身带着的手枪一个都没有摘下。

山本铃司大尉和小渊少尉入座后，一个矮个子黑胖的军曹极是谨慎，先是仔细搜身，连王文举也不得携枪进入。又带着翻译官到厨房，亲眼看着河豚鱼的宰杀烹饪。想来也是食河豚的老饕，还晓得河豚的诸多品种中，以鱼鳍和肚皮处有一两块橘黄色斑纹、毒性深重的“橘黄”最佳。黎有望从唐晓蓉那临时捡来的几句日语派上了用场，几句问候语一说，军曹大为满意，连声夸赞。黄开轩一言不发，当着军曹的面处理鱼体，刀刃切鳍，剪去横骨，剥皮，除内脏，淤血排放洗净，手之所触，肩之所倚，皆有音律之美。河豚宴共有十二道菜，刺身、红焖、照烧、烤、涮锅、杂炊等。首推刺身，也是日本人最爱。黄开轩的刀工妙绝，豚肉切片之晶莹剔透，甚至可以看见刺身下的盘子。军曹竖起大拇指。

食河豚宴的规矩，中日皆同，厨师先尝，所谓试毒。

黄开轩至席间挟了几筷，但没蘸料。说是这样吃更能品尝到刺身的清甜爽口。十几分钟后，包括山本在内的日本军人都迫不及待地品尝起河豚美味。

蘸酱非常丰富，除最常见的芥末外，还有青柠、柚子醋、酱油、盐味蒜蓉等。山本的吃法还是很日式。鱼片一面撒芥末，另一面蘸酱油。吃过几口，赞不绝口。一群人边吃边聊，其间还嘱那翻译官来问黄开轩能否多盘桓莲河数日。山本也确实狡猾，吃到一半，发现王文举一直未有蘸料，心头起疑，搁下筷子，用结结巴巴的生硬汉语命令道：

“文举君，烦请蘸料食鱼。”

3

刺身无毒，毒就下在这酱醋里。河豚毒不难提取，取新鲜卵巢磨碎过滤并着色。为保证效果，黄开轩在平州时就已反复实验，并事先灌入数只鱼鳔，混入盛鱼木桶。黄开轩宰杀河豚时，黎有望取出鱼鳔，把剧毒卵巢粉末配入蘸料中。

人都云河豚剧毒，注意力都在河豚上面，谁会想到同样是河豚毒，毒却在这酱料中？事实上，倘若酱料投毒不成，黎有望还拟在茶水中继续投毒。这是利用人所固有的认知盲点。

王文举还是今早临时得了罗耀宗通知，知道这毒是下在蘸酱中，哪敢下筷，赔笑道：“太君，我喜生食。鲜美。芥末与酱油，不惯。”

山本眼里凶光迸出，“吃！”

王文举一惊，伸箸。

就在这一刻，镇外闸口方向枪声突起。这可不是鞭炮声响。枪声一阵紧过一阵。屋内一片死寂。山本慢慢起身。席间两个军曹突然脸色大变，口吐白沫。这两位的蘸料弄得委实有点多了。王文举的筷子停至半空。大半时辰已过，也是该毒发的时候了。

只是这枪声是何道理？

不要说王文举，厨房里的黎有望与黄开轩也是一头雾水。信号还没发出，谁就这样按捺不住？俩人都是百战出身，也不惊慌，各执一刃，往正厅觑去。说来也是荒诞，明明窗外已有枪声，那个圆脸翻译官还盯着这几个渐露中毒症状的日本军人，一会儿看看王文举，一会儿看看山本，嘴里嘀咕道："是不是河豚没处理干净？也不打紧，此地吃河豚，若有中毒迹象，至茅厕，舀一勺粪汤，给中毒者灌下就能救命。我这些年也见过数起。"

灌粪汤有用没有？其实就是起一个催吐作用。

王文举慢慢缩回筷子。枪声更密。这回翻译官总算惊醒过来，看眼窗外，可看看座中人的脸色与剑拔弩张的形势，脸有惊骇，竟是一句话也说不出来。

山本凶悍，舌底绽雷，拔枪，"你干的？"

王文举摇头。山本就要扣动扳机。几乎就在同时，黎有望与黄开轩自厨房奔出。黄开轩的脚踹在山本腰腹，子弹打空。黎有望手中利刃自一位军曹颈中划过，顺势夺枪，啪啪啪三枪连发，杀死挣扎中拔枪的三个军曹。枪指向小渊少尉。

枪未响。是哑弹。

眼角余光瞥见黄开轩已被身强力壮的山本铃司掐着脖子，摔在地上，拧身扔出飞刀，正中山本眉心。小渊的枪也掏了出来，掏得缓慢，河豚毒素起了作用，他身形趔趄。小渊正要朝黎有望瞄准击发，被王文举劈手横拽，拽倒在地。那么一大团肉坐上去，发出沉闷一声响，应该是骨头断了。王文举一个巴掌甩在小渊脸上。这掌气力极大，眼见着就是两颗带血牙齿飞出。

“吃了老子的，都给老子吐出来！”

王文举夺枪，朝那个想往门外跑的翻译官甩手一枪。

从山本拔枪，到翻译官倒地，也就是几秒钟的时间。

三个中国人，六个鬼子。敌皆授首，我无一负伤。完胜。

一阵踩踏木楼梯的沉重脚步声传上来。是在楼下把风的两名日军士兵听到枪声，上来查看。三人交换眼神，配合默契，立刻散成三点，等两个倒霉蛋探进半个脑袋，两声枪响。这倒不是说他们的战术素养差，实在是碰到的对手太强。王文举都没来得及开枪，黎有望与黄开轩的子弹就已击中他们眉心。黎有望长舒一口气，到王文举眼前，拱手道：“团座。”

这声团座喊得是真情实意。

“甭团座不团座的。”王文举一瞪眼，“小子，是个福将。好好干。我去趟团部，得与赵汉生那个王八蛋算回总账。”他出门下楼，脚步之速，灵活异常。王文举关键时候还真不含糊，眼看黎有望大胜在即，当断就断，难怪罗耀宗跟了他三年。两人迅速打扫战场。胜利不算侥幸，还是充满惊险。黄开轩怕敌人没死绝，逐一补枪。两人相视一笑，下楼，按先前议定分赴战场。黎有望奔闸口，黄开轩去鬼子军营。鬼子开来三辆摩托，王文举开走一辆，剩余刚好一人一辆。

镇子里已是枪声一片。门口警长赖贵明闪现出身影，道：“黎司令，我跟你去。”黎有望发动摩托，一路狂奔。车行一半路程，赖贵明突然掏出枪，一把顶向黎有望脑门。

第二十五章

拔要塞

1

黎有望刹车。刹车踩得急，他本来是想利用刹车动能把这赖贵明摔出车外的。赖贵明还真是好身手，身形一晃，抓紧扶手，枪口仍然对准，笑道："黎司令，花花肠子不少嘛。"黎有望脑子里百转千回，瞬间捕捉到两个人名，沉声道："是徐永财，还是……丁聚元?"

"你的一条命，丁大巴子给出五十根金条。"

赖贵明哼道："不过老子不是见钱眼开。"顿了片刻又道，"平州保安团四营赖贵生营长，是我一母同胎的兄弟。别怨徐永财。他很小就被抱走过继他房，少有人知。黎有望你得了平州之后签发的第一个命令就是枪毙我哥，诬他怯敌。你可知他为什么要怯敌？”

“说。”

前方枪声又复骤紧。战场形势那是瞬息万变，黎有望心急如焚。赖贵明还真会挑时间诉说可能的冤屈。赖贵明眉毛一挑，“不耐烦了？”

“不敢。只是前方流血，每一秒钟都有大好男儿死去。”

“我哥就不是大好男儿吗？他听闻传言说赵松有意降汪，与丁聚元合作，拟里应外合，一举夺城，竖起抗日义旗，有何不对？你说他怯敌?！我呸。我赖家族谱里，从来只有忍辱的英雄，没有汉奸逃兵！”

说罢，他把枪抛给黎有望，狠声道：“黎有望，今日事急，我不与你纠缠，更不背后一枪。你与丁大巴子的赌约，我也不管。就一事，他日你我一战，比拼刀术。我若赢，你在平州百姓面前，为我哥恢复名誉，把我哥名字刻在你建的那个忠烈碑上。我哥为抗日而死，理应刻碑！”

“好。”

黎有望接枪，重新发动摩托，“丁大巴子来了？”

赖贵明阴沉着脸道：“情报我给了。他若还不敢来莲河捡这便宜，那个什么狗屁二龙山抗日先遣军就可以散伙了。”

一把短刃在赖贵明指缝里跳动，寒光闪动。

丁聚元是来了，早就来了。为鱼神娶亲的船队，便是他派来探查莲河镇虚实的。还有更多九龙湖的船只以种种名义，在镇外逶迤云集。得知28日日军仅百余人驻守莲河，又得到赖贵明提供的情报与地图、王文举提供的便利后，他决定立刻发起强攻，要赶在意图斩首拔城的平州救国军前，抢占莲河。只是他的如意算盘被日军那两辆薄皮坦克打得粉碎。闸口处只有一个分队二十五个日军。丁聚元的先遣队百余人被他们压着打，眨眼死伤过半。

眼见丁聚元先遣队的军心快要崩溃，一早接到黎有望信鸽的叶桂材带领着三百救国军士兵及时赶到。还没有见到镇内约定动手的信号，但叶桂材还真是灵活机敏，立刻下令迂回包抄，率数十位经过特别训练的突击队员展开双翼，绕过日军的防御工事与重机枪火力，与鬼子近距离来了一个刺刀见红。闸口二十五个鬼子，丁聚元的人马干掉十个，其余十五个皆是叶桂材率队干掉。代价也惨重，战损近三比一。鬼子凶顽，名不虚传，无一人投降。哪怕负伤极重者，也会冷不丁刺来一刀。

幸好旁边的伪保安团按兵不动，就静坐观看，否则这仗就没法打了。

2

赵汉生也在闸口。上午，罗耀宗打着王文举的旗号，以发辛苦费犒劳的名义，把赵汉生部嫡系二营干部召集在会议室里，一通又臭又长的官腔打罢，枪声突起，也把罗耀宗吓了一跳。这不还没到时辰吗？赵汉生要带队参与作战，被罗耀宗拦住，说必须请示团座。赵汉生急眼，拔枪，“姓罗的，你怕打仗，作壁上观，我不管。皇军问罪，砍你脑袋。我的二营，我要拉出去。”罗耀宗还真不怕这个色厉内荏的家伙，扬声道：“军人以服从命令为天职。若未得命令而擅动者，军法处置。”屋内众人你看看我，我看看你，没有一人愿意朝外移动脚步。做这差事，整天被国人戳脊梁骨骂二鬼子，内心窝囊，有几人是真心愿意为鬼子卖命的？都在踢皮球。说要不还是赶紧向团座请示吧。

“你们不去，我去！”

赵汉生顿足，刚到门外，一颗流弹擦脸颊而过，赶紧缩回屋内，嘴里骂骂咧咧。他正骂得欢，王文举开着三轮摩托来了，进来扬手就是一记耳光，“骂谁呢?”紧接着又是一记。又飞起几脚。这是把赵汉生当球踢呢。赵汉生平素还总觉得自己能与王文举扳下手腕，这回算是知道了真实差距。在王文举暴风骤雨般的拳打脚踢下，众人就没有一个敢吭声的，包括那些与赵汉生素日称兄道弟，引为刎颈之交的。王文举身后还有几队伪军士兵，也不多话，迅速列队。王文举擦净手背上的血迹，坐下，对屋外的枪声充耳不闻，慢条斯理呷过一口茶，扫了一眼众人脸上神态，缓缓说道:“咱们是南京方面的部队，不是皇协军。咱们听的是南京方面的命令，不是日本人的。”无人吭声，一律静坐。天塌下来自有高个顶着。至于那个躺在地上哀号求饶的赵汉生，竟无一人斜眼去觑。

闸口外，黎有望已与叶桂材接上头。听完战况，命令叶桂材带队向镇子以东清扫。“他们的分队指挥官已经被一锅端了。日军擅于三人一组分队作战。不要缠斗，用重机枪，掷弹筒、手榴弹解决。鬼子兵，一个不留。”另外就是告诉他注意袖套缝有红布的伪警察，他们是起义弟兄，会帮着指认日寇火力点。

黎有望自己则点了另外一百多人，拉着两门41山炮，往莲河镇西日军军营去支援黄开轩与朱子松。拿下鬼子军营，莲河一战方算告捷。途经伪军保安团防御阵地时，看到多有伪军走出掩体空手观望，路边还摆满一箱一箱敞开的子弹、手榴弹、掷弹筒、小迫击炮，知道这是王文举送礼，当下笑纳。

3

朱子松没有辜负信任，带五十个人穿过芦苇荡湿地，大砍刀开路，匿伏潜行，蹚过沼泽地带，在天放亮的时分，抵达军营边缘。这里土质松软，日军也不清楚背后有密道，只是布下一圈木桩，架着钢丝网阻拦了事。

朱子松同样有权变之才。本来约定闻镇内枪声起事。闸口枪声一起，当机立断，钳断钢丝网，指挥士兵匍匐潜入，突袭。二十多个鬼子正在操场集训，为首的指挥官在听闻枪声后，叽里呱啦一通，手一挥，两个日本兵往楼里跑去，估计是去了解情况，其他人还是原地继续兜圈跑步。日本兵对命令的机械服从与日本军官的呆板个性可略见一斑。在两把汤普逊冲锋枪、两把捷克造轻机枪下，这些负重空手跑步的日本兵就是几十具会移动的活靶子。朱子松情不自禁地给日本军官竖起了大拇指。

随着他的一声令下，马上卷起一阵狂风骤雨般的迅猛攻击，转眼便是尸横遍野。朱子松没作停留，留下一队警戒，扫清战场；另一队由他带队，按图索骥直扑发电机室，消灭正在值班的三个日军工程兵，切断电源。又赶到电信室，杀死屋内四个鬼子，其中两个就是数分钟前进屋的日本兵，手里还拿着话筒。

没有了电，警报无法拉响。防御碉堡和望楼上的数名士兵，被狙击手逐一狙杀。营房里一些来不及取枪的日本兵被成群的救国军士兵歼灭。整个突袭，只有五名平州兵不幸中弹身亡，还有一人被躲在暗处的日本兵用军刀劈杀。随即，这个日兵被机关枪打成了筛子。等黄开轩赶到，朱子松已升起平州抗日救国军旗，大开营门。

这是大胜。如此战损比。

黄开轩到电讯室，移开被打死的日本兵尸体，下令恢复营区供电，没有触动频率钮，戴上耳机细听。蜂鸣器不停地嗡响。长江对岸的日军要塞不断拍来电报，询问情况，要求莲河据点尽快回复。黄开轩皱起眉头，迅速拉开抽屉，一无所获，不死心，又在几具尸体上一阵翻找，还真找到一个本子。翻开其中一页，眼前一亮。知是通讯密码。确认四周无人，战士还在屋外警戒，迅速回到台前，回复电文。

如果黎有望在场，想必不敢相信自己的眼睛。在平州连几句日语都说不了的黄开轩，此时竟然表现出极为谙熟电台的一面，指尖敲击键盘的速度堪称极为专业。他翻查到了日军密码本最后一页，见“一等紧急联络码”目录，迅速发出：“北风雨，大事がなかった。”这是日军密码本最后一页通用的密码代号，防止那些极特殊情况下，指定发电的通讯兵不幸死亡，可以由其他粗通电讯的人代发、传递十万紧急情报的简单半明码。

不到一分钟的时间，黄开轩了事，清理痕迹，拔断电源，让士兵进屋把电台分拆打包装箱。等黎有望赶来，得胜会师，大家欣喜若狂。

黎有望下令立刻打扫战场。原定作战计划是打完鬼子立刻撤回平州。大家都心知肚明长江要塞的日本兵若是渡江来攻，又或者是南京的任援道遣重兵沿着公路从维阳方向杀过来，势单力薄的平州军目前还不可能颉颃抗手。但真打下莲河，不禁想若能守住，平州与莲河互为掎角，可以说平州救国军腾挪转圜的余地就大了。

能不能守莲河？

黎有望心中忐忑，目光望向黄开轩。

“要是日军用半个联队来袭，平州也是守不住的。”黄开轩摇头低声道，“咬上一口就跑，使其流血衰竭而死。这是狼群战术。平州打了这场仗，便是头狼。其他各地的抗日队伍，也会化身为狼。”

黎有望心有不舍，知黄开轩所言正确。胜利了，也千万别被胜利冲昏头脑，这方面的教训实在太多。他问过电台之事，点头道：“赖警长也带人到莲河长江口，看对岸鬼子是否会出动大股部队。若有必要，就爆炸沉船。另外，对岸的鬼子接不到回复，应该会派小股侦察船过来。尤其是那支接到幸之码被派去对岸守碉堡的。”

黎有望对那个站在炮艇上唱《君之代》的日本少尉源田寅次郎还真是印象深刻，“不怕他来，就怕他不来。我们遣人埋伏，打他一个猝不及防。刚缴获的这两门山炮，也可以拉到江边河口，给鬼子们一个惊喜。”

第二十六章

分战果

1

还没等黎有望把山炮拉到莲河口，源田寅次郎已经发了疯。区区几个伪警，平日里见着他无不一脸媚笑，恨不得伏下身子舔他军靴的，也胆敢藏在芦苇荡里朝皇军射击。尤其是那个姓赖的，源田寅次郎是记忆太深了，山本队长砍断一个伪警的腿后，这个王八蛋跪地求饶，膝行，一把鼻涕一把眼泪，还自请处罚说“自己御下不严，还请皇军处分”，山本队长这才饶了那个伪警的狗命，没想到此人竟然如此凶悍，就用刀，杀了派去接头的两位日本兵，还极为嚣张地把尸体悬挂在船杆上。

莲河枪响，源田寅次郎开始还认为是鱼神节鞭炮响。等到枪声一阵紧过一阵，且有硝烟弥漫，源田寅次郎就知大事不妙。莲河空虚，名义上驻防一个中队，实际兵不满额——足编中队得有四小队。更糟糕的是，现有的两个小队，最近数月因为对岸沿江碉堡兵力被抽调，还负起临时换防之责。师团那些尸位素餐之辈也不知道怎么想的，舍近求远，不从要塞派兵驻堡，反而从莲河调人。询问莲河情况不得，源田寅次郎给要塞拍了封电报，带着汽艇和大驳船，匆忙回兵莲河。船还未靠岸，莲河枪声已渐平息，心知局面崩坏，自己手下百余名士兵再回莲河，怕也是羊入虎口。他克制住急躁情绪，从驳船上放下冲锋舟，派士兵去打探消息。不管怎么说，在战场上，再怎么谨慎也不为过。

哪晓得那几个伪警假意迎接，暴起发难，还此般挑衅。

应该说日军单兵作战素养真是太强。赖贵明很快就支撑不住。幸好源田谨慎，只派出小股部队登陆。也是天无绝人之路，丁聚元二龙湖的船队见这边战火又燃，群起而至。这些木船还真是把狼群战术贯彻到极致，装备简陋，枪支也少，但个个精于水下作业，又不畏死，放下小舢板作掩护，口中衔枪泅渡，轮番围攻，试图登船绞杀。不多时，江面已浮尸数百。牺牲不可不谓惨重。必须说，他们的牺牲是有价值的。

很快，日本兵弹药已基本告罄。汽艇上那架97式重机枪干脆炸了膛。更重要的是，几个泅渡人成功扔出手雷，给聚在船面上难以展开阵形的日军造成重大伤亡。等到黎有望带着携有重机枪与山炮的部队赶到河滩地，河口的绞杀已近尾声。汽艇为丁聚元攻取。

这就好办了。黎有望把山炮搬上汽艇，跟在那艘试图逃窜的驳船后衔尾追击。江面阔大，正是风平浪静，黎有望本想尝试瞄准，被红了眼的丁聚元一巴掌搡开，亲自操作，一连三炮，皆准确命中。丁大巴子还有这手？炮轰不易，尤其是在颠簸船上。所涉及的射击诸元素极为复杂。哪怕有一阵风，都是差之毫厘，谬以千里。黄开轩号称枪神，这家伙该不会是炮神吧？原来也从未听谁提起过。

驳船开始缓慢沉没。剩下的，就是二龙湖船队痛打落水狗的时候了。丁聚元发了狠，也不知牺牲者中有他什么人，驾驶汽艇在驳船下沉处兜了几个圈，见到还有尚在水中载浮载沉的日本兵，立刻举枪爆头。黎有望本来还指望着能逮几个日本俘虏，就不说知己知彼百战不殆，起码带回平州后让人围观，也能打破大家近年来心底那个恐日情结。可瞅丁聚元神色，也只好一言不发。

歼灭莲河一百余日军，是大胜，战损比基本在一比一；歼灭源田寅次郎带的一百余日军，可谓惨胜，战损比起码在四比一。这还是日本兵蚁聚船舶，无法展开，且不善水战。但不管怎么说，这仗全歼鬼子一个中队，是近年来苏北一带从未有过的大胜利！

浑身泥浆和血污的丁聚元驾炮艇回到江边，与黎有望前后上了岸。

“王文举呢?”

这是丁聚元与黎有望见面后说的第一句话。

2

丁聚元没有第一时间见到王文举。

王文举派罗耀宗把黎有望单独叫至团部。此刻的王文举已脱去一身戎装，还洁面剃须修饰了一番仪表，见黎有望进门，哈哈大笑，伸过来一只手，“后生可畏，后生可畏。”

黎有望肃然行礼。没有这位混江龙行方便，莲河一战赢不了。只是不知他为何舍了眼下基业，真把莲河拱手相让，而且是在还没有收足三十万现洋的前提下。当下打定主意，回去后要再扒平州富绅们的一层皮，尽快把这笔款凑足送来。此番他再行试探，问：“团座，要不，你来干这个救国军的司令吧？”

王文举摇头道：“老了。只能学谢安说一声，小儿辈大破贼。”

王文举说的是《世说新语》里的一个典故。名士谢安，在事关东晋生死存亡的淝水之战时与客对弈，其间前方来信，客问战事结果，谢安只从容说了这么一句。谢安不是一军统帅，但策局谋划，知人善用，堪称淝水之战头号功臣。黎有望默然。

王文举又笑了笑，道：“比起丁聚元，你在狠字上还是嫌不够啊。知道为什么丁聚元着急找我吗？我又为什么不见吗？”

黎有望不是蠢人，被王文举一提醒，心念电转，“他打的是保安团的主意？”

“是啊，保安团毫发未损。六百余人枪若是归了二龙山那些先遣军，你说，你还守得了平州吗？”王文举抖动了下身上肥肉，咧嘴笑道，“什么叫用势？这就是。挟大胜之威，搞全盘劫收。当然，不是他丁聚元的大胜。战况我很清楚，他打源田那是惨胜。事实上，若没有你带队赶到，致使源田心怯，只怕连个胜字也没有，要全军覆没。但只要他丁聚元收编了保安团，兵强马壮，那时人人皆知是他丁聚元率领二龙山全歼莲河日军一个中队，战神之名就是他丁某人的。至于你，黎司令，就是一个替他跑腿的前哨伙计了。”

王文举说的是“劫收”，不是“接收”，其言诛心，可细细一想，还真是这么一回事。黎有望哑然失笑，“团座，丁聚元的十万大洋到手了吗？”

王文举一瞪眼，“你以为他丁聚元像你这样小气？我告诉你，二十万大洋的账别想赖掉，还得加利息。”

“那我就不明白了。团座有解甲归田之心，我能理解；可为什么不顺水推舟把保安团交给丁聚元，为何对我说这些？”黎有望又向前诚心正意鞠了一躬。

王文举拍拍黎有望的肩膀，哈哈笑道：“这就对了。你这小子不耻下问，又讲礼嘛。咱们中国是一个礼的国度。礼失而求诸野。今日中国，人心崩坏。像你这样有一颗赤子之心的人不多。虎狼之辈嘛，啧啧。”说罢，戴上礼帽，指一指旁边站着的罗耀宗，“他会帮助你接收部队。愿意跟你回平州的，你收编；不愿意的，让他们退伍回家，不要为难。我留了点遣散费在罗耀宗手里。你手底下那个叶桂材是个人才，打扫完战场后，便晓得马上派兵过来，知道这是要害处。”

王文举出门。到门边，回身露出一个颇堪玩味的笑容，“真想知道原因?”

“想。”黎有望没有废话。

“回去替我告诉吕天平，老子欠他的情还了。还有，别以为老子真是要当汉奸。杨四郎知道不？他吕天平的毛病就是从来不听评书。”王文举哈哈一笑，“黎司令，此时一别，不知经年何月才能重逢。就不说那些伤感别离话。江湖阔大，各自珍重。对了，你那个便宜姐夫吕天平现在的日子也不好过，他在法租界恐怕也待不了太久。听说76号的丁默邨代表汪先生找过他，希望他能出山担任和平建国军二方面军司令。吕先生已经拒绝了两次。如果再有第三次拒绝，恐怕会出什么岔子的。”

王文举这回是真走了。黎有望拱手拜谢。

丁默邨凶名素著，且极是狡诈阴险。其时任汪伪中央常委兼社会部长、交通部长。人称“丁屠夫”，执掌76号以来，仅在1939年至1941年不足两年时间内，竟然制造了数千起血案，被外国记者称为“婴儿见之都不敢出声的恐怖主义者”。此人来找吕天平，必不是好事。王文举言外之意，黎有望明白。这是以他自己为榜样，劝告吕天平不要一味求真，抗日也可以是他王文举这种抗法，所谓

“忍痛含垢，与敌周旋”，顺便保得个人身家性命。但黎有望不认同王文举，曲线救国，其直接后果就是“降兵如潮，降将如毛”，这不是救国，而是卖国！是给自己的懦弱找依据。正因为王文举这种奉行机会主义的人多了，这个时局才会如此糟糕崩坏，冷漠、恐惧、贪财三种症候弥漫社会各阶层。王文举能择时全身而退，其他人有这个幸运吗？乱世铜炉，生民为炭，有几个能干出以卵击石之事的黎有望？

只是黎有望没法不担心吕天平的安危。

也祈愿吕天平不会下水当汉奸。

屋外又有了喧哗声，是丁聚元来了，被叶桂材拦住。丁聚元的声音里有怒火燃烧，“让黎有望滚出来。老子就不信！我们二龙山先遣军辛苦种树，他倒好，这是要轻轻松松摘桃子吗？老子以祖宗十八代的名义发誓，若没有一个公道，我丁大巴子让他一块烧饼大小的战利品都运不回平州。”

3

丁聚元还真是善于颠倒是非，信口雌黄。黎有望都想笑了。原来还真不知道丁聚元有这一面。王文举这种老狐狸看人真准。黎有望与罗耀宗并肩出屋，向丁聚元招手，“来，介绍下，罗耀宗，原保安团副官，现任平州抗日救国军副参谋长。王文举把保安团交给他了，他又把保安团与救国军合兵一处了。啊，别用这种奇怪的眼神瞪我。至于王文举本人，他走了。天涯海角吧，托我给你带句话：丁大巴子，好样的!”

黎有望这番话是要彻底浇灭丁聚元妄图劫收保安团的邪念。至于王文举托带的那句话，是他临时杜撰的。见丁聚元脸色铁青，又补充道，“丁营长，参谋长的位置给你留着呢。不委屈吧。”

丁聚元气得嘴唇直哆嗦，“王文举老王八，这是拿我丁大巴子当猴耍嘛。以后老子见到他一次揍一次。黎有望，这只老王八……”

罗耀宗向前踏出一步，气势差点就够得上渊渟岳峙，沉声道：“丁营长，我敬您是前辈。不过你若再口出不逊，别怪我不客气。没有团座成全，你进得了莲河?”

这是实话，但堂堂二龙山抗日先遣军司令丁聚元又怎么会把这种实话听进耳朵。他火冒三丈，拔枪，对准罗耀宗额头，森严道：“毛都没长齐的小子，也敢插嘴?!”若让罗耀宗给丁聚元欺负了，黎有望也没法干了，这百十双眼睛都炯炯有神地盯着呢。

“丁司令，心里有气就别撒在晚辈头上。有啥子不满意，朝我来。”黎有望拦在罗耀宗身前，“王文举团长与敌寇虚与委蛇，忍辱负重，以图今日雷霆之破。咱们还是要积点口德，别让知情者耻笑。”顿了下又道，“这次先遣军牺牲甚大，杀倭贼，摩肩接踵，未有稍退。说吧，你要什么？”

“黎有望，别得了便宜还卖乖。”丁聚元一声冷笑，“昨日我一枪打烂了自己一个兄弟的耳朵，可知为何？”

“请讲。”

“这兄弟说起来也是为了先遣军好，反复建言我挥师平州。如果我依他计策，直取空虚，你黎有望还能在这里与我扯风凉话？”

“为何不从善如流？”黎有望微笑道。

“那我丁大巴子真是要被千夫所指了。”丁聚元吹了吹枪管，斜眼觑来，“黎有望我说这话，是要与你算先遣军的功。河口恶战算一桩，未取平州也当算一桩。”

“确实该算。”

“你取了莲河镇也该算一桩。”丁聚元拿枪拨弄下自己的头发，压低嗓门道，“战果三分，我二你一。”

有这种算账法吗？

连赶来的黄开轩都笑了。

丁聚元看看黄开轩，两人视线一碰，又各自迅速分开。丁聚元压低的声音里有了一点恳求的意思：“我丁大巴子没使绊子挖墙脚，干鬼子不含糊，死了数百兄弟啊。”

这也是实话。

黎有望听进去了。若战果分配没有一个合理比例，丁聚元还真不好向他的手下人马交代。这些家伙，也都是血性男儿，其中几个还朝着旁边的救国军战士横眉竖眼，撸胳膊秀肌肉，这要一个处理不好，两边说不定还真会干起来。只是若认同了丁聚元嘴里三分取其二的“合理”，平州的“合理”又到哪里去讨要？

“吃相别太难看，二一添作五吧。”

黎有望这是退了一大步。

这显然也是丁聚元渴望的，刚才也只是漫天开价，没想到黎有望没有落地还钱，反而给了一个实在价，马上说：“成交。”俩人击掌，都心照不宣地没提观音庙的赌约一事。

丁聚元道：“莲河归我，战利品归你。保安团的人马你带走。

给我留下二百条枪，还有汽艇和那两门山炮。”

黎有望惊讶道：“你不怕对岸要塞敌人来袭？”

就凭二龙山先遣军，一旦敌来，他们是不可能守得住莲河的。大家对此心知肚明。丁聚元咋突然智商下降了啊？黎有望去看黄开轩。黄开轩一叹，移开视线。

“这你不用管。”丁聚元咧嘴，吐出半口血。不是伤，是打鬼子时咬破了嘴唇。

黎有望皱眉道：“这样吧，莲河归你，人马我带走，再给你四百条枪，还有汽艇、山炮、薄皮坦克。被服、军粮等，平州不缺，都归你。”这可不仅是还丁聚元当日未强买王文举那两百支枪的情，黎有望还是希望丁聚元能守得住莲河，哪怕多守一天都是好的。

坦克在叶桂材突击时略有损坏，修缮后还是能用。打这两辆薄皮坦克死了不少人。一辆是叶桂材手下一个平州兵抱着炸药包钻到坦克肚子下，炸断履带，以身殉国。另一辆则是叶桂材利用射击死角，攀上车顶往里面扔了一颗手雷。

丁聚元没再说什么，向黎有望敬了个军礼，又向旁边站着的救国军战士行礼。

黎有望还礼，对这个丁大巴子的感觉一下子好了许多。

两支队伍擦肩而过，互相致意。

如此血战，便是同袍。

朱子松已经把战场打扫完毕，除了武器弹药与通讯器材外，这家伙甚至想把挎斗摩托和小型机械设备等统统拆装上船。被黎有望叫住，还闹情绪，“这些家当，是老子和弟兄们拿命换来的，谁要来抢，除非从老子脑袋上踏过去。”黎有望都想给这个脑子里没有大局观的家伙一耳光，还是黄开轩过来了，给他做了半天思想工作，这才不情不愿地放了手。保安团愿意起义跟黎有望走的，有五百精壮，加上平州来的四百多人马，刚足了千人一个满编团。

眼看登船在即，罗耀宗忽然想起一事。赵汉生怎么处理？那家伙还关在禁闭室里。这话不说犹可，一说，黎有望马上想起赖贵明。一问，赖贵明打完滩头战后，就与数人划着一只舢板走了，也没交代个去向。这还真是事了拂衣去，深藏身与名的侠士气度。黎有望思忖是得好好调查下他兄长怯战一事。不管怎么样，赖贵明立了这么大的功劳，得有个说法。

再问罗耀宗如何处置赵汉生为妥。

赵汉生这个人虽然多有欺凌恶行，手上倒没有真沾过中国人的血。关键是他与任援道那点关系。杀之无益，放之，或许未来还可能有点用处。起码为自身脱罪，他会把莲河失守的责任全部推到王文举头上，敌人对平州军还是会抱以轻视之心的。这会给平州一定的喘息之机。

这是罗耀宗的看法。

黄开轩同执此见。

黎有望让罗耀宗派人把赵汉生提来，一顿申诉。这家伙知道自己有眼不识泰山，那是涕泪交加，磕头作揖，口称上有年近八十的老母，下有数个黄口稚儿。连说辞都与王文举前些日子说的一般模样，也不知是否同一个老师所教。黎有望没耐心与他再做纠缠，只说结个香火情，打发他走，还给他发了几块大洋作路费。赵汉生千恩万谢。

众人分作两路，一路船运，带着战利品，退向平州；一路则沿来时路线，徐徐退之。黎有望与黄开轩各率一队。罗耀宗在黎有望身边，两人走的是船运。黎有望还是有点想不通丁聚元为什么要取莲河镇？

罗耀宗微笑着说出他的看法。

对平州来说，莲河是烫手山芋。想要，但拿不住；对于丁聚元来说，同样是烫手山芋，但只要他拿过一天，这个意义就非同凡响。首先二龙山先遣军毕竟是土匪的底子，有了莲河，就可以正经誓师。黎有望在平州搞的誓师，那是多少人羡慕嫉妒恨。这是正名。名正才能言顺。其次，哪怕莲河只是巴掌大的地方，这也是光复失土，一寸山河一寸血。丁聚元这是要做舆论文章。怕是在他的大力渲染下，举国上下都要晓得是他丁大巴子血战夺了莲河。

黎有望这才恍然大悟。

罗耀宗傲然一笑，“他丁大巴子，一介宪兵出身，论起笔杆子，有黄副司令在，还轮不到他给自己涂脂抹粉。”罗耀宗口中说的是黄开轩，言下之意颇有舍我其谁的气概。黎有望大喜，论起笔杆子，平州城里还有位笔扫千军的白露，丁聚元就等着吃瘪吧。身边这个年轻人还真是才俊，心细如发，眼光犀利。朱子松与叶桂材只晓得抢枪支弹药，他不动声色地派人把日军和保安团的整个档案文件兜底打包，一张纸也没漏掉。

天空中出现飞机轰鸣声。

是日军的零式水上侦察机，绕莲河上方飞了一圈又扬长而去。

丁聚元让人架起机枪，亲自对着飞机一通乱射，总算是出了一口恶气。丁聚元心里所盘算的还真是罗耀宗所言。进镇，整编，升旗，誓师。

“从今天起，我们就是苏北抗日义勇军。今天，我们在鬼子的据点上祭旗誓师，就是要向四万万同胞宣告，我们是委员长的队伍，是抗日的队伍!”

这个旗号比起黎有望竖起的平州抗日救国军，至少从地盘名称上来说，是要大了。

谁也没想到，黎有望释放赵汉生的随手一着棋，竟然很快结出异果。

爬上一艘破船的赵汉生先是在河流分汊的芦荡边缘救起负伤的源田寅次郎。接着顺流直下的他俩，被江面上巡逻的日军炮舰拦下。赵汉生在敌军要塞里舌绽莲花，尽言王文举脑后反骨，没敢提山本队长的麻痹轻敌，赴河豚宴丧命。他建议日军尽快反攻莲河。

日军师团参谋部综合几方面信息，得出初步判断:“敌偷袭莲河据点，恰值换防日，我军兵力薄弱。山本铃司少佐及麾下全体将士力战殉国，殊为忠勇。此战失利主因，无他，支那军谋反，人多势众，以有准备打无准备。我军的轻敌，据点防务上的疏漏和情报系统的滞后，是内部三点原因。”

这个判断基本准确，还有要塞收到的莲河据点发出“北风雨”的电报佐证。师团参谋部连续给南京方面发去数封措辞极为严厉的通牒。南京震怒，在得知王文举未归平州后，迅速向全国发出悬赏通缉令。

不知何种缘故，参谋部制订的“集中优势兵力，舰陆空协同，迅速夺回莲河据点”作战方案，就在这样一封封电报往来间被压下，未得到批准执行。丁聚元在莲河也就一天天待了下来。这个结果也让黎有望瞠目结舌。

他丁大巴子果然也有点运道。

第二十七章

归平州

1

黎有望在莲河打的这一仗，震动大江南北。区区民团，歼灭了鬼子一个中队两百余人，那是近年中日交战史上从未有过之事。尤其是白露那支笔，经罗耀宗点评加注，那真是天地英雄气，千秋尚凛然。可惜所震动的大江，基本限于苏北境内。倒是京沪两地的报纸多有报道，有心人还翻出黎有望当年直罗山一战的旧闻，誉为中国英雄。上海租界跑出一个女童子军，漏夜赶行数百公里，给黎有望带来一面国旗，给全体平州人大长颜面，上至头面人物，下至贩夫走卒，无不交口称赞。至于莲河的丁聚元，在这场由黄开轩亲自发动，白露与罗耀宗直接执行的舆论战中，完败。丁聚元，他谁啊？

黎有望退回平州之后，没有急着庆功。一连数日都在加固平州城防，疏散平州百姓，防止日军大规模的空袭报复。这好像是虚惊一场。除了城里各色人等更为密集的活动与不知潜于何处的电报声响，各方面都没收到日本兵成建制调动军队的情报，日军飞机倒是来过，也只是像往常一样，投下一屁股花花绿绿的传单就怪啸遁去。

这个时候的黎有望并不知道，日军正在集中大股兵力在湖北枣阳和宜昌发动一场大会战，暂时无暇顾及东部小小一个据点的失守。与此同时，在枣宜战场步步得胜的日本陆军实在不想为这个点上的失利丢脸面。沿江据点，兼防水陆，既有陆军的份，也有海军的份。师团长小野向上汇报时，还巧妙地在军队内部扯皮，把完完全全陆军的失职，顺带批成了海军的“连带责任”。双方先是互相指责，互骂“马鹿”，再后来是一起捂着，把大事化小，小事化了。此时，日本内阁“迅速解决支那事变”的计划完全落空了，战争消耗已经让国库严重超支。而海军军令部似在酝酿着一个什么巨大的新计划，内阁在不断缩小分配给陆军的预算，把切出的蛋糕一股脑都塞给海军，导致陆军参谋总部意见巨大，颇有点消极怠工。

此时此刻，中华大地狼烟四起，整个战局处于僵持阶段。中国军人和日寇在死死纠缠，依旧是胜少败多。加之汪伪的投敌，半年之内，国内的悲观论调日盛一日，喧嚣不休。这一战报传出，是给南京的汪伪政权脸上重重地打了一巴掌，扇得汪精卫十分恼火，问手下大员："平州就在眼皮底下，为什么不尽快拿下？"

汪伪的军政大员则频频顾左右而言他，或提醒当下务必以建国之大事为重，以整编军队为重，小小平州，弹指可破，再留些时间动手不迟，不要因小失大，等等。的确，汪伪初立，要处理的军政事务实在太多，要分的"肥缺"也多，平州弹丸之地，失了一个莲河镇、丢了一个保安团，屁大点的事情，暂且按住不管，日后收拾不迟。

消息也传到重庆去，莲河一战，连蒋介石都惊动了。此刻，枣宜会战正处于胶着状态。每天的战报堆积如山。三十万日军像潮水一样拥向鄂西，想一举扑向重庆的战略意图，非常明显。国军调集三十八万人马，由第五战区司令长官李宗仁指挥，用血肉之躯堵着重庆的东大门。本月中旬起，右集团军司令张自忠将军率领所部在襄阳与日寇拼力搏杀。但枣宜战事依旧不明朗，重庆上下都在做西迁川西、西康的准备。

雪花一般的告急战报中突然夹着一张来自东部的报捷密电，一个沿江的小镇要塞被一支民团底子的地方武装给光复了，倒令蒋解颐，高兴地在战报上用铅笔敲了敲，说个“好”字。不过，战事太乱，除了一个“好”字，委员长本人也没有什么兴趣，要给这个杂牌地方队伍什么嘉奖或者补给。或许，嘉奖令还没有送到那些人手里，转眼他们就被日寇给扑灭了。

整整三天，黎有望在军营防空洞里闭门谢客。安忍不动如山岳，静虑深密如秘藏。吕天平给黎有望手抄过的这两句话，当年黎有望不懂，现在略有所感。他也没闲着，请救国军参战的连排级以上的战士逐个谈话，整理莲河一战的报告，总结得失。另外，就是研读罗耀宗带回来的大量日军资料。一些电文中有日本陆军参谋部提出要增加部队抢滩夺岛、热带丛林作战训练的要求。黎有望心有所感，得出结论:“日本人竟然还想南下作战。”这是重大收获。再加上陆续收集到外部讯息与枣宜战况，心中逐渐有了一个判断：日寇在短时期内不会攻打平州。

这个判断与黄开轩、罗耀宗议后，他们也基本认同。

诸事皆定，黎有望宣布在战斗结束后的“头七”为战死的英灵祭奠。

军令一出，平州为之沸腾。国难当头，哀鸿遍野，难得一个大快人心的大捷，像破晓晨曦，给人心鼓舞。黎有望归来日，这种巨大的欢喜即在酝酿，其时还恐怕日寇报复，人多拼力修筑城防，而今阴霾散去，人皆奔走相告，多有泣涕。

战死者的遗体全被带回，白布裹身。这倒难为了徐永财的族叔徐长寿，棺材铺再怎么加班加点也不可能赶制得出如此数量的棺椁。有人提议火葬。这引发平州城内一阵动荡。数名出身平州的战死者家属齐聚指挥部，请求各人领回安葬。此请求看似合理，但从长远来看，同样会造成平州军内的撕裂。而且田汉乡的瘟疫也始终阴影不散。最后还是黎有望与黄开轩议定，所有战死者一律火葬，取其骨灰，合葬于英烈碑下。包括已被土葬的赵松，遗体也被重新取出，一并火化。

黎有望以司令部的名义发布通告。从黎有望以下，若有阵亡，全部火葬。黎有望率先签名，并嘱罗耀宗与滕秘书再次提高伤亡将士的抚恤待遇。这次莲河缴获甚丰，主要是在日军驻地搜寻到数箱日军乙号军用手票。军票印制粗劣，还被日本内阁当作通用货币在华中、华南地区流通。其实质是日寇掠夺民间膏腴的手段，但在侵华日军占领区里还是能够使用的。令人愤怒的是，在敌酋山本队长与几个军曹私人行囊里，搜寻到大量黄金珠宝，个别黄金戒指上还沾有未洗净的斑驳血迹。

火葬是在头七前一天晚上举行的，在军营驻地门外。

赵松的遗体由黎有望亲自捡拾，本来以为赵松逝世已有月余，棺内只有骸骨，谁知开棺柩后，赵松面容竟然宛如生前。这是肉身不腐啊！传言此种奇迹只存在于涅槃的高僧大德们的身上。这确实难以解释，至少是包括黄开轩与罗耀宗等人在内所不能解释的。平州一地，四季分明，雨量充沛，属于典型的亚热带温润季风气候，可不是那种高温干燥的沙漠地带。平州百姓为之惊异，都说赵松乃菩萨转世，大家看着黎有望的眼神也愈见炽热。这位刚取得莲河大捷的黎长官，就是赵菩萨为平州人拣选出来的人物。这个传言一夜之间不胫而走，比那些贴满城内的大小布告更能激发百姓战志。此日过后半月，投救国军者就有千人之多。更令人啼笑皆非的是，对火葬的抵触情绪也荡然无存，人多言佛祖释迦牟尼圆寂后火葬留下舍利子数颗，赵菩萨数月肉身不腐，最后归于一捧火焰，也是入廛垂手的慈悲示现。

俯于棺前的黎有望对这些尚一无所知。他只是哀伤，没有恸哭。颤抖着双手，他替赵松细心擦洗净面容，覆盖绢布，亲自捧至柴火堆上。世人多执着于其形骸肌肤，不得解脱。为了这个历经磨难饱受百年屈辱的民族，他黎有望下了决心抗日到底。这抗日一念，便是焚烧他躯体与魂灵的火，是标月之指，解脱之法，正觉之门！

喜乐悲愁，皆归尘土。怜我中国，忧患实多。

黄开轩钩章棘句，亲自撰写了一篇祭奠英灵的文言。文辞典雅深奥，聱牙佶屈，艰涩拗口。黎有望基本没听懂。不过黄开轩脸上的神情大家都是懂的。依其言，遵其行，于火堆前鞠躬行礼。就连一向得理不饶人的白露这番也是毕恭毕敬，还红了双眼。

仪式毕，门外马路上已跪下一大群百姓，多有涕泪。

2

5月3日，莲河之战英灵们的头七。

小校场，平州全体军民大会。英烈碑身上，已刻上数百朱红油漆的名字，赖贵明胞兄的名字也在其上。黎有望对此没做更多解释，人心咸服，知道其中必有蹊跷。倒是唬得那个叫鲁培林的小兵战战兢兢，跑去问朱子松。朱子松隐约知道内幕，安慰这事与他无关。黎司令当日杀此人没错，今日祭奠也没错。这种绕口令让这个年轻士兵蒙了圈。

黎有望的话不多，只端起一碗酒。

“来，兄弟们。上敬战死的英烈，下敬战火中的众生，中敬这御敌不息的国人。”

一口喝干，摔碗在地。

几乎同时数千只碗也摔在地上。

偌大的校场，一片静寂，针落可闻。都等着黎司令说上几句。黎有望双眼发涩，喉咙发干，眼望数千脸庞，胸口如有巨石梗阻。平州起义，孤城危卵，侥幸赢得莲河之役，但今日之后，这些伫立校场的弟兄们，又有几人能活到全国胜利日的到来？

近万双眼睛盯着黎有望。

用后来朱子松对叶桂材说的话就是：“知道啥子叫渊渟岳峙吗？不懂了吧。黎司令那天就是，台上一站，动也不动，如岳之峙，如渊之渟。万千瞩目，他只视作等闲，这是何等的气魄！”朱子松跟着黄开轩太久，沾染了这种掉书袋的毛病，还有所发挥。“那日小校场，我看黎司令，看不清楚身形，就瞅见一团正大光明的火焰。”

这个如雷马屁拍得叶桂材是自愧不如，衷心佩服，对朱子松叫嚣的当日莲河分击闸口与军营的战损比，也算低头默认，把这个比自己还小数岁的朱子松呼之为兄。朱子松大喜，当场提议要结拜兄弟。

黎有望还是没有说一句话。这碗酒除了祭奠平州烈士，又何尝不是敬那在抗日战场上所有奋勇杀敌流尽最后一滴血的英灵。国事维艰，日军已正式发起枣宜会战，张自忠将军前日亲笔昭告各部队将领令，已通过上海等地报纸传遍全国，就连僻壤平州也有电台收悉。

“国家到了如此地步，除我等为其死，毫无其他办法。更相信，只要我等能本此决心，我们国家及我五千年历史之民族，决不至亡于区区三岛倭奴之手。为国家民族死之决心，海不清，石不烂，决不半点改变。”

张自忠是有了死战的心念。这一仗毕，又将有多少男儿殉国！

这碗酒是为那些明知是死，还前仆后继的弟兄们送行。

黎有望喉间哽咽。

黎有望情绪低沉，救国军全体将士鸦雀无声。个别站得远的，还面面相觑，迅速交换眼神，黎司令这是怎么了？黄开轩很想上去踹黎有望一脚。这家伙平素的口才到哪去了？在唐经方的午宴上搞得出一幕恶作剧，可千万别在小校场也来这手。黄开轩暗自祷告黎有望早点脑子恢复清醒，知道自己此刻正站在哪里。

也就在这个万众俱寂的时刻，一个女人的嗓音突然响起。

“我的家在东北松花江上，那里有森林煤矿，还有那满山遍野的大豆高粱。我的家在东北松花江上，那里有我的同胞，还有那衰老的爹娘……”

这个声音不算太悦耳，还略带嘶哑，可在这时，几同天籁。是抗日歌曲《松花江上》。这是一首满怀离乡之思、国难之痛的悲歌。歌曲分两部分，这一部分是叙事与抒情，第二部分旋律环回萦绕、反复咏唱，渐渐显示出撕心裂肺般的力量。

开始半分钟，还只是这个女声独唱。

渐渐有士兵加入其中，歌声断续，也谈不上流畅；可随着越来越多的人加入其中，这歌声就有了一种汹涌澎湃的悲愤交加。降E

大调，3/4拍，带尾声的二部曲式结构，在这个女声引领下，渐成洪流，如黄河之水直上云端，是悲怆的，更是澎湃的。它让人悲痛欲绝，更让人想起而行之，投身到杀敌前线。

一曲歌毕，荡气回肠。许多人都泪流满脸。这是憋屈太久的眼泪，更是胜利的眼泪。众人擦尽眼泪，欢呼出声。黎有望挥舞起拳头，终于说出日后响彻苏北大地的一句话：

光荣属于我们——吾辈健儿！

3

唱歌的人是白露。立于坡上，一袭白衣。白露这一嗓子简直是久旱甘霖。从这一刻起，平州军才算真正有了一种发自骨髓的深切认同感，包括后来投军者与那六百初来乍到的保安团士兵。而从这一日起，白露这位来历古怪，传言中与黎司令有颇多纠葛的求知书局新老板，也被许多士兵视为平州女神，梦中偶像。

祭奠结束，黎有望专门找到白露以表谢意。这首歌唱得太好，太是时候了，某种意义抵得上一个团的德式装备，甚至更多。黎有望笨嘴拙舌与白露算账。白露怔道:“真的?真有这样大作用?”

黎有望把头点成鸡啄米。眼前玉人,虽只短短数日未见,竟有恍若隔世之感。

“那好。一个团的德式装备起码得上百万大洋吧。”白露笑靥如花,手往黎有望面前一摊,“我就拿百分之一,不算过分吧。”

黎有望顿时一副苦瓜脸。

“小气鬼。好了,知道你穷,在救国军干司令都不领月薪的。”白露咯咯轻笑,嗔来一眼,“你自己不领没关系,黄开轩等人的还是要给。不要光惦念着只给士兵发钱,这些重要将领们的钱不能少。哪怕他们谦让不要,也得让财务交到他们手上。你有抗日之心,别人也有;你无家室之累……”

白露说到这里停顿片刻,加重语气:“别人未必没有。不是每个人都是你黎有望。听说过子贡赎人的故事吗?”

黎有望只知道子贡是孔子的七十二个门徒之一,还真没听过子贡赎人的典故,当下倾耳细听。鲁国有条法律,鲁人若在他处沦为奴隶,有人赎之,可以在国库报销赎金。子贡赎人后,拒绝报销,想自掏荷包。孔夫子就批评他,报销一事不会损伤他的品行,但他开了这个头后,其他鲁国人就不会再干赎人之事了。

夫子见微知著，洞察人情，实在是了不起。

白露夸完孔夫子，一双眼睛就跟探照灯般在黎有望的脸上扫来扫去。

黎有望大窘，白露还真提醒得是。从平州竖起抗日军旗那天起，连级及以下的将士没少拿，但黄开轩等人还真是分文未取。还有滕秘书，呕心沥血于内政，可谓夙夜匪懈，薪水也是极为菲薄。必须尽快完善平州救国军及县民政吏员的薪酬体系。应该说后者在赵松手里还是相对完善的，可现在堆积如山的事务又岂是那时可言？必须涨薪。打仗哪能全凭信念？白露还真是不惮于发扬“好为黎有望之师”的风格，又捡薪酬体系的结构说了一遍，通常分为本薪、奖金、津贴、福利四块，在保证相对公平性的基础上，向核心人员倾斜，要有激励性、灵活性、可操作性等，听得黎有望头大无比，顺嘴说：“要不，你来替我弄这个吧。”

白露愣了，问：“这是正式邀请我到救国军干活吗？”

黎有望一叹，“这东西怕是你才能搞清楚。”

这话黎有望说得虚伪，别说赵松一手调教出来的滕秘书，就是罗耀宗多半也熟，只是在白露面前，不拐着弯儿夸她几句，心里头就似乎不舒服。另外，像滕秘书他们实在是太忙了，是一个人掰成几个人用，没人格分裂已属万幸，哪还敢轻易往他们肩膀上再压担子。黎有望嘿嘿傻笑。白露一眼就识破黎有望的马屁，“少给本姑娘头上戴高帽子。不吃你这套。”说罢，又咯咯笑了，“真让我干这事，你的薪水我就替你代管了哈。哎呀呀，就算陆续清还我那百分之一的债吧。”

这姑娘还真是利索。

黎有望微笑，“真不考虑去淮城？”

“再说，我就与你翻脸啊。”白露咋咋呼呼，继续拿白眼翻他，“黎司令，我干这个求知书店的老板，觉得挺好的，大门一开，财源广进。”

这姑娘打的是让黎有望请出八抬大轿的算盘嘛。八抬大轿，黎有望还真没有。他佯作观天，看了片刻火烧云，一叹，道：“既然姑娘铜臭熏心，那就当黎某什么也没说。就此别过，青山绿水，后会无期。”白露一下子蒙了。黎傻瓜还会来这一手，一时口中吃吃说不了话，毕竟她刚才红嘴白牙说了财源广进四字，糟糕，刚才为什么不说书香，这回被黎傻瓜抓住痛脚了？白露眨眼。

黎有望大笑，蹲下身揉着肠子就笑得喘不过气来。白露醒悟过来，一脚踹去。号称军中搏击第一的黎有望竟没避开，顺势倒地，倒慌得白露赶紧上前搀扶。这让人看到她一脚踹飞英明神武的黎司令，那多不好意思啊。

本姑娘是淑女，没那么能打的。

白露扑哧一笑。

第二十八章

折军旗

1

钱掌柜托人到求知书局，说是要求购几本涵芬楼影印丛刊。

白露难抑欣喜之情，到绿柳晴，连蹦带跳，言语间还带比画，一不小心还把“黎傻瓜”带出嘴。钱掌柜听完她的汇报是又喜又忧，喜的是白露能够顺利打入救国军内部，还占据一个要害位置，与深得人望的黎有望关系匪浅；忧的是这姑娘跳脱活泼的个性实在不适宜潜伏任务。地下工作者的要求是“尽量职业化、社会化”，着装和日常行动都尽可能同社会上普通群众相近，“秘密工作和公开工作必须绝对分开”，隐秘、干练、少而密、单线联系。而且抗战以来，上级总结经验，为地下斗争提出了“隐蔽精干、长期埋伏、积蓄力量、等待时机”的工作方针。这姑娘的性格让他没法不疑虑。尤其是在小校场唱《松花江上》，那是近万双眼睛一起看过来。说得不好听点，现在平州人嘴里提她的次数比提黎有望还多。钱掌柜也去参加了祭奠。从小校场到求知书局，这一段路走来，人尽说白露。还有许多人不知道白露姓名，只以“那个女的”代称。让钱掌柜啼笑皆非的是，等人潮散去，他随便一溜达，就看见白露一脚踹倒黎有望。

钱掌柜肝都是疼的。

能说什么？还不能不说。

钱掌柜推了一下圆框眼镜，低声道：“白露同志，成功打入救国军，我得表扬你；但你在小校场唱歌这事，我要严肃批评你。知道为什么吗？”

“知道。”白露挠头，面有尴尬，又指指自己的嘴巴，用不无委屈的语气说道，“没法子，当时鬼使神差，这声音要从嗓子里蹿出来。我也拦不住啊。”

这天真是没法往下聊。钱掌柜连续咳嗽几声，这才缓过劲来。

“钱掌柜，我也不是新手了。秘密战线的纪律，我都能倒背如流。我有信心把救国军这支队伍带入党的怀抱。”白露言语铿锵。

就算白露没高估自己，就算黎有望真的马上把队伍拉过来，也未必吻合党在当前形势下对平州秘密战线的工作要求。平州，折冲樽俎之地，不仅得完成根据地所需要的各种战备医疗物资的采购，更重要的是对日寇汪逆的敌情收集。莲河一战，黎有望缴获大量资料文档，尤其是日方档案电报。钱掌柜已通过其他渠道取得部分抄写件，通过整理分析，得出一个与黎有望基本相同的结论：

“为攫取战争急需的石油、矿物和粮食等资源，日军拟于近期侵略东南亚诸国。”

这份情报已由钱掌柜紧急汇报上级，得到首长点名嘉许，亲自指示：“必须严格执行沦陷区秘密工作的指导方针，不以一城一地得失为念。把情报工作与群众工作、统战工作有机结合起来，深入社会，多交朋友，见缝插针，做串门的生意。”

钱掌柜没说话，目光深深地盯着白露。

“我又说错话了？”白露嘀咕，“我比赵松有耐心，我也知道轻重和分寸。这件事要是做成了，这支队伍能够及时回到党的怀抱里，不好吗？如果真做不成，我暴露了，一个人担着，绝不会连累组织。”

白露的声音越来越低，没底气了。有件事本来是白露想问的，就是前些日子在桥上撞了黎有望一跤的茶馆伙计，到底是不是自己人，还有那一跤是有心还是无意？这会儿别说问出嘴，心里的疑问都全丢到爪哇岛了。

白大小姐文章写得不错，脑子里的糨糊也不少。她比赵松有耐心？也许赵松之所以没有更早在平州竖起抗日旗帜，就是因为他在未能像自己一样得到最新指示前，已经深刻地认识到“折冲樽俎之地”的意义。还有，什么叫“不连累组织”？这是什么混账话？我们都是组织的一员，每个人的牺牲都是组织的损失。

这些话钱掌柜都没说出口。

眼前这位姑娘还是一块璞玉。玉不琢，不成器。琢玉之功急不得。

钱掌柜思忖良久，道：“韩光义最近动作频频，刚打下新化，就把军部从淮城移师新化，率89军整部南下移动，可能想重返平州。”

平州一地本在韩光义的控制下，可惜他误判局势，以为日军会很快攻打，为了保存实力，手令卫长河撤出平州。韩光义到底是老蒋嫡系，换别人，枪毙都够分儿了，他却还能不断升官，当起省政府主席。当然，韩光义的勇气也算可嘉，毕竟是沦陷区的省主席。

“听说韩光义在新化想搞一个江北抗日同盟大会，整编各地武装，欲图招于麾下。估计这张请帖，很快就会发到平州来。”

钱掌柜低声道：“我想你有机会还得回趟新化。一是救国军要想在平州立足，还是得设法争取到韩光义的某种支持。起码不能让他给轻易吃掉了。二是新化交通站失去联络很久了，也得尽早恢复。”

钱掌柜也不清楚白露是否清楚自己的言外之意。

屋外风雨已大，数粒雨点敲窗入屋。

2

祭奠毕，莲河大捷的庆功宴也是要搞的。用朱子松的话来说，就是要从平州豪户身上刮下一层油水，起码得让他们体重减轻百分之十。叶桂材补了一句，这也是为他们的健康着想。俗话说千金难买老来瘦。两个活宝说笑逗唱，军部内严肃的气氛为之一荡。

平州富绅们还是比较自觉的。几点原因：一是心知肚明黎有望薅羊毛的手段，这次若不出点血，是难以交代过去的；二是这场战斗大长中国人的志气，可喜可贺；三是以唐经方为代表的不少人认为这是救国军的“以战逼和”，对黎有望还是抱有不切实际的幻想；四是想不明白堂堂的大日本皇军怎么㞞成这样，既然日本人没来，这个书贩出身的司令就得供着。

其间还出了一事，在平州城内广为流传。一个在莲河之战中丧子的寡妇，来到慈云寺前，指名道姓要见黎司令。那战士就是抱着炸药包钻到坦克底下的，是家中独子。黎有望慌乱迎出寺门。本来以为大娘是要讨抚恤金，或开口提别的要求。没想到大娘从褡裢里抖抖索索取出刚领到手的五百大洋抚恤金，只说了一句话：“一块大洋，一个鬼子人头。”

总之，慈云寺指挥部前一时车如流水马如龙。据滕秘书不完全统计，相关贺礼也有十万之巨。这够吗？当然不够。但怎么一个不够法，还得黄开轩拿出一个章程，谋定后动。

平州城内，人争说黎有望如何深入虎穴，拳打汪伪，脚踢鬼子，飞刀取日本少佐山本人头，一把快枪就打沉了敌寇那艘耀武扬威的汽艇。

再说下去，恐怕就是黎有望虚空握拳，几十个鬼子就粉身碎骨了。

黎有望对这些传言又好气又好笑，还无从分辩。黄开轩是这些传言的幕后推动者，以亲身经历现身说法，公开说，当时他被山本压在身下，力衰难支，是黎有望隔空甩来一刀，才救了他一命。知道那飞刀有多神吗？中间还有许多个鬼子，刀子在空中划出一道漂亮的弧形，以一个不可思议的角度正中山本眉心。知道飞刀毙命有多难吗？就算扎准位置，也还得有足够腕力，足够稳狠。

有人来贺，就得摆酒。佛门清净地，酒肉不好入。大家在庙门外搭起彩棚子，摆上酒肉席。黎有望架不住这些平州头面人物的轮番来劝，喝得是天昏地转。詹耽敏连连高呼“快哉，快哉”，称赞黎有望是“岳武穆王再世”。黄开轩、罗耀宗等也有封号，是岳飞手下的大将陆文龙、张宪等。连那小校场高歌一曲的白露，也是当代梁红玉。民间故事，梁红玉金山击鼓，把金兀术围困在鲇鱼套的芦荡里七七四十九天。金山就在离平州不远的镇江西北处，平州民间千百年来也多有折子戏上演。可梁红玉是韩世忠的妻子，与岳飞没太大关系，还是营妓娼家出身。白露当场冷了脸，肚子里对詹耽敏说了声“我是你妈”；等黎有望招呼起身敬酒时，故意酒碗一泼，洒得老东西马褂湿透如同失禁，心情这才转好。黄开轩有心替黎有望代酒，这平州酒风还真是浩荡，代酒亦可，先干三大碗。众人望而生怯。还是叶桂材豪爽，拉着朱子松几个从另一桌转来，嚷着先把平州规矩摆一边，得先说道中国人的规矩，把詹会长灌了个人事不省，这才刹住这种歪风邪气。

黎有望还是喝了不少。

气得白露狠狠地掐了他几把。还得喝。这六年来，他就没喝过一次痛快酒。更让白露不爽的是，唐经方还带着女儿唐晓蓉一起赴宴。双姝争艳？这算啥事。她白大小姐什么时候掉价到要与另一个女人抢男人？还是个黄毛丫头。白露把黎有望的胳膊掐得青紫。黎有望浑然不觉，嘿嘿傻乐。倒是罗耀宗眼尖，发现了，去踩黄开轩的脚。黄开轩干脆把脸再转过去一点，嘴里嘀咕“非礼勿视，非礼勿视”。

酒酣。桌上杯盘狼藉。酒桌之上，自有规矩，喝醉事小，面子事大。谁想做缩头乌龟？就这样一句劝酒词，也能让一个男人酒量迅速提升三斗。

黎有望咽喉里似千针攒刺，肚腹内酒气翻腾，还好，没有在大庭广众下酒后失态。等到白露指挥两个士兵把黎有望扶到寺内厢房，他脑子里那根紧绷着的弦才放了松。这一下就双眼发直，眼中突突落泪，猛然拽着白露衣衫直喊姐姐，还扁着嘴，极为委屈地说，姐姐你怎么就忍心不要我了，现在平州人都夸我呢之类的疯话。又失声痛哭，还破口大骂吕天平是个王八蛋，混账。白露开始又羞又恼，心如鹿撞，以为黎有望是借着酒劲装疯卖傻来占她便宜，后来听出不对味，这家伙真醉了。他与吕天平之间的关系也真的很复杂呀。

白露对黎有望嘴里的姐姐生起几分好奇心。白露倒是想在厢房里照顾黎有望，可架不住隔三岔五有人推门探视。尤其是唐晓蓉，估计是被她爹逼的，怯生生地站在屋门口，紧张得直哆嗦，被白露拿眼一瞪“你来干吗”，吓得落荒而逃。这小姑娘跑起来的样子还真好看，有了她白大小姐直奔直罗山的半成功力。

白露走了。走之前本想找个士兵叮嘱该如何照顾酒醉之人，想了想，她也不知道该如何照顾。更重要的是，等到她想找人时，指挥部除了几个值班者，其他人集体人间失踪。这群王八蛋，肯定是被黄开轩领着去外面继续花天酒地了。这个黄开轩，骨头里都是坏的，当年还胆敢拿她作人质。

白露理了下纷乱鬓发，替黎有望掖好被褥衣角，怏怏而归。

在白露走后一个多时辰，独自酣睡的黎有望也迎来了两场他所不知道的杀机。两个人前后脚到厢房，一个拔出枪，一个拿出刀。拿枪的，枪口对准黎有望的太阳穴，几乎要扣下扳机。但奇怪的是，这两个人影最后都不约而同地收起刀枪，一个翻墙而出，身手极是敏捷，另一个自正门出，把守卫士兵骂了一顿，让他们提高警惕。恍惚是梦。

后半夜，黎有望醒了。

一夜残梦，极乱。梦境还模糊记得。是几个碎片。直罗山上，一群战士从他身前列队而过，皆没有面庞。紧接着是韩光义，如金甲巨人，从云端跃下，望他的目光如瞥蝼蚁。他想拔枪，枪拔不出。再拔，枪变成白露的手臂。等到他把白露搂入怀里，定睛再瞧，怀中人已是那个眉目如画的唐晓蓉。说日语，“大丈夫です。安心して食べてください。”声音清脆。他一松手，黄开轩就把唐晓蓉抱去。更让他不敢相信的是，黄开轩怀里还搂着白露。黄开轩的五官还是与现实中一样，神情却似换了一个人，嘴里还在说：“兄弟如手足，女人如衣服。”黎有望上前去夺，黄开轩就把白露与唐晓蓉分别往左右一抛。左边是悬崖，右边也是，嘴里还说：“你救哪个？”黎有望左手去拉白露，右手去拽唐晓蓉，皆拽了一个空。唐晓蓉落入深渊，眼神哀婉，被突然出现的丁聚元抱在怀里。而右边的白露则被吕天平搂在怀里，凤冠霞帔，言笑晏晏，赫然是新婚装束，看黎有望，如瞧陌生人，手里还拿着一把枪，枪口对准他的额头。

黎有望就是在这刹那醒的。

醒来后，一身冷汗。

独坐半晌，眼前晨曦渐晓，窗外乱云翻滚，直觉浑身难受，头像灌了铅般沉重。他灌了一大杯水，到寺后牵出战马，上马，就想去跑上一圈。风大了，如一个被激怒的巨人，用那看不见的大手拍打着世间万物。屋檐间有战栗吱呀声。身前树木皆尽弯腰，细点的枝条若皮鞭在空中抽响。天似要塌下来，地似要翻上去。连胯下马也团团打转，不肯迈蹄。

黎有望皱眉，一声怒吼：“呀呀呔！”

与此同时，寺门口那悬挂着抗日救国军旗帜的木杆咔嚓一声断了。一根壮年男子躯干粗的木杆居然就这样断了?！旗杆砸落在寺前的一棵槐树上，细小花粒如雨点落下。黎有望连打几个喷嚏，抬眼却见旗帜前端的军旗被风卷起，飘飘荡荡直上五重天。

须臾，风歇。

满空乌云散尽，又见那灿烂星斗。还有那颗大如斗拳的启明星。

后院外有吵闹声。黎有望拨转马头。

几个负责夜间警戒的士兵见他后，脸犹有惊惶之色。其中一个报告：后院僧房那位做得一手好素菜的老和尚死了。

暴毙。脸黑如炭，七窍出血，表情痛苦扭曲，裸露的手臂上还有不规则红斑。这是砒霜中毒症状。吕天平直罗山遇袭后，黎有望对毒物专门下了一番功夫。已匆忙赶来的黄开轩一脸凝重。明海法师走后，两个僧人主要靠布施生活，一向与世无争，也多有为平州人做水陆法事，口碑极好；指挥部入驻后，还常主动为将士们煮一碗斋面，甚得大家喜欢。谁会杀害他们？

又有士兵来报，说折断的军旗底部被人锯断大半。

黄开轩大怒，召来昨日警戒人员，一顿痛斥。问带班者，昨夜都有什么陌生人接近慈云寺。班长嗫嚅嘴唇，不敢应声。估计昨晚也是酩酊大醉。黄开轩扬起手中皮鞭，就要抽落。黎有望一叹，昨夜酒醉说到底还是与他有关。是他大胜后麻痹了，放松警惕了。若没有他在席间带这个头，恐怕还没有多少个将士敢这般痛饮。

“这事，我也要做检讨。”

他停顿片刻道，“酒还是要喝，但再也不能像昨晚那种喝法，要有个章程规矩。还有，你我两人，不能同时喝。必须有一个滴酒不沾。”黎有望不知道老僧死的时刻，两场杀身之祸与他先后擦身而过。但他此刻还是充分地感受到杀机可怖。潜在暗处的敌人敢对老僧下手，又为什么不对昨晚酒醉的他下手？凶手是专业人士。这不大可能是私怨寻仇，而是对救国军的挑衅，拿无辜者的性命杀鸡儆猴。

自己还真是长进啊。六年前在韩光义眼前连鸡都不算，现在俨然为猴。

只祈不是沐猴而冠。

黎有望心中百念丛生。黄开轩与随后赶来的罗耀宗、朱子松、叶桂材也是立刻检讨。其实，他们几个人都先后回过慈云寺，或取酒资，或巡视防务。本来黄开轩想留守慈云寺，可朱子松死活拖拽，说是南京死人堆里爬出来的那几个兄弟要请黄司令喝一杯酒。这杯酒不喝还不行。

徐永财来了。这位老吏勘查完尸体后，结论与黎有望一致，并且指出：中毒死亡的时间应该是晚上九时左右。砒霜毒发的时间约在入腹后一个小时。这个时间点刚好是救国军欢宴进行到高潮之时。砒霜中毒，极为痛苦，肢体还多半有抽搐挣扎。也正是寺外的喧闹声遮盖了老僧可能的呼救声。凶手专业，极冷酷，可能还旁观了老僧的死状。身手高明，也是亡命徒的性格，虽然警戒在那时多有放松，但指挥部里毕竟还是有一个排的兵力。

徐永财的分析条缕分明，层层递进。

黎有望竦然一惊。换句话说，对于平州某些人来说，自己在慈云寺的平州军指挥部还真是个菜市场。幸好在稻河码头的军营驻地未曾加入昨晚这场狂欢。但说不准也同样是一个菜市场。必须说，幸好莲河之战的作战方案等要事，基本上都是口头小范围内传达，指挥部内部还没有形成那种案牍章疏的风气。军情乃头等机密。若让这等凶徒知悉，以后仗还怎么打？

要在警察局体系外，尽快成立宪兵队，其职责包括军情调查、保密及其他特别任务。黎有望的目光在罗耀宗脸庞上稍作停留，又滑向一旁脸有惶恐的朱子松。

3

徐永财的办事效率不错。随后至黎有望的办公室相继呈上一年来新迁平州的滞留者名单，对可疑者一律红圈画出。一年以前的名单也不是说不能搞出来，但那需要投入更多警力。可疑者十有八九在这册名单中。揪住一个，顺藤摸瓜就不难再掏出其背后势力多年来布下的暗桩。尤其是像杀害老僧的凶手，这等身手是不可能长期潜伏于平州的，甚至可能就是某个势力临时从外地请来的杀手。

莲河战罢，黎有望对徐永财的疑虑又释大半。

守城有功。

他若真在那时联络起那些水底下倾向议和的投降力量，反戈一击，平州城自己怕是一时半刻回不来了。这算是聪明者识时务，还是说徐永财一直隐忍不发——若自己兵败而归，他便要提着自己的脑袋向某个主人邀宠去?

乱世人心……自己的多疑症又犯了。这不好。黎有望挤出笑容，给徐永财点了支烟。徐永财一如既往，保持谦恭之态，说唐经方改日会专程递交嘉辉电灯公司的用电量统计报表。另外，经上次司令提点后，他跑去敲打一番，那小子承诺捐献二十万大洋，但有条件，条件他上次与司令提过，仍然有效。

徐有财不清楚唐经方当日所提的“和”字，这段时间下来，也听到唐府有意把唐家二小姐许配给黎有望的风声，也亲眼目睹黎有望酒醉后，唐晓蓉在唐经方的催逼下进寺，此刻却是不便多提，一张脸上挂满笑容。又继续汇报，说平州学堂的左校长已确认为共产党。但自己按司令先前嘱咐，没有动他，只是暗中观察。

黎有望沉默下来。唐经方还真把自己当橡皮人了?

等等，徐永财说平州学堂的共产党?除了与共产党死磕外，徐永财还真有意思，日寇汪逆，还有韩光义那边，就没有一星半点的线索?

必须敲打。尤其是徐有财守城有大功时，更要敲打。

“莲河之战，你联络的那个警长赖贵明，立下大功，首功。”

见徐永财一脸灿烂阳光，黎有望咳嗽一声继续道:“但他欲拔枪杀我，你可知为什么?”

黎有望未详加解释。这等内幕，徐永财真是惊闻，汗出，口称那个赖老六他怎么敢。又说，他若敢，老子掘了他祖坟，把他剁成肉酱。又说黎司令吉人天相，洪福齐天，像赖老六那等小人见到黎司令的威严，再怎样一颗凶悍作乱之心也顿时要拜伏于地。

徐永财的马屁功日见其增。

“祖坟?”黎有望笑笑，埋头翻阅了十几分钟的名册，其间还随手处理完几件公务，眼角余光瞥见徐永财双股有战栗状，这才缓声说道，“赖贵明是个好汉。他说了他哥赖贵生本想与丁大巴子联手抗日，所以英烈碑上我把赖贵生的名字刻上去了。”

徐永财恍然大悟，这些时日百思不得其解处有了解答，又惊道:“赖贵生是赖贵明的哥?”

“赖贵明倒称这事机密，他哥幼时被抱养，你当不知晓。可我觉得徐局长在平州二十年，就连街头一只猫是公是母，也当心里有数。赖贵明与你交情极好；赖贵生，民团营长，也算平州一隅的头面人物。你会不知?”

黎有望这是诛心之论。徐永财还真是不知，苦笑低头道:“属下确实不知。”

“不知者谓我何求，知我者谓我心忧。”

黎有望脑子一抽，想想不妥，起身拍拍徐永财肩膀道:“徐兄，不知者不罪。这个事我不怨你。但还有两件事拜托，你得替我寻那赖贵明，说服他加入平州救国军。我必许以重任。”停顿了下又道，

“第二件事，平州城内，各种潜伏，共党这条线，你盯着可，不必太费人手。上次我已嘱你着重在日寇与汪逆处，尤其是那什么‘千手观音’，找出来，打断他的手，我看老僧毒杀案十有八九与此人有关。”

说到后来，黎有望是声色渐厉。

徐永财双脚一并，行礼。

破案哪有像黎有望这样张嘴就来的？还什么十有八九，这又不是汪逆当年在武汉清剿共产党嚷出的“宁可错杀三千，不可放过一个”。这个道理，黎有望懂；但他还必须这样敲打。狗娘养的徐永财如此精明能干，为何不汇报日寇与汪伪方面的进展，他到底隐瞒了什么？他又为什么敢这样阳奉阴违？黎有望难释心中疑虑。

朱子松这个宪兵队队长要尽快上任。

门外有急促脚步声。是新任副参谋长罗耀宗。徐永财躬身告辞。罗耀宗递上一份急件。“韩光义要求我们必须于本月28日前赶赴新化，共议江北游击区抗日联盟一事。”电文内容倒也简单——

平州保安民团：莲河一战，虽擅启战端，但歼灭日军两个小队，打破了倭寇不可战胜的神话，江北震动，委员长甚为褒奖。时下，江北抗敌力量散乱，虽扰敌后方、迭奏肤功。但诸部无纲目、无计划、无统辖，几近军阀，民甚苦之。本主席以国民疾苦为要，拟成立江北游击区抗日联盟，能勠力同心，则厥功至伟。特邀贵部主官赴新化议事。

平州抗日救国军成立日，韩光义还发来贺电，这回就直呼“平州保安民团”，莲河一战也是“擅启战端”，尤其是那句“几近军阀，民甚苦之”，他黎有望是军阀吗？这个民，又指的是谁？怕指的是唐经方之流吧。韩光义还真是毫不掩饰他要借中央名义，行狼吞虎咽之事。

善权术，拙军略。这是吕天平对韩光义的六字评价。

准确。但不够解恨。这就是一只典型的外战外行、内战内行的老王八！黎有望还真是难以克制自己对韩光义那种从生理到心理的双重刻骨厌恶。

第二十九章

赴新化

1

紧急军事会议就一个主题——要不要去新化。

说不去的人与说去的人各占一半。前者是朱子松、叶桂材；后者是罗耀宗、徐永财。黄开轩没表态。参会人员就六人，控制在小范围内。

朱子松的意见是：韩光义他就不是个人，若用一种动物来比喻，就是枭。知道啥是枭吗？夜晚叫得人起鸡皮疙瘩的那种恶鸟，还特爱吃屎。残酷无情，暴虐成性，翻脸不认人。

一口气说出两个四字短语，还说得这么有节奏感，朱子松心情大好，冲着叶桂材竖大拇指。竖了片刻，想起这大拇指应该是给自己的，马上补一句："啊，一时激动，搞错方向了。"众人莞尔。

叶桂材补充：

"韩光义这人刻薄寡恩，这分明是要摆鸿门宴。韩光义当年号称是打军阀出身，这回堂而皇之地说我们几近军阀，狼子野心，昭然若揭，正是要拿我们这些地方抗日武装开刀的节奏。"

这回，朱子松的大拇指转向叶桂材。

"老叶，你牛啊，堂而皇之也就算了，还晓得狼子野心，还昭然若揭？"

"这不跟着黎司令、黄司令紧赶慢学嘛。"叶桂材挤出一脸憨厚笑容，"一日不学习，追不上黎司令。这话不是我说的。平州城里都在传呢。"

叶桂材拍马屁的功夫有青出于蓝而胜于蓝的势头。朱子松用力去拍叶桂材肩膀，"三天不见叶桂材，刮目相看。"

黄开轩挥手制止这对活宝的贫嘴逗趣，也皱起眉头补了一句："枭，猫头鹰嘛，老百姓讲的夜猫子。色盲，是唯一不能分辨颜色的鸟类。没听说这种鸟喜食粪便啊？"朱子松赶紧挠头，道："我这是打个比方。"黄开轩哦了声道："夜猫子进宅，无事不来。"黄开轩的态度并不鲜明。

罗耀宗的意见是：黎有望单枪匹马去新化，凶吉难料，这是事实。但这趟新化还真是非去不可，能在战略上占据一个主动位置。几点原因：一是韩光义为省主席，平州至少名义上还是隶属重庆政府。名正言顺。名不正则言不顺，言不顺则事不成。平州百姓之所以踊跃参军抗击敌寇，就是因为救国军从起立伊始的名正两字。二是若不参会，就有被视作流寇武装之嫌，起码是被这个抗日同盟会排除在外，难有壮大发展，也难从中央获得资源。尤其是平州四战之地，真若日寇汪伪来袭，没有韩光义部支援，在军事实力上很难支撑。

罗耀宗的话，朱子松不爱听。没办法，罗耀宗这个人他就不喜欢，这家伙长得太帅了，走在平州街头，那个玉树临风，上至八十岁的老阿婆，小至十几岁的小女孩，中间还有那些妯娌大婶，目光全在他一个人身上。他朱子松都变成了背景板。当下讽道："没有韩光义，我们也打下了莲河。平州城内谁他妈的知道韩光义？就他手下那个卫长河，守平州未足半年，鬼子还没来，便丢盔卸甲，以风一般的速度逃跑。还真指望战事一起，他们来支援我们？我还不如去找南边的新四军。"

朱子松讲的也未必不是一个理。罗耀宗笑笑，没有反驳。

徐永财认同罗耀宗，说丁聚元劫城时，为什么要着重强调他的国军身份？毕竟这个名分在这里，不好僭越。现在是国难当头，咱们若是能在韩光义那里弄一个正经的国军身份。还是天大的好事。

徐永财讲得也有道理。朱子松恼了，眼神咄咄逼人，“我是说，假如，黎司令在新化真的遭遇不测……”停顿下来，扭头对黎有望道，“司令，我不是咒你，是说可能。直罗山的事，他们不清楚，我清楚。韩光义当真是心狠手辣，那个叫什么许汉山的，是救过他命的，就为了整编175师，杀鸡给猴看，就咔嚓砍了。”

朱子松讲的这话同样有道理，不过接下来他讲的话就让人不大愉快了。

“我说你们两个，是不是盼着黎司令真的有个三长两短，好接收平州啊？”

此言一出，室内一时间鸦雀无声，氛围顿时凝滞。不过这个凝滞也就不到半秒钟。黄开轩一记耳光扇在朱子松脸上。“杀了几个鬼子，就能耐了你啊？”黄开轩声色俱厉。

朱子松捂脸没再吭声。他这话是不妥，但黄开轩扇他耳光也不对。黎有望皱眉头。黄开轩出手太快，他没来得及拦下。黄开轩样样都好，但还真是有点旧军人的习气。黎有望一叹道：

“子松，开轩用意也是好的。咱们都是革命军人，要精诚团结，不能立足稍稳，就马上搞起山头主义。还有，就算我真的遭遇不测，开轩不是还在平州吗？以后说话要多过过脑子。三思而后行，对不？”黎有望温言安慰，朱子松的眼眶略有湿润，强自忍住，没让泪水掉下。毕竟是个二十出头的年轻人，知道自己说错话了。他对黄开轩倒是没有怨恨之心，毕竟同是从南京尸体堆里爬出来的，黄开轩于他是有活命之恩的。

徐永财赶紧打圆场：“子松，黎司令那是平州的魂，没有他，平州就失了根。这个共识，大家都是有的。你放心，若黎司令真有不测，你到时枪毙我。”一扯朱子松衣袖，压低嗓门，“晚上咱兄弟俩上花街转转？”

花街在平州东北角，多有娼寮优家。黎有望挠头，当自己没听到。过了几分钟，叶桂材小声道：“寺前军旗被人锯了，再为大风折断。现在平州军民多有谣言，说怕是要出大事。”叶桂材说得含蓄，意思大家都清楚。谣言谶语向来禁之不绝，大有市场。某种意义上，中国古代的政治史，就是一部谣言史、谶纬史，各种搜罗传播、极尽附会，但说到底，根子上就是权力斗争。

黎有望怔怔出神，又皱眉，再展眉。这个“皱”与“展”让旁边的徐永财有点心惊肉跳。没法不尴尬。这些天他动员了大部分警力，老僧案与断旗案还毫无头绪，眼前这两位可都是精明的主，想随便抓个人敷衍搪塞过去，黄开轩或许还会看破不说破，这位说不定真会把自己揪到英烈碑前抽上几十鞭子。

愚夫流言，多属罔测。然蜚语如潮，久传之下，亦易生变。关键在一个顺势疏导，而非一味严堵，如修水利。黎有望略思忖，笑起来，“谶纬一事，不能全信，也不能不信。这样吧，子松，你带几个人晚饭后把城中的算命先生都请到司令部来。我说的是请，要客气。”这个命令让朱子松丈二金刚摸不着头脑，不问军略问鬼神？等众人走了，黎有望又叫来滕秘书，附耳一阵嘀咕。滕秘书吃惊问道：“这也行？”

“怎么不行？不试试，怎么知道不行？老先生说行，那必定是行；若老先生觉得不行，那我下午便去他府上走一趟，也许他又觉得行。”黎有望一连串的绕口令。滕秘书的脸色是说不出来的精彩。等滕秘书匆匆奔出，黄开轩乐了，又开始掉书袋，什么阴阳五行，天人感应，诡为隐语，预决吉凶。等这组成语说完，他才笑道："是个好招。"又想了一会儿，吐出四字，"下决心了？"

黎有望点头道："不去不行。"

黄开轩牵了牵嘴角，想说点啥，又忍了下来。他要说什么，黎有望知道，没往下接着说，呷茶，换过一个话题："莲河的丁聚元也应该接到这份请帖了。你觉得他会不会去？"

翌日清晨，平州城内十几个相师齐聚慈云寺。黎有望没提韩光义请帖之事，就言军旗折断事，说有无知乡民说这是大凶之兆，烦请诸仙师一卜吉凶。

相师多人精，听到黎有望言语里的"无知乡民"，就心知肚明这是领导定了调，再加上从来好话令人喜，哪敢在慈云寺里搞"入门观来意，出言要拿心。六字真诀：敲，打，审，千，隆，卖"这套，个个捻须，引经据典。

或言观相之法，"黎司令上庭饱满，中庭红光散发。山根平满，伏犀贯顶，印堂光明莹达，必是旗开得胜。旗折而飞，是谓飞龙在天。"

或说紫微斗数，先天命盘，认定黎有望乃岳武穆王转世，命格上上，"旗折而飞，是天兵相助、阴兵借力，会有短暂凶险，但必逢凶化吉，三清高佑。”

至于四柱推算、五星六曜、太素脉秘诀、水镜相法、麻衣神术，等等，不一而足，蔚为大观。黎有望皆含笑不语，每位相师说完，就令人取封好的十块大洋相赠。相师平日起卦，通常不过一角，报酬这等丰厚，自是喜出望外，口中谄词也越发利索，说到后来，似乎只要黎有望肯点头，数旬间必能横扫九州，把那帮日寇赶入东海喂王八。

偏还就有个不懂事的，可能是想贪图更多报酬，声称自己用的是周易古法。捷战之后，军部折旗，这是老天警示司令要慎行杀伐，近期有大凶象。他有一法，可破此劫……

没等到他说完，黎有望嘱朱子松当场去掉他的座位，客客气气请出寺外。至于钱，那是一分也没有。气得朱子松寺门外想抡拳打人，“黎司令想听点好话，以壮军心。这你都不懂？你说你还、还能有啥用？以后别让我在街头看见，看见一次揍一次。”

还真不仅仅是壮军心，而是抚民意。

半晌，大家的目光都集中在首席上坐着的那位仙风道骨的老者身上。滕贞吉，滕半仙，颌下一撮银白色的山羊胡子。座椅后还侍立着一位小童。平州相师界的老前辈，声名远播大江南北。传言南京方面有要员相请，开出五百大洋束脩，老人家巍然不动，送过去去三个字，“五年，崩。”滕贞吉目盲，此刻似乎能感受到众人目光之热切，起身，嘱身后小童：“取龟甲。”龟甲灼卜，那是滕半仙秘不外现的神技，据说伏羲手创，由上古先民所遗，经文王发扬光大，传泽后世。众人皆屏声静息。

又有蓍草一束，长约三尺。传言此草非圣人之地而不生，也不知滕贞吉从哪里搞来的。“首若龙矫，尾若凤翔，探迹索隐，钩深致远，定天下之吉凶，成天下之亹亹。”滕贞吉口念诵词，将手中蓍草摆出八卦方位，一番掐算，令身后小童取柴薪置于室内东南方位，等火焰燃起，复请黎有望绕火堆周行一圈，再俯身下拜，意极虔诚。再小心把龟甲置入其中，默诵。这回谁也听不清他念什么了。龟甲在吐舌的火舌下不断发出噼啪之声。这是神在传达旨意。至于这旨意是什么，等会就得指望滕仙师的传达。室内有焦香味。

不多时，滕贞吉取出龟甲，浸入冷水后，手指反复摩挲甲上裂纹，良久。

仰首，口中喃喃，似在与看不见的神灵沟通。

蓦然扯起瘦颈，一叹，“龙战于野，大凶之兆！”

黎有望脸色骤变。昨日下午他在滕秘书引见下，秘密拜访了一趟滕贞吉，说清来意，恳请滕仙师相助，话说得极客气，还另外封了二百大洋。老家伙当时不断颔首。没想到今日室内还敢妖言惑众，就算暂时还拿他无可奈何，但黎有望还真不介意改日秘密嘱人打断他两条狗腿。

众人静默，面面相觑，都不知道说啥好了。“龙战于野”是坤卦第六爻。下半句是“其血玄黄”。此爻极凶，三国后期，高贵乡公曹髦与司马昭交战的故事，便与此爻爻义相通。其实军中折旗，在这些术师看来，哪会是好事，先前口中谄词，那是情非得已。

黄开轩微微一笑道:“可有补救?”

“主帅有身死之险哪!”

滕贞吉转身面对座椅上那些神态各异的同行，提高音量:“山陆地沉，九州之地鬼气阴森。先前诸君所言，多有不尽不实之处。我能理解，但我等术者向为世人讥为九流下三烂，便是因为难有真言。”

滕贞吉目盲，此番言语倒是有了几分凛冽之意。初夏，室内倒有了秋风澎湃之意。黎有望暗叹，以后找人打断滕仙师腿时，就不要打断两条，一条就好了。正待说话，滕贞吉突然一怔，似听闻到空中某个秘语，示意大家莫出声，手指在龟甲上又急急摸过几回，又掐指默算，几分钟后，脸上峻急之色尽敛，笑意浮出。

“等等。不需补救，是否极泰来。”

老先生原本佝偻之躯突有挺拔。

“武王伐纣，到于邢丘，楯折为三，天雨三日不休。武王心惧，召太公而问曰：意者纣未可伐乎？太公对曰：不然。楯折为三者，军当分为三也；天雨三日不休，欲洒吾兵也。”

老先生的语速甚快，黎有望只听懂武王伐纣几字，去看一直竖耳聆听的黄开轩。黄开轩解释说，周武王去打商纣王，到了邢丘这个地方，大雨一连下了三天三夜，战士们用的盾无缘无故折为三段。武王心里有点害怕，问姜子牙是不是要停止伐纣。姜子牙说，盾折为三段，是说我们的军队应当分为三路。大雨三天不止，那是在洗甲胄，好让我们的士兵轻装上阵。

滕贞吉果然是滕半仙。

黎有望都想抱着老头儿干瘪的面容亲上一口，欲扬先抑这套手法真是到了一个炉火纯青的境界。只是老先生，拜托下次能否先打个招呼？这样很容易引起误会的。

“上九之卦，先否后喜。”

滕贞吉拂衣袖，拄起拐杖，摇起铜铃铛，在一个侍童牵引下起身而去。临行前还留下一句话，有黄钟大吕之音。

“苟利国家生死以，岂因祸福避趋之！”

2

众人散去后，黎有望朝滕秘书竖起大拇指。有滕贞吉的一言九鼎，这些术士必走街串巷多有传诵。谣言未必止于智者，而是相反。谶纬之学当然非谣言两字，千百年来，用于昭告吉凶祸福、治乱兴衰，也还是有非常深厚的民间基础的。

滕秘书清楚，但笑容一闪而逝，露出几分忧虑之色，“黎司令打了这么个大胜仗回来，县府上吃公帑的，没有一个不服气的。我大伯滕贞吉，吃的是半仙这碗饭，对司令也是佩服得紧，仰慕得紧。只是他这个人向来寡言少语，言出多有中……司令，这是真的要去新化了？”一顿，又道，“这等机密之事，我本不该置喙多嘴。只是最近韩光义要搞那个苏北抗日同盟会的消息，小范围内已传开。听说莲河那边的丁聚元也得了请帖。他们那边还有人朝我暗中打听司令意向。”

这等事本也瞒不住，只是去与不去，还不是对滕秘书说的时候。黎有望温言宽慰数句。滕秘书将近期一些需要黎有望过目的民政事务分别呈上，主要是税收、劝农、通商税收登记等。还有学潮的事。

黎有望眉头一跳，细问。

平州学堂左月潮校长昨夜归来时，被人无故冲撞殴打，受伤匪浅。左校长欲大事化小。平州师生不肯，跑到警察局要求立案。警局推诿。有十余名师生拉了横幅到警局前游行示威。人数不多，涉及在平州素有人望的左校长，坊间也多有议论。打人者是警局某支队长。师生意指警局包庇。黎有望叫来徐永财再问。徐永财叫苦不迭，说自己哪还敢去惹左校长。支队长被派任务，一时心急与左校长相撞，又有推搡，导致左校长受伤。他上午已携该警员亲临医院道歉，送上抚慰金。但师生的诉求是革职。该警员乃老成干吏，经验丰富，革职处分似过于严重，尤其现正用人之际。黎有望目光凌厉如炬。徐永财说得额头冒汗，没敢说师生欲壑难填，意思有这么一点。徐永财再怎么恃功自傲，也不至于在明面上授意属下惹出这种事端。此事或另有隐情，但还不是细究之时。黎有望转过脸，吩咐滕秘书以他的名义再去探望，尽快平息事端。等两人走后，目光望向黄开轩。

黄开轩眼观鼻，鼻观心。

黎有望苦笑，道："赵松是共产党。你担心这滕秘书也是?"

"是与不是，现在重要吗?"黄开轩神色温和道，"左月潮被殴，真相如何，也不重要。你黎有望不该是一个查漏补缺之人。滕秘书向你汇报学潮一事，这是他职分所在。你可以过问，但不该叫徐永财当场过来，搞成对质。这会让滕秘书以后相当难办。这些也都是小事。有望，就不谈什么运筹帷幄之中。当务之急，去新化，要布下哪几着后手；还有丁聚元，要不要通个气……"黄开轩话未说完，门被敲响。说是敲，其实是连敲带推。一身军服的白露快步进屋，见了黄开轩，眉头皱起，极不耐烦道："你说完了没有？我与黎司令还有事谈。"

母老虎今天是英姿飒飒，这身被改良后的军服真若莲叶一盏。

莲中人如玉。

黄开轩没敢多看，起身落荒而逃。

白露毫不客气地在对面坐下，手往桌上一拍，气势汹汹道："黎司令，你搞些江湖骗子来平息民间流言，这个我没啥好说的。提醒你一句，装神弄鬼是会上瘾的。所谓成也萧何，败也萧何。说重点，你是不是想去新化了？你还要不要命？你真以为韩光义是心慈手软之辈，放了你一次，还会放第二次？”

救国军里也就白露敢这样与黎有望说话。更关键的是，被白露这样一吼，黎有望智商迅速下降，就跟一个傻子般，手足无措。门没关。几个夹着材料的参谋憋着笑匆匆加快脚步。这脚步声就与往常大不一样，雄赳赳气昂昂，简直是唢呐吹起。黎有望万分尴尬，起身掩门。白露意识到不妥，“这是黄开轩没关门。与我没关系啊。”白小姐甩锅的本领与她的伶牙俐齿有得一拼。黎有望垂头丧气道：“下次我批评他。”

“批评哪够？”白露板着脸，“是不是他撺掇你去的？若是他，我现在去打断他两条腿。真以为老虎不发威当我是病猫啊。”

白露作势欲起，黎有望慌忙拦住。白小姐都是从哪里听到他要去新化的消息？至少到目前为止，他就对黄开轩表露过决心。不管从哪个角度来说，黄开轩还不至于主动去告诉白露。莫不是黄开轩想借白露拦阻自己，有意泄露？黎有望一怔道：“你从哪听说我要去新化的，我没说过啊。”

“装，你就继续装。黎有望，我看你以后十有八九会毁在这个装字上。”

白露身子往前一探，继续叫嚷道：“黎有望，城里都在传韩光义要在新化搞抗日同盟，救国军要改编成89军的一个团。不对，是一个旅。你还给我装？对了哦，还有什么滕大仙师金口所断的否极泰来。”

有些话白露没说，黎有望懂。不需要多少智商，只要是有心人，把这两件事联系起来一对照，便能推算出黎有望心中所谋。世上的傻子没多少，关键是对信息的搜索整理，以及去伪求真。以白露现在救国军参谋的身份，知晓抗日同盟会这个消息，并不算难。她的顶头上司罗耀宗倒是主张自己去。她倒好，岂止是越级报告，简直是跳着脚打上门。

窗外有山石，透露瘦皱。石隙间，有一株树，挂出一片绿瀑。

黎有望收回目光，“白参谋，坐下，慢慢说。”

这话算是对白小姐的提醒。这是救国军的指挥部，不是看风景的尚义桥。一想到尚义桥，黎有望的脑子里又嗡的一声响，智商继续下降，赶紧背转身去看赵松遗下的四字，“大好山河”。这幅字本已置入赵松棺椁，赵松火化后黎有望嘱人取来张贴此处，取一个睹物思人之意。“河山好大，处处都要你黎司令粉身碎骨来填那些窟窿。要知道此去不啻于与虎谋皮。”白露嗤笑，气鼓鼓地坐下，良久道，“黎司令，我是僭越了，你也犯不着用什么白参谋提醒我。我没那么傻。我觉得这事就算一定得去，也未必要你亲自去。黄开轩，他去很合适啊；还有罗耀宗，这是人才啊，才来几天，这参谋部就被他打理得快赶上雍正帝的军机处了。”

白露这番话黎有望不是没有考虑过。从人选来说，罗耀宗肯定不合适，他在救国军内资历太浅，且在新化一地，多得相机而断、一言决之，若什么事还等罗耀宗回来汇报，恐怕黄花菜都凉了。黄开轩去，勉强合适。但有几个问题。首先，黄开轩本人并无去的意思。黎有望前日与他议事时，他忍住没讲的话应该与此有关。可能与某种心结有关。黎有望无意去打听其中隐情。不管怎么说，丁聚元与黄开轩南京城败后，没有回归部队，不惜落草为寇，光讲一纸蒋员会长的《告国民书》，这个理由不充分，当有其他难以启齿的事。其次，此去凶险。黎有望既承赵松遗命誓志抗日，就要担起这个责。纵杀身成仁，那也理应排第一个。若遇危险，只想着屈身避让，让手下人冲锋在前，谁肯心服？这与黎有望本人的性情有关。再次，风险与收益成正相关。若能凭借这次同盟大会，取得番号、装备与兵力等诸方面的支援，那对平州来说，还真是久旱甘霖。罗耀宗与徐永财的话不是没道理的。更何况国难思良将。韩光义就算罔顾大义，非要做那睚眦必报之徒，未必在这时。电报行文阴戾，不等于韩光义就是一个糊涂蛋，也许他这样做另有所图……另外，黄开轩躲闪的目光也还有深意。

白露不是韩光义的女儿吗？

黎有望对白露好像也有了那么一点说不清道不明的东西。

韩光义会对未来的那什么下手吗？

黎有望没再深想下去，入座，身子埋下去，心头浮出数声嘲讽。自己以为救身之本的难道还得是眼前这张宜嗔宜喜的面容？黎有望咳嗽一声，佯作镇定道：“你说的有道理。我再想想。对了，上次与你说，看看是否能把求知书局办成士兵读书俱乐部，还有办救国军军报，给大家弄扫盲班，这些事都得你费心张罗。”

话题转换得太过生硬。这张面容离黎有望更近了。该死的。因为角度，那细长脖颈下是一大片雪白滑腻。一种女性特有的体香在室内悄然弥漫，蒸得人眼饧耳热骨软。黎有望心中暗慌，赶紧扭头。

白露浑然不觉，声音低了几度：“黎有望，你不能这样把什么东西都往自个儿肩膀上扛。你也扛不起。你得学会让人帮着你一起分担。我等会儿去找黄开轩谈。”

“别。”黎有望赶紧起身。

这一下，冲势过猛，两张脸庞间的距离只剩几寸，堪堪停住。这种停止更让人喉咙发干舌底发燥，比前些日犹在唇齿颊囊间萦绕的蜜，更让人心旌神摇。母老虎不见了，取而代之的是一种世上从未有过的生物，在午后的阳光里散发出惊人的美丽。白露的脸庞一下子绯红，竟不退让，也不闭眼，就这样一动不动地盯着黎有望。更让黎有望受不了的是，白大小姐还轻轻地舔了一下唇，是无意识的。是这种美丽生物攫人心魂时吮牙磨爪前的动作吗？这种美是要灼伤眼睛的。黎有望不得不闭上眼。然后听见敲门声。这回很有规律，很有礼貌。

3

苏北抗日义勇军司令丁司令相邀平州城外刘家沟相见。

黎有望的脑子半天没转过来，什么时候平州城外多出一支苏北抗日义勇军？罗耀宗目不斜视道：“二龙山先遣军，丁聚元。”说罢，拔腿就走，当屋内的白露是空气。白露先前的勇气早已荡然无存，蜷缩椅内，一张脸红得跟晚霞似的。

姑奶奶，我俩啥也没干。你这样红着脸，就好像鄙人工作时间还那个啥了。你这样让俺好难做人。你不是会吼吗？罗耀宗进屋时，你咋不吼了？

黎有望按捺住心头郁闷，请白小姐赶紧把黄开轩叫来。白露一溜烟跑了，跑得心如鹿撞，直叫该死。怎么就让黎傻瓜欺身这般近了呢，那张黑脸，事先起码得用肥皂水加鞋刷洗刷过三遍才对嘛。黎有望也没好到哪里去，黄开轩进门前，还特意跑到后屋用刚倒进缸的冷水洗了把脸。

丁聚元这是要来谈去新化的事了。

这小子还真是半点亏也不肯吃。刘家沟在平州与莲河的中间地带，说是沟，其实是一个小河汊，汊边有十几户人家傍水而居。见见，不是坏事。黎有望与黄开轩达成一致。什么时候见？后日上午十时。就带朱子松与另外一个精于枪术与搏击的士兵去。人少，也便于秘密行动。现在的丁聚元还不至于干出绑架救国军司令的事。

“我见丁聚元，你守平州城。对了，白参谋现在很恼火，声称要打断你两条腿。你见到她，躲着点。”黄开轩临出门时，黎有望提醒了一句。黄开轩的脸色顿时白了，估计是想起当年直罗山白露提膝狠撞那一记。

夜深，辗转反复，难以入眠。黎有望正要披衣出门再去溜达一圈，滕秘书带着滕贞吉上门来访。滕贞吉退回五百大洋，死活不收，说是捐为军资，数额不多，聊表心意。又让黎有望坐下，细细摸了回骨，沉默许久说，最好能取心爱女子之物藏于怀中，以避杀劫。黎有望没来由想起白露，心中一荡，但没把滕半仙这话当回事，只说自己既未婚配，目前也无心爱女子。滕贞吉摇头叹息告辞。过不多时，滕秘书回来，形容还是忧虑，说他大伯向来神算，从无一失。犹豫许久，从怀中取出一只半圆玉玦，说是自幼佩戴，从未离身，还望司令能随身携带。

玉有五德。润泽以温，仁之方也；鰓理自外，可以知中，义之方也；其声舒扬，专以远闻，智之方也；不挠而折，勇之方也；锐廉而不忮，洁之方也。可滕秘书此番送玉，取的是驱邪免灾之意。黎有望哭笑不得。黎有望本来对滕秘书是不是共产党还颇有疑虑，现在看来，还真是一干吏耳。共产党都是唯物主义者，哪里还会搞封建迷信这套？不过滕秘书对自己的拳拳之心殷殷之情，那是无半分虚饰。当日若非他精赤上身，伪造遗命，迎风展旗，平州时局就完全是另一番局面。当下推却，握住滕秘书的双手。

“民事烦冗，多细致入微，纵然形劳神瘁，也难求善了。你太辛苦。而且早先学潮一事，未先与你商榷，便凭一时意气唤来徐永财，也是给你添麻烦了。”

黎有望缓缓道。滕秘书的眼睛有了泪，“黎司令，士为知己者死。滕某不才，虽一刀笔吏，从今往后，附司令骥尾，肝脑涂地在所不惜。”

这话说的，让黎有望又没法往下接了。他本无笼络人心意，黄开轩一提醒，发现确实是自身疏忽，这番歉意，出自肺腑。想了半天，想起唐经方下午请管家送来请帖，邀请他明日午时到府上小酌。便嘱滕秘书明日同去。唐经方乃地方豪强，滕勇以秘书一职代摄民政，还是不妥。一是要多替他撑腰；二是赴新化后，还得设法从韩光义那为他再讨个副县长的身份，实在不行，循前例再刻个萝卜章也行。

滕秘书思前想后，还是收起玉玦。滕半仙说了，必须得心爱女子之物，这玉玦对他虽多护佑，可未见就能佑至黎有望。

“黎某本布衣之身，赖兄指正与城内父老乡亲信赖，忝列司令一职。不熟民政，难通经济。这个唐经方是从十里洋场打过滚的，你得替我好好收服，发国难财算个屁本事。徐永财那边我让他配合你。”

黎有望拍拍他肩膀，继续道：“黎某打仗还是不怕死的，但搞经济，济民生，造福桑梓，还得你这样的专业人才，不是说不怕死就行。晏阳初近些年在河北定县搞了一个平民教育运动，提出中国农民问题的核心是愚贫弱私四病，要以文艺教育攻愚，以生计教育治穷，以卫生教育扶弱，以公民教育克私。我觉得很有道理。滕老弟，你可尝试在平州渐而推行。放手试之，多从百姓的切身需求出发，着眼于小处，比如现在瘟疫之事尚有蔓延，可以尝试建立各区保健所，培训护士，注意杜绝饮用水传染的疾病，尤其是要培养民众喝熟水的习惯。移泰山易，移民风难……”

黎有望的这些言语颇有交代后事之嫌，絮絮叨叨，就差没直接说：“滕老弟，我若身死新化，你就接过平州一县民政，担负起这个责任。”

滕秘书突然打断黎有望的话，泪眼蒙眬，大声道：“黎司令，有句话，或许不该讲，但我还得说，就不能派黄副司令去吗？”

“我去，犹有否极泰来之可能；黄开轩去，怕只有一个死字。

我若有什么意外，你俩还是得把平州好好经营下去。知道吗?”

滕秘书再难言语，哽咽出声。

饭还是在唐家那座白金汉宫吃的。屋子里原本摆满的各种豪华饰品，多已撤去，据说是为防止日寇轰炸，搬到唐府的地下防空洞了。座中人除了黄开轩换成滕秘书，其他人还是原来一批。双方觥筹交错，共庆莲河大捷。酒过三巡，唐晓蓉就在父亲的示意下，起身前来敬酒，亭亭玉立。

“酒是不敢多喝了，下午还有军务要议。但唐小姐这杯我必须得喝，当日莲河一战，若无唐小姐教我日语应对场面，只怕还真得让几个鬼子瞧出破绽。”黎有望喝掉杯中酒，“唐小姐也是抗日功臣!”

原本声音蚊蚋大小的唐晓蓉突然扬声道:“抗日杀敌，拿头报国，巾帼不让须眉。”也不知她哪来的勇气，一句话说完，鼻尖沁出汗珠，脸色通红。唐晓蓉原本对黎有望没啥好感，当初还以为他学日语是要讨好鬼子，没想到几日后捷报传来，对他印象也有了改观。唐经方有意许黎有望为东床之事，平州城内人尽皆知，唐晓蓉又何尝不知。她心里还是抗拒，但也觉得这个书贩出身的司令不算人品太差，起码能承认她唐小姐在莲河之战中是出了力的。

“好一个拿头报国，巾帼不让须眉。”黎有望拍拍滕秘书的肩膀，“我这滕兄弟正在筹建救国军的战护急救体系……”

“我报名。”唐晓蓉急急喊道。声音再急，也是温婉悦耳。

“司令，小女鲁莽无知，不知战时急救这是需要专业技能的，空有一腔热情那是远远不够的。”主位上的唐经方咳嗽了一声。唐经方想替唐晓蓉在平州学堂谋一个教席。这话原来提过，但一直未得落实。唐经方话说得客气，也没有前次口称二十万大洋买一个“和”字时的从容，眉宇间多有忧色，想来这段日子徐永财没少敲打他。

教席一事，倒是容易。

黎有望指指滕秘书，“民政一事，皆滕兄弟主理，问他即可。”又加重语气道，“平州经济，也是滕兄弟。”这话够直接坦白。席间数人交换眼神，纷纷前来敬酒，尤其是倪子君，穿了一袭腰肢仅堪一握的旗袍，一口一个滕爷，趋身贴近，声音倒不说是妖媚黏腻，偏就有一种撩魂荡魄的魅力，倒唬得滕秘书面红耳赤。等到唐晓蓉也端起酒杯来的时候，滕秘书就更慌张了。两个慌张人也不看对方，各自饮酒。本来这个饮，也是沾下嘴唇，略表心意。滕秘书是一口闷，连刚才所饮，就足有五大杯。

毕竟年轻，还太老实，还得在这种场合多历练历练。

唐经方终于言归正传，言语极委婉，多铺垫。

“前次所请之事，不知黎爷考虑如何？我这边已与南京方面多有接洽。”

“这事好说，就烦唐老板与滕秘书先碰几回，拿出一个具体方案来。”

黎有望没一口话封死。

唐经方突道：“听长河说，韩主席要在新化开抗日英雄盟会，可确有其事？”

卫长河，韩光义麾下新78师的师长。唐经方的大女婿。据说是燕京大学历史系毕业的高才生，曾在南京国府军事委员会担任过文职干部。长河两字，唐经方叫得熟稔。这是要拿卫长河来压自己？黎有望心中一动。旁边坐着的唐爱英先开了口：“黎司令，你要是到新化见到长河，能不能帮我传个话，请他抽空回家一趟。这都多少天没回来了。”

唐爱英的话里不无幽怨。

黎有望既没承认抗日同盟会之事，也没说自己去与不去，咧嘴笑了笑。姓唐的老狐狸，还要与自己玩这手？黎有望用力又拍拍滕秘书的肩膀，笑道："时间不早了，我先回去。滕秘书，你在这里陪着唐老板好好叙叙。"抬头又望向倪子君笑道，"我这小兄弟不胜酒力，还请唐夫人多有照顾。千万别让他醉了。"

黎有望目光里没有半丝笑意。倪子君一望，心中一凛，笑颜道："黎司令请放心。我这就让下人端点醒酒物来。"黎有望拦住唐经方相送，起身拱手告退。把滕秘书一个人扔在这虎狼窝里，这是最好的锻炼。

第三十章

鸿门宴

1

刘沟，河汊。初夏时节，一派旺盛生机。

水清，若宝石嵌地，透亮。又有大片阳光从天而降，若金色鸟羽。涟漪生出，伴随着潺潺水响，就看见数尾鱼，在一个极为清澈透明的空间，来回缓慢地摆动尾鳍。这空间里又有隐约的绿，是两岸芦荡与灌木倒影。

黎有望上了丁聚元的船。两人都没有在平州城里初见时的剑拔弩张。莲河一役后，有太多改变，或者说是被改变。丁聚元已是一身国军制服，肩膀上还挂上校军衔。见黎有望目光扫来，丁聚元递过去手中一片西瓜，笑道：“自制的，学你作假的手笔。”

嫌瓜采摘过早，尚未熟透，黎有望啃过几口，把瓜扔入水中，望着水中那层层叠叠的涟漪道：“还没有熟，这么迫不及待？”

“没办法。我就这样一个人。”

两个人都沉默下来。

“你去不去？”丁聚元先开的口。

“你应该是去的吧。”黎有望道，“你一直盼着个正经身份。我就不明白当年你与黄开轩为什么不归队？韩光义重组89军，正是用人之际。”

船上就黎有望与丁聚元两人。朱子松及丁聚元带来的人手隐于芦荡四周，以为警戒。

“此一时，彼一时。”丁聚元还是没有直接回答，反而换了一个话题，“后悔吗？”

丁聚元指的是莲河。若说一点也不后悔，那是不可能的。黎有望想了一会儿老老实实承认，也顺便挤对了一句：“不过，你丁大巴子拿在手里也好，毕竟凶名在外，镇得住歪魔邪道。”

“我也没想到真能把莲河守下来。本来只想着在日寇的地盘上誓师一回，也长长中国人的志气。”丁聚元一叹，复又笑道，“这也是命，是我丁某人的福气吧。甭指望我还你四百条枪。”莲河一战，丁聚元也就是一个打边鼓的，谁想到局势变幻，反而成了一个最大得利者。账，大家心里都清楚。但所谓公平，只能以当时节点来论。黎有望对此也没有异议，摆手笑道：“算你欠平州一个情吧。”

丁聚元马上登鼻子上脸，“话可不能这样说，我要了莲河，这是徒担虚名，整天还得直接面对对岸日军的压力，苦不堪言啊。还不如向黎司令学习，取缴获，不声不响壮大实力。”什么叫得了便宜还卖乖，什么叫煮熟的鸭子还嘴硬，这就是。黎有望也懒得与他计较，继续凝视水中游鱼。

“韩光义打鬼子不成，搞内部斗争行。当年的175师，就是前车之鉴。依我看，他极可能把众多赴会者押为人质，武力收编；要是不去呢，恐怕会用剿匪的名义，立刻来攻。”丁聚元过半晌道。

丁聚元在韩光义身边待了多年，熟悉其禀性与做派。韩光义取了新化后，89军与平州、莲河中间再无缓冲屏障，引兵来攻未必不可能。所谓，去也是一个死；不去，也多半是一个死。

黎有望冷笑道：“你丁大巴子又想去韩光义那讨一个正经身份，归籍中央军，被招安，洗白土匪身份，立牌坊；又想不被他吃掉，保持独立性，占块地盘，天底下哪有这样的好事啊？小心被这两个

‘又’字噎死。”

“有你黎司令在，怕一时还噎不着。”丁聚元嘿嘿干笑数声，“莲河虽小，毕竟是平州入江的门户。这唇亡齿寒的道理不必我说吧。”

这个道理确实不必说。但有的道理还真的必须说。

“知道我为什么不与你争莲河吗？”

黎有望抄起船上渔竿，加了饵，甩入水深处。黎有望说的是实话。丁大巴子守下莲河后，指挥部军事会议上，朱子松等人提出再夺莲河的提议。莲河的地理位置太重要了，所谓平州腰眼，苏北咽喉，是胜负转战之地，兵家必争之所。当然，这是基于平州来考虑的。但从整个沦陷区的抗日斗争来说，则未必。黎有望把《论持久战》反复研读，得出的一个结论就是：沦陷区抗日斗争，不应该照搬正面战场上的高度集权，统一指挥的方式，而要化整为零，强调各个武装部队的独立性，要分权灵活来战。用蚂蚁啃骨头的战术，充分发挥地利，以一个由量变到质变的方式改变双方力量，徐徐图之，而不可妄想决胜一隅。目标小了，更有机动性，更能充分发挥我军优势。就算哪天平州的队伍被打散了，莲河还在；平州与莲河的队伍都被打散了，其他的弟兄们还可以接着来。

大象踩得死猛虎，但是奈何不了蚁群。

黎有望说得诚恳。这番话，朱子松没听进去，黄开轩深以为然。抗日斗争，这不能是像史书上那样一个乱世枭雄的打法。史书上的交战双方，那是在冷兵器时代的同一个水平线上；而中国今天与日寇军事实力的差异是维度上的。波兰骑兵以其无畏精神曾打得剽悍的哥萨克人闻风丧胆，但二战伊始，一个团的波兰骑兵手持马刀朝德军坦克发起冲锋，瞬间被全歼，德军零伤亡。

丁聚元摇头，又点了一下头，似乎不愿意相信黎有望能有这样的眼界与胸襟。水响，钩起，是条半尺长的青鱼，在船板上来回蹦跶。阳光打在鱼鳞上，泛起点点光芒。黎有望心情大好，笑道："我不瞒你，我拟动身去。韩光义与我的私仇，且放一边。他毕竟是蒋委员长任命的省主席，代表着重庆政府在沦陷区的武装力量。这个大节，我得讲。"

"你跟韩光义讲大节，若韩光义要与你耍流氓呢?"

"死则死耳。我死之后，不是还有黄开轩，不是还有你丁聚元吗？他韩光义再怎么耍流氓，也不可能把参会者一股脑屠尽，顶多是杀猴给鸡看。我若是被他选作那只猴，那也是没办法。"黎有望嘴上说着，手下不停，用根草绳穿起鱼鳃，拎起，"这鱼，得让开轩亲自下厨。"

丁聚元默然，良久叹道："黎有望，老子对你还真有了那么一块指甲大小的佩服。都说人生无常，生死有如昼夜一样寻常，但这世上又有几人能够勘破？都是说说罢了。也罢，就走新化这一趟。你黎有望敢去，我丁聚元岂敢落后！"

两人相视一笑。丁聚元又道："若我不幸成了那只猴，莲河投入平州。这里有一封书信，你替我带予开轩。不管怎么说，开轩还是我的兄弟。"

丁聚元这话倒让黎有望一惊，"真的？"

"假不了。"丁聚元不耐烦地起身道，"改日开轩下厨，别忘了招呼我一声。他妈的，这么久嘴里都淡个鸟来了。"丁聚元嘴里一声呼哨。芦荡深处的船只驶出。两人分别上船，击掌而誓，新化见。

丁聚元走了。朱子松目送，狐疑道："真去新化？"

黎有望皱眉，"什么意思？"

"夺莲河啊！"朱子松一脸笑容，"乘虚而攻。兵法上不是这样说的吗？司令是不是想放出风声，中途折回，秘而取之？"朱子松是一口气说了几个四字短语，一脸扬扬得意。黎有望好气又好笑，把手中鱼扔到他怀里，瞪眼道："狗屁兵法。给我把这条鱼好生拿着。”

这种感觉其实不错。过去连当杀鸡给猴看的鸡，都没资格；现在，还有机会做一只杀猴给鸡看的猴。黎有望笑起来。朱子松还不肯老实，嬉笑着，从口袋里摸出一枚大洋向空中抛去，嘴里还直嘀咕：太上老君急急如律令。袁大头就去，北洋旗就不去。

抛第一次，大洋在木板上弹跳数圈，滚入河里。朱子松气急败坏，又从怀里取出一块大洋，接着抛。大洋晃过几圈，落下，卡在船缝里，却是立着的。朱子松都有点怒不可遏了，拔出来，再抛。没等大洋落下，黎有望随手拔枪，一枪打飞。

他嘴里微笑道：“我命在我不在天！”

2

新化城在平州东北向百公里外，一个典型的水乡。江北这一块的平原，不比一马平川的华北大平原。别小看了百公里的间距，中间星罗密布的河汊、湖泊、浅滩与沼泽，形成了一个极其复杂的水网，通行极为困难，这也造就了三里不同音、十里不同俗的独特区域特征。当然，若非这样的地貌，日本人早就遣兵来袭，而非龟缩一隅。他们既忌惮于机械化部队难以快速机动，行动困难；也担心兵力部署被分割，协同不便，难以构筑坚固工事。在其他战场不断抽调兵力的情况下，华东日军还是以驻守原有交通线为战略原则，等着以华制华的策略显现效果，再图一举“肃清江北治安”。

黎有望回城后，与众人齐聚慈云寺密议。除了原来五人外，还专门叫上滕秘书。用朱子松的话来说，这是北斗七星高。研究完地图，做好部署，议定黎有望带罗耀宗赴新化，人多了没用。其间黄开轩提出白露以救国军参谋的身份随行。黎有望拒绝。这可不是什么毛脚女婿去拜见泰山大人，韩光义真要杀他，白露在场也无济于事。况且这一路百余里，可不太平，天晓得会出什么意外。等众人走后，黄开轩拿出丁聚元的来信。信里所言，即丁聚元在刘沟讲的“若新化生变，由黄开轩统御苏北抗日义勇军”。语多赤诚恳切。丁聚元在相约刘沟前，就做好了赴新化的准备。此番来信，也算难得，是个汉子。

黎有望对丁聚元的积怨，三停去了两停。也没再说什么。出门，见滕秘书仍恭立在院中那堵山石前，显然是在等候。见黎有望出来后，他三步赶作两步，从怀里掏出一件羊脂玉牌，请黎有望贴身收藏。把黎有望吓一跳，又来这套？再要推辞，见滕秘书情急，几乎要作势下跪，便按其嘱咐，藏于贴胸口袋。玉体清凉，除灼热，平烦懑，滋心肺，润声喉。滕秘书说得仔细，黎有望哈哈大笑，“好，尽依你言。”

上马，快马加鞭，一路无话。

百余里路，两天路程。

新化城远不及平州繁荣，按八卦九宫方位建街十条，皆不算工整；主街两条，纵横交错，各长五百余米，宽约三米，青石板路，两面是鳞次栉比的老屋木门。屋后便是潺潺流水。新化多水，就算是本地人也难叫全城内众多河流之名。桥亦多，号称城内十八桥。桥下撑船，桥上走马，这也算是新化城一景。街道曲折蜿蜒，弯处有建街楼一座，共八座，取“八方来财”之意。黎有望早年随母亲来过新化舅家，此次与罗耀宗一一解说，真有恍若隔世之感。新化的工商贸易曾在明清时期昌盛一时，日过桅帆千杆，夜泊舟船十里，后来随着水路淤泥改道，慢慢有衰败之气。在军事上，倒不算是要害之地，但芦荡深密，且多零散岛屿遮蔽，是一个极佳的藏身处。韩光义北上取新化，图的也应该是它的易守难攻，便于撤退。

城内多有军人，服饰并不统一，还有几个穿着军阀混战时期皖系部队的那种卡其布，也不知是从哪座上了年纪的后勤仓库扒拉出来的。堂堂89军还是很缺钱嘛。黎有望与罗耀宗打马经过，相视一笑。缺钱就好，有些事就好办了。如今的黎有望可不是直罗山的那个愣头青。罗耀宗随身携带了三十万的日军乙种军票。韩光义驭下向来森严，这些军人的队形倒是保持尚好，只是脸上全无那种百战老兵的狠厉，手上装备更是稀松平常，比之当年淞沪会战时的德械师，差距不可以道里计。看来枪支弹药是暂时指望不上。说起来，平州军的装备倒在这些兵之上，只是口径多不统一，弹药五花八门，缺乏制式标准。

两人到城隍庙前，韩光义临时军部便在此处。庙前有接待站。黎有望滚鞍下马，报上“平州抗日救国军黎有望”的大名后，负责登记的军人立刻起立，“啪”的一声，行了一个标准的军礼：“黎团长，我是老175师、新77师的上尉文书李家田，向您敬礼！”

黎有望回礼。瘦削军人眼中隐有热泪。175师没有了，但它的魂还在。黎有望莲河一战，老175师的军人们哪个在得知后不引以为傲？

旁边一个少校模样的军人迅速起身，“黎团长，韩主席让我专程在此恭候。”

黎有望把马缰绳交给罗耀宗，彼此用力握手。此刻，可能是生死作别。生死同袍，尽在不言中。两人随带路之人，分行左右。黎有望绕过一排竹林，数棵参天古树，还有庑廊上一对作腾挪跳跃之势的獬豸，进正门。门内神像荡然无存,取而代之的是一副蒋委员长手书对联，是题赠韩光义的。

“安危共仗甘苦同赏，海枯石烂生死不渝。”

书法笔直字方，不逾规矩。

韩光义还真是会拉虎皮撑大旗。黎有望没搭理随行副官的介绍，快步向厅后厢房行去。暮色垂临，已经到了晚饭时间。副官敲门，门外扯起嗓子，颈脖绷起数根青筋，“平州，黎有望，到。”得，连团长之衔也被抹掉。黎有望笑笑，举步迈入。他已不再是六年前的黎有望，屋内所坐老者也不再是六年前的韩光义。

韩光义主位端坐。面前一张乌黑八仙桌。桌中间摆着一个粗瓷大海碗，里面盛满稀饭，旁边还有一碟咸菜萝卜干、一盘粗粮年糕。两副空着的碗筷。

“有望，还没吃饭吧。这一路多有辛苦。来，陪我吃点。”

多年未见，韩光义面目愈见清癯，也老了不少，头发灰白，多有稀疏，嘴角两道法令纹几乎要深入骨头，脸上满是倦意，越来越像乡间教书的穷先生。他没有穿中将制服，套了一件皱巴巴的士兵军服，却不佩领章军衔，也没有番号姓名牌之类的。左胸上兜里别着的一支万宝龙金笔，大概是他唯一的身份标志。黎有望也不客气，行完军礼，落座喝粥。

真难吃啊。就是平州里的一个大头兵，也比这位省主席吃得要好许多。

“新化地鄙城薄，不比平州。”韩光义言辞的语气变得比六年前温和得多，顺手夹了块菜根给黎有望道，“嚼得菜根，百事可做。这新化城的雪里蕻咸菜，好吃。”

韩光义学蒋委员长还真是不遗余力。“嚼得菜根，百事可做”出自明朝洪应明编著的《菜根谭》，讲人的正心修身、养性育德。蒋委员长在各地训话时多有提及。黎有望在平州开书局时还特意翻过几遍，没觉得有啥子了不起，无非是克己复礼四字，且颇多不合世俗实际，擅于扯腔高调。文字倒还不错，简炼明隽，兼采雅俗。黎有望不说话，猛力喝粥。再难喝的粥，那也是粥，这一路上已是饥肠辘辘。

“雨余山色，夜静钟声。”韩光义喝了口粥道，“士君子既入世，则须周览万物，敏捷机先，物为我用。是以颜子侍圣，为求道也，宁负骥尾之诮；萝茑依松，为得阳也，不知辞仰攀之耻。”

黎有望一怔，这话不难懂，只是韩光义在自己面前打的是什么腔调？还真把他自己当一个冬烘先生了？不说话，继续喝粥，嘴里发出呼噜呼噜的响声。韩光义眸子深处的鄙夷之色一闪即逝，终于像个人那样说话了：“今日新化，小小县城，真是蓬荜生辉，将星云集。一下子来了五十多个司令，少将满天飞，中将四五个，也算是奇观。”

黎有望从碗里仰起脸，一碗粥哪经得了这种喝法，眨眼见底。“韩主席，我那少将是用萝卜章刻的，不算数。”说罢，也不客气，直接起身去舀。自力更生，丰衣足食。

“你很有意思。”韩光义微笑道。

“韩主席更有意思。真是别来无恙啊。”黎有望又是痛痛快快一口喝干，揉一下肚子，放下碗，嘿嘿干笑，“不知辞仰攀之耻？黎某粗陋，寡闻，只知世有断头的将军，这辈子没见过几株萝茑。幼时砍柴见了，那也是随手斧斫之。”

韩光义眉头一跳，“好一个斧斫之。不愧是战莲河的黎司令。”

韩光义闭目，屋内寂静。似有杀机渐涌。

倾耳再听，又不是杀机，而是别的。

韩光义这些年过得极是辛苦。

南京溃逃后，一直在收拢残部，与日寇周旋。蒋委员长没有过多责罚，让他重建89军，依旧是三个师的番号建制不变，还委予战区副司令长官、江北游击区总指挥的各种重任。甚至，公开电令江北各部国军都要唯韩长官之令是从。不久前，再次授予省主席一职，把军政大权全部赋予。

韩光义俨然一个江北王。

江北王对日寇的战绩还真是拿不出手，屡战屡败，从维阳到淮城再到盐州，不断损兵折将；幸好还有一个屡败屡战，对汪逆部作战也还算得力，半月前打得任援道丢盔卸甲，得了新化城。这也让平州与莲河有了喘息之机。

“兄弟阋于墙，外御其侮。这是圣人之言，为何就做不到呢？”

韩光义似在自言自语。

“正因为这是圣人之言，而吾辈多是俗人凡夫，做不到再正常不过。”黎有望推开碗筷。粥已尽，腹已饱。

“不错。”韩光义目中精光一闪，“心中还有芥蒂？”

“若有，就不来了。大义在前，黎某无知，却也不愿以私怨凌驾其上。”黎有望笑了起来，“城内将星云集，韩主席今晚特例只招待黎某一人，黎某惶恐，敢请见教。”

3

“将星云集？恐怕是居心叵测之徒犹如过江之鲫吧。”韩光义起身望向窗外道，“你怎么看当年我整编掉吕天平的175师？”

暮色四合，似一茧子。有夏虫嚁嚁而鸣，浑不知秋冬之事。一只苍蝇落下来，嗡嗡响着，落在韩光义手边。韩光义弹出手指。苍蝇飞走了。这不是六年前的那只苍蝇。往事如同潮水袭来，卷起重重叠叠的浪。黎有望深吸一口气，思忖片刻道：“人为刀俎我为鱼肉？”

韩光义轻叱一声，挥掌斩落，“错。”

“韩某心中只有主义。一个主义、一个领袖、一个政党、一个军队。中国这百年屈辱，就是因为没有实现这四位一体。德国人为什么横扫半个欧洲，军容如此鼎盛，就是因为他们对这四个‘一个’坚定不移地贯彻。”

1940年的德军达到其综合军事实力的巅峰，5月初开始规模空前的西线攻势，1个小时拿下丹麦，23天征服挪威，5天征服荷兰，18天攻克比利时，39天征服号称拥有“欧洲最强陆军”的法国……首先是对敌战略目标的空袭，派遣特种部队的突袭迷惑，动用伞兵部队抢占对方防线后的各军事要点，接着是装甲部队成集群在主攻面的迅速推进与高度集中的火力。全球为之瞠目结舌。这是任何一本军事书籍上都未有过的“闪电战”。没有任何复杂晦涩处，就是：集结，展开，突破，突穿，击虚与钻隙，席卷。六个阶段。但要做到这个，基础是以坦克为首的装甲机械化兵团集中使用，前提是陷敌于瞎子、聋子的制空权，以及一群经过严格训练、拥有战斗经验的高素质士兵，与一批能在任务框架内发挥主观能动性、行动果断的各级指挥员。

闪电战取得了惊人的胜利。这段时间报纸上关于德军攻势的报道连篇累牍，还有不少分析研究的文章。黎有望叫人都特意搜集过来，还与黄开轩有过数番讨论，一致认同这是现代战争的革命，坦克、飞机、无线电……尤其是当它们协同使用时。黎有望不得不承认，在这种力量的打击下，别说还拿着汉阳造的国军，就连那鬼子在正面战场上也要瞬间被碾压，一败涂地。德军会取得最后的胜利吗？

如果德国会，那么中国还有希望战胜与德国结盟的日寇吗？

这个问题是沉重的，比生了锈的铁还要沉。

但就算不能，那也得站着死。

有人进屋，低声附耳汇报。韩光义出门，片刻转回，目光阴冷。

“因信仰不笃与意志不坚，致生顿挫，导致党内普遍的懒惰虚伪，散漫迟滞，所以蒋委员长一再呼吁要唤醒党魂，发扬党德，巩固党基。要以三民主义的党魂，智、信、仁、勇、严的党德，与那些乱七八糟的思潮做斗争，团结民众，保持中国民族真诚纯一之精神，日寇再怎么凶焰炽张，我等国民军人也迟早能将其驱逐之。”

韩光义这番话太没有说服力了，云里雾里，藏藏掖掖，也不晓得他哪来这么大的兴趣，喋喋不休重复报纸上的那些陈词滥调。也许如他所言，这是信仰。

刀俎从来就不会在意鱼肉的看法，就像狼从来不会在意羊的思想。

现在刀把子就在韩光义手里攥着呢。也正因为刀把子在他手里，所以他现在才能大放厥词，说当年整编175师，就是对“一个主义、一个领袖、一个政党、一个军队”的贯彻，是欲外御敌寇，得先内弭叛乱。并把他的行为称之为正义与公义，任何与之为敌的人，无论是当年的各路军阀、拥兵自重的三十路军、反对内战的吕天平，还是今天投靠日本人的伪军，他都得去消灭。所有事，都是他韩某人的天下为公。

黎有望保持微笑，不断点头。没办法，皇帝从紫禁城搬出来了，还是搬到一些人心里去住了。韩光义内心深处大概就有一位，所谓四个“一个”，简而言之，就是一个忠字。就差没直言，天无二日，地无二主。对了，白露大小姐好像说过一句话，自命为三民主义信徒的蒋委员长，这几十年经营下来，好像越发是民不聊生吧？黎有望没有反驳。他不是为了反驳韩光义来新化的。

韩光义还在说。说得不是特别快，也不是特别慢，其间还伴随着各种手势。什么早年放着太平教员不做，甘为打军阀出生入死，凭什么？就是痛恨这个国家四分五裂、一盘散沙，有割据无中央，有私利无公义。什么在你们看来，所有的军事问题都是刀俎和鱼肉的关系，而在我看来，根本没有任何军事问题，统统都是政治问题，等等。

黎有望讪笑，这些话真是没有营养，让人晕晕欲睡。真是可怜他手下的将领，每日得受这些空词套话的不断洗脑。也不知道过了多久，韩光义有了片刻停顿，“你刚才有句话说得好，人非圣贤。你今天肯冒着掉脑袋的危险来新化，为的是什么？要番号、要粮饷？”

终于直奔主题。黎有望端直脊梁，扮足洗耳恭听状。

韩光义老了。六年前的韩光义哪有这样啰唆?!

“番号与粮饷哪里来？”

“蒋委员长给的。”

“蒋委员长为什么要给你番号与粮饷？”

“因为抗日。”

“你打掉了莲河一个中队，杀了两百鬼子；若因此惊动日寇大部，使之龟缩固守，令我等大范围包围歼灭计划不能得到实施。你说你还抗日有功吗？”

“没有。”

“有这种认识就好。不枉我今晚与你一番长谈。有望，我希望你明日能够率先响应我的呼吁，整编部队，以求臂使之效……”

“韩主席，我能否提一个问题？”

“说。”

“是把部队交给您统一指挥后，仍是屡败屡战，与日寇作战一触即溃好；还是各地抗日武装，发扬蚁群战术，准确说，是采取渗透战术，不断削弱日寇实力好呢？我这里也解释一下，所谓的渗透战术，其核心是利用小的作战单位，利用对方防御的间隙和接合部，渗透到对方的防御体系当中，打击重要目标，切断交通线，割裂防御部署之间的关系，为正面的攻击创造条件。韩主席，请恕我直言，在您脑子里，恐怕还是堑壕战那套吧；再恕我直言，那样只会造成更多抗日义士白白流血牺牲。”

黎有望说得缓慢。

随着黎有望嘴里吐出的每个字，韩光义的脸色一点点铁青，唇角那两道法令纹显现出一丝狰狞，也不再喊“有望”了，阴冷的目光多出一分阴森。黎有望迎着他的目光没有半分退让。半晌，韩光义挥手，哑声道：“带上来。”

来人双手反绑，全身斑驳血迹。

正是丁聚元。

第三十一章

英雄会

1

“丁聚元，你是堂堂国军宪兵少校出身，原本是整饬纲纪的先锋队，模范军人，如今看看你都成什么样子了?”韩光义沉下脸冷哼道，“我不冤你。身为军人，落草为匪，劫掠平州，民众多有死伤，其罪一；南京溃败，你为救妇孺，拼死而战，却弃长官性命不顾，虽情有可原，亦属抗令，其罪二；逃出南京后，长官召集，你继续抗令，擅自脱队，还毁我名誉，诬我偷生，其罪三；攻战莲河，驭下不严，整理无方，手下士卒多有侵扰滋事，且伤及人命，其罪四。丁聚元，你说你有几个脑袋?”

丁聚元挣扎坐起，瞟了一眼旁边的黎有望，脸上表情堪称复杂。

韩光义说的这些事，有些是黎有望知道的，有些是不知道的，尤其是韩光义说的第二条罪状。看来韩光义是打算杀丁聚元这只猴了。也是，韩光义的原配夫人虽然不是直接死于丁聚元之手，但也是因其劫城受惊。这个仇，韩光义不报，那就不是韩光义了。

韩光义的手突往桌上重重一拍，勃然怒道："丁聚元，你肯来新化，我本意既往不咎。你丁聚元好歹也是个对党国有功之人。岂料你竟然还敢绑架民女，以为人质，意图勒索？"

"军座，要杀即杀，不必诬我。你说的罪，我一个也不认。劫掠平州，本为抗日，没有地盘打个屁；莲河士卒滋事，我已军法处置；毁你名誉，这个我承认，但你的仗打得一塌糊涂，我没说瞎话；至于南京抗令……"丁聚元开口了，哼道，"鬼子兽行，是可忍，孰不可忍。"

"是那妇人与你本是相好吧。一派乌烟瘴气。"

韩光义乜目望去，眉宇间又恢复了那层淡漠，揉了揉脸颊道："情有可原之事，我不怪你。军法虽严，也有网开一面时。本座也无意以规矩二字打杀了你。但这绑架民女一事，你给我一个解释。来人，拖上来。"

几个士兵拖拽着一个短褂汉扔入屋内。短褂汉也是硬气，被打断双腿，还能强自撑半个身子，抖着唇上那两条细髭胡，对丁聚元露出苦笑，“大当家的，连累你了。”又是一口带血的唾沫吐出，“韩主席，此事与大当家无关，是我见白露小姐进城，便起了绑架的心思。”

黎有望脸色凝重，脑子轰的一声响，白露也来了？

短褂汉认得，是丁聚元手下坐第六把交椅的翟老二，悍不畏死之徒。当日莲河入江口一战，是他首个登上汽艇，与日寇白刃相搏。那两条细髭胡令人印象深刻。

韩光义的嘴唇动了下，两道法令纹挂出一个更深的弧度，“你丁聚元不是什么苏北抗日义勇军司令吗？怎么，还是大当家的？”说罢，冲那翟老二笑笑，“讲义气，就是蠢了些。我想他丁聚元不该这般蠢。不过他有你这样蠢的兄弟，也是他的过错。”

确实是蠢货。黎有望都想上前把翟老二揍个半死。

这他妈的可是韩光义的地盘，真要绑人质，也还得两个当场翻脸的时候动手，还真以为这是土匪绑票后可以坐地起价？就算真绑了白露，在这种涉及沦陷区整个抗日大业的军务面前，别说一个白露，就是十个白露，韩光义那也不会被要挟。韩光义枭雄心性，依他的脾气，说不定先一枪毙了白露，再与绑票者秋后算账。

“丁聚元，你有这样蠢的手下，怨得了谁？所谓祸福无门，唯人自招。”韩光义拉开八仙桌下的小抽屉，取出一支毛瑟手枪，示意一边侍立的副官解开丁聚元腕上绳索，思忖片刻道，“这样吧，你与黎有望算是老相识，如今平州与莲河相互觊觎，恩怨纠缠一本糊涂账。给你一个机会，杀了他，我还是那四个字，既往不咎。并且，我还许你一件事，杀了他后，平州归你。苏北抗日义勇军改编为89军独立旅。”

他又转过身对黎有望笑道：“同样机会给你。杀了丁聚元，明日同盟大会上率先响应队伍整编一事，莲河归你，平州抗日救国军改编为89军独立旅。过去种种，我一律既往不咎。”

韩光义把枪轻轻搁在八仙桌的中央。

缓缓踱步，一笑，“看你们谁动作快了。”

2

韩光义话音刚落，黎有望的手指已触及冰凉枪身，与此同时，丁聚元腾空跃起，横踹。这一脚是踹向八仙桌。桌起，枪飞，碗碟落地。

两人动作皆是极快，兔起鹘落。丁聚元大吼，猱身向前，肘部撞向黎有望面门，还没等这肘撞实，右膝提起，一个膝顶。这是军中格斗术，要的是一招制敌，眼部、太阳穴、咽喉、肋部、裆部等要害处都是攻击重点。黎有望何等身手，侧身避过，顺势还击，眼角余光瞥见韩光义脸上阵阵冷笑，当下扬声道："丁营长，韩大主席刚才所言，已为我拒绝。"丁聚元不理，一味上手攻击，使膝用肘，极是凶猛。这是换命厮杀。黎有望心中郁闷。白露曾对他说过一个古时候的两难理论，嘀嘀咕咕一大堆，说到最后指出：尽管以牙还牙始终被认为是最可靠的基本策略，但最佳策略却是依赖于对手的策略，和他们怎样对背叛和合作做出反应。现在怎么办？肯定不是以牙还牙的时刻。

丁聚元的拳脚还真不是黎有望的对手。不管他怎么头撞脚踢，蹬踹扫绊，臂撞推拽，黎有望总是犹有余力。冷不丁被丁聚元一口咬在手腕上，黎有望也变了脸色，闪身退后，深吸一口气，摆出拳架，森然道："丁大巴子，韩主席这是与你我开个玩笑，你也当真？"话是这样说，但黎有望知道眼前这位韩主席还真不是说笑。

韩光义睚眦必报，但真没听过他色厉内荏，虚言欺世。更重要的是，黎有望与丁聚元生死相搏，他会是最大得利者。死的那个，不直接死于他手，又能立威；活的那个也只能附其骥尾，怕是再难翻身。

这是阳谋，座中谁人不知？

丁聚元不算蠢，也不算坏；但在这个巨大的利益诱惑面前，他就有可能变成黎有望眼里的又蠢又坏者，韩光义眼里的识时务者。丁聚元一言不发，握拳弓身，嘿嘿冷笑，从腰间拔出利刃。正要说话，枪响。一颗子弹破空而来，准确地击中黎有望心脏位置。黎有望闷哼，强行前迈一步，仰面摔倒，嘴角沁出血迹。

开枪人是背靠着墙壁的翟老二，喘着粗气道："大当家的，我连累你了。平州那边，你就拿我这具尸体去交代吧。"翟老二脸上挤出极难看的笑容，枪口塞入嘴里，猛地扣动。一声沉闷的响声。他脑后墙壁多出一块斑驳血迹。

"是个爷们。"韩光义脸色没有丝毫变化，挥手掸去那溅到衣襟上的翟老二血肉，面无表情道："恭喜丁旅长，虽然二打一，胜之不武。"

丁聚元宛若泥雕木塑，牙间咯咯作响。黎有望手下留情，他心知肚明。黎有望号称军中格斗第一，真不是浪得虚名，他越打越心惊，正想着自己这百来斤怕是要交待于这里，没想到变故突起，黎有望丧生，还是死于自己麾下人之手。平州与莲河的血仇怕是结下了。就算是黄开轩，也肯定饶不了他。丁聚元急火攻心，一口血喷出。

也就在这时，屋外门响，一阵急促的脚步声。

是白露，披头散发的白露，惶急，胸口突跳，一颗心几要蹦出腔外去。

从迈进屋里的第一步开始，白露就再也支撑不住，如受雷击，扑通一下瘫软在地。眼泪簌簌而落，是无声的抽泣，双肩耸动，强行忍住，喉间有凄咽声。

良久，膝行，至黎有望身前，号啕声起，起初细若蚊蝇。

“叫你这个傻瓜不要来，你偏要来。你怎么这么不听话啊。”

一语道出，哭音再也压抑不住，骤然大了，如数根银针飞起，直扎众人耳膜。

屋内众人，白露恍若未见。满腹悲苦辛酸，眼里只有仰卧之人的面容，口鼻间尽是男子昔日气息。她好不容易撑起身子，把手臂轻枕于黎有望颈部，痴痴凝视，牙齿就咬破嘴唇，咬出一嘴血。谁都看得出来，眼前这位姑娘对黎有望用情已深。

韩光义蹙眉，走到随后奔进屋的一名副官身前，扬手就是两记耳光。没人说话。丁聚元双手握拳，默然。门外一团黑暗，阴森诡异，似乎有许多未知的危险之物在潜藏。丁聚元转身把翟老二抱入怀里。他的兄弟翟老二死得，黎有望就死不得？既然是为抗日而来，那就要有赴死的准备。这种死，不仅是死于日寇汪伪，也是死于误解与内部整合必然要有的消耗。丁聚元眼角突突一跳，惊回首，却见白露猛地跟疯了一样，迅速解开黎有望上衣，凝目，喊了一声，“快叫医生”，马上俯身进行口对口呼吸。

毛瑟手枪威力极大，正中心口，怕是神仙难救。白大小姐莫不是受打击甚大，失去理智了？这口对口的急救法门，张仲景的《金匮要略》倒有记载，丁聚元还是头回亲眼目睹，尤其是一个年轻女子对一个男子实行。虽说当前已经不再是男女授受不亲的年代，但这个……丁聚元暗自感慨，只觉口干舌燥呼吸难畅，正要抱着尸体出门。身后一声呻吟，声音不大，却再熟悉不过。

是滕秘书藏于黎有望胸口的那面玉牌救了他的命。子弹击碎牌面，玉牌碎为几块，刺入胸骨。这是小伤，关键是子弹冲力造成的逆气晕厥。又或者说，他若不朝前迈那一步，而是顺势如断线风筝般倒飞出去，还不会晕厥。不过现在被白露对口人工呼吸，嘴里又吐出一口淤血，缓过来也就没事了，根本不需要再另喊医生。

白露喜极落泪，深恐犹在梦境，顾不得污秽，俯下身，又是一口气渡去。

“你怎么来了?”

“我怎么不能来?不来，你这个傻瓜真要死这里了。”白露的手触摸到扎入黎有望胸口那几块碎玉，猛地缩手，惊声道，“这是什么?”碎玉上隐见几根凤羽，是凤佩。

“玉牌。别人给的。”

黎有望晕晕起身，嘟囔着，随手拔出碎玉。胸口鲜血激涌。

“你作死啊?”白露大惊，用手去堵伤口，转过身朝韩光义狠声叫道，“爹，我最后叫你一声爹。你若再不叫医生来，我这就死给你看!”

天底下的女儿果然都是一样的。

黎有望第一次听到韩光义的叹息。韩光义朝副官挥了挥手，脸色惨淡，瞟了眼丁聚元，齿缝里挤出一句:“滚!胆敢泄露今晚事者，杀。”韩光义慢步踱出，不再多言。

3

翌日清晨，江北抗日同盟大会正式召开。

新化中学的露天会场里挤满各式各样的人物，穿制服者居多，五花八门，穿草绿军服打绑腿的，着灰蓝色中山服式的，戴硬壳大檐帽的，扣顶圆筒形布制小帽的，缀五角形帽徽的，穿黄斜纹布与灰蓝军服的……初夏时节，还有人穿冬日的将官呢料与长筒靴，阔步行来，神态睥睨。更让人匪夷所思的是，还有数人穿着清朝绿营的勇字军服。最多的是民团制服，皱巴巴的一团，没有丝毫军人之威武仪表。

黎有望的座位并不靠前。会场组织也是随意，上百条板凳随便坐。罗耀宗与他并肩而坐。人缝里倒是觑见丁聚元，与他的两个手下坐在东南角，恰好与黎有望形成一个对角线。白露没有来。昨晚医生来了后，说是皮肉伤无大碍，替黎有望飞针走线缝好创口。黎有望不觉得有什么，倒把一边攥着拳头的白露看得满头大汗。两人都没提人工呼吸一事，都当这事没发生。等士兵进屋，两人告辞，黎有望回住所，见到罗耀宗也没提受伤一事，只说明日事多，早点歇息。一夜，辗转反侧，脑子里全是白露的身影。黎有望就算再不开窍，此刻也知晓白露情意，只是对她向来畏多于敬，敬又多于亲近。难道真要像黄开轩说的去做韩光义的女婿？韩光义是虎狼枭獍之性，这回真瞧在女儿分儿上，没再磨牙吮血，否则黎有望与丁聚元之间就是死结。

月光如水，流进室内。心中种种瑕疵，纤毫毕现。

滕半仙说的杀劫是应了，什么时候才有否极泰来？掐算卜卦，说的无非是叫人趋吉避凶，所谓积善之家必有余庆。杀劫不难言，言者真信，便有半仙之名。玉牌是滕秘书给的，凤佩，本为女子贴身收藏物，他又是从何处取来？杂念纷起，多有波澜。好不容易熬到天亮，冷水洗过脸，黎有望与罗耀宗赶到操场，韩光义已端坐主席台。台上悬有一横幅，“江北抗日同盟暨整军大会”。字迹硬挺、规矩，有蒋委员长手书之风，当是出自事事奉蒋委员长马首是瞻的韩光义之手。

台下众声喧哗，多有交头接耳。

台上老者独坐默然，鬓发花白。他是孤独的。他也毫不掩饰自己的孤独。至少在韩光义本人看来，这是属于王者的孤独。那些讽他败战的人懂什么？从来横扫千军易，屡败屡战难。要在这不可救药的败局中，撑起一处天地，一盏灯明，那是需要他韩某人大智慧的。军事是政治的附余，这些莽夫蠢汉懂什么？所谓乌合之众。他心中的难是与他们说不着的，他的蒋委员长是理解他的，前些时日还请第三战区长官顾祝同转来手书一封，多有温言嘉许。这就够了。台下这些号称抗日的地方武装，像军人的少，像土匪流氓的多，最多的倒是田头村野寻常可见的农夫。要说他们能打鬼子真是咄咄怪事，偏偏怪事年年有，平州那支民团底子的救国军莲河一战，打出自南京保卫战后苏北一带从未有过的大胜。这也不奇怪，他们的黎司令当年就是他韩光义89军下面的黎团长，是他韩光义一手调教出来的人才。良禽择木而栖。韩光义真希望黎有望今日能积极响应他的整军改编号召。瞧在白露分儿上，给他一个独立旅旅长的身份，未尝不可。昨晚他留了情，这浑小子是否懂得？

新化既贫瘠，也落后，主席台也是用百余根粗大毛竹匆匆搭就的。眼见已卯时七点，韩光义身后的副官抄起铁皮喇叭：

“奉韩主席令，大会现在开始。凡迟到十分钟者，鞭十记；迟到半小时者，枪毙。”

声音不算大，却让沸腾人声顿时停息。韩光义骂台下抗日首领是一群乌合之众，不算过分。岂止是乌合之众，还多半是一群惊弓之鸟。人人闭口，多有胆怯瑟缩、踌躇张皇之态。许多双眼睛去觅迟到者。果真有两位，匆匆奔来就想入座，被操场边警戒的士兵拦住，二话不说，剥去上衣，当场行刑。幸好，没有迟到半小时的，只是会场氛围也是为之一凝。

“感谢诸位来新化，愿意服从中央抗战的大局。”

韩光义的声音穿破清晨寒意。

“众所周知，日寇凶顽。沦陷区内，战场多被分割。然而，每一个分割区域内，必须确立党政军一元化的领导。这是我们抗日的最高原则。区域之内，要有纪律，须知纪律是军队的生命，然而维持军纪并不是强迫的，要在政治的训练中形成。要训练，需要的是正规的训练，这样才能把每支枪、每个人的作用发挥到最大。可能你们座中有人会说，我们每天也训练，天天拼刺刀，丢手榴弹，抡石锁。这是不是训练？是。但这是最简单的军事训练。训练首重思想。思想上去了，我们在搞军事训练的时候，比如射击、体能、队列、战术基础动作等，才能有一种不怕牺牲排除万难的学习态度，才能在短时间内迅速掌握。因为我们真正清楚了自己是在为民族而战，为国家而战，为蒋委员长而战!”

韩光义三句话不离蒋委员长。本来黎有望还想夸他今日讲话能够直奔主题，不兜圈子，没想到这会儿又变成了懒婆娘的裹脚布又臭又长。有句话韩光义也没有说错。现代战争首先是思想之战，而转思想改观念是一个极为复杂极为痛苦的过程，就像承认德军的闪电战一样。

“本主席倡导的训练，是政治的训练，是军事理论与作战技能的训练，是部队军纪整饬的训练，是加强部队与地方民众联系的训练。一支队伍，只有谙熟这四大训练，才能快速成长为一支真正成熟的抗日队伍。才能成为我伸出的这只手上的一根手指，然后握指成拳，这一拳就能把日寇打出中国!

“如果有谁贪恋着宁为鸡头，不为凤尾，只想拿他那根手指头去与日寇汪逆作战，我韩光义可以断言，必然骨折身丧。就算他偶尔行了大运，打了那么一两场胜仗，也是走不远的，也是离覆亡没多远的。”

韩光义说到这里的时候，多人纷纷扭头来看黎有望。

黎有望抬头去看操场边的树，树梢上有启明星，并未因为晨曦而减其光芒。6月的槐树枝生得茂密，翠叶纷吐，随风轻动。若不是想到刚才那两个倒霉蛋就是被绑在槐树上受的刑，这种感觉也是蛮好的。

“你们只有团结到本主席这边来，我们的抗日才能有希望。你们若一盘散沙，各自为战，只知有队伍，不知有大局，只会慢慢被敌人一个一个地蚕食鲸吞，最后江北全境覆灭。”

韩光义声音有了嘶哑，精神倒是越见健旺。还真是有舍我其谁的豪迈。

终于言归正传了。两点。

一是由省政府向各武装所占据的地区派驻县长与专员；二是对现有各路武装整编轮训，拟编选二十个保安团，各地方武装现任头领分任各团团长，上任前先去中央陆军军官学校驻江北干部训练班进修，学习战时政治军事情报等。个别地方筹建保安旅。

第三十二章

陷新化

1

韩光义的这个整编方案乍看还算温和，给番号，给军衔。按他的许诺，将来也要给钱粮军饷枪支弹药，但关键处就在这个“派驻”与“进修”。都进修去了，不就架空了？他派来的人不就名正言顺僭居高位，掌握实权了吗？谁也不是傻瓜，且多是心高气傲之辈。就算有脑子一时不开窍者，被旁人嘀咕撺掇一下，也坐不住。宋太祖还杯酒释兵权，韩大主席拨弄一番唇舌，就想把我们这些拎着脑袋打下一块根据地的人赶走？这他妈的比那个什么“司马昭之心，路人皆知”的司马昭还狠。

“同意整编，你们就是抗日的功臣；不同意整编，你们就是土匪军阀！”

这话吓唬谁呢。

这年头，有枪就是草头王。别说抗日，若非横幅下还有块“战时有言附逆者立行枪决”的牌子，场内还真有不少地方武装打的就是“乱世揭竿而起，左右逢源，以求升官发财”的算盘，会把这算盘珠儿拨得噼啪响。韩光义搞江北抗日同盟大会，南京方面近期也在张罗一个什么大会，与会者不说别的，先发三千大洋作车马费。瞧瞧人家这做派，那才叫大气。再瞅瞅自个，寒酸不？重庆政府算个屁，龟缩一隅，还整天蒋委员长。报纸上说你那个蒋委员长都想与皇军媾和，密件都公布了。还妄想以抗日的名义褫夺老子的军权？呸。

这些人的心思在脸上写着。写得明明白白。

黎有望左右看看，只觉精彩。看戏嘛，就要有看戏者的礼数。这个出头鸟他是不当的。想来韩光义昨晚诱降不成，早已伏下人手，只待时辰一到，便要振臂一呼。

韩光义目光扫过全场，在黎有望脸上稍作停留，一声冷笑，“拖上来！”

是两个遍体鳞伤的人，被五花大绑，口中堵牢，眼神还是亮的。

“给诸君介绍一下。这位是新化抗日游击团的团长元大忠；这位是新化县府的李致信科长，他还有一个秘密身份，共产党新化交通站站长。本座击溃任援道，这两个乱党贼人不思归附，反而密谋策反割据。国法当诛，军律论死！”

韩光义语焉不详。什么叫密谋策反割据？不思归附四字应该是重点吧。但谁也不敢当场质疑他的命令。

眼睁睁看着数名士兵上前拔枪行刑。枪响。韩光义挥手道：“悬尸城头，咸告民众，有胆敢附逆者，不服从军令者，暗与共产党曲结勾纳者，一律这个下场。”

黎有望旁边有个人坐不住了。

“不是抗日同盟大会吗？怎么又说起共产党来了，不是国共合作吗？”

又有人嘀咕道：“新四军跟小鬼子硬干，多有牺牲。多出这样一支队伍打鬼子，不好吗？”

旁边还有人低声回答：“你是不了解韩主席的历史。对他来说，日寇汪逆，不过癣疥之患；共党才是他心头要疾。”

声音细轻，很快消失。

黎有望克制住回头去看的冲动。台上这两位牺牲者想来就是韩光义杀猴给鸡看的猴吧。元大忠是个人物，黎有望听过他的故事，准确说是传奇。他也是国军出身，南京溃败后，被日寇俘虏，作为活人靶押送到屠杀场上，以供刚从日本国内征来的新兵进行刺杀训练。他赤手空拳从戒备森严的杀场上成功逃脱，还杀死了两名鬼子兵。没想到未死于日寇屠刀下，今日反而丧生于韩光义之手。

韩光义杀威已立，现在谁是那个振臂响应者?

众皆噤若寒蝉。

无人起身。不少人已双股战栗，抖如筛糠。

这倒不是黎有望低估韩光义的手腕，实在是原来议定的数人在会议现场幡然醒悟——发觉眼前这位韩主席不愧是绰号韩扒皮，想在他手上沾点好处，只怕比登天还难。况且此时出头，必成众矢之的。韩光义铁青着脸，睥睨全场，从台上缓步而下，行至场中，指着前排一位凸睛龅牙的壮汉道:“你是江北挺进军的袁恒丰吧。有异议否?”

韩光义这是亲自点名了啊。

袁恒丰慌乱起立，“唯韩主席马首是瞻。”

声音太弱，是麻雀叫吗？韩光义大喝：“大声点，我没听清。”袁恒丰面容一整，挺胸，气运丹田，“唯韩主席马首是瞻！”

有了这个开头就好办了。接下来苏北敢死队的何家贵、东如县靖国军的刘明扬、江北自卫军的李润吾，等等，无一不是“唯韩主席马首是瞻”！除袁恒丰外，其他部队多盘踞湖汊芦荡，三四百人的规模，实力不值一提。这种点名法很有意思。等到会场半数人都起立后，韩光义这才开始点另外几个割地占城经略一方的队伍。这一路行来，韩光义就到了黎有望跟前。这句“唯韩主席马首是瞻”，黎有望无论如何也说不出口，打腹稿，琢磨着是喊“向韩主席致革命的致礼”，还是喊一声“到”？韩光义拍了拍他的肩膀，微笑道：“黎有望，以区区一民团兵力，歼灭日寇莲河一个中队，壮我军威，经报第三战区批准，嘉奖！传令授四等特种领绥云麾勋章。”

韩光义没提丁聚元，也没再说擅启战事，把攻取莲河所有的功劳都归于黎有望名下。这是明摆着制造黎有望与丁聚元的矛盾。对了，按白露的说法，要破解那个该死的困境，最佳的策略是先示之以诚。黎有望干笑，起身扬声道：“愧不敢当。莲河侥幸得胜，实赖丁聚元部鼎力相助。勋章当有他一半。请韩主席明鉴!”

由于罗耀宗与白露策划的舆论宣传，人人都知黎有望攻下莲河，丁聚元就是一个赶来摘桃子的。这回听黎有望亲承丁聚元功绩，多有讶色。尤其是韩光义。浑小子是怎么了？为了那个独立旅旅长的身份，丁大巴子昨晚还想取他性命。脑子被驴踢了？自家闺女咋就看上这样一个主？白露昨晚归屋后，韩光义在她门口站了约半个时辰。没进去，屋内隐约有啜泣声，不，还有傻笑声，一会儿哭一会儿笑，还唱歌，什么“月亮出来亮堂堂，对直照进妹的房。妹的屋里样样有，少个枕头少个郎”。韩光义还是头次看到白露有如此女性的一面，心中五味杂陈，半晌，才小声说了句：“智勇常困于所溺，祸患常积于忽微。”

韩光义脸上挤出笑容，提高音量：“有功不自居，争气不争功。好！我等军人，若都能发挥此种风格，精诚团结，何愁日寇不灭!”

话都是人说的，正反前后左右，怎么说都行。黎有望被架起来的高度又上浮了数寸。黎有望目不斜视，心中哀叹，这只老王八不会真是要把自己当毛脚女婿了吧？若真是这般心思，他是老王八，自己不就是一只新鲜出笼的小王八了吗？

韩光义回到台上，目光扫过全场，“看来，大家都同意本主席的整编方案。很好，你们都是抗日的功臣。至于还有个别没来新化的，他们是什么？是土匪地痞流氓，是鱼肉百姓者，是即将附逆的叛国者，人人得而诛之。本主席在此宣布，将对他们逐一剿灭。攘外必须安内，整编乃是第一要务。散会。”

会场鸦雀无声。

有风起，操场四周的树与草被刮得不住倒伏，直如海上惊涛。

2

韩光义宣布散会，把守会场的卫兵并没有让大家走的意思。韩光义的老部下、89军副军长、77师师长宋敬涟登台宣布：“请各支队伍的主官就在新化中学喝茶，过夜，逐一签署整编文件。也烦请诸位的随从、卫兵，现在退场。”

这是赤裸裸的软禁。说韩光义脸厚心黑，都是褒义词，还真是不要脸了。众人面面相觑。不签，可不可以？宋敬涟哈哈一笑，哼道：“签不签是你们的事情。省府与89军，既不反对大家多留几天，也不怕多挖几个坑埋人。”话说到这个份儿上，就是没得商量。黎有望与罗耀宗相对苦笑。看来那三十万军票怕是白带了，这种形势，走谁的门路都不行。原本在平州推演可能的种种情势，现在看来，就是最糟糕的那种。众人被一群荷枪实弹的士兵带入礼堂。说是带路，其实就是押送。

领头的军官自称是军部特务营营长耿正昌，说话也还算是客气，碰到丁聚元时还口称前辈。丁聚元懒得回声，只当没听见。这个耿正昌也不以为忤，依然客气礼貌。等大门关上的一刹那，整个礼堂顿时沸反盈天。人言汹汹，多有口无遮拦的詈骂，基本上是骂韩光义吃人不吐骨头的，也有少数骂娘摆功，各种脏话，花样迭出，蔚为大观。门外守卫只是充耳不闻。

黎有望找了一个僻静处坐下。新化中学礼堂始建于晚清年间，出于一名洋人建筑师之手，有舶来特色，也杂糅着中国古典建筑的气息。呈长方形，两侧楼房一字排开，坡隆顶，八根爱奥尼亚大柱撑起高大宽敞的门廊。室内空间阔大，穹隆顶，足以同时容纳千余人。据说出资人是南洋华侨，倾尽家产，以报桑梓。而今战时，韩光义直接把它改造为战地医院，此次同盟大会，只做了一番匆匆打扫，又再搬来数十张桌椅以供众人歇息。说喝茶，茶水没见人端来一杯，这也就罢了，还要过夜？被褥没见一套。这就是恶心人了。那位老175师出身的上尉文书李家田端坐在礼堂门口临时设置的一套桌椅后，面前一摞文件。用门口那位目光不善的特务连连长的话来说，谁先签了这份整编协议，即刻可出礼堂，来去自由；若想再待几天，89军也负责安排一间上等旅舍。

礼堂外蓊郁葱茏的槐树下，三步一岗，五步一哨。这是牢中鸟插翅难飞的意思。

黎有望闷头抽烟。

一个戴着眼镜的军官缓步踱来，含笑拱手，行礼如仪，“平州的黎司令吧。莲河大捷打得好，振奋人心啊。鄙人江南三县自卫民团的管蔚然，由衷钦佩。”黎有望递去一支烟。管蔚然摆手谢绝，表示不会。不贪财的军人见过，不抽烟的军人还真少见。“也不喝酒？”黎有望笑问。管蔚然窘然，“黎司令法眼如炬。”

这人有意思，模样斯文，不像军人，倒像个新学堂出来的文弱学生，长得与罗耀宗有得一拼，都帅。

旁边又有几人先后凑过身子，显然是有备而来。

其中一个阔脸膛的，喊过一声黎司令后，不无感慨道：“莲河要塞，我手下打探过，武装到牙齿，尤其是那两辆铁皮坦克，我的部队是吃够了苦头。也不知黎司令是怎么打下来的。”

这是客气话。不用当真。阔脸膛的这位，是第八游击军的陈泰德陈军长。

黎有望继续抱拳施礼。

“区区战斗，不足挂齿。早就听说陈泰德军长大名。周旋敌后，侵掠如火，使日军日夜惊扰，不敢东进一寸；还有这位管总指挥占据江南三县，与汪伪任援道部多有交火，连战连捷，向有管诸葛之称；这位是江北挺进军的袁恒丰袁司令吧，在淮城盐州间穿插奔袭，日寇是闻风丧胆；还有这位，长江义勇军的谭震东谭旅长，自皖北南下，不惧横强，剑指南京。你们才是真正的抗日功臣。我也就是杀了几个鬼子，而且……”黎有望伸手指指不远处的丁聚元，“还是与丁司令拼死力战的结果。”

漂亮话不是谁都会说的，尤其是在歼灭两个小队的鬼子后。黎有望方才所言各路武装，要说实力，皆不在平州之下，但真正说起来，加一块，也没消灭过一个小队的鬼子兵。几双大手同时伸来，狠狠地与黎有望握了一握。这位黎爷不是傲慢人。莲河一战固可夸耀，更重要的是，听闻韩主席的女儿就在其帐下听令。这就有意思了。所以几人交换眼神后，同来示好。没想到这位黎爷初次相逢，开口就叫出各自姓名，还大致说得出他们的事功，且多有溢美之词。这就让人愉快。

黎有望刚才在韩光义点名时是特意留了心，给众人散过一圈烟，又朝丁聚元远远扔去一根。丁聚元接了，抽了，但并未朝这边挪动脚步。

“黎司令经营平州，真是平州百姓之福。怜悯贫苦，抑制豪强，剿匪破贼，赈济灾荒，严肃吏治，箪食瓢饮，苦心孤诣，民间多呼之为黎青天。”

凸睛龅牙的袁恒丰脸上堆出笑容。

黎有望心里咯噔一下。袁恒丰就是第一个被韩光义点名的，十有八九这里有猫腻。你丫也配学朱子松背四字短语？还他妈的黎青天，我天天待在平州，咋没听过？

“袁司令，我就是一个大老粗，只懂得打仗，你说的那些，不大懂。不过，要说青天，黎某心里倒有一个，那就是咱们的青天白日满地红旗帜。”

“那是那是。”袁恒丰笑容更为殷切，“听说，咱韩主席的千金都在你麾下效力，哈哈，你跟韩主席这是唱哪出大戏啊，嗯？刚才还听人传言，说咱们的韩主席是打算招你入赘当女婿。前途不可限量啊。”

黎有望就想一拳砸在袁某人的鼻梁上。

忍住。忍字上面一把刀。啥时拔刀，干他娘的，砸拳太轻。

黎有望没吭声，眼神迅速冰冷。管蔚然哈哈一笑，“都是打鬼子的兄弟，咱们一起议议正事。这个字，到底签不签？又或者说，该怎么签？”

3

场内四十三人。用不着轮番挨个把自己介绍一番。彼此实力，大家心里基本有数。啸聚山林、藏于湖荡的小股游击武装为多，手下队伍能有三百就算不错；真能割地据城的屈指可数，包括平州在内，还有管蔚然的江南自卫团、陈泰德的第八游击军、袁恒丰的江北挺进军和谭震东的长江义勇军，共五股势力。另外，还有一位没来参会。

丁聚元的苏北抗日义勇军却是逊色一筹。

诸人摆了一圈桌椅，落座议事。那些小股武装的头领还觑得眼色，没有赶来凑热闹。三五成堆，怼天怼地怼空气。他们大多数是抱着骑墙观望的态度。真论起来，个别人是想出门签这个字，但清楚自己也就是博弈双方那架天平上的一根羽毛。这年头，有枪就是大爷。谁拳头大，谁说了算。人家韩主席真正想要的是这五股势力，像丁聚元之流，怕还没瞧在眼里。不过这不妨碍管蔚然上前，先是跑去把丁聚元与另外十二人请来，绕着坐了一圈，又在那剩余的二十五人中点了几个人的名，让他们互相招呼着都围过来。管蔚然态度和气，说话也有意思，与袁恒丰是之乎者也；与陈泰德是坊间大白话；与谭震东是多有粗语俗词。更难得的是，这家伙精熟各地俚语方言，跟何家贵打招呼时说的那些江南叽里咕噜的土话，愣是把黎有望听傻了，还以为这两人说相声逗乐，结果却是相约吃新化有名的鱼圆炖汤，还馋秋日里那碗蟹黄豆腐。

管蔚然议事时倒是直截了当。

"我在江南，天堑阻隔，韩主席有心无力，奈何不得；谭旅长在皖东，也是山高水远，韩主席鞭长莫及；陈军长的第八军也是国军余部编练而成，论国府资格，与他韩某人不相上下；袁司令嘛，据有海滨阔地、实力雄厚，他韩光义一旦兵败淮城，若向东退却，还有赖于袁司令收留。倒是这平州，还有莲河，我看，称得上是咱们韩大主席的眼中钉，肉中刺。”

这话说的，是这么一个事，不是这么一个理。如此说来，大家签不签这个字，就看他黎有望的态度？这可能吗？这书生模样的家伙比袁恒丰更狠，这是想把他架火上烤嘛。黎有望对管蔚然的好感去掉一半，冷笑一声，作势就要出门去签字，倒唬得陈泰德伸手一把拽住，“黎爷，管总指挥的性情我多少算了解一些，不藏不掖，坦然磊落，开诚布公，是个性情中人。他说的未必都对，但这是他，乃至在座不少人的真实想法。许多人还是想先听听你黎爷的想法。原因有二。一、你是真打了鬼子，莲河一战大家服气；二、袁司令刚才提到的那事……”陈泰德顿了片刻，换过话题，“尽管韩光义把我等变相软禁于此，签不签这个字，个人身家性命那是小事，最根本的，是不是有利于苏北的抗日大局。倘若整编确实有利于全局，我陈泰德不会介意去韩光义搞的这什么班再进修一番。怕就怕咱们把所有的家底都掏出来，没两三天这韩光义瞎折腾，全给糟蹋了。”

陈泰德军内资历比韩光义差点，正牌少将，中央系的，但也差不到哪里去。这声黎爷喊的，颇有纡尊降贵之嫌。话也说得诚恳。

他说的这两点原因，黎有望心知肚明。而且他后面讲的这番话，真是有长者风度，不摆架子，直抵关键要害。老实说，黎有望同样如是想，在与黄开轩议的时候，也曾提过。黎有望瞪了管蔚然一眼，向陈泰德拱手称不敢，思忖片刻，也就直言。

意思很简单。

正面与日寇作战硬攻，得承认，打不过。莲河一战，占据那么多的先手，战损比也接近二比一。沦陷区作战，必须是游击战，大家在敌后分散开来，因地制宜，出奇制胜。游而不击是逃跑主义，击而不游是拼命主义。其精髓是敌进我退，敌驻我扰，敌疲我打，敌退我追。合理选择作战地点，以袭击为主要战法，趁敌不备，攻其要害。打袭击战，打埋伏战，打破击战，打袭扰战，打麻雀战；要快速部署兵力，在短时间内形成压倒性的局部优势；同时更要依托根据地，自力更生，坚持长期斗争。

整编成一军，不仅不能与敌一决雌雄，反而给了日寇集中歼灭的机会。鬼子现在最盼的是什么？最怕的又是什么？这个一定要搞清楚。他黎有望不反对有队伍愿意被整编，每支队伍所实际面临的情况都不一样。但对于平州来说，此番赴新化，理由很简单，一是争取番号、军饷与枪支弹药；二是与愿意在敌后开展游击斗争的队伍，互通声气，及时交换情报，多有协同出击。分散以发动群众，集中以应付敌人，抗日大业未来可图。

“我黎某人是来交朋友的。”黎有望终于想清楚了那三十万军票的部分用途了。

管蔚然竖起大拇指，也称了一声黎爷，“你这个游击战的思想讲得太对了。”

黎有望赧颜，“这个思想的提出者另有其人。我这是抄袭的。”

黎有望没有多加解释。游击战精髓十六字是他在一本西方记者观察中国革命的报道中看到的，还配有一图，门楼前悬挂着一副笔力雄健的对联，“敌进我退，敌驻我扰，敌疲我打，敌退我追，游击战里操胜算；大步进退，诱敌深入，集中兵力，各个击破，运动战中歼敌人”。黎有望反复查询，这才知道，这是共产党领袖毛先生1930年12月25日任红一方面军总前委，在江西宁都小布召开的苏区军民歼敌誓师大会上亲笔书写的，并以对联为题目做了动员报告，解释了他的反“围剿”的游击战术思想。

黎有望对这位毛先生佩服得五体投地。但在会场他却也是不便多言。

黎有望当面承认抄袭，倒让管蔚然眼前一亮，哈哈大笑，竖起两根大拇指，“这些日子，我总听人在耳边聒噪，说什么人杰黎有望，真是名不虚传。管某最早那声佩服，只有七成，现在可是实打实的了！”

袁恒丰插嘴：“这么说来，黎司令是绝不同意被韩主席整编啰？”

第三十三章

入死局

1

“你们议吧。区区一个苏北，搞得跟三国演义一样，太累。反正老子是不签这个名，谁爱签谁就签吧。”说话的是丁聚元，眼白翻起，起身拉开椅子，到东南角寻了两张桌子拼作一块，躺上面打起呼噜。

“也就这点出息。”袁恒丰哼道，挥手，“咱们继续议。黎司令，你刚才的游击战讲得好。袁某大受裨益，只是有一事，我还不明白，还请赐教。韩主席既然想整编队伍，为何把大伙关一处，而不分别羁押，以图各个击破?”

这话也是黎有望心中所疑，当下摇头表示不知。

谭震东嗤笑出声，“咱们既然肯来新化，必有所求。所求或许不一，但对韩主席来说，咱们就是一群自投篱笼的鸟。你见过哪个喂鸟人在意过鸟的想法，不管是苍鹰还是黄雀，不管是食肉的还是吃素的，都是鸟。听说过杀威棒吗？咱们的韩大主席是恼怒我们在会场未能积极响应他的整编号召，让我们在一块多交流沟通，认识到他的英明伟大，认识到他为了抗日大业殚精竭虑的苦心啊。待明日清晨，对自身的猥琐与那点上不得台面的小心思有了深刻反省，一个个幡然醒悟，抱住他韩主席大腿痛哭流涕。”

谭震东这话说得刻薄。

丁聚元远远扔来一句：“谭旅长，以后到莲河，不醉不归。”

陈泰德望向管蔚然。

“咱们的韩主席可不是什么劝人行善的观世音菩萨。袁司令这个问题提得好，我也一直在琢磨。透着古怪。我想问大家一件事，如果我们没签这个字，是不是就这样一直僵持下去，韩大主席会把我们关押一天、三天，还是十天？”管蔚然皱眉道，“有一种可能性，韩主席从召开这个同盟大会伊始，便已打定武力劫收的主意。把我们扣在这处，同时派出部队……说不定宋敬涟已在路上。”

管蔚然的这番话，说得极慢，声音不算大，连躺桌上假寐的丁聚元也跳起身。管蔚然的假设，黎有望与黄开轩仔细推演过，平州城高墙坚，备战充分，倒是不惧；但其他地方武装可就难说了，尤其是谭震东部，名义上在皖东，主力位置离淮城不算远，盘踞天高一带，其处多岗圩交错的丘陵，陆地交通便利，又有水网为辅，最是适合隐秘突击进军。更重要的是，若得了天高，韩光义所部的回旋余地就大。真若兵败，倒不是只剩往东一条路。卧榻之侧，岂容他人鼾睡？对于韩光义来说，此刻的天高就是“卧榻之侧”。谭震东难道看不出这点吗？为何他也最终来了新化？

座中人都是军事干才。管蔚然话音未落，几双眼睛同时望向谭震东。谭震东颓然一叹，“老了，真是老了。”没再多言语。

如是说来，韩光义把大伙软禁一处就有了解释。谭震东说得不错，在韩光义眼里，这些地方武装就是一群跳梁小丑。问题是，若韩光义不满足天高一隅，趁各位主官被扣之机，北下江南，东上海滨，西取莲河、平州，再顺手收编沿路一些小股武装，转眼间苏北境内便崛起一个庞然大物，他韩光义这个苏北王的名号立刻名副其实。“韩光义有这么蠢吗？”黎有望问过黄开轩。黄开轩答：“这不是蠢。这叫收复失土。他韩光义若真是办到此事，蒋委员长必令第三战区调兵遣将，以图在汪逆心脏位置钉牢这个楔子。这是政治，与单纯的军事策略是两回事。”

黎有望一说，管蔚然一叹，陈泰德与袁恒丰不约而同低声咒骂。只是再骂韩光义寡恩薄义又有何用?

一言惊醒梦中人。

单纯从苏北一境考虑，韩光义若这般行事，是谓不智。但若从全国抗日一盘棋的角度考虑，韩光义在军事上的鲁莽扩张，却能在政治上带来极大主动。这是苦撑危局，以求度过黎明前至暗的重庆政府目前最需要的一剂强心针。而全国军民也必然会将其视为一个在沦陷区与汪逆日寇颉颃抗手的揭橥事件。纵然韩光义未来兵溃，其在政治棋盘上的效能已充分发挥。

韩光义不蠢。世上真正的蠢人就与真正的天才一样屈指可数。绝大多数是普通人，他们考虑问题的出发点无非三者：一曰名，二曰利，三曰气。名者，有大小，有深浅，有先后，有广薄。所谓燕雀安知鸿鹄之志。对于不同的人来说，这既是一个高度问题，也是一个深度问题；既是一个广度问题，也是一个维度问题。故汝之蜜糖彼之砒霜，你想要的浮名在我眼里只是狗屎。黄开轩把一个“名”字拆解开，结合诸子百家的理论又细说了一遍，听得黎有望脑袋都大了。最后，黄开轩又补了句：“你黎有望不蠢，也不是天才，但你这个人有样好，就是天生豪杰气概，能让人甘心赴死。”恼得黎有望啐道：“也不见你去死一个。”

怎么办？

黎有望心中倒是不慌，腹中已有预案。但座中几十人，除管蔚然等寥寥几位外，皆面露惊慌色。其中两个还开始互相挖苦，一个说“你李团长向来水泼不进、针插不入，此番必能御韩光义于境外”；另一个不掉书袋，“我说老曹，这回要被×腚眼了吧。后悔了吧。老子当时劝你不能来，你偏就来”。

礼堂门开，却是士兵进来，抬来了两筐粗粮馍馍，一担热水，还有数根火烛。

说是韩主席令大家吃饱喝足后，彻夜长谈，务必谈透想通。整编一事，一定得深思熟虑，必须是心悦诚服。当下就有几个小股部队的头领把手中馍馍一扔，嘎声问道：“文件在哪，我签了。”不管不顾就想往门外走。没想到士兵把眼一翻，枪口拦住，“文书下班了，明日赶早。”只能退回，挨尽白眼。

没人再想议事。各自糊弄完饥肠，或坐或卧，默想心事。也无人点烛。

一张张脸庞慢慢淹没于暗中。幸好窗外月亮还算亮，是下弦月，一弯，形似在冷水中反复淬洗过的镰刀，看着就让人心生寒意。屋脊檐角层层接叠，让人看得疲倦。黑暗中冷不丁有几句话语响起。

“真是活人要被尿憋死。”

“没有床铺，也没有被褥。心悦诚服个鸟。老子是他爷爷。”

还有人唱戏，唱的是“虎落平阳被犬欺，落难的凤凰不如鸡”。男扮女声，唱得还真是不错，一波三折，幽怨哽咽，余音绕梁。也有心大的，仗着行军打仗打下的底子，躺在桌子板凳上裹着衣服睡，也能睡出雷鸣般的呼噜。

黎有望靠着一根圆柱子坐在地上，半睡半醒。

丁聚元突然摸过来，“给根烟。”

没说别的，就是讨根烟抽，在黎有望身边坐着。丁聚元来要这根烟是来表示歉意的。黎有望懂。韩光义挟天子以令诸侯。设身处地，若他是丁聚元，昨晚也是一般行事。说来也怪，两个男人并肩沉默吸烟，原来积在黎有望心中的怨气倒随着袅袅烟雾散去不少。

管蔚然也凑身过来，居然也是来讨烟，抽了两口，一阵猛烈咳嗽，好不容易止咳，突然低声道："我们都在这里，若是手下人听了什么，信了什么，一时冲动，想把我们从这里救出来，只怕正中韩光义下怀。"

这事大有可能。韩光义是否会借口肃奸，干脆一不做二不休，把该杀的杀，该关的关？这种生死操于他人之手的感觉可真不好。

"得道多助，失道寡助。他韩光义未必敢这样胡来。"

这是丁聚元的声音。

管蔚然没接话，只鼻哼了一下。

2

整个礼堂黑灯瞎火，细微声音此起彼伏。窗外夏虫之鸣越见响亮，浑不知命在须臾短暂，在茫茫尘世拼尽全力叫出自己的声响。它们活得畅意，倒是它们所匿身的那些树，一株株，在夜色里活像是一群披头散发的鬼。偶有夜鸟啼叫，叫得令人心悸。

烟抽完了。丁聚元从兜里掏出绿盒子的老刀牌香烟，"这个劲儿大。"黎有望接过烟，对上火，正要说话，不远处啪啪啪三声清脆枪声，紧接着就是人在暗处迅速奔跑的声音，拉动枪栓的声音，喊口令的声音，要 × 韩光义老母的声音，短促交火声……各种声音与突然亮起的火光瞬间就撕开夜幕。这一下，屋内所有装睡的，与真睡着的，都跳起身来。转眼间，礼堂大门被重重踹开，松明火把与手电筒的光一起投进屋内，与此同时，数十条嗓子一起喊起来，什么张司令陈军长王队长谭旅长李团长，等等。其中要数那个喊丁大当家的声音，最是雄壮。

管蔚然最担心的事还是发生了。

众人羁押之地，警戒如此松懈，要说没鬼，才真是奇了怪，这简直是对韩主席的人格侮辱。黎有望捅捅丁聚元，“你手下来接你逃出新化了。”

丁聚元火冒三丈，三步并作两步，跨到他手下人身前，一把揪住其衣领，厉声喝道：“谁叫你来的？”那人预想的情景没发生，愣住，嘴里迟迟说不出话。沸腾的人声顿时寂静。半晌外圈有人道：“从中午开始，新化城就到处传，说韩主席要在下半夜解决所有的指挥官，全部拉出去枪毙。”

“猪脑。这种谣言也他妈的信！咱们韩主席真要把这些指挥官毙了，就凭你们手中这几杆破枪，也能冲到礼堂里来？”

丁聚元用力猛拍手下人的脑袋，问：“谁牵的头?”

无人应声。

想来挑头之人多半还是韩光义伏下的棋子，几人撺掇，这帮子心忧主官安危的大老爷们哪里还管得了许多，群情激涌，却是没注意连防卫他们的士兵也撤了不少，路上偶遇几个也是敷衍虚应。人群中也有罗耀宗。黎有望皱眉问道：“你怎么也来了?”

“不来不行。”罗耀宗的回答简洁迅速，“我拦了几次，拦不住。干脆过来。”

罗耀宗的意思很明白。这是圈套，但明知是圈套也要进。所谓大浪之下，无论龙蛇虫鱼，都在这个浪中。只有跟着浪头走，才有可能求得变化与生机。

“现在怎么办?”

“走。会开完了。”

黎有望去看管蔚然。管蔚然摇头，道：“走不了。”

“走不了也得走。化整为零，各个突破。韩光义既然敢撒这张网，我们就敢于撕破这张网。我们五个人，分五组，各领八九人。自求多福，各安天命，如何？这总好过一直在这里坐以待毙。”说话的是谭震东。他已接过手下人递来的两支盒子炮，往腰间一插，倒颇有一番勇武气概。谭震东急着要走，可以理解。多半他的老巢已被抄了。

陈泰德冷笑数声，“我同意老谭。韩光义打着上屋抽梯的算盘，我陈泰德也不是吃素的。新化城内我早已伏有人马。有愿意跟着陈某走的，往这边来！”应者寥寥。原因也简单。陈泰德的资历摆在那里，真让韩光义堵上，也没有身家性命之险，顶多是被剥夺军权后送培训班，可跟着他一起走的人十有八九要倒血霉。陈泰德哼了声，带着手下人往西扬长而去。袁恒丰嘟囔，朝他的两名手下挥了下手，“回去回去，别打扰老子睡觉。”自个儿缩回暗处。

更多人把目光盯向了黎有望，还有号称管诸葛的管蔚然。

管蔚然苦笑，“真想趁黑摸到军部，把枪口对准那个给脸不要脸的家伙啊！”说罢，目光望向罗耀宗，“有多少把握？”

“不到三成。主要是地利，我来过新化，街巷拐角熟悉。另外……”罗耀宗沉吟片刻，显然有些话不适宜当众讲出。

“老子还以为不到一成呢。”

管蔚然难得地暴了一句粗口，“走。人家这是逼着咱们起身赴宴，若蜷缩在礼堂里当乌龟王八，岂不辜负了咱们韩主席的盛情美意。”这个书生模样的指挥官词锋也是锋利，想想也该如此，否则又如何统御他手下那数千人马。

“好，就依管总指挥之言。”

黎有望下定决心。他非常清楚，走，是大概率走不掉的；但管蔚然说的极是，不走，反而是一个笑话。主人已经就座，就待客人轮番上席。所谓盛情美意，却之不恭。

3

想走，哪里这么好走？

数记枪响，几声惨叫。不多时，黑暗中四面八方响起的喧哗声犹如数头怪兽迅速逼近。居然还有一辆日军94式卡车，轰鸣着驶来，车灯如同雪照，煞白。车上跳下十余个士兵，为首者就是下午那个特务营营长耿正昌，一脸杀气，挥手让人从车上拖下几具尸体，抄起铁皮喇叭就喊：

“奉军座令，汉奸谭震东盘踞天高，通谋敌国，迫诈民财，残害抗日志士和无辜百姓不下百人。依中华民国战时军律，判决死刑，褫夺公权终身。”

顿了一下道：“谭逆藐视判决，阴谋逃窜，现予当场击毙。”

什么叫阴谋？这就叫阴谋。不过是把阴谋行成阳谋，也算是得了兵家三分诡秘之道。车灯下，谭震东那双不瞑目徒然大睁，鲜血污脸。礼堂这边众人是死一般的沉默，宛如一尊尊雕塑。没人再破口大骂。骂什么呢？连在心里嘀咕一声匹夫无罪怀璧其罪，也是多余。面前只有十余人，埋伏暗处的，恐怕是整个特务营数百支枪。人家这是彻底撕下面纱，武力劫收，所谓顺我者昌，逆我者亡。黎有望与管蔚然相视苦笑。这赴新化是真来错了，不来，就不会给韩光义这样一个一网打尽的机会。只是谁能想到韩光义会把屠刀先对准自己的同盟军？果然是蒋委员长“攘外必先安内”的坚定信徒。

“奉军座令，你们都是我江北抗日菁华，是国之柱石，89军的上宾，还望诸位今夜好生休息。明天再议整编一事。”

说罢，耿正昌踱到黎有望跟前，“黎司令，烦你跟我走一趟。”

新化西南角又是一阵急促枪响。数盏手电筒的光划破沉闷夜幕。那个据说背后靠山是何应钦的陈泰德估计也没有好果子吃了。照韩光义现在显露出的冷血獠牙，他同样有可能被栽上一顶汉奸帽子。反抗没有意义。怨就只能怨自己错判了形势，看错了韩光义。黎有望伸出双手，示意戴上手铐。耿正昌一笑，“军座说请黎司令过去一议。这个就免了。”

议什么呢？总不可能议毛脚女婿吧。这一去，若还不肯交出平州，只怕再也难见到明日太阳。黎有望的目光望向罗耀宗。这倒不是谴责他，而是托付遗言。来的路上，黎有望与罗耀宗说得很明白：“假如我遇险不测，你回平州，全力协助黄开轩。若局势危急，不妨与丁聚元部一并撤回二龙山，图谋再起。”罗耀宗的双眼里有隐约泪光，也还有愤怒的火。他是主来派，可他也没有想到韩光义的手段竟然是如此凌厉凶悍。

管蔚然踏前一步，低声道：“他说什么都只点头，别当场反驳。留得青山在。”

黎有望点头，这份善意他能理会。

丁聚元闪身拦在黎有望面前，“耿营长，我陪黎爷一起走这趟吧。”

耿正昌摇头，脸上没有丝毫表情，“军令如此。不可。”

礼堂前还真有个没开眼的，张口就道：“我说丁大巴子，人家这是岳父见女婿，你这是狗拿耗子真他娘的多管闲事。”见丁聚元不吭声，旁边又有人开了腔：“你这就不懂了，这平州真好大一块肉，原本是我们丁爷嘴里的，这哪舍得啊。”

丁聚元转身抽步，一拳击中那说话之人面门。火把下，数颗牙齿飞起。丁聚元脸色狰狞，森然道：“如果我辈还是这样一团散沙，不能勠力同心，也难怪他韩光义把我们当成一头头猪，分别给宰了。”丁聚元当面直呼韩光义之名，可谓大不敬。耿正昌脸色肃然道：“丁司令，不要敬酒不吃吃罚酒。”

“我们为抗日而来。他韩光义难道真要冒天下之大不韪，为千夫所指吗？”

丁聚元抬手把腰间佩枪扔给耿正昌，“耿营长，有本事你就从我这里开枪吧。”

军人以服从为天职。军令如山倒，理解要执行，不理解也要执行。韩光义下的军令是击毙谭震东，生俘陈泰德，其他人等好言劝回。若有喧哗闹事者，一律当场捕获，送军部宪兵营。未说一个杀字。

耿正昌放下对准丁聚元额头的枪，“抓了。”

管蔚然朝前迈出一步，“耿营长，我也陪黎爷一起走这趟吧。”

紧接着，又是一只脚，两只脚，分别朝前踏出一步。

“耿营长，我也陪黎爷一起走这趟吧。”

声音最早只是点滴涓流，很快汇成河流大江，有浪头掀起，这浪眼见着一寸寸变高。耿正昌大喝一声：“你们都不要命了吗？军座令，只拿首恶，不问从者。仍然答应，此次事变，既往不咎，会给大家每人一个恰如其分的出身。”

就算韩光义这话是真的，也是没有人信的。

更糟糕的是，这位特务营长见群情汹汹，又厉声补了一句：“战时有附逆者，一律枪决。”

黎有望在书局时，曾读过一本古罗马时代历史学家的著作，《塔西佗历史》，里面有一段话：一旦皇帝成了人们憎恨的对象，他做的好事和坏事就同样会引起人们对他的厌恶。引申在这，自今晚后，无论韩光义再做什么，他在江北人心里就是一个猪狗不如的家伙，一个拿江北抗日弟兄的血染红顶子的畜生。

“战时有附逆者，一律枪决。”

这话对不对？对。但谁是附逆者？就不为难眼前这位军中同袍了。想来射杀自己人，他也杀得手软，在望向谭震东的尸体时眼中也偶有不忍之色。

黎有望长叹，朝管蔚然伸手重重一握，又朝四周分别鞠了一躬，谢过众人维护之意，道：“黎某一人，生死事小。若能侥幸生还，他日与各位弟兄痛饮！”

第三十四章

险还生

1

韩光义在喝茶，喝得是极其恼怒，额角突突直跳。

一个时辰前，白露冲到他办公室大闹一场，句句诛心。他当场给了她一记耳光。若不是看在她的分儿上，他早杀了黎有望。黎有望宰了几个鬼子，就真当自己是岳武穆王转世？真是咄咄怪事。平州乃要害，膏腴之地，是做活江北抗日全局的棋眼所在，怎可不攥紧在省府与89军的手里？给黎有望一个独立旅旅长的身份，这是给他脸，赏他一个出身，娘希匹，竟然还敬酒不吃吃罚酒，在礼堂里还大放厥词，说什么游击战，动摇军心，祸乱整编一事。别说黎有望与白露八字还没有一撇，就算真是女婿，朱元璋杀得了他最疼爱的安乐公主的驸马，他韩光义就杀不得？白露偏就反唇相讥，话极为难听，还想学直罗山时期跑出去再找那个黎有望，口口声声，就没有他这个爹。

韩光义难得失态地摔了一个杯子。

嘱咐副官，把白露押禁闭室，若让她跑了，看守者枪毙，其他人连坐。

还有那个陈泰德，仗着军中资历与背后的何应钦，在被抓后也是一顿胡言乱语。这种老朽之徒，脑子里没有一个抗日的大局观，枉居高位，真是恬不知耻。中国之所以有今日之危局，就是因为太多这种尸位素餐的人。

等黎有望进屋来，韩光义不再像前晚那样客气了，不起身请坐，未嘘寒问暖，更别提谈什么雨余山色，连眼皮都没抬一下，搁下啃了一半的苹果，埋首处理公文，嘴里吐出三个字：

"降不降？"

如果黎有望说不降，那么韩光义马上要脱口而出的，就会是另外五个字：

"拖下去枪毙。"

这三个字如同一把利刃当胸捅来，其中凛冽杀意渗入肌肤。简陋的指挥室地面上犹可见摔碎的茶杯碎片，其间闪烁着一点耀眼的白，是凤佩，是白露从他胸口取出的凤佩碎片。黎有望蹙眉，白露当是来过，与她父亲发生过激烈的争吵。

“她来过？”黎有望问。

韩光义的手顿了下，没说话，钢笔在信笺上戳出一块墨迹。

“如果我没有猜错的话，宋敬涟派去攻打天高县谭震东的部队，应该还未发来捷报吧。”黎有望低声道。

韩光义的手微抖了下，仍未吭声。

“我理解你整编的用心，纵然89军最后玉石俱焚，那也是为全国抗日大业举了旗帜，刻了碑文。”黎有望默然良久道，“只是杀戮太过，有伤天和。”

眼前人是聪明人。直罗山一别六年，没少长进。如果白露真与眼前这人有缘，倒不算坏事。韩光义放下笔，心中杀机略敛，“慈不掌兵。说说，你为何断言宋敬涟还未成功？”

“以77师的兵力，取天高一地，本是探囊取物。取其地易，但收编难。不过我猜想军座也未必有收编长江义勇军的心思，应该是聚而歼之，以图把天高作为将来进退纵深之地。宋敬涟自忖智将，考虑问题过于复杂周密。战机稍纵即逝。只怕谭震东部属多已逃出包围圈。”黎有望随口解释。这不是他的真心话。真心话是：若宋敬涟真的已经把谭震东的长江义勇军给包了饺子，你韩光义还会摔杯子？

“我能明白你为什么能守得了平州。”

韩光义起身，踱过几步，再次转身，眼里放出阴寒之光，“黎有望，韩某惜才，念你确有精忠报国之心，最后给你一次机会，平州救国军改编成89军独立旅，你任旅长，在我帐下听令。你交出平州。”

“没有别的可能了？”

“没有。”韩光义伫步静立，凝视着黎有望的眼睛，“不要有任何幻想。卫长河的新78师已朝平州方向运动。”

这是黎有望与黄开轩讨论过的最坏的情形。

终于还是来了。

夜幕已深。屋外只剩团团暗影，如只存于神话与传说中的怪兽，只待一声令下，便要跃起噬人。那些看不清轮廓的树木石草在一片寂静中发出细弱的可怖声响。黎有望下意识地施无畏印，心头焦虑渐趋澄清。

“平州是平州人的平州，不是我黎有望的平州。就算真得改编，也得我回平州后把他们召集起来，聚而议之。说不定哪怕大家一人一票，也会有半数以上的人赞成来投军座。军座，你知道的，这次我来新化，救国军内部是有争议的。但说我应该来的人不少，比如这次跟我来的罗耀宗。”黎有望忽展颜笑道。

“想拖？”韩光义干笑数声，“黎有望，我是越来越欣赏你了，能屈能伸，晓得要适时放低身段，还懂得尽量保全部下。可惜这个拖字没有用。新化中学礼堂还有一大帮人正在看着你我。你是聪明人，应该清楚，你的尸体对我有用，悬挂在礼堂门口后，我想大多数人的脑子会立刻清醒。另外，杀你是有价值的；至于那个罗什么副参谋长，杀他无价值。韩某不怕杀人，但也不嗜杀、滥杀。”韩光义说的是实话。事实上，在他看来，他仍然是在给黎有望机会。如果只看兵力对比，在卫长河的新78师面前，成立数月的平州救国军根本不堪一击。

黄开轩能创造出奇迹吗？

黎有望不敢抱此幻想。

2

电话铃声一阵骤响。韩光义接听后眉头锁结。

窗外大风涌入，发出巨潮拍岸般的声响。几张信笺飘落于地。黎有望眼尖，那几页信笺哪是什么公文，分明是白居易《燕诗示刘叟》的句子，“一旦羽翼成，引上庭树枝。举翅不回顾，随风四散飞。雌雄空中鸣，声尽呼不归”。白居易的诗直白显露，质朴通俗，虽寻常语，足以警世。黎有望也甚是喜欢。这首寓言诗的本意，是讽劝那些把父母养育之恩抛之脑后，远走高飞，不肯尽孝的人。但就韩光义手录这几句来看，除了对白露的斥责外，也有那掩饰不住的父爱。黎有望弯腰拾起，轻置于案端，用那半个苹果压住。

韩光义入座，良久缓声道：

“我还是小觑了你那平州。黄开轩说动丁聚元部、陈泰德部，还有这次没来新化的宗富贵部，四支队伍，半日之内，共同对新78师发起轮番攻击，把你在礼堂里说的游击战精髓充分发挥。先打的是袭扰战，派出多个突击队，一路各种毁坏、恐吓、扰乱、骚扰，虚张声势，硬生生把新78师困按在平新线数时辰不得动弹。卫长河这个蠢物，以为你们还真只是黔之驴，又带着两个旅盲目冒进，被你们在荡口打了一个伏击。说是伏击也不尽然，是娘希匹的直接被你们的人乔装突进指挥部绑了，真是丢尽了我们中国军人的脸。”

韩光义骂了一声娘希匹。这是蒋委员长的口头禅。

韩光义说卫长河丢中国军人的脸，但拿下卫长河的同样是中国军人。也许在韩光义心里，平州救国军这种杂牌武装就不能算是中国军人吧。

黎有望苦笑，知道自身性命危如悬卵，他反而平静下来了。

“我很佩服你啊，黎有望。短短数月，就带出这样一支队伍。莲河之战，且不议它；仅这次的调兵布阵连环用计，就有古之名将风度。我想，他黄开轩恐怕已做好围点打援的准备。平州，区区两个团不到的杂牌军，竟然能有这种用法。

“现在，他们提议用卫长河的脑袋换你黎有望囫囵身子回去，还妄想从我这里讨一个番号。你说，这笔买卖我是做，还是不做？又或者说，他黄开轩是真的希望做这笔买卖吗？会不会他就想借我这只手，把你给宰了呢？”

黎有望瞬时明白了罗耀宗在礼堂前的未尽之言。想来在宋敬涟上台宣布武力收编时，罗耀宗便已通过某种特殊的渠道与平州做了沟通。而各部之所以能这样迅速做出反应，多半也与罗耀宗居中牵线转圜有关。那三十万军票没有白带来。不过韩光义还真是心地阴暗之辈，最后一句话可以说是赤裸裸的挑拨。他这种人一辈子也不会懂得什么是与子同袍。

黎有望心念电转。

“天高已取。虽未竟全功，我部已有腾挪之所。黄开轩困住了一个卫长河，以为这就是斩首？真是可笑至极。”韩光义微微眯起双眼，哼过几声，伸手在桌上轻轻一拍，伸手抓起电话，厉声道，“传我命令，副师长周朝暂摄新78师师长一职，统率全军，不计沿途骚乱，务必于今日午时前攻克平州。”

韩光义挂断电话，望向黎有望。

黎有望坦然视之。两人的目光里都是刀枪剑戟。

“你与黄开轩，一山不容两虎。他隐忍多时，趁你赴新化，玩这手借刀杀人，还真是漂亮。黎有望，我最后说一次，你若降我，平州还是你的。黄开轩，我替你杀了。”

韩光义眺望窗外浓墨一样的夜。夜色里隐隐有抽泣哭号声，也不知是从何处传来，一阵紧，一阵慢。

韩光义说“平州还是你的”，这是他的底线，只是这个降字从何说起？日寇肆虐已久，这些位高权重者还在搞区分你我这套。吕天平曾有言，所谓政治，就是分清敌我。若没有敌人，那就塑造一个。这些搞政治的王八蛋啊。黎有望闭目默想，舌根发苦，准确地说是整个胃壁都有苦水溢流。他半晌道：“开轩是我兄弟。”

“都什么年代了，还真以为自己是在桃园结义？我想今天如果在我面前的是黄开轩，他怕是早就应了。莲河一战，你对来摘桃子的丁聚元多有恩义。丁聚元是怎么对你的？前晚打你一枪，就忘了不成？好，既然你真不怕死，我成全你。”韩光义回转身，“虽然是死，还是给你死中求活的机会。你如果愿意接受，我把白露叫出来，你俩见一面。”

“什么机会？”

“你靠墙站立，头上顶着那个咬了一半的苹果。白露若是能在十米外射落苹果，韩某放你们两人走，绝不食言。毕竟取了平州后，你一个黎有望的生死也没那么重要；若白露不敢开枪，韩某就只好让人把你拖出去枪毙，再把尸体扔在礼堂那边去，让那些人彻底打消侥幸与妄想。所以，你还得说服白露朝你开枪。记住，这不是我对你的胁迫，而是你黎某为挽救平州救国军那两千余条性命，甘愿下的赌注。”

韩光义的心情是复杂的。若还是当年直罗山的韩光义，就算黎有望有三个脑袋，怕也早都掉了。他已经给了眼前这个年轻人足够多的仁慈，后者一而再，再而三地表示拒绝。就是泥菩萨也有火气。白露不是口口声声说生死与共吗?《庄子》里不是有一个“匠石运斤”的典故吗？所以事情也可以变得很简单——信任射击。

如果黎有望真的愿意把命交到白露手里，如果他还真是上天眷顾，这样都死不了，那他把白露交到他手里，也未尝不可。

搁在桌上的还是那柄毛瑟驳壳枪。这种枪又称盒子炮，重逾三斤，威力大，可靠，可以说是王牌武器；但射击精度较差，不管是单发还是连发，枪管都会上下跳动。这不仅需要精准的枪法，还需要过硬的心理素质，更需要掌握将枪身呈平置状射击的技巧。白露恐怕从来没有用过这种武器。

黎有望想了想，说:“好，我会说服她。”

黎有望很清楚，黄开轩奇袭，绑架卫长河，行的是一个险字。韩光义令周朝今日午时前攻克平州，不是虚言恫吓。

十分钟后，红肿着双眼的白露望向一脸平静的黎有望，缓缓举起枪口。面庞上有三分凄楚，一点不甘，半分希冀，犹如牢笼中被困的母兽。她没有办法不举起枪。枪口下，不仅是黎有望的一条命，还有平州救国军的两千条性命。黎有望已经耐心地给她讲解了这种盒子炮的射击技巧，她希望自己能做到，但这枪真的太重，她有点端不起来。她确实是第一次握着毛瑟驳壳枪。韩光义此时也已表明了他的态度。

她必须为黎有望，为救国军，还有她自己的爱情去赌这一把。这不是犟了性子胡来的时刻。她甚至都没有时间去想韩光义给出的这个所谓死中求活的机会，有多么荒谬。像是被梦魇住一般，她脑子里只有一个念头："如果枪打歪了，我也不活了。"手指压住扳机。铁是冰凉的。

枪响。

一声，接着又是一声。

3

门口有急促脚步声。门被推开。一个半边脸颊都是血污的传令兵奔入室内，左耳应该是挨了一枪，鲜血不断滴落。进屋，他挺胸行礼。

“报。门外有人执蒋委员长手谕紧急求见。”

白露手中的枪支掉落在地，竟不敢再弯腰捡起，一副精疲力竭的样子，双眼紧闭，热泪滚滚而下。几秒钟前满脸的决绝与坚毅都丢爪哇岛了。韩光义瞥一眼，心中微叹。能说什么呢？只能说女大不中留。韩光义目光望向传令兵，刚想开口说话，一名副官又飞速奔入，手执数页电报，“报，第三战区司令部紧急电文。”韩光义扫了一眼电报，手就发了抖，突然暴怒，捡起地上的手枪，看也不看，朝着黎有望甩手一枪。

枪响，苹果滚落。

与此同时，门口已响起一阵爽朗笑声，“韩主席，别来无恙。这是哪个不懂事的家伙让您生这么大的气？”

一个佩中将军衔的中年男人快步走入，隔着老远，朝韩光义伸出手，“新任苏鲁皖区游击中将总指挥吕天平奉蒋委员长令与第三战区顾祝同长官巡查防区，特来向韩主席请安。”吕天平话说得客气，眼里却殊无半点笑意，所行也是军中同级官僚的握手之礼。曾几何时，他还是眼前这位老者的直系下属，而今按军衔与职属，却是平级。

枪口犹有袅袅青烟。

“你还是来了。”韩光义慢条斯理地把枪摆回桌上，落座，摸起笔，开始继续处理公文。

“听说韩主席搞了一个苏北抗日同盟大会，四海英雄咸集。吕某职责在身，不能不来观摩。也巧，刚好就赶上这样一场精彩大戏。”

韩光义挥手，示意副官把旁边的黎有望与白露带下。白露再也控制不住自己，猛地冲上前抱着呆若木鸡的黎有望失声恸哭，眼泪鼻涕糊得黎有望胸口衣襟处一片黏湿。韩光义咬咬牙，牙缝里都有响声。副官赶紧把两人拽出屋外。白露哪舍得放手啊，就恨不得把整个身子都挂在黎有望胳膊上。等哭泣声与脚步声远了，吕天平微微一笑，道：“令嫒，敢爱敢恨，真是性情中人。”

韩光义握笔的手一直在抖动，脑门两处青筋暴起，两眼不时有下意识地翻白。这是纯粹的被压抑到极点的愤怒。那些德不配位、鸡栖凤巢的蠢物们，终究还是把这个狗屁苏鲁皖游击区砸了过来，这也就罢了，担任总指挥的人选竟然是吕天平！也不知姓吕的王八蛋走了哪条路线，最后撺掇蒋委员长签发出这道命令。提议成立苏鲁皖游击区的呼声一直有，但内部争议较大。韩光义本人倒是不反对，但一直认为就算成立，该战区总指挥也应该是自己。韩光义在出席第三战区的军事会议上，甚至表示若设立该战区，其主要任务就该是打通鲁南山岳地带及江北湖沼地区，建立游击根据地，发动军民，展开广大游击战，将重点指向津浦、陇海、胶济各要线，尽量牵制、消耗敌人，策应第5、第1及冀察各战区之作战。

他的意见被吸收。刚才第三战区转来的国民政府军委会命令里有详文列出。但主事者，却成了吕天平。更让韩光义感到无法忍受的是，苏鲁皖游击纵队成立，除收编现有区域内各路抗日武装外，还要求从89军拨两个旅过去作为班底。

换句话说，他现在搞的这个苏北抗日同盟大会是为他人做嫁衣裳，另外还得倒贴上两个旅的兵力。韩光义还真想把眼前的吕天平一把掐死，把这张笑眯眯的脸放在脚底下踩烂，再用刀子剁成韭菜馅儿。还娘希匹的说什么敢爱敢恨？韩光义的笔尖在信笺上戳出几个洞。按常理，他此刻至少得向吕天平恭喜道贺，再以省府长官的身份说几句不咸不淡的话。可这个身子他就是起不了，有个看不见的庞然大物坐于胸口。

以后的仗该怎么打？

多了这样一个掣肘人物，如何实现军令畅通？令出多头，又怎么可能实现整合沦陷区抗日武装的战略意图，赢得战场主动？上面那些蠢货连指挥机构必须统一的基本军事常识也罔顾了，强调什么沦陷区游击战参战力量的多元化与作战行动的突然性，真是活见鬼。

真是一夜变天啊。

两个人默然对坐五六分钟。韩光义一言不发。

吕天平也没再说什么，打量起韩光义的指挥室。一个二十余平方米的窄室，一桌一椅一部电话，贴墙根放着一张简易的行军床，床上只有薄薄一层被褥。韩光义的清廉刚正，是与他睚眦必报的心胸一样出名的。可以这样说，像他这种中将级别的将领，还保持如此艰苦朴素作风的，凤毛麟角。这让人尊重，同时也充分体现出其人不近人情的一面。韩光义是干吏，若是在太平年代，会成为治世能臣，他拥有极坚定的意志、丰富的政治手腕，以及超乎常人的道德感；但在这乱世，这种意志、手腕与道德感，反而妨碍他成为一名合格的军事统帅。

“韩主席对三民主义与蒋委员长忠心耿耿，位居高位，清廉如水，一心一意于国家事业、抗日大业，实是同侪楷模，吾辈垂范。”

吕天平缓缓说道，从随身公文包里取出两份材料，起身递至韩光义面前。

一份是一张国府军事委员会的便笺，上面用毛笔写着一句话：

原89军副军长吕天平忠于国事，悉心抗日，才堪大用。晋中将衔，准赴三战区任用，拟任苏鲁皖游击区纵队总指挥为盼。中正。

一纸小楷，笔直字方，中中正正，不逾规矩，深得柳公权、欧阳询的筋骨，一眼可见出自谁之手。

韩光义取下珐琅眼镜，揉了揉眼圈，又重新戴上，把这页薄纸又再仔细看了数遍。至于第二份材料里的第三战区司令顾长官亲笔的委任书及相关部队划拨、驻防等文件，只是随手一翻。

“拿到老爷子的这份手令，没少花钱吧。”

韩光义搁下便笺，眯着的细眼里有不加掩饰的嘲意，“我还听说南京方面拿出和平建国军第一方面军十万人马，还有大洋一百万，请你挂帅出山。这笔买卖怎么看，都不大像是你吕天平这六年来躲在租界，凡事掂斤估两寸量铢称的做派嘛。”

“经我们血染的山河，一定永久为我们所有，民族的生存与荣誉，只有靠自己民族的头颅与鲜血才可保持！”吕天平笑了笑，“这是1937年国立中央大学校长罗家伦先生在看望华北前线将士们时所讲的话，言犹在耳，不敢忘！”

韩光义鼻子里哼了一声。

“恭喜天平老兄就任，不知何日正式履新？”

“不着急，先来老长官这里报个到。”吕天平的身段放得低。

“理论上来说，我该把175师还你。本来嘛，这支队伍就是你指挥的。可惜在南京，它全打光了，冯沅无能，昏庸怯懦之匹夫耳！”韩光义的心情略为好点，但还是难受，猛喝了几口水，仍然难以浇灭胸腹处那股烧得旺盛的火苗，干脆把茶叶也咽入嘴里，大口咀嚼，腮帮子一阵抽搐。

“175师没了。我知道。”吕天平目光深邃，指一指搁在桌上的军令，“还得恳求韩主席一事，谭震东的长江义勇军，虽有附逆之嫌，但正值用人之际，还请给他们一个改过的机会，免得流落四方，成了为祸百姓的小蟊贼。我想什么时候去拜访他们。至于其他地方的抗日武装，就一并以苏鲁皖游击区支队的名义整编，您看如何？”

“天平啊，你怕是早就来到新化城外埋伏着，就看着我把这些地头蛇全部得罪光，然后你扮红脸登台来摘这个桃子吧。”

“不敢。昨夜天平才从顾长官那边动身。说来惭愧，这些年久疏鞍马，这一路跑得颠簸震荡，腿软筋麻，也更能体会到韩主席为国事操劳，披肝沥胆、夙兴夜寐的不易。此次同盟大会的举办是苏鲁皖抗日的界碑，是历史性的、开创性的、基石性的。韩主席的功绩当会载入史册，为万众传颂。”

“你这样想就好。行吧，这些人我都交给你。但有一条，黎有望这个人，我想用。你是否愿意割爱？”

韩光义真是恨极了吕天平。军令如山，吕天平任苏鲁皖游击区纵队总指挥已是既成事实，他非常清楚短期内不可能让蒋委员长与第三战区司令部收回命令，但恶心一下吕天平也是好的。他俩不是郎舅关系吗？让黎有望替自己端茶递水倒下马桶也是好的。

“报第三战区司令部批准，苏鲁皖游击区纵队司令部拟设于平州。黎有望毕竟是平州救国军的指挥官，地头熟点，等我顺利接管防区后，再让他至你帐下听令，可好？”

韩光义的这点心思，吕天平怎么不清楚？事实上，他星夜赶到新化，就是为了救下黎有望的性命。一直关注苏北抗日形势的吕天平对苏北抗日同盟大会的真正用意，洞若观火，如韩光义所说，他是来摘桃子的，又怎么可能让最大的桃子被人拿走？

吕天平不卑不亢道：“两个旅，你随便给。天平不敢妄求。”

韩光义的89军下辖三个师，三万余人马，这是他的嫡系，核心战力。另外韩光义兼着的省主席下面还有一支保安部队，规模庞大，有七个保安旅，每个旅人数不等，基本在四千至七千人。个别旅的规模其实与师差不多，人马上万，但装备与训练就明显差了一大截。也还有个别旅，说得难听点，还不如赵松时期的平州民团。在吕天平看来，韩光义肯定是把这种最没有战斗力的旅拨给苏鲁皖游击区纵队。所以他也干脆明言，作为换取黎有望的筹码。

韩光义默思良久，突然一阵大笑，把那些茶叶渣子一口一口咽入肚里，“好，天平老兄，你是痛快人。那我不能亏待你。这样吧，我把78师的115旅与27旅一并拨给苏鲁皖区抗日游击总队。并且，我马上向第三战区顾长官提出申请，78师原师长卫长河调任苏鲁皖区抗日游击总队，任副司令，做你副手。你看如何？”

三十六计。

你若上屋抽梯，我便反客为主；你若想趁火打劫，浑水摸鱼，我便釜底抽薪，李代桃僵。

后续故事，见第二部《战与守》。

图书在版编目（CIP）数据

队伍. 重整山河 / 黄孝阳，陶林著. — 北京 : 北京十月文艺出版社，2021. 7

ISBN 978-7-5302-1811-2

Ⅰ. ①队… Ⅱ. ①黄… ②陶… Ⅲ. ①长篇小说—中国—当代 Ⅳ. ①I247.5

中国版本图书馆 CIP 数据核字（2021）第 055808 号

队伍 重整山河
DUIWU CHONGZHENG SHANHE
黄孝阳 陶林 著

出　　版　北 京 出 版 集 团
　　　　　北京十月文艺出版社
地　　址　北京北三环中路 6 号
邮　　编　100120
网　　址　www.bph.com.cn
发　　行　新经典发行有限公司
　　　　　电话（010）68423599
经　　销　新华书店
印　　刷　河北鹏润印刷有限公司
版　　次　2021 年 7 月第 1 版
　　　　　2021 年 7 月第 1 次印刷
开　　本　850 毫米 ×1168 毫米 1/32
印　　张　17.75
字　　数　290 千字
书　　号　ISBN 978-7-5302-1811-2
定　　价　76.00 元
质量监督电话　010-58572393
如有印装质量问题，由本社负责调换。